쉽게 읽는 석보상절 6

釋譜詳節 第六

지은이 **나찬연**은 1960년에 부산에서 태어났다. 부산대학교 국어국문학과를 나오고(1986), 같은 학교 대학원에서 문학석사(1993)와 문학박사(1997)학위를 받았다. 지금은 경성대학교 국어국문학과에서 교수로 재직하고 있으면서 국어학, 국어 교육, 한국어 교육 분야의 강의를 맡고 있다.

* 홈페이지: '학교 문법 교실 (http://scammar.com)'에서는 이 책의 내용과 관련된 자료를 온라인으로 제공합니다. 본 홈페이지에 개설된 자료실과 문답방에 올려져 있는 다양한 정보를 자유롭게 이용할 수 있고, 이 책의 내용에 대하여 저자의 답변을 받을 수 있습니다.
* 전화번호 : 051-663-4212
* 전자메일 : ncy@ks.ac.kr

주요 논저

우리말 이음에서의 삭제와 생략 연구(1993), 우리말 의미중복 표현의 통어·의미 연구(1997), 우리말 잉여 표현 연구(2004), 옛글 읽기(2011), 벼리 한국어 회화 초급 1, 2(2011), 벼리 한국어 읽기 초급 1, 2(2011), 제2판 언어·국어·문화(2013), 제2판 훈민정음의 이해(2013), 근대 국어 문법의 이해-강독편(2013), 국어 어문 규범의 이해(2013), 표준 발음법의 이해(2013), 제5판 중세 국어 문법의 이해-이론편(2014), 제5판 중세 국어 문법의 이해-주해편(2014), 제5판 중세 국어 문법의 이해-강독편(2014), 제5판 중세 국어 문법의 이해-서답형 문제편(2014), 중세 국어 문법의 이해-입문편(2015), 학교문법의 이해1(2015), 학교문법의 이해2(2015), 제5판 현대 국어 문법의 이해(2017), 쉽게 읽는 월인석보 서. 1. 2.(2017), 쉽게 읽는 석보상절 3. 6. 9.(2018)

인

쉽게 읽는 석보상절 6(釋譜詳節 第六)

1판 1쇄 인쇄_2018년 1월 15일
1판 1쇄 발행_2018년 1월 25일

지은이_나찬연
펴낸이_양정섭

펴낸곳_도서출판 경진
등록_제2010-000004호
블로그_http://kyungjinmunhwa.tistory.com
이메일_mykorea01@naver.com

공급처_(주)글로벌콘텐츠출판그룹
대표_홍정표
편집디자인_김미미 기획·마케팅_노경민
주소_서울특별시 강동구 풍성로 87-6, 201호
전화_02) 488-3280 팩스_02) 488-3281
홈페이지_http://www.gcbook.co.kr

값 19,000원
ISBN 978-89-5996-565-6 94810
978-89-5996-563-2 94810(세트)

쉽게 읽는

석보상절 6

釋譜詳節 第六

나찬연

경진출판

머리말

『석보상절』은 조선의 제7대 왕인 세조(世祖)가 왕자(수양대군, 首陽大君)인 시절에 어머니인 소헌왕후(昭憲王后)를 추모하기 위하여 1447년경에 편찬하였다.

『석보상절』에는 석가모니의 행적과 석가모니와 관련된 인물에 관한 여러 일화가 소개되어 있다. 따라서 이 책은 불교를 배우는 이들뿐만 아니라, 국어 학자들이 15세기 국어를 연구하는 데에도 매우 귀중한 자료가 된다. 특히 이 책은 한문 원문을 국어 문법 규칙에 맞게 번역하였기 때문에 문장이 매우 자연스럽다. 따라서 『석보상절』은 훈민정음으로 지은 초기의 문헌임에도 불구하고, 당대에 간행된 그 어떤 문헌보다도 자연스러운 우리말 문장으로 지은 문헌이라고 할 수 있다.

이처럼 『석보상절』이 중세 국어와 국어사 연구에 매우 중요한 역할을 하기 때문에, 일찍부터 이 책은 중세 국어 연구의 대상이 되었고 현대어로 옮기는 작업도 이루어졌다. 그 대표적인 성과가 '세종대왕기념사업회'에서 편찬한 『역주 석보상절』의 모둠책이다. 『역주 석보상절』의 간행 작업에는 허웅 선생님을 비롯한 그 분야의 대학자들이 참여하였기 때문에, 『역주 석보상절』은 그 차제로서 대단한 업적이다. 그러나 이 『역주 석보상절』는 1992년부터 순차적으로 간행되었는데, 간행된 책마다 역주한 이가 달라서 내용의 번역이나 형태소의 분석, 그리고 편집 방법이 통일되지 못한 아쉬움이 있다. 지은이는 이러한 점을 감안하여 15세기의 중세 국어를 익히는 학습자들이 『석보상절』을 쉽게 이해할 수 있도록, 현대어로 옮기는 방식과 형태소 분석 및 편집 형식을 새롭게 바꾸었다. 이러한 편찬 의도를 반영하여 이 책의 제호도 『쉽게 읽는 석보상절』로 정했다.

이 책은 중세 국어 학습자들이 『석보상절』를 쉽게 이해할 수 있는 책을 편찬하겠다는 원래의 취지를 살리기 위하여, 다음과 같은 방법으로 책의 내용과 형식을 구성하였다.

첫째, 현재 남아 있는 『석보상절』의 권 수에 따라서 이들 문헌을 현대어로 옮겼다. 이에 따라서 『석보상절』의 3, 6, 9, 11, 13, 19 등의 순서로 현대어 번역 작업이 이루진다. 둘째, 이 책에서는 『석보상절』의 원문의 영인을 페이지별로 수록하고, 그 영인 바로 아래에 현대어 번역문을 첨부했다. 셋째, 그리고 중세 국어의 문법을 익히는 이들에게 편의를 제공하기 위하여, 원문의 텍스트에 나타나는 어휘를 현대어로 풀이하고 각 어휘에 실현된 문법 형태소를 형태소 단위로 분석하였다. 넷째, 원문 텍스트에 나타나는 불교 용어를 쉽게 풀이함으로써, 불교의 교리를 모르는 일반 국어학자도 『석보상절』의 내용을 이해할 수 있도록 하였다. 다섯째, 책의 말미에 [부록]의 형식으로 [원문과 번역문의 벼리]를 실었다. 여기서는 『석보상절』의 텍스트에서 주문장의 사이에 삽입되어 있는 협주문(夾註文)을 생략하여 본문 내용의 맥락이 끊이지 않게 하였다. 여섯째, 이 책에 쓰인 문법 용어와 약어(略語)의 정의와 예시를 책머리의 '일러두기'와 [부록]에 수록하여서, 이 책을 통하여 중세 국어를 익히려는 독자에게 도움을 주었다.

이 책에 쓰인 문법 용어는 가급적 『고등학교 문법』(2010)에서 사용되는 문법 용어를 그대로 사용하였다. 다만 일부 문법 용어는 허웅 선생님의 『우리 옛말본』(1975), 고영근 선생님의 『표준중세국어문법론』(2010), 지은이의 『중세 국어 문법의 이해－이론편』에서 사용한 용어를 빌려 썼다. 중세 국어의 어휘 풀이는 대부분 '한글학회'에서 지은 『우리말 큰사전 4－옛말과 이두 편』의 내용을 참조했으며, 일부는 남광우 님의 『교학고어사전』을 참조했다. 각 어휘에 대한 형태소 분석은 지은이가 2010년에 『우리말연구』의 제27집에 발표한 「옛말 문법 교육을 위한 약어와 약호의 체계」의 논문과 『중세 국어 문법의 이해－주해편, 강독편』에서 사용한 방법을 따랐다.

그리고 불교와 관련된 어휘는 국립국어원의 인터넷판 『표준국어대사전』, 인터넷판의 『두산백과사전』, 인터넷판의 『한국민족문화대백과』, 인터넷판의 『원불교사전』, 한국불교대사전편찬위원회의 『한국불교대사전』, 홍사성 님의 『불교상식백과』, 곽철환 님의 『시공불교사전』, 운허·용하 님의 『불교사전』 등을 참조하여 풀이하였다.

이 책을 간행하는 데에는 여러 사람의 도움이 있었다. 지은이는 2014년 겨울에 대학교 선배이자 독실한 불교 신자인 정안거사(正安居士, 현 동아고등학교의 박진규 교장)를 사석에서 만났다. 그 자리에서 정안거사로부터 국어학자뿐만 아니라 일반 사람들도 부처님의 생애를 쉽게 알 수 있는 책이 필요하다는 당부의 말을 들었는데, 이 일이 계기가 되어서 『쉽게 읽는 석보상절』의 모둠책이 세상에 나오게 되었다. 그리고 고려대학교 교육대학원의 국어교육전공에 재학 중인 나벼리 군은 『석보상절』의 원문의 모습을 디지털 영상으로 제작하고 편집하는 작업을 해 주었다. 이 책을 출판해 주신 (주)글로벌콘텐츠출판그룹의 홍정표 대표님, 그리고 거친 원고를 수정하여 보기 좋은 책으로 편집해 주신 도서출판 경진의 양정섭 이사님과 노경민 과장님께 감사의 뜻을 전한다.

2018년 1월

나찬연

▎차례

일러두기

1. 이 책에서 형태소 분석에 사용하는 문법적 단위에 대한 약어는 다음과 같다.

범주	약칭	본디 명칭
품사	의명	의존 명사
	인대	인칭 대명사
	지대	지시 대명사
	형사	형용사
	보용	보조 용언
	관사	관형사
	감사	감탄사
불규칙 용언	ㄷ불	ㄷ 불규칙 용언
	ㅂ불	ㅂ 불규칙 용언
	ㅅ불	ㅅ 불규칙 용언
어근	불어	불완전(불규칙) 어근
파생 접사	접두	접두사
	명접	명사 파생 접미사
	동접	동사 파생 접미사
	조접	조사 파생 접미사
	형접	형용사 파생 접미사
	부접	부사 파생 접미사
	사접	사동사 파생 접미사
	피접	피동사 파생 접미사
	강접	강조 접미사
	복접	복수 접미사
	높접	높임 접미사
조사	주조	주격 조사
	서조	서술격 조사
	목조	목적격 조사

범주	약칭	본디 명칭
조사	보조	보격 조사
	관조	관형격 조사
	부조	부사격 조사
	호조	호격 조사
	접조	접속 조사
어말 어미	평종	평서형 종결 어미
	의종	의문형 종결 어미
	명종	명령형 종결 어미
	청종	청유형 종결 어미
	감종	감탄형 종결 어미
	연어	연결 어미
	명전	명사형 전성 어미
	관전	관형사형 전성 어미
선어말 어미	주높	상대 높임의 선어말 어미
	객높	주체 높임의 선어말 어미
	상높	객체 높임의 선어말 어미
	과시	과거 시제의 선어말 어미
	현시	현재 시제의 선어말 어미
	미시	미래 시제의 선어말 어미
	회상	회상 표현의 선어말 어미
	확인	확인 표현의 선어말 어미
	원칙	원칙 표현의 선어말 어미
	감동	감동 표현의 선어말 어미
	화자	화자 표현의 선어말 어미
	대상	대상 표현의 선어말 어미

* 이 책에서 쓰인 '문법 용어'와 '약어(略語)'에 대한 자세한 내용은 [부록]에 첨부된 '문법 용어의 풀이'를 참고하기 바란다.

2. 이 책의 형태소 분석에서 사용되는 약호는 다음과 같다.

부호	기능	용례
#	어절의 경계 표시.	철수가 # 국밥을 # 먹었다.
+	한 어절 내에서의 형태소 경계 표시.	철수 + -가 # 먹- + -었- + -다
(　)	언어 단위의 문법 명칭과 기능 설명.	먹(먹다) - + -었(과시)- + -다(평종)
[　]	파생어의 내부 짜임새 표시.	먹이[먹(먹다)- + -이(사접)-]- + -다(평종)
	합성어의 내부 짜임새 표시.	국밥[국(국) + 밥(밥)] + -을(목조)
-a	a의 앞에 다른 말이 실현되어야 함.	-다, -냐 ; -은, -을 ; -음, -기 ; -게, -으면
a-	a의 뒤에 다른 말이 실현되어야 함.	먹(먹다)-, 자(자다)-, 예쁘(예쁘다)-
-a-	a의 앞뒤에 다른 말이 실현되어야 함.	-으시-, -었-, -겠-, -더-, -느-
a(← A)	기본 형태 A가 변이 형태 a로 변함.	지(← 짓다, ㅅ불)- + -었(과시)- + -다(평종)
a(↚ A)	A 형태를 a 형태로 잘못 적음(오기)	국빱(↚ 국밥) + -을(목)
Ø	무형의 형태소나 무형의 변이 형태	예쁘- + -Ø(현시)- + -다(평종)

3. 다음은 중세 국어의 문장을 약어와 약호를 사용하여 어절 단위로 분석한 예이다.

불휘 기픈 남ᄀᆞᆫ ᄇᆞᄅᆞ매 아니 뮐ᄊᆡ 곶 됴코 여름 하ᄂᆞ니 [용가 2장]

① 불휘: 불휘(뿌리, 根) + -Ø(← -이: 주조)
② 기픈: 깊(깊다, 深)- + -Ø(현시)- + -은(관전)
③ 남ᄀᆞᆫ: 낡(← 나모: 나무, 木) + -ᄋᆞᆫ(-은: 보조사)
④ ᄇᆞᄅᆞ매: ᄇᆞᄅᆞᆷ(바람, 風) + -애(-에: 부조, 이유)
⑤ 아니: 아니(부사, 不)
⑥ 뮐ᄊᆡ: 뮈(움직이다, 動)- + -ㄹᄊᆡ(-으므로: 연어)
⑦ 곶: 곶(꽃, 花)
⑧ 됴코: 둏(좋아지다, 좋다, 好)- + -고(연어, 나열)
⑨ 여름: 여름[열매, 實: 열(열다, 結)- + -음(명접)]
⑩ 하ᄂᆞ니: 하(많아지다, 많다, 多)- + -ᄂᆞ(현시)- + -니(평종, 반말)

4. 단, 아래의 경우에는 예외적으로 다음과 같은 방법으로 어절의 짜임새를 분석한다.

가. 명사, 동사, 형용사는 특별한 경우가 아니면 품사의 명칭을 표시하지 않는다. 단, 의존 명사와 보조 용언은 예외적으로 각각 '의명'과 '보용'으로 표시한다.

① 부톄: 부텨(부처, 佛) + -ㅣ(← -이: 주조)
② 괴오쇼셔: 괴오(사랑하다, 愛)- + -쇼셔(-소서: 명종)
③ 올ᄒᆞ시이다: 옳(옳다, 是)- + -ᄋᆞ시(주높)- + -이(상높)- + -다(평종)

나. 한자말로 된 복합어는 더 이상 분석하지 않는다.

① 中國에: 中國(중국) + -에(부조, 비교)
② 無上涅槃ᄋᆞᆯ: 無上涅槃(무상열반) + -ᄋᆞᆯ(목조)

다. 특정한 어미가 다른 어미의 내부에 끼어들어서 실현될 때에는 다음과 같이 표기한다. 이때 단일 형태소의 내부가 분리되는 현상은 '…'로 표시한다.

① 어리니잇가: 어리(어리석다, 愚: 형사)- + -잇(← -이-: 상높)- + -니…가(의종)
② 자거시늘: 자(자다, 宿: 동사)- + -시(주높)- + -거…늘(-거늘: 연어)

라. 형태가 유표적으로 존재하지 않으면서도 문법적이 있는 '무형의 형태소'는 다음과 같이 'Ø'로 표시한다.

① 가ᄆᆞ라 비 아니 오ᄂᆞᆫ 싸히 잇거든
 · ᄀᆞᄆᆞ라: [가물다(동사): ᄀᆞᄆᆞᆯ(가뭄, 旱: 명사) + -Ø(동접)-]- + -아(연어)
② 바ᄅᆞ 自性을 ᄉᆞᄆᆞᆺ 아ᄅᆞ샤
 · 바ᄅᆞ: [바로(부사): 바ᄅᆞ(바ᄅᆞ다, 正: 형사)- + -Ø(부접)]
③ 불휘 기픈 남ᄀᆞᆫ
 · 불휘(뿌리, 根) + -Ø(← -이: 주조)
④ 내 ᄒᆞ마 命終호라
 · 命終ᄒᆞ(명종하다: 동사)- + -Ø(과시)- + -오(화자)- + -라(← -다: 평종)

마. 무형의 형태소로 실현되는 시제 표현의 선어말 어미는 다음과 같이 표기한다.

① 동사나 형용사의 종결형과 관형사형에서 나타나는 '과거 시제 표현'의 무형의 선어말 어미는 '-Ø(과시)-'로, '현재 시제 표현'의 무형의 선어말 어미는 '-Ø(현시)-'로 표시한다.

㉠ 아ᄃᆞᆯᄃᆞᆯ히 아비 죽다 듣고
·죽다: 죽(죽다, 死: 동사)- + -Ø(과시)- + -다(평종)

㉡ 엇던 行業을 지ᅀᅥ 惡德애 ᄠᅥ러딘다
·ᄠᅥ러딘다: ᄠᅥ러디(떨어지다, 落: 동사)- + -Ø(과시)- + -ㄴ다(의종)

㉢ 獄ᄋᆞᆫ 罪 지ᅀᅳᆫ 사ᄅᆞᆷ 가도ᄂᆞᆫ ᄡᅡ히니
·지ᅀᅳᆫ: 짓(짓다, 犯: 동사)-+ -Ø(과시)- + -ㄴ(관전)

㉣ 닐굽 ᄒᆡ 너무 오라다
·오라(오래다, 久: 형사)- + -Ø(현시)- + -다(평종)

㉤ 여슷 大臣이 힝뎌기 왼 ᄃᆞᆯ 제 아라
·외(그르다, 非: 형사)- + -Ø(현시)- + -ㄴ(관전)

② 동사나 형용사의 연결형에 나타나는 과거 시제나 현재 시제 표현의 무형의 선어말 어미는 표시하지 않는다.

㉠ 몸앳 필 뫼화 그르세 다마 男女를 내ᅀᆞᄫᆞ니
·뫼화: 뫼호(모으다, 集: 동사)- + -아(연어)

㉡ 고히 길오 놉고 고ᄃᆞ며
·길오: 길(길다, 長: 형사)- + -오(← -고: 연어)
·놉고: 높(높다, 高: 형사)- + -고(연어, 나열)
·고ᄃᆞ며: 곧(곧다, 直: 형사)- + -ᄋᆞ며(-으며: 연어)

③ 합성어나 파생어의 내부에서 실현되는 과거 시제나 현재 시제 표현의 무형의 선어말 어미는 표시하지 않는다.

㉠ 왼녁: [왼쪽, 左: 외(왼쪽이다, 右)- + -ᄋᆞᆫ(관전▷관접) + 녁(녘, 쪽: 의명)]
㉡ 늘그니: [늙은이: 늙(늙다, 老)- + -은(관전) + 이(이, 者: 의명)]

『석보상절』의 해제

세종대왕은 1443년(세종 25년) 음력 12월에 음소 문자(音素文字)인 훈민정음(訓民正音)의 글자를 창제하였다. 훈민정음 글자는 기존의 한자나 한자를 빌어서 우리말을 표기하는 글자인 향찰, 이두, 구결 등과는 전혀 다른 표음 문자인 음소 글자였다. 실로 글자의 역사상 유래를 찾아볼 수 없는 매우 독창적인 글자이면서도, 글자의 수가 28자에 불과하여 아주 배우기 쉬운 글자였다.

훈민정음을 창제한 이후에 세종은 이 글자를 널리 보급하기 위하여 훈민정음의 제자 원리를 이론화하고 성리학적인 근거를 부여하는 데에 힘을 썼다. 곧, 최만리 등의 상소 사건을 통하여 사대부들이 훈민정음에 대하여 취하였던 부정적인 인식과 태도를 파악하였으므로, 이를 극복하는 적극적인 방법으로 훈민정음 글자에 대한 '종합 해설서'를 발간하기로 하였는데, 이것이 곧 『훈민정음 해례본』이다.

이처럼 새로운 글자를 창제하고 반포하는 데에 그치는 것이 아니라, 실제로 백성들이 널리 사용할 수 있도록 하기 위하여 여러 가지 뒷받침 사업을 진행하였다. 이를 위하여 세종은 새로운 문자인 훈민정음을 이용하여 국어의 입말을 실제로 문장의 단위로 적어서 그 실용성을 시험하는 작업을 수행하였다. 그 첫 번째 노력으로 『용비어천가(龍飛御天歌)』의 노랫말을 훈민정음으로 지어서 간행하였는데, 이로써 훈민정음 글자로써 국어의 입말을 실제로 적을 수 있는 가능성을 보였다. 그리고 세종의 왕비인 소헌왕후(昭憲王后) 심씨(沈氏)가 1446년(세종 28)에 사망하자, 세종은 심씨의 명복을 빌기 위하여 수양대군(훗날의 세조)에게 명하여 석가모니불의 연보인 『석보상절』(釋譜詳節)을 엮게 하였다. 이에 수양대군은 김수온 등과 더불어 『석가보』(釋迦譜), 『석가씨보』(釋迦氏譜), 『법화경』(法華經), 『지장경』(地藏經), 『아미타경』(阿彌陀經), 『약사경』(藥師經) 등에서 뽑아 모은 글을 훈민정음으로 옮겨서 만들었다. 여기서 『석보상절』이라는 책의 제호는 석가모니의 일생의 일을 가려내어서, 그 일을 자세히 기록한 것이라는 뜻이다.

이 책이 언제 간행되었는지는 확실하지 않다. 하지만 수양대군이 지은 '석보상절 서(序)'가 세종 29년(1447)에 지어진 것으로 되어 있고, 또 권9의 표지 안에 '正統拾肆年貳月初肆日(정통십사년 이월초사일)'이란 글귀가 적혀 있어서, 이 책이 세종 29년(1447)에서 세종 31년(1449) 사이에 만들어졌다는 것을 확인할 수 있다. 이러한 사실을 정리하면 1447년(세종 29)에 책의 내용이 완성되었고, 1449년(세종 31)에 책으로 간행된 것으로 볼 수 있다.

『석보상절』은 다른 불경 언해서(諺解書)와는 달리 문장이 매우 유려하여 15세기 당시의 국어와 국문학을 대표하는 작품으로 꼽히고 있다. 곧, 중국의 한문으로 기록된 내용을 바탕으로 쉽고 아름다운 국어의 문장으로 개작한 것이어서, 15세기 중엽의 국어 연구에 대단히 중요한 역할을 할 뿐만 아니라 국어로 된 산문 문학의 첫 작품이자 최초의 번역 불경이라는 가치가 있다.

현재 전하는 『석보상절』은 국립중앙도서관에 소장된 권6, 9, 13, 19의 초간본 4책(보물 523호), 동국대학교 도서관에 소장된 권23, 24의 초간본 2책, 호암미술관에 소장된 복각 중간본 권11의 1책, 1979년 천병식(千炳植) 교수가 발견한 복각 중간본 권3의 1책 등이 있다.

『석보상절 제육』의 해제

이 책에서 번역한 『석보상절』 권6은 권9, 권13, 권19와 함께 간행된 초간본으로서 갑인자(甲寅字)의 활자로 찍은 것이다. 이들 초간본 4책은 현재 국립중앙도서관에서 소장하고 있으며 보물 523호로 지정되어 있다.

『석보상절』 권6의 주요 내용은 크게 두 인물에 대한 내용으로 이루어져 있다. 첫째, 앞 부분의 내용은 석가모니의 아들인 나후라(羅睺羅)가 출가하는 과정을 기술했는데, 끝 부분에 가섭존자(迦葉尊者)의 일생에 대한 내용이 짧게 덧붙어 있다. 둘째, 뒤 부분의 내용은 수달(須達) 장자(長子)가 석가 세존을 만나서 사위국에 기원정사(祇園精舍)를 짓게 되는 과정을 기술했다. 이에 덧붙여서 사위국의 파사닉왕의 딸인 승만(勝鬘)이 『승만경』(勝鬘經)을 지은 일을 간단하게 기술했다.

『석보상절』 권6의 내용을 요약하여 제시하면 다음과 같다.

○ 석가모니 세존(世尊)이 목련(目連)이를 태자 시절에 부인이었던 야수(耶輸)에게 보내어서 아들인 나후라(羅睺羅)를 출가시키려 하였는데, 야수는 이에 반발하여 세존의 요구를 거절하였다. 이에 시아버지인 정반왕(淨飯王)은 시어머니인 대애도(大愛道)를 보내어서 야수를 설득하려 하였으나, 야수는 대애도의 설득도 듣지 않았다. 이러한 상황을 천안으로 보고 있던 세존이 화인(化人)을 보내어서, 전생에 구이(= 야수의 전신)가 선혜보살(= 세존의 전신)의 말을 다 듣겠다고 약속한 바를 깨우쳤다. 야수가 전생의 약속을 깨닫고, 세존의 말대로 나후라를 출가시킬 것을 허락하였고, 이에 정반왕이 나후라의 머리를 깎여서 출가시켰다. 세존이 명하시여 사리불로 하여금 나후라의 화상(和尙)이 되게 하고 목련(目連)이로 하여금 도리(闍梨)가 되게 하여, 나후라에게 열 가지의 계(戒)를 가르치게 하였다. 나후라가 불법(佛法)을 공부하는 것을 게을리 하자, 세존이 꾸짖어서 나후라가 스스로 불법을 공부하게 하였다.

○ 유라국(兪羅國)의 바라문인 가섭(迦葉)이 산골에서 홀로 도리를 닦다가 부처가 이미 나 계시다는 하늘의 계시를 받고 부처가 계신 죽원(竹園)으로 찾아와 도를 닦아서 아라한(阿羅漢)을 깨달았다.

○ 사위국(舍衛國)의 대신인 수달(須達)이 그 나라의 바라문(婆羅門)에게 부탁하여 이웃 나라인 마갈타국(摩竭陀國)의 왕사성(王舍城)에 가서 막내아들의 며느릿감을 구하게 하였다. 바라문이 마갈타국에 있는 호미(護彌)의 집에 가서 호미의 딸과 수달의 아들을 혼인시킬 것을 제안하여서 호미의 허락을 얻었다. 이에 수달이 호미의 집에 찾아와 하룻

밤을 머물던 중에 부처와 중에 관한 이야기를 듣게 되었는데, 수달이 그 말을 듣고 다음 날 석가모니 세존이 머물고 있는 곳을 찾아갔다. 수달이 세존을 만나 뵙고 사제법(四諦法)을 듣고 수타환(須陀洹)을 이루었다. 수달은 세존께 자기 나라인 사위국에 와서 설법해 주기를 청하고, 부처가 사위국에서 거처할 정사(精舍)를 세우겠노라 약속하였다. 수달이 사리불(舍利弗)과 함께 사위국에 가서 파사닉왕(波斯匿王)의 아들인 기타(祇陀) 태자의 동산(東山)을 금(金)으로 사서 그 땅에 정사를 세우려 하였다. 그때에 사위국에 있던 육사(六師)가 그 일을 듣고 수달이 정사를 짓는 것을 반대하였는데, 육사와 사리불이 재주를 겨루어서 정사를 짓는 것을 결정하도록 파사닉왕께 제안하였다. 이에 사리불과 육사의 제자인 노도차(勞度差)가 환술(幻術)로써 재주를 여러 번 겨루었는데, 사리불이 노도차를 모두 이겼다. 이에 수달과 사리불이 '기수급고독원(祇樹給孤獨園)'의 정사를 세우고 부처를 사위국으로 청하여 묘법(妙法)을 설법을 하게 하였다.

○ 파사닉왕(波斯匿王)과 말리부인(末利夫人)의 딸인 승만(勝鬘)이 부처님의 공덕을 듣고 기뻐하여 게(偈)를 지어 부처를 칭송하고 승만경(勝鬘經)을 이르셨다.

○ 부처가 사위국에서 설법을 마치고 다시 여러 나라를 돌아다니면서 설법하였다. 수달은 죽을 때까지 부처를 모시다가 사후에 도솔천(兜率天)에 가서 도솔천자(兜率天子)가 되었다.

[1앞]

釋譜詳節(석보상절) 第六(제육)

世尊(세존)이 象頭山(상두산)에 가시어 龍(용)과 鬼神(귀신)을 위하여 說法(설법)하시더라.【龍(용)과 鬼神(귀신)을 위하여 說法(설법)하신 것이 부처의 나이가 서른 둘이시더니, 穆王(목왕) 여섯째의 해 乙酉(을유)이다.】○ 부처가 目蓮이(목련이)에게 이르시되, "네가 迦毗羅國(가비라국)에 가서 아버님께와 아주머님께와【아주머니는 大愛道(대애도)를 이르시니, 大愛道(대애도)가 摩耶夫人(마야부인)의

世셍尊존이 象썋頭뚷山산애[1] 가샤[2] 龍룡과 鬼귕神씬과 위ᄒᆞ야 說쉃法법ᄒᆞ더시다[3]【龍룡鬼귕 위ᄒᆞ야 說쉃法법ᄒᆞ샤미[4] 부텻[5] 나히[6] 셜흔둘히러시니[7] 穆목王왕[8] 여슷찻[9] 히 乙힗酉융ㅣ라】○ 부톄[10] 目목連련이ᄃᆞ려[11] 니ᄅᆞ샤ᄃᆡ[12] 네 迦강毗삥羅랑國귁[13]에 가아 아바닚긔와[14] 아ᄌᆞ마닚긔와[15]【아ᄌᆞ마니ᄆᆞᆫ 大땡愛ᅙᅵᆼ道똫[16]ᄅᆞᆯ 니르시니 大땡愛ᅙᅵᆼ道똫ㅣ 摩망耶양夫붕人신ㅅ

---

1) 象頭山애: 象頭山(상두산) + -애(-에: 부조, 위치) ※ '象頭山(상두산)'은 인도 중부에 있는 석가모니가 수행하던 산인데, 산의 모양이 코끼리 머리와 닮았다고 해서 붙여진 이름이다.

2) 가샤: 가(가다, 去)- + -샤(← -시-: 주높)- + -Ø(← -아 : 연어)

3) 說法ᄒᆞ더시다: 說法ᄒᆞ[설법하다: 說法(설법: 명사) + -ᄒᆞ(동접)-]- + -더(회상)- + -시(주높)- + -다(평종)

4) 說法ᄒᆞ샤미: 說法ᄒᆞ[설법하다: 說法(설법: 명사) + -ᄒᆞ(동접)-]- + -샤(← -시-: 주높)- + -ㅁ(← -옴: 명전)- + -이(주조)

5) 부텻: 부텨(부처, 佛) + -ㅅ(-의: 관조)

6) 나히: 나ㅎ(나이, 歲) + -이(주조)

7) 셜흔둘히러시니: 셜흔둘ㅎ[서른둘, 三十二(수사, 양수): 셜흔(서른, 三十: 수사, 양수) + 둘ㅎ(둘, 二: 수사, 양수] + -이(서조)- + -러(← -더-: 회상)- + -시(주높)- + -니(연어, 설명의 계속)

8) 穆王: 목왕. BC 10세기 경 주(周)나라의 제5대 왕이며, 소왕(昭王)의 아들이다.

9) 여슷찻: 여슷차[여섯째, 第六(수사, 서수): 여슷(여섯, 六: 수사, 양수) + -차(-째, 番: 접미, 서수)] + -ㅅ(-의: 관조)

10) 부톄: 부텨(부처, 佛) + -ㅣ(← -이: 주조)

11) 目連이ᄃᆞ려: 目連이[목련이: 目連(목련) + -이(명접)] + -ᄃᆞ려(-에게: 부조, 상대) ※ '目連(목련)'의 본명은 '마우드갈리아야나(Maudgalyayana)'로서, 석가모니의 십대 제자 가운데 한 사람이다. 마가다의 브라만 출신으로, 부처의 교화를 펼치고 신통(神通) 제일의 성예(聲譽)를 얻었다.

12) 니ᄅᆞ샤ᄃᆡ: 니ᄅᆞ(이르다, 말하다, 曰)- + -샤(← -시-: 주높)- + -ᄃᆡ(← 오ᄃᆡ: 연어, 설명 계속)

13) 迦毗羅國: 가비라국. 고대 인도(지금의 네팔)에 있었던 국가이다. 석가모니(釋迦牟尼)의 아버님인 정반왕(淨飯王)이 다스리던 나라이며, 훗날 석가모니 부처가 된 싯다르타(悉達多) 태자(太子)가 태어난 곳이다.

14) 아바닚긔와: 아바님[아버님: 아바(← 아비: 아버지, 父) + -님(높접)] + -씌(-께: 부조, 상대, 높임) + -와(접조)

15) 아ᄌᆞ마닚긔와: 아ᄌᆞ마님[아주머님: 아ᄌᆞ마(← 아ᄌᆞ미: 아주머니, 叔母) + -님(높접)] + -씌(-께: 부조, 상대, 높임) + -와(접조)

16) 大愛道: 대애도. 본명은 마하프라자파티(Mahaprajapati)이며 석가세존(釋迦世尊)의 이모(姨母)이다. 석가모니의 어머니인 마하마야(摩訶摩耶, 마아부인)가 죽은 뒤 석가모니를 양육하였고, 뒤에 맨 처음으로 비구니(比丘尼)가 되었다.

[1뒤]

兄(형)님이시니, 모습이 摩耶夫人(마야부인)만 못하시므로 두 번째 夫人(부인)이 되셨니라.】 아주버님네께 다 安否(안부)하고, 또 耶輸陁羅(야수다라)를 달래어 恩愛(은애)를 끊어서, 羅睺羅(나후라)를 놓아 보내어 上佐(상좌)가 되게 하라. 羅睺羅(나후라)가 得道(득도)하여 돌아가야, 어머니를 濟渡(제도)하여 涅槃(열반)을 得(득)하는 것을 나와 같게 하리라." 目連(목련)이 그 말을 듣고

兄ᅘᆑᇰ니미시니[17] 야ᇰᄌᆡ[18] 摩망耶양夫붕人신[19] 만[20] 몯ᄒᆞ실ᄊᆡ[21] 버근[22] 夫붕人신이 ᄃᆞ외시니라[23] 】 아자바님내ᄭᅴ[24] 다 安한否블ᄒᆞᅀᆞᆸ고[25] ᄯᅩ[26] 耶양輸슝陁땅羅랑[27]를 달애야[28] 恩ᅙᅳᆫ愛ᅙᆡᆼ[29]를 그쳐[30] 羅랑睺ᅘᅮᇢ羅랑[31]를 노하 보내야 샹재[32] ᄃᆞ외에[33] ᄒᆞ라 羅랑睺ᅘᅮᇢ羅랑ㅣ 得득道ᄄᆞᇢᄒᆞ야 도라가ᅀᅡ[34] 어미를 濟졩渡또ᇰᄒᆞ야 涅녏槃빤[35] 得득호ᄆᆞᆯ[36] 나 ᄀᆞᆮ게[37] ᄒᆞ리라 目목連련이 그 말

---

17) 兄니미시니: 兄님[형님: 兄(형) + -님(높접)] + -이(서조)- + -시(주높)- + -니(연어, 설명 계속)

18) 양ᄌᆡ: 양ᄌᆞ(모습, 樣子) + -ㅣ(← -이: 주조)

19) 摩耶夫人: 마야부인. 석가모니의 어머니이다. 인도 카필라바스투(Kapilavastu)의 슈도다나의 왕비로서, 석가모니를 낳고 7일 후에 죽었다.

20) 만: 만, 만큼(의명)

21) 몯ᄒᆞ실ᄊᆡ: 몯ᄒᆞ[못하다, 열등하다, 劣: 몯(못, 不能: 부사) + -ᄒᆞ(형접)-]- + -시(주높)- + -ㄹᄊᆡ(-므로: 연어, 이유)

22) 버근: 벅(버금가다, 두 번째 가다, 次: 동사)- + -Ø(과시)- + -은(관전)

23) ᄃᆞ외시니라 : ᄃᆞ외(되다, 爲)- + -시(주높)- + -Ø(과시)- + -니(원칙)- + -라(← -다: 평종)

24) 아자바님내ᄭᅴ: 아자바님내[아주버님네 : 아자바(← 아자비: 아주버니, 叔) + -님(높접) + -내(복접, 높임)] + -ᄭᅴ(-께: 부조, 상대, 높임)

25) 安否ᄒᆞᅀᆞᆸ고: 安否ᄒᆞ[안부하다, 안부를 묻다 : 安否(안부: 명사) + -ᄒᆞ(동접)-]- + -ᅀᆞᆸ(객높)- + -고(연어, 나열)

26) ᄯᅩ: 또, 又(부사)

27) 耶輸陁羅: 야수다라. 석가모니가 출가하기 전의 부인이다.

28) 달애야: 달애(달래다, 說)- + -야(← -아: 연어)

29) 恩愛: 은애. 어버이와 자식, 또는 부부의 은정(恩情)에 집착하여 떨어지기 어려운 일이다.

30) 그쳐: 그치[끊다, 切: 긏(끊어지다, 切: 자동)- + -이(사접)-]- + -어(연어)

31) 羅睺羅: 나후라. '라훌라'의 음차. 석가모니의 아들로서, 아버지의 권유로 출가하여 계율을 엄격히 지켜 밀행(密行)의 일인자로 불리었다.

32) 샹재: 샹자(상좌, 上佐) + -ㅣ(← -이: 보조) ※'상좌(上佐)'는 승려가 되기 위하여 출가한 사람으로서 아직 계(誡)를 받지 못한 사람이다.

33) ᄃᆞ외에: ᄃᆞ외(되다, 爲)- + -에(← -게 : 연어, 사동)

34) 도라가ᅀᅡ: 도라가[돌아가다, 歸: 돌(돌다, 回)- + -아(연어) + 가(가다, 去)-]- + -ᅀᅡ(← -아ᅀᅡ: -아야, 연어, 필연적 조건)

35) 涅槃: 열반. 불교에서 수행에 의해 진리를 체득하여 미혹(迷惑)과 집착(執着)을 끊고 일체의 속박에서 해탈(解脫)한 최고의 경지이다.

36) 得호ᄆᆞᆯ: 得ᄒᆞ[← (得ᄒᆞ다: 득하다, 얻다): 得(득: 불어) + -ᄒᆞ(동접)-]- + -옴(명전)- + -ᄋᆞᆯ(목조)

37) ᄀᆞᆮ게 : ᄀᆞᆮ(← ᄀᆞᇀ다 ← ᄀᆞᆮᄒᆞ다 : 같다, 同)- + -게(연어, 사동)

[2앞]

듣고 즉시로 入定(입정)하여, 펴어 있던 팔을 굽힐 사이에【빠른 것을 일렀니라.】 迦毗羅國(가비라국)에 가서 淨飯王(정반왕)께 安否(안부)를 사뢰더니, 耶輸(야수)가 "부처의 使者(사자)가 와 있다." 들으시고【使者(사자)는 부리신 사람이다.】 靑衣(청의)를 시켜서 "기별(奇別)을 알아 오라." 하시니, "羅睺羅(나후라)를 데려다가 沙彌(사미)를 삼으려고 한다." 하므로【沙彌(사미)는 새로 出家(출가)한 사람이니, "世間(세간)에 있는 듣ᄌᆞᆸ고[38] 즉자히[39] 入ᅀᅵᆸ定뗭[40]ᄒᆞ야 펴엣던[41] ᄇᆞᆯᄒᆞᆯ[42] 구필[43] ᄉᆞᅀᅵ예[44]【ᄲᆞᆯ론 주를[45] 니르니라[46]】迦강毗뼁羅랑國귁에 가아 淨쪙飯뻔王왕[47]ᄭᅴ 安한否블ᄉᆞᆲ더니[48] 耶양輸슝ㅣ 부텨 使ᄉᆞᆼ者쟝[49] 왯다[50] 드르시고[51]【使ᄉᆞᆼ者쟝ᄂᆞᆫ 브리신[52] 사ᄅᆞ미라】青청衣힁[53]를 브려 긔별[54] 아라 오라 ᄒᆞ시니 羅랑睺ᅘᅮᇢ羅랑 ᄃᆞ려다가[55] 沙상彌밍[56] 사모려[57] ᄒᆞᄂᆞ다 ᄒᆞᆯᄊᆡ【沙상弥밍ᄂᆞᆫ 새[58] 出츓家강ᄒᆞᆫ 사ᄅᆞ미니 世솅間간앳[59]

---

38) 듣ᄌᆞᆸ고: 듣(듣다, 聞)- + -ᄌᆞᆸ(객높)- + -고(연어, 나열)

39) 즉자히 : 그때에, 바로 즉시, 卽(부사)

40) 入定: 입정. 수행하기 위하여 방 안에 들어앉는 것이다.

41) 펴엣던: 펴(펴다, 伸)- + -어(연어) + 잇(← 이시다: 있다, 보용, 완료 지속)- + -더(회상)- + -ㄴ(관전) ※ '펴엣던'은 '펴어 잇던'이 축약된 형태이다.

42) ᄇᆞᆯᄒᆞᆯ: ᄇᆞᆯㅎ(팔, 臂) + -ᄋᆞᆯ(목조) ※ 현대어 '발(足)'에 대응되는 15세기 국어의 단어는 '발'이다.

43) 구필: 구피[굽히다: 굽(굽다, 曲: 자동)- + -히(사접)-]- + -ㄹ(관전)

44) ᄉᆞᅀᅵ예: ᄉᆞᅀᅵ(← ᄉᆞᅀᅵ: 사이, 間) + -예(← -에: 부조, 위치, 시간)

45) ᄲᆞᆯ론 주를: ᄲᆞᆯㄹ(← ᄲᆞᄅᆞ다 : 빠르다, 速)- + -Ø(현시)- + -오(대상)- + -ㄴ(관전) # 줄(줄, 것: 의명) + -을(목조)

46) 니르니라: 니르(이르다, 말하다, 曰)- + -Ø(과시)- + -니(원칙)- + -라(← -다 : 평종)

47) 淨飯王: 정반왕. 중인도 가비라위국의 왕으로서 마야부인과 결혼하여 싯다르타 태자를 낳았다.

48) ᄉᆞᆲ더니: ᄉᆞᆲ(ᄉᆞᆲ다: 사뢰다, 아뢰다, 奏)- + -더(회상)- + -니(연어, 설명의 계속)

49) 使者: 사자. 명령이나 부탁을 받고 심부름하는 사람이다.

50) 왯다: 오(오다, 來)- + -아(연어) + 잇(← 이시다: 있다, 보용, 완료 지속)- + -Ø(현시)- + -다(평종)

51) 드르시고: 들(← 듣다, ㄷ불 : 듣다, 聞)- + -으시(주높)- + -고(연어, 계기, 繼起)

52) 브리신: 브리(부리다, 시키다, 使)- + -샤(← -시-: 주높)- + -Ø(과시)- + -Ø(대상)- + -ㄴ(관전)

53) 青衣: 청의. 천한 사람을 이르는 말이다.

54) 긔별: 기별. 奇別.

55) ᄃᆞ려다가: ᄃᆞ리(데리다, 더불다, 件)- + -어(연어) + -다가(보조사: 동작의 유지, 강조)

56) 沙彌: 사미. 출가하여 십계(十戒)를 받은 남자로서 비구(比丘)가 되기 전의 수행자이다.

57) 사모려: 삼(삼다, 爲)- + -오려(-으려: 연어, 의도)

58) 새: 새로, 新(부사)

59) 世間앳: 世間(세간, 세상) + -애(-에: 부조, 위치) + -ㅅ(-의: 관조)

ᄠᅳ들 그·치고 慈ᄍᆞᆼ悲빙ㅅ 힝뎌글 ᄒᆞ·다
·ᄒᆞ논 ·ᄠᅳ디·니 ·처ᅀᅥᆷ 佛뿛法·법·에 ·드러 世
솅俗·쑉·앳 ·ᄠᅳ디 ·한 젼·ᄎᆞ로 모·로·매 ·모딘
ᄠᅳ들 그·치고 慈ᄍᆞᆼ悲빙ㅅ 힝·뎌글 ᄒᆞ야
·ᅀᅡ ᄒᆞ·릴·ᄊᆡ 沙상彌밍·라 ᄒᆞ·니·라 耶양輸슝ㅣ 그 긔·별 듣
르·시·고 羅랑睺흫羅랑 더·브러 노·ᄑᆞᆫ 樓
릉 우·희 오ᄅᆞ·시·고 樓릉는 ·다라·기·라 門몬 ·ᄃᆞᆯ·ᄒᆞᆯ
:다 구·디 ᄌᆞᆷ·겨 ·뒷·더시·니 目·목連련·이 耶
양輸슝ㅅ 宮궁·의 ·가 보·니 門몬·ᄋᆞᆯ :다 ᄌᆞ
ᄆᆞ·고 :유무 ·드·ᇙ :사ᄅᆞᆷ·도 :업거·늘 ·즉자·히

뜻을 끊고 慈悲(자비)로운 행적(行績)을 하였다." 하는 뜻이니, 처음 佛法(불법)에 들어서 世俗(세속)에서의 뜻이 많은 까닭으로, 모름지기 모진 뜻을 끊고 자비로운 行績(행적)을 하여야 하겠으므로 沙彌(사미)라 하였느니라.】 耶輸(야수)가 그 기별을 들으시고, 羅睺羅(나후라)와 더불어 높은 樓(누) 위에 오르시고【樓(누)는 다락집이다.】 門(문)들을 모두 다 굳게 잠그게 하여 두고 있으셨더니, 目連(목련)이 耶輸(야수)의 宮(궁)에 가 보니 門(문)을 다 잠그고 소식을 드릴 사람도 없거늘, 즉시

ᄠᅳ들[60] 그치고[61] 慈ᄍᆞᆼ悲빙ㅅ 힝뎌글[62] ᄒᆞ다[63] ᄒᆞ논[64] ᄠᅳ디니 처ᅀᅥᆷ 佛뿛法법에 드러 世솅俗쑉앳 ᄠᅳ디 한[65] 젼ᄎᆞ로[66] 모로매[67] 모딘 ᄠᅳ들 그치고 慈ᄍᆞᆼ悲빙ㅅ 힝뎌글 ᄒᆞ야ᅀᅡ[68] ᄒᆞ릴씨[69] 沙상弥밍라[70] ᄒᆞ니라[71]】 耶양輸슝ㅣ 그 긔별 드르시고 羅랑睺ᅘᅮᇢ羅랑 더브러 노ᄑᆞᆫ 樓ᄛᅮᇢ 우희 오ᄅᆞ시고【樓ᄛᅮᇢ는 다라기라[72]】 門몬ᄃᆞᆯᄒᆞᆯ[73] 다 구디[74] ᄌᆞᆷ겨[75] 뒷더시니[76] 目목連련이 耶양輸슝ㅅ 宮궁의 가 보니 門몬ᄋᆞᆯ 다 ᄌᆞᄆᆞ고[77] 유무[78] 드ᄅᆔᇙ[79] 사ᄅᆞᆷ도 업거늘[80] 즉자히

---

60) ᄠᅳ들: ᄠᅳᆮ(뜻, 意) + -을(목조)
61) 그치고: 그치[끊다, 切(타동): 긏(끊어지다, 切: 자동)- + -이(사접)-]- + -고(연어, 계기)
62) 힝뎌글: 힝뎍(행적, 行績) + -을(목조)
63) ᄒᆞ다: ᄒᆞ(하다, 爲)- + -Ø(과시)- + -다(평종)
64) ᄒᆞ논: ᄒᆞ(하다, 謂)- + -ㄴ(←-ᄂᆞ-: 현시)- + -오(대상)- + -ㄴ(관전)
65) 한: 하(많다, 多)- + -Ø(현시)- + -ㄴ(관전)
66) 젼ᄎᆞ로: 젼ᄎᆞ(까닭, 由) + -로(부조, 방편, 이유)
67) 모로매: 모름지기, 반드시, 必(부사)
68) ᄒᆞ야ᅀᅡ: ᄒᆞ(하다, 爲)- + -야ᅀᅡ(←-아ᅀᅡ: -아야, 연어, 필연적 조건)
69) ᄒᆞ릴씨: ᄒᆞ(하다, 爲)- + -리(미시)- + -ㄹ씨(-므로: 연어, 이유)
70) 沙弥라: 沙弥(사미) + -Ø(←-이-: 서조)- + -Ø(현시)- + -라(←-다: 평종)
71) ᄒᆞ니라: ᄒᆞ(하다, 謂)- + -Ø(과시)- + -니(원칙)- + -라(←-다: 평종)
72) 다라기라: 다락(다락집, 樓) + -이(서조)- + -Ø(현시)- + -라(← -다: 평종)
73) 門ᄃᆞᆯᄒᆞᆯ: 門ᄃᆞᆯㅎ[문들: 門(문) + -ᄃᆞᆯㅎ(-들: 복접)] + -ᄋᆞᆯ(목조)
74) 구디: [굳게(부사): 굳(굳다, 堅: 형사)- + -이(부접)]
75) ᄌᆞᆷ겨: ᄌᆞᆷ기[잠그게 하다, 使閉: ᄌᆞᆷㄱ(←ᄌᆞᄆᆞ다: 잠그다, 타동)- + -이(사접)-]- + -어(연어)
76) 뒷더시니 : 두(두다: 보용, 동작의 결과를 유지)- + -Ø(←-어: 연어) + 잇(←이시다: 있다, 보용, 완료 지속)- + -더(회상)- + -시(주높)- + -니(연어, 설명의 계속)
77) ᄌᆞᄆᆞ고: ᄌᆞᄆᆞ(잠그다, 閉)- + -고(연어, 계기)
78) 유무: 소식(消息)
79) 드ᄅᆔᇙ: 드리[드리다, 사뢰다, 獻, 奏: 들(들다, 入: 자동)- + -이(사접)-]- + -우(대상)- + -ᇙ(관전)
80) 업거늘: 업(←없다: 없다, 無)- + -거늘(연어, 상황)

[3앞]

神通力으로樓우희ᄂᆞ라올
아耶輸ㅅ알ᄑᆡ가셔니耶輸
ㅣ보시고ᄒᆞᆫ녀ᄀᆞ로ᄂᆞᆫ분별ᄒᆞ시고ᄒᆞᆫ녀
ᄀᆞ로ᄂᆞᆫ깃거구쳐니러절ᄒᆞ시고안ᄌᆞ쇼
셔ᄒᆞ시고世尊ㅅ安否묻ᄌᆞᆸ
고니ᄅᆞ샤ᄃᆡ므스므라오시니ᅌᅵᆺ고目
連이ᄉᆞᆯᄫᅩᄃᆡ太子羅睺
羅ㅣ나히ᄒᆞ마아호빌ᄊᆡ出家

神通力(신통력)으로 樓(누) 위로 날아 올라 耶輸(야수)의 앞에 가서 서니, 耶輸(야수)가 보시고 한편으로는 염려하시고 한편으로는 기뻐 억지로 일어나 절하시고 "앉으소서." 하시고, 世尊(세존)의 안부를 묻고 말씀하시되, "무슨 까닭으로 오셨습니까?" 目連(목련)이 사뢰되 "太子(태자) 羅睺羅(나후라)가 나이가 벌써 아홉이므로, 出家(출가)하게 하여

[3앞]

神씬通통力륵으로 樓릏 우희 ᄂᆞ라 올아[81] 耶양輸슝ㅅ 알ᄑᆡ[82] 가 셔니 耶양輸슝ㅣ 보시고 ᄒᆞ녀ᄀᆞ론[83] 분별ᄒᆞ시고[84] ᄒᆞ녀ᄀᆞ론 깃거[85] 구쳐[86] 니러[87] 절ᄒᆞ시고 안ᄌᆞ쇼셔[88] ᄒᆞ시고 世솅尊존ㅅ 安한否불 묻ᄌᆞᆸ고[89] 니ᄅᆞ샤ᄃᆡ 므스므라[90] 오시니잇고[91] 目목連련이 ᄉᆞᆯ보ᄃᆡ[92] 太탱子ᄌᆞᆼ羅랑睺ᅘᇢ羅랑ㅣ 나히[93] ᄒᆞ마[94] 아호빌ᄊᆡ[95] 出츓家강ᄒᆡ여[96]

---

81) 올아: 올(← 오ᄅᆞ다: 오르다, 登)- + -아(연어)

82) 알ᄑᆡ: 앒(앞, 前) + -ᄋᆡ(-에 : 부조, 위치)

83) ᄒᆞ녀ᄀᆞ론: ᄒᆞ녁[← ᄒᆞᆫ녁(한 녘, 一便): ᄒᆞ(← ᄒᆞᆫ : 한, 一, 관사, 양수) + 녁(녘, 쪽, 便: 의명)] + -ᄋᆞ로(-으로: 부조, 방향) + -ㄴ(← -ᄂᆞᆫ: 보조사, 주제, 대조)

84) 분별ᄒᆞ시고: 분별ᄒᆞ[염려하다, 慇: 분별(염려: 명사) + -ᄒᆞ(동접)-]- + -시(주높)- + -고(연어, 나열)

85) 깃거: 깄(기뻐하다, 歡)- + -어(연어)

86) 구쳐: [억지로, 마지 못하여, 구태어, 일부러(부사): 궂(궂다, 惡: 형사)- + -히(사접)- + -어(연어▷부접)]

87) 니러: 닐(일어나다, 起)- + -어(연어)

88) 안ᄌᆞ쇼셔: 앉(앉다, 坐)- + -ᄋᆞ쇼셔(-으소서: 명종, 아주 높임)

89) 묻ᄌᆞᆸ고: 묻(묻다, 問)- + -ᄌᆞᆸ(객높)- + -고(연어, 계기)

90) 므스므라: [무슨 까닭으로, 왜, 何(부사): 므슥(무엇, 何: 지대, 미지칭) + -으라(부접)]

91) 오시니잇고: 오(오다, 來)- + -시(주높)- + -Ø(과시)- + -잇(← -이-: 상높, 아주 높임)- + -니…고(의종, 설명)

92) ᄉᆞᆯ보ᄃᆡ: ᄉᆞᆲ(← ᄉᆞᆲ다, ㅂ불: 사뢰다, 아뢰다, 奏)- + -오ᄃᆡ(-되: 연어, 설명)

93) 나히: 나ㅎ(나이, 歲) + -이(주조)

94) ᄒᆞ마: 벌써, 旣(부사)

95) 아호빌ᄊᆡ: 아홉(아홉, 九: 수사, 양수) + -이(서조)- + -ㄹᄊᆡ(-므로: 연어, 이유)

96) 出家ᄒᆡ여: 出家ᄒᆡ[출가하게 하다, 출가시키다: 出家(출가: 명사) + -ᄒᆞ(동접)- + -ㅣ(← -이-: 사접)-]- + -여(← -어: 연어)

[3뒤]

:히·여 聖·셩人신ㅅ 道:뜰理:링 비·화·ᅀᅡ ᄒᆞ
:리·니 어버·ᅀᅵ 子ᄌᆞᆼ息·식 ᄉᆞ랑·호·ᄆᆞᆫ 아·니
한 ᄉᆞ·ᅀᅵ어·니·와 ᄒᆞᄅᆞᆺ 아ᄎᆞ·미 命·명終즁
·ᄒᆞ·야 命·명終즁은 목·숨 ᄆᆞ·ᄎᆞᆯ ·씨·라 :모·딘 길·헤 ᄠᅥ·러·디
·면 恩ᅙᅳᆫ愛·ᅙᆡ·ᄅᆞᆯ 머·리 여:희·여 어즐·코 아
·독·ᄒᆞ·야 어·미·도 아·ᄃᆞ·ᄅᆞᆯ 모ᄅᆞ·며 아·ᄃᆞᆯ·도
어·미·ᄅᆞᆯ 모ᄅᆞ·리·니 羅랑睺ᅘᅮᇢ羅랑ㅣ 道
:뜰理:링·ᄅᆞᆯ 得·득·ᄒᆞ·야·ᅀᅡ 도·라·와 ·어·마:니

聖人(성인)의 道理(도리)를 배워야 하겠으니, 어버이가 子息(자식)을 사랑하는 것은 길지 않은 사이이지만, 하루 아침에 命終(명종)하여【命終(명종)은 목숨이 마치는 것이다.】 모진 길에 떨어지면, 恩愛(은애)를 멀리 떠나 어지럽고 아득하여, 어머니도 아들을 모르며 아들도 어머니를 모르겠으니, 羅睺羅(나후라)가 道理(도리)를 得(득)하여야 돌아와 어머님을

[3뒤]

聖셩人신ㅅ 道똫理링 ᄇᆡ화ᅀᅡ[97] ᄒᆞ리니 어버ᅀᅵ[98] 子ᄌᆞᆼ息식 ᄉᆞ랑호ᄆᆞᆫ[99] 아니한[100] ᄉᆞᅀᅵ어니와[1] ᄒᆞᄅᆺ아ᄎᆞᄆᆡ[2] 命명終즁ᄒᆞ야【命명終즁은 목숨 ᄆᆞᄎᆞᆯ 씨라[3]】 모딘 길헤[4] ᄠᅥ러디면[5] 恩ᅙᅳᆫ愛ᅙᆡᆼ를 머리[6] 여희여 어즐코[7] 아ᄃᆞᆨᄒᆞ야 어미도 아ᄃᆞᄅᆞᆯ 모ᄅᆞ며 아ᄃᆞᆯ도 어미를 모ᄅᆞ리니 羅랑睺ᅘᅮᇢ羅랑ㅣ 道똫理링를 得득ᄒᆞ야ᅀᅡ[8] 도라와 어마니ᄆᆞᆯ[9]

---

97) ᄇᆡ화ᅀᅡ: ᄇᆡ호(배우다, 學)- + -아ᅀᅡ(-아야 : 연어, 필연적 조건) ※ '-아ᅀᅡ/-어ᅀᅡ'는 연결 어미인 '-아/-어'에 보조사 '-ᅀᅡ'가 붙어서 형성된 연결 어미이다.

98) 어버ᅀᅵ: 어버ᅀᅵ[어버이, 父母 : 업(←어비←아비 : 아버지, 父) + 어ᅀᅵ(어머니, 母)] + -∅(←-이: 주조)

99) ᄉᆞ랑호ᄆᆞᆫ: ᄉᆞ랑ᄒᆞ[←ᄉᆞ랑ᄒᆞ다(사랑하다, 愛): ᄉᆞ랑(사랑: 명사) + -ᄒᆞ(동접)-]- + -옴(명전) + -ᄋᆞᆫ(보조사, 주제)

100) 아니한 : 아니하[많지 않은(관사): 아니(아니, 不: 부사, 부정) + 하(많다, 多: 형사)- + -ㄴ(관전▹관접)]

1) ᄉᆞᅀᅵ어니와: ᄉᆞᅀᅵ(사이, 間) + -∅(←-이-: 서조)- + -어니와(←-거니와: -지만, 연어, 대조)

2) ᄒᆞᄅᆺ아ᄎᆞᄆᆡ : ᄒᆞᄅᆺ아ᄎᆞᆷ[하루아침: ᄒᆞᄅᆞ(하루, 一日) + -ㅅ(관조, 사잇) + 아ᄎᆞᆷ(아침, 朝)] + -ᄋᆡ(-에: 부조, 위치, 시간) ※ 'ᄒᆞᄅᆺ아ᄎᆞᆷ'은 갑작스러울 정도의 짧은 시간을 이른다.

3) ᄆᆞᄎᆞᆯ 씨라: ᄆᆞᆾ(마치다, 終)- + -ᄋᆞᆯ(관전) # ᄡ(←ᄉᆞ: 것, 의명) + -이(서조)- + -∅(현시)- + -라(←-다: 평종)

4) 길헤: 길ㅎ(길, 路) + -에(부조, 위치)

5) ᄠᅥ러디면: ᄠᅥ러디[떨어지다, 落: ᄠᅥᆯ(떨다, 離)- + -어(연어) + 디(지다: 보용, 피동)-]- + -면(연어, 조건) ※ 'ᄠᅥᆯ다(떨다)'는 달려 있거나 붙어 있는 것을 쳐서 떼어 내는 것이다.

6) 머리: [멀리(부사): 멀(멀다, 遠: 형사)- + -이(부접)]

7) 어즐코: 어즐ᄒᆞ[←어즐ᄒᆞ다(어지럽다, 紛): 어즐(어찔 : 불어) + -ᄒᆞ(형접)-]- + -고(연어, 나열)

8) 得ᄒᆞ야ᅀᅡ : 得ᄒᆞ[득하다, 얻다: 得(득: 불어) + -ᄒᆞ(동접)-]- + -야ᅀᅡ(←-아ᅀᅡ: -아야, 연어, 필연적 조건)

9) 어마니ᄆᆞᆯ : 어마님[어머님, 母親: 어마(←어미: 어머니, 母) + -님(높접)] + -ᄋᆞᆯ(목조)

[4앞]

濟渡(제도)하여, 네 가지의 受苦(수고)를 떠나서 涅槃(열반)을 得(득)하는 것을 부처와 같으시게 하겠습니다.”【네 가지의 受苦(수고)는 生(생)과 老(노)와 病(병)과 死(사)이다.】耶輸(야수)가 이르시되 “如來(여래)가 太子(태자)의 時節(시절)에 나를 아내로 삼으시니, 내가 太子(태자)를 섬기되 하늘을 섬기듯 하여 한 번도 태만한 일이 없으니, 妻眷(처권)이 된 지가 三年(삼년)이

濟졩渡똥ᄒᆞ야 네 가짓 受쓯苦콩ᄅᆞᆯ 여희여 涅녏槃빤 得득호ᄆᆞᆯ 부텨 ᄀᆞᄐᆞ시긔[10] ᄒᆞ리이다[11]【네 가짓 受쓯苦콩ᄂᆞᆫ 生싱과 老롷와 病뼝과 死ᄉᆼ왜라[12]】耶양輪ᅀᅲᆫㅣ 니ᄅᆞ샤ᄃᆡ 如ᅀᅧᆼ來ᄅᆡᆼ[13] 太탱子ᄌᆼㅅ 時씽節졇에 나ᄅᆞᆯ 겨집 사ᄆᆞ시니[14] 내 太탱子ᄌᆼᄅᆞᆯ 셤기ᅀᆞᄫᅩᄃᆡ[15] 하ᄂᆞᆯ 셤기ᅀᆞᆸᄃᆞᆺ[16] ᄒᆞ야 ᄒᆞᆫ 번도 디만ᄒᆞᆫ[17] 일 업수니[18] 妻쳥眷권[19] ᄃᆞ외얀 디[20] 三삼年년이

---

10) ᄀᆞᄐᆞ시긔: ᄀᆞᇀ(← ᄀᆞᆮᄒᆞ다: 같다, 如)- + -ᄋᆞ시(주높)- + -긔(-게: 연어, 사동)

11) ᄒᆞ리이다: ᄒᆞ(하다: 보용, 사동)- + -리(미시)- + -이(상높, 아주 높임)- + -다(평종)

12) 死왜라: 死(사, 죽음) + -와(← -과: 접조) + -ㅣ(← -이-: 서조)- + -Ø(현시)- + -라(← -다: 평종)

13) 如來: 如來(여래) + -Ø(← -이 : 주조) ※ '如來(여래)'는 부처의 공덕을 기리는 열 가지 칭호의 하나이다. 진리로부터 나서 진리를 따라서 온 사람이라는 뜻으로 '부처'의 딴 이름이다.

14) 사ᄆᆞ시니: 삼(삼다, 爲)- + -ᄋᆞ시(주높)- + -니(연어, 설명)

15) 셤기ᅀᆞᄫᅩᄃᆡ: 셤기(섬기다, 捧)- + -ᅀᆞᇦ(← -ᅀᆞᆸ-: 객높)- + -오(화자)- + -ᄃᆡ(← -오ᄃᆡ: -되, 연어, 설명의 계속) ※ 화자 표현의 선어말 어미인 '-오-/-우-'는 용언의 연결형에는 수의적으로 실현된다.

16) 셤기ᅀᆞᆸᄃᆞᆺ: 셤기(섬기다, 捧)- + -ᅀᆞᆸ(객높)- + -ᄃᆞᆺ(-듯: 연어, 흡사)

17) 디만ᄒᆞᆫ : 디만ᄒᆞ[태만하다, 게으르다, 怠: 디만(태만: 불어) + -ᄒᆞ(형접)-]- + -Ø(현시)- + -ㄴ(관전)

18) 업수니: 없(없다, 無)- + -우(화자)- + -니(연어, 설명의 계속)

19) 妻眷: 처권. 아내와 친족을 통틀어 이르는 말인데, 여기서는 '아내'의 뜻으로 쓰였다.

20) ᄃᆞ외얀 디: ᄃᆞ외(되다, 爲)- + -야(← -아 -: 확인)- + -Ø(과시)- + -ㄴ(관전) # 디(지: 의명, 시간의 경과) + -Ø(← -이: 주조)

[4뒤]

못 차 있어 世間(세간)을 버리시고 城(성)을 넘어 逃亡(도망)하시어, 車匿(차닉)이를 돌려보내시어 盟誓(맹서)하시되, "道理(도리)를 이루어야 돌아오리라." 하시고, 鹿皮(녹피) 옷을 입으시어 미친 사람같이 산골에 숨어 계시어 여섯 해를 苦行(고행)하시어, 부처가 되어 나라에 돌아오셔도 친밀하게 아니 하시어, 예전의 恩惠(은혜)를 잊어버리시어 (나를) 길 가는

[4 뒤]

몯 차 이셔[21] 世솅間간[22] ᄇᆞ리시고[23] 城쎵 나마[24] 逃똫亡망ᄒᆞ샤 車챵匿닉이[25] 돌아보내샤[26] 盟명誓쎙ᄒᆞ샤ᄃᆡ 道똫理링 일워ᅀᅡ[27] 도라오리라[28] ᄒᆞ시고 鹿록皮삥[29] 옷 니브샤 미친 사ᄅᆞᆷ ᄀᆞ티[30] 묏고래[31] 수머 겨샤[32] 여슷 ᄒᆡ를 苦콩行ᅘᆡᇰᄒᆞ샤 부텨 ᄃᆞ외야 나라해 도라오샤도[33] ᄌᆞ올아ᄫᅵ[34] 아니 ᄒᆞ샤 아랫[35] 恩ᅙᅳᆫ惠ᅘᅨᆼ를 니저ᄇᆞ리샤[36] 길 녀ᇙ[37]

---

21) 몯 차 이셔: 몯(못, 不能 : 부사, 부정) # ㅊ(← ᄎᆞ다: 차다, 滿)- + -아(연어) # 이시(있다: 보용, 완료 지속)- + -어(연어)

22) 世間: 세간. 세상 일반을 이른다.

23) ᄇᆞ리시고: ᄇᆞ리(버리다, 棄)- + -시(주높)- + -고(연어, 계기)

24) 나마: 남(넘다, 越: 동사)- + -아(연어)

25) 車匿이: [차닉이 : 車匿(차닉: 인명) + -이(접미, 어조 고름)] ※ '車匿(차닉)'은 싯다르타 태자(太子)가 출가(出家)할 때에, 흰 말인 '건특(蹇特)'을 끌고 간 마부(馬夫)의 이름이다.

26) 돌아보내샤: 돌아보내[돌려보내다: 돌(← 도ᄅᆞ다: 돌리다, 回)- + -아(연어) + 보내(보내다, 遣)-]- + -샤(← -시-: 주높)- + -Ø(← -아: 연어) ※ '도ᄅᆞ다'는 파생 사동사로서, [돌리다: 돌(돌다, 回)- + -ᄋᆞ(사접)- + -다]로 분석된다.

27) 일워ᅀᅡ: 일우[이루다, 成: 일(이루어지다: 자동)- + -우(사접)-]- + -어ᅀᅡ(-어야: 연어, 필연적 조건)

28) 도라오리라: 도라오[돌아오다, 歸: 돌(돌다, 回)- + -아(연어) + 오(오다, 來)-]- + -Ø(← -오-: 화자)- + -리(미시)- + -라(← -다 : 평종)

29) 鹿皮: 녹피. 사슴 가죽이다.

30) ᄀᆞ티: [같이, 如(부사): ᄀᆞᇀ(← ᄀᆞᆮᄒᆞ다: 같다, 如, 형사)- + -이(부접)]

31) 묏고래: 묏골[산골짜기, 山谷: 뫼(← 뫼ㅎ: 산, 山) + -ㅅ(관조, 사잇) + 골(골짜기, 谷)] + -애(-에: 부조, 위치)

32) 겨샤: 겨샤(← 겨시다: 계시다, 居, 보용)- + -Ø(← -아: 연어)

33) 도라오샤도: 도라오[돌아오다, 歸: 돌(돌다, 回)- + -아(연어) + 오(오다, 來)-]- + -샤(← -시-: 주높)- + -도(← -아도: 연어, 양보)

34) ᄌᆞ올아ᄫᅵ: [친밀하게, 親(부사): ᄌᆞ올앟(← ᄌᆞ올압다, ㅂ불 : 친밀하다, 親, 형사)- + -이(부접)]

35) 아랫: 아래(예전, 옛날, 昔) + -ㅅ(-의: 관조)

36) 니저ᄇᆞ리샤: 니저ᄇᆞ리[잊어버리다, 忘: 닞(잊다, 忘)- + -어(연어) + ᄇᆞ리(버리다: 보용, 완료)-]- + -샤(← -시-: 주높)- + -Ø(← -아: 연어)

37) 녀ᇙ : 녀(가다, 다니다, 行)- + -ᇙ(관전)

[5앞]

사ᄅᆞᆷ과 ᄀᆞ티 너기시니 나ᄂᆞᆫ 어버ᅀᅵ 여
희오 ᄂᆞᄆᆡ그에 브터 사로ᄃᆡ 우리 어ᅀᅵ
아ᄃᆞ리 외ᄅᆞᆸ고 입게 ᄃᆞ외야 人신生ᄉᆡᇰ
즐거ᄫᅳᆫ ᄠᅳ디 업고 주구믈 기드리노니
목수미 므거ᄫᅳᆫ 거실ᄊᆡ 손ᅀᅩ 죽디 몯ᄒᆞ
야 셟고 애ᄫᆞᆯᄫᅳᆫ ᄠᅳ들 머거 ᄀᆞᆺ가ᄉᆞ로 사
니노니 비록 사ᄅᆞᄆᆡ 무레 사니고도 즁
ᄉᆡᇰ마도 몯ᄒᆞ이다 셜ᄫᅳᆫ 人신生ᄉᆡᇰ이어

사람과 같이 여기시니 나는 어버이를 여의고 남에게 붙어살되, 우리 모자가 외롭고 괴롭게 되어 人生(인생)에 즐거운 뜻이 없고 죽는 것을 기다리니, 목숨이 무거운 것이므로 스스로 죽지 못하여 서럽고 애달픈 뜻을 먹어 가까스로 살고 있으니, 비록 사람의 무리에 살고도 짐승 만도 못합니다. 서러운 人生(인생)이

사ᄅᆞᆷ과 ᄀᆞ티 너기시니 나ᄂᆞᆫ 어버ᅀᅵ 여희오[38] ᄂᆞᄆᆡ 그에[39] 브터사로ᄃᆡ[40] 우리 어ᅀᅵ아ᄃᆞ리[41] 외ᄅᆞᆸ고[42] 입게[43] ᄃᆞ외야 人ᅀᅵᆫ生시ᇰ 즐거ᄫᅳᆫ[44] ᄠᅳ디 업고 주구믈[45] 기드리노니[46] 목수미 므거ᄫᅳᆫ[47] 거실ᄊᆡ[48] 손ᅀᅩ[49] 죽디 몯ᄒᆞ야 셟고 애완븐[50] ᄠᅳ들 머거 갓가ᄉᆞ로[51] 사니노니[52] 비록 사ᄅᆞᄆᆡ 무레[53] 사니고도[54] 즁ᄉᆡᇰ 마도[55] 몯호이다[56] 셜ᄫᅳᆫ[57] 人ᅀᅵᆫ生시ᇰ이

---

38) 여희오: 여희(여의다, 이별하다, 別)- + -오(← -고: 연어, 계기)

39) ᄂᆞᄆᆡ 그에: ᄂᆞᆷ(남, 他) + -ᄋᆡ(-의: 관조) # 그에(거기에, 所: 의명) ※ 'ᄂᆞᄆᆡ 그에'는 '남에게'로 의역하여 옮긴다.

40) 브터사로ᄃᆡ: 브터살[붙어살다, 寄生: 븥(붙다, 寄)- + -어(연어) + 살(살다, 生)-]- + -오ᄃᆡ(-되: 연어, 설명의 계속)

41) 어ᅀᅵ아ᄃᆞ리: 어ᅀᅵ아ᄃᆞᆯ[어머니와 아들, 母子: 어ᅀᅵ(어머니, 母) + 아ᄃᆞᆯ(아들, 子)] + -이(주조)

42) 외ᄅᆞᆸ고: 외ᄅᆞᆸ[외롭다: 외(외, 孤: 관사) + -ᄅᆞᆸ(형접)-]- + -고(연어, 나열)

43) 입게: 입(괴롭다, 고달프다, 苦)- + -게(연어, 피동)

44) 즐거ᄫᅳᆫ: 즐거ᇦ[← 즐겁다, ㅂ불(즐겁다, 喜): 즑(즐거워하다, 歡: 자동)- + -업(형접)-]- + -Ø(현시)- + -ㄴ(← -은: 관전)

45) 주구믈: 죽(죽다, 死)- + -움(명전) + -을(목조) ※ '주굼'은 동사인 '죽다(死)'의 명사형이다.

46) 기드리노니: 기드리(기다리다, 待)- + -ㄴ(← -ᄂᆞ-: 현시)- + -오(화자)- + -니(연어, 설명의 계속)

47) 므거ᄫᅳᆫ: 므거ᇦ[← 므겁다, ㅂ불(무겁다, 重): 므기(무겁게 하다)- + -업(형접)-]- + -Ø(현시)- + -은(관전) ※ '므겁다'를 '므긔(무게 : 믁- + -의)'와 관련지어서 [*믁- + -업- + -다]로 분석하기도 하는데, 불완전 어근인 '*믁다'는 '무거워지다'의 뜻을 나타내는 동사다.(고영근 2010:186)

48) 거실ᄊᆡ: 것(것: 의명) + -이(서조)- + -ㄹᄊᆡ(-므로: 연어, 이유)

49) 손ᅀᅩ: [손수, 스스로, 自(부사): 손(손, 手: 명사) + -ᅀᅩ(부접)]

50) 애완븐: 애완브[애닯다, 悲(형사): 애완(불어) + -브(형접)-]- + -Ø(현시)- + -ㄴ(관전) ※ '애완브다'는 '애받브다'의 형태로도 나타난다. 이러한 점을 고려하면 '애완브다'는 [애(명사) + 왇(← 받다 ← 받다: 치받다, 타동)- + -브(형접)- + -다]로 분석할 가능성이 있다.

51) 갓가ᄉᆞ로: [가까스로, 겨우, 僅(부사): 갓갓(여러가지, 種種: 명사) + -ᄋᆞ로(부조▷부접)]

52) 사니노니: 사니[살고 있다, 活: 사(← 살다, 生)- + 니(가다, 다니다, 行)-]- + -ㄴ(← -ᄂᆞ-: 현시)- + -오(화자)- + -니(연어, 설명의 계속, 이유)

53) 무레: 물(무리, 衆) + -에(부조, 위치)

54) 사니고도: 사니[살아가다, 生活: 사(← 살다: 살다)- + 니(가다, 行)]- + -고도(연어, 양보, 불구)

55) 즁ᄉᆡᇰ 마도: 즁ᄉᆡᇰ(짐승, 獸) # 마(만, 만큼: 의명) + -도(보조사, 강조)

56) 몯호이다: 몯ᄒ[← 몯ᄒᆞ다(못하다, 劣): 몯(못: 부사, 부정) + -ᄒᆞ(형접)-]- + -오(화자)- + -이(상높, 아주 높임)- + -다(평종)

57) 셜ᄫᅳᆫ: 셟(← 셟다, ㅂ불: 섧다, 서럽다, 哀)- + -Ø(현시)- + -은(관전)

[5뒤]

·뒷·던 이 ᄀᆞᄐᆞ니 이시리잇·고 ·이제 ·ᄯᅩ ·내 아·ᄃᆞᄅᆞᆯ ᄃᆞ·려 :가·려 ·ᄒᆞ·시·ᄂᆞ·니 眷(권)屬(쑉) ᄃᆞ외ᅀᆞᄫᅡ·셔 :셜ᄫᅮᆫ :일·도 ·이러ᄒᆞᆯ·쎠 【眷(권)屬(쑉)ᄋᆞᆫ 가·시·며 子(ᄌᆞᆼ)息(씩)·이·며 죵·이·며 집 안 사ᄅᆞᆷ·ᄋᆞᆯ 다 眷(권)屬(쑉)·이·라 ·ᄒᆞᄂᆞ·니·라】 太(태)子(ᄌᆞᆼ)ㅣ 道(ᄯᅩᆼ)理(링)·를 ·일우·샤 ·ᄌᆞ·개 慈(ᄍᆞᆼ)悲(빙)·ᄒᆞ노·라 ·ᄒᆞ·시ᄂᆞ·니 慈(ᄍᆞᆼ)悲(빙)·ᄂᆞᆫ 衆(즁)生(ᄉᆡᆼ)·ᄋᆞᆯ 便(뼌)安(ᅙᅡᆫ)·케 ·ᄒᆞ·시논 거·시어·늘 ·이제 도ᄅᆞ·혀 ᄂᆞ·ᄆᆡ 어·ᅀᅵ 아·ᄃᆞᄅᆞᆯ 여·희

어찌 이 같은 일이 있겠습니까? 이제 또 내 아들을 데려가려 하시니 眷屬(권속)이 되어서 서러운 일도 이러하구나. 【眷屬(권속)은 아내며 子息(자식)이며 종이며 집안사람을 다 眷屬(권속)이라 하느니라.】 太子(태자)가 道理(도리)를 이루시어 자기가 慈悲(자비)하다 하시나니, 慈悲(자비)는 衆生(중생)을 便安(편안)하게 하시는 것이거늘, (태자가) 이제 도리어 남의 모자(母子)를 이별하게

어딋던[58] 이 ᄀᆞᄐᆞ니[59] 이시리잇고[60] 이제[61] ᄯᅩ 내 아ᄃᆞᄅᆞᆯ ᄃᆞ려가려[62] ᄒᆞ시ᄂᆞ니 眷권屬쑉 ᄃᆞ외ᅀᆞ바셔[63] 셜븐 일도 이러ᄒᆞᆯ쎠[64]【眷권屬쑉ᄋᆞᆫ 가시며[65] 子ᄌᆞᆼ息씩이며 죵이며 집앉사ᄅᆞᄆᆞᆯ[66] 다 眷권屬쑉이라 ᄒᆞᄂᆞ니라[67]】太탱子ᄌᆞᆼㅣ 道ᄄᆞᇢ理링 일우샤[68] ᄌᆞ개[69] 慈ᄍᆞᆼ悲빙호라[70] ᄒᆞ시ᄂᆞ니 慈ᄍᆞᆼ悲빙ᄂᆞᆫ 衆즁生ᄉᆡᆼᄋᆞᆯ 便뼌安한케 ᄒᆞ시ᄂᆞᆫ 거시어늘[71] 이제 도ᄅᆞᅘᅧ[72] ᄂᆞᄆᆡ 어ᅀᅵ 아ᄃᆞᄅᆞᆯ 여희에[73]

---

58) 어딋던: [← 어듸썬(어찌, 何: 부사): 어듸(어디: 지대, 미지칭) + -썬(부접)]

59) 이 ᄀᆞᄐᆞ니: 이(이, 此: 지대, 정칭) + -Ø(← -이: 부조, 비교) # ᄀᆞᇀ(← ᄀᆞᆮᄒᆞ다: 같다, 如)- + -Ø(현시)- + -ᄋᆞᆫ(관전) # 이(이, 것, 일, 者: 의명) + -Ø(← -이: 주조)

60) 이시리잇고: 이시(있다, 有)- + -리(미시)- + -잇(← -이-: 상높, 아주 높임)- + -고(의종, 설명)

61) 이제: [이제, 今(부사): 이(이, 此: 관사, 지시, 정칭) + 제(제, 때, 時: 의명)]

62) ᄃᆞ려가려: ᄃᆞ려가[데려가다: ᄃᆞ리(데리다, 伴)- + -어(연어) + 가(가다, 去)-]- + -려(← -오려: -으려, 연어, 의도)

63) ᄃᆞ외ᅀᆞ바셔: ᄃᆞ외(되다, 爲)- + -ᅀᆞᇦ(← -ᅀᆞᆸ-: 객높)- + -아(연어) + -셔(-서: 강조)

64) 이러ᄒᆞᆯ쎠: 이러ᄒᆞ[이러하다, 然: 이러(이러: 불어) + -ᄒᆞ(형접)-]- + -Ø(현시)- + -ㄹ쎠(-구나: 감종)

65) 가시며: 갓(아내, 妻)- + -이며(접조)

66) 집앉사ᄅᆞᄆᆞᆯ: 집앉사ᄅᆞᆷ[집안사람, 家人: 집(집, 家) + 안(← 안ㅎ: 안, 內) + -ㅅ(관조, 사잇) + 사ᄅᆞᆷ(사람, 人)] + -ᄋᆞᆯ(목조)

67) ᄒᆞᄂᆞ니라: ᄒᆞ(하다, 謂)- + -ᄂᆞ(현시)- + -니(원칙)- + -라(← -다: 평종)

68) 일우샤: 일우[이루다, 成: 일(이루어지다, 成: 자동)- + -우(사접)-]- + -샤(← -시-: 주높)- + -Ø(← -아: 연어)

69) ᄌᆞ개: ᄌᆞ갸(자기, 당신, 己: 인대, 재귀칭, 높임) + -ㅣ(← -이: 주조) ※ 'ᄌᆞ갸'는 '저'의 높임말이다.

70) 慈悲호라: 慈悲ㅎ[← 慈悲ᄒᆞ다(자비하다): 慈悲(자비: 명사) + -ᄒᆞ(형접)-]- + -Ø(현시)- + -오(화자)- + -라(← -다: 평종)

71) 거시어늘: 것(것: 의명) + -이(서조)- + -어늘(← -거늘: 연어, 상황)

72) 도ᄅᆞᅘᅧ: [도리어, 猶(부사): 돌(돌다, 回: 자동)- + -ᄋᆞ(사접)- + -ᅘᅧ(강접)- + -어(연어 ▷ 부접)]

73) 여희에: 여희(이별하다, 別)- + -에(← -게: 연어, 사동)

하시니, 서러운 일의 中(중)에도 離別(이별) 같은 것이 없으니【離別(이별)은 헤어지는 것이다.】, 이것으로 헤아려 보건대 (태자에게) 무슨(어찌) 慈悲(자비)가 있으시냐." 하고, 目連(목련)이에게 이르시되 "돌아가 世尊(세존)께 나의 뜻을 펴서 사뢰소서." 그때에 目連(목련)이 種種(종종) 方便(방편)으로 다시금 사뢰어도 耶輸(야수)가 잠깐도 듣지 아니하시므로, 目連(목련)이 淨飯王(정반왕)께

ᄒᆞ시ᄂᆞ니 셜ᄫᅳᆫ 잀 中듀ᇰ에도 離리ᇰ別벼ᇙ ᄀᆞᄐᆞ니[74] 업스니【離리ᇰ別벼ᇙ은 여흴 ᄡᅵ라[75]】 일로[76] 혜여[77] 보건덴[78] ᄆᆞᄉᆞᆷ[79] 慈ᄍᆞᇰ悲비ᇰ 겨시거뇨[80] ᄒᆞ고 目목連련이ᄃᆞ려[81] 니ᄅᆞ샤ᄃᆡ[82] 도라가 世셰ᇰ尊존ᄭᅴ 내 ᄠᅳ들 펴아 ᄉᆞᆯᄫᆞ쇼셔[83] 그 ᄢᅴ[84] 目목連련이 種죠ᇰ種죠ᇰ[85] 方바ᇰ便뼌으로 다시곰[86] ᄉᆞᆯᄫᅡ도 耶야ᇰ輸슈ᇰㅣ 잠ᄭᅡᆫ도[87] 듣디 아니ᄒᆞ실ᄊᆡ 目목連련이 淨쪄ᇰ飯뻔王와ᇰᄭᅴ

---

74) 이 ᄀᆞᄐᆞ니: 이(이, 此 : 지대, 정칭) + -Ø(-와: 부조, 비교) # ᄀᆞᇀ(← ᄀᆞᆮᄒᆞ다: 같다, 如)- + -Ø(현시)- + -ᄋᆞᆫ(관전) # 이(것, 者: 의명) + -Ø(← -이: 주조)

75) 여흴 ᄡᅵ라: 여희(여의다, 이별하다, 떠나다, 別)- + -ㄹ(관전) # ᄡ(← ᄉᆞ : 것, 의명) + -이(서조)- + -Ø(현시)- + -라(← -다: 평종)

76) 일로: 일(← 이: 이, 此, 지대, 정칭) + -로(부조, 방편)

77) 혜여: 혜(헤아리다, 생각하다, 量)- + -여(← -어: 연어)

78) 보건덴: 보(보다, 見: 보용, 시도)- + -건덴(-건대, -면: 연어)

79) ᄆᆞᄉᆞᆷ: 무슨(관사), 어찌(부사) 何. ※ ‘ᄆᆞᄉᆞᆷ’은 대명사(=무엇), 관형사(=무슨), 부사(=어찌)로 통용되는 단어인데, 여기서는 문맥상 관형사와 부사로 두루 해석할 수 있다.

80) 겨시거뇨: 겨시(계시다, 있으시다, 有)- + -Ø(현시)- + -거(확인)- + -뇨(-냐: 의종, 설명)

81) 目連이ᄃᆞ려: 目連이[목련이: 目連(목련) + -이(접미, 어조 고룸)] + -ᄃᆞ려(-에게, -더러: 부조, 상대) ※ 파생 조사인 ‘-ᄃᆞ려’는 [ᄃᆞ리(데리다, 伴)- + -어(연어 ▹ 조접)]과 같이 분석된다.

82) 니ᄅᆞ샤ᄃᆡ: 니ᄅᆞ(이르다, 曰)- + -샤(← -시-: 주높)- + -ᄃᆡ(← -오ᄃᆡ: -되, 연어, 설명의 계속)

83) ᄉᆞᆯᄫᆞ쇼셔: ᄉᆞᆲ(← ᄉᆞᆲ다, ㅂ불: 사뢰다, 아뢰다, 奏)- + -ᄋᆞ쇼셔(-으소서: 명종, 아주 높임)

84) ᄢᅴ: ᄣᅵ(← ᄣᅳ: 때, 時) + -의(-에: 부조, 위치, 시간)

85) 種種: 종종. 여러 가지(명사)

86) 다시곰: 다시(다시, 復: 부사) + -곰(보조사, 강조)

87) 잠ᄭᅡᆫ도: 잠ᄭᅡᆫ[잠깐, 暫間(명사): 잠(잠시, 暫) + -ㅅ(관조, 사잇) + 간(사이, 間)] + -도(보조사, 강조)

뼌王왕ᄭᅴ 도라가 이 辭쌍緣원을 ᄉᆞᆯᄫᆞᆫ
대 王왕이 大땡愛ᅙᆡᆼ道똫ᄅᆞᆯ 블러 니ᄅᆞ
샤ᄃᆡ 耶양輸슝ᄂᆞᆫ 겨지비라 法법을 모ᄅᆞ
ᄅᆞᆯᄊᆡ 즐급드리워 ᄃᆞᆺ온 ᄠᅳ들 몯 ᄡᅳ러ᄇᆞ
리ᄂᆞ니 그듸 가아 아라듣게 니ᄅᆞ라 大
땡愛ᅙᆡᆼ道똫ㅣ 五옹百ᄇᆡᆨ 靑청衣ᅙᆡᆼ 더
브르시고 耶양輸슝ㅅ긔 가아 種죵種죵
方방便뼌으로 두ᅀᅥ 번 니ᄅᆞ시니 耶양

돌아가 이 辭緣(사연)을 사뢰는데, 王(왕)이 大愛道(대애도)를 불러 이르시되, “耶輸(야수)는 여자라서 法(법)을 모르므로 애착하여 애틋하게 사랑하는 뜻을 못 쓸어 버리니, 그대가 가서 알아듣게 이르라.” 大愛道(대애도)가 五百(오백) 靑衣(청의)를 데리고 耶輸(야수)께 가서 여러 方便(방편)으로 두어 번 이르시니

도라가 이 辭쑹緣원을 ᄉᆞᆯᄫᆞᆫ대[88] 王왕이 大땡愛ᅙᅵᆼ道똫ᄅᆞᆯ 블러 니ᄅᆞ샤
ᄃᆡ 耶양輪륜ᄂᆞᆫ 겨지비라[89] 法법을 모ᄅᆞᆯ씨 즐급드리워[90] ᄃᆞᆺ온[91] ᄠᅳ들
몯 ᄡᅳ러[92] ᄇᆞ리ᄂᆞ니[93] 그듸[94] 가아 아라듣게 니ᄅᆞ라 大땡愛ᅙᅵᆼ道똫ㅣ
五옹百ᄇᆡᆨ 靑쳥衣ᅙᅴᆼ 더브르시고[95] 耶양輪륜의 가아 種죵種죵 方방便뼌으
로 두ᅀᅥ 번[96] 니르시니

---

88) ᄉᆞᆯᄫᆞᆫ대: ᄉᆞᆲ(← ᄉᆞᆸ다, ㅂ불: 사뢰다, 아뢰다, 奏)- + -ᄋᆞᆫ대(-는데, -니 : 연어, 설명, 반응)

89) 겨지비라: 겨집(여자, 계집, 女) + -이(서조)- + -라(← -아 : 연어) ※ 연결 어미인 '-아'는 서술격 조사의 어간인 '-이-'와 '아니다'의 어간인 '아니-' 뒤에 실현되면 '-라'로 변동한다.

90) 즐급드리워 : 즐급드리우(애착하다, 愛着)- + -어(연어)

91) ᄃᆞᆺ온: ᄃᆞᆺ(←ᄃᆞᇫ-, ㅅ불: 애틋이 사랑하다, 愛)- + -∅(과시)- + -오(대상)- + -ㄴ(관전) ※ 'ᄃᆞᆺ다'가 'ㅅ' 불규칙 용언이므로 'ᄃᆞᅀᆞᆫ'으로 활용하는 것이 원칙이나, 'ᄃᆞᆺ온'이나 'ᄃᆞᇫ온' 등으로도 실현된 예가 보인다. 그리고 'ᄃᆞᆺ다'에 대상법 선어말 어미 '-오-'가 실현된 것은 'ᄃᆞᆺ다'가 피한정 언인 'ᄠᅳᆮ'과 동격의 관계에 있기 때문이다.

92) ᄡᅳ러: ᄡᅳᆯ(쓸다, 없애다, 掃)- + -어(연어)

93) ᄇᆞ리ᄂᆞ니: ᄇᆞ리(버리다: 보용, 완료)- + -ᄂᆞ-(현시)- + -니(연어, 설명의 계속)

94) 그듸: 그듸[그대(인대, 2인칭, 예사 높임): 그(그, 彼: 지대, 정칭) + -듸(높접, 예사 높임)] + -∅(← -이 : 주조)

95) 더브르시고: 더블(더불다, 伴)- + -으시(주높)- + -고(연어, 나열, 계기)

96) 두ᅀᅥ 번: 두ᅀᅥ[두어, 二三(관사, 양수): 두(← 둘 : 둘, 二, 관사) + ᅀᅥ(← 서 : 세, 三, 관사)] # 번(番 : 의명)

[7앞]

耶輸(야수)가 오히려 듣지 아니하시고 大愛道(대애도)께 사뢰시되, "내가 집에 있을 적에 여덟 나라의 王(왕)이 경쟁하여 다투거늘, 우리 父母(부모)가 듣지 아니하신 것은 釋迦(석가) 太子(태자)가 재주가 奇特(기특)하시므로【奇(기)는 신기한 것이요, 特(특)은 남의 무리와 따로 다른 것이다.】, 우리 父母(부모)가 (나를) 太子(태자)께 드리시니, 夫人(부인)이 며느리 얻으시는 것은

[7 앞]

耶양輪슌ㅣ ᄉᆞᆫᄌᆡ[97] 듣디 아니ᄒᆞ시고 大땡愛ᅙᅵᆼ道또ᇢᄭᅴ ᄉᆞᆯ보샤ᄃᆡ[98] 내[99] 지븨 이싫 저긔 여듧 나랏 王왕이 난겻기로[100] ᄃᆞ토거늘[1] 우리 父뿡母몽ㅣ 듣디 아니ᄒᆞ샨[2] 고ᄃᆞᆫ[3] 釋셕迦강 太탱子ᄌᆼㅣ ᄌᆡ죄[4] 奇끵特뜩ᄒᆞ실ᄊᆡ【奇끵ᄂᆞᆫ 神씬奇끵ᄒᆞᆯ 씨오 特뜩은 ᄂᆞᄆᆡ ᄆᆞ리예[5] ᄠᆞ로[6] 다ᄅᆞᆯ 씨라】우리 父뿡母몽ㅣ 太탱子ᄌᆼᄭᅴ 드리ᅀᆞᄫᆞ시니[7] 夫붕人ᅀᅵᆫ이 며느리 어드샤ᄆᆞᆫ[8]

---

97) ᄉᆞᆫᄌᆡ: 오히려, 猶(부사)

98) ᄉᆞᆯ보샤ᄃᆡ: ᄉᆞᆲ(← ᄉᆞᆲ다, ㅂ불: 사뢰다, 아뢰다, 奏)- + -오샤(← -ᄋᆞ샤-: 주높)- + -되(← -오ᄃᆡ: 연어, 설명의 계속) ※ ‘ᄉᆞᆯ보샤ᄃᆡ’는 ‘ᄉᆞᆯᄫᆞ샤ᄃᆡ’를 오각한 형태이다.

99) 내: 나(나, 我: 인대, 1인칭) + -ㅣ(← -이: 주조) ※ 원문에 ‘내’의 방점이 거성(去聲)으로 표기되어 있으므로, ‘-ㅣ’는 주격 조사이다.

100) 난겻기로: 난겻기(겨루기, 경쟁, 競) + -로(부조, 방편)

1) ᄃᆞ토거늘: ᄃᆞ토(다투다, 爭)- + -거늘(연어, 상황)

2) 아니ᄒᆞ샨: 아니ᄒᆞ[아니하다, 不: 보용, 부정): 아니(아니, 不: 부사, 부정) + -ᄒᆞ(동접)-]- + -샤(← -시-: 주높)- + -Ø(과시)- + -Ø(← -오-: 대상)- + -ㄴ(관전)

3) 고ᄃᆞᆫ: ᄀᆞᆮ(것, 者: 의명) + -ᄋᆞᆫ(보조사, 주제)

4) ᄌᆡ죄: ᄌᆡ조(재주, 才) + -ㅣ(← -이: 주조)

5) ᄆᆞ리예: ᄆᆞ리(무리, 衆) + -예(← -에: 부조, 위치, 비교)

6) ᄠᆞ로: 따로, 別(부사)

7) 드리ᅀᆞᄫᆞ시니: 드리[드리다, 獻: 들(들다, 入: 자동)- + -이(사접)-]- + -ᅀᆞᇦ(← -ᄉᆞᆸ-: 객높)- + -ᄋᆞ시(주높)- + -니(연어, 설명의 계속)

8) 어드샤ᄆᆞᆫ: 얻(얻다, 得)- + -으샤(← -으시-: 주높)- + -ㅁ(← -옴: 명전) + -ᄋᆞᆫ(보조사, 주제)

[7뒤]

溫혼和황·히 사·라 千쳔萬먼:뉘·예 子ᄌᆞᆼ
孫손·이 니:어·가·물 :위·ᄒᆞ·시·니 太탱子ᄌᆞᆼ
ㅣ ᄒᆞ·마 ·나·가·시·고 ·ᄯᅩ 羅랑睺ᅘᅮᇂ羅랑·ᄅᆞᆯ
出츄ᇙ家강·ᄒᆡ·샤 ·나·라 니ᅀᅳ·리·ᄅᆞᆯ 긋·게 ·ᄒᆞ
·시ᄂᆞ·니 :엇·더ᄒᆞ·니잇·고 大땡愛ᅙᆡᆼ道똫
ㅣ 드·르·시·고 ᄒᆞᆫ :말·도 몯ᄒᆞ·야 잇·더·시·니
그·ᄢᅴ 世솅尊존·이 ·즉자·히 化황人신·ᄋᆞᆯ
보·내·샤 化황人신·ᄋᆞᆫ 世솅尊존ㅅ 神씬力륵·으·로 ᄃᆞ외·의 ᄒᆞ샨 사ᄅᆞ미

溫和(온화)하게 살아서 千萬(천만) 누리에 子孫(자손)이 이어감을 위하시니, 太子(태자)가 이미 나가시고 또 羅睺羅(나후라)를 出家(출가)하게 하시어, 나라를 이을 이를 끊어지게 하시는 것이 (과연) 어떠합니까?" 大愛道(대애도)가 들으시고 한 말도 못하고 있으시더니, 그때에 世尊(세존)이 즉시 化人(화인)을 보내시어【化人(화인)은 世尊(세존)의 神力(신력)으로 되게 하신 사람이다.】

[7 뒤]

溫ᅙᅩᆫ和ᅘᅪᆼ히[9] 사라 千쳔萬먼 뉘예[10] 子ᄌᆞᆼ孫손이 니ᅀᅥ[11] 가ᄆᆞᆯ[12] 위ᄒᆞ시니 太탱子ᄌᆞᆼㅣ ᄒᆞ마[13] 나가시고 ᄯᅩ 羅랑睺ᅘᅮᇢ羅랑ᄅᆞᆯ 出츓家강히샤[14] 나라 니ᅀᅳ리ᄅᆞᆯ[15] 긋게[16] ᄒᆞ시ᄂᆞ니[17] 엇더ᄒᆞ니잇고[18] 大땡愛ᅙᅵᆼ道ᄯᅩᇢㅣ 드르시고 ᄒᆞᆫ 말도 몯ᄒᆞ야 잇더시니[19] 그 ᄢᅴ 世솅尊존이 즉자히 化황人신[20]을 보내샤【化황人신ᄋᆞᆫ 世솅尊존ㅅ 神씬力륵으로 ᄃᆞ외의[21] ᄒᆞ샨[22] 사ᄅᆞ미라】

---

9) 溫和히: [온화히(부사): 溫和(온화: 불어) + -ㅎ(←-ᄒᆞ-: 형접)- + -이(부접)]

10) 뉘예: 뉘(누리, 세상, 世) + -예(←-에: 부조, 위치)

11) 니ᅀᅥ: 닛(←잇다, ㅅ불: 잇다, 繼)- + -어(연어)

12) 가ᄆᆞᆯ: 가(가다: 보용, 진행)- + -ㅁ(←-옴: 명전) + -ᄋᆞᆯ(목조)

13) ᄒᆞ마: 이미, 벌써, 旣(부사)

14) 出家히샤: 出家히[출가하게 하다, 출가시키다: 出家(출가: 명사) + -ᄒᆞ(동접)- + -ㅣ(←-이-: 사접)-]- + -샤(←-시-: 주높)- + -Ø(←-아: 연어)

15) 니ᅀᅳ리ᄅᆞᆯ: 닛(←닛다, ㅅ불: 잇다, 繼)- + -을(관전) # 이(이, 者: 의명) + -ᄅᆞᆯ(목조)

16) 긋게: 긋(←긏다: 끊어지다, 斷)- + -게(연어, 사동)

17) ᄒᆞ시ᄂᆞ니: ① ᄒᆞ(하다, 爲)- + -시(주높)- + -ᄂᆞ(현시)- + -ㄴ(관전) # 이(것, 者: 의명) + -Ø(←-이: 주조) ② ᄒᆞ(하다, 爲)- + -시(주높)- + -ᄂᆞ(현시)- + -니(연어, 설명의 계속)

18) 엇더ᄒᆞ니잇고: 엇더ᄒᆞ[어떠하다: 엇더(어찌: 불어, 부사) + -ᄒᆞ(형접)-]- + -잇(←-이-: 상높, 아주 높임)- + -니…고(-니까: 의종, 설명)

19) 잇더시니: 잇(←이시다: 보용, 완료 지속)- + -더(회상)- + -시(주높)- + -니(연어, 설명의 계속)

20) 化人: 화인. 불보살이 중생을 교화하기 위하여 사람의 몸으로 나타남. 또는 그런 사람이다.

21) ᄃᆞ외의: ᄃᆞ외(되다, 爲)- + -의(←-긔: -게, 연어, 사동)

22) ᄒᆞ샨: ᄒᆞ(하다: 보용, 사동)- + -샤(←-시-: 주높)- + -Ø(과시)- + -Ø(←-오-: 대상)- + -ㄴ(관전)

[8앞]

虛空(허공)에서 耶輸(야수)께 이르시되 "네가 지난 옛날 세상의 時節(시절)에 盟誓(맹서)하고 發願(발원)한 일을 헤아리는가 모르는가? 釋迦(석가)如來(여래)가 그때 菩薩(보살)의 道理(도리)를 한다 하여, 너에게 五百(오백) 銀(은)돈으로 다섯 줄기의 蓮花(연화)를 사서 錠光佛(정광불)께 바칠 적에, 네가 發願(발원)을 하되 '世世(세세)에 妻眷(처권)이

[8앞]

虛헝空콩애셔 耶양輸슝씌 니ᄅᆞ샤ᄃᆡ 네[23] 디나건[24] 녜[25] 뉫[26] 時씽節졇에 盟명誓쎙 發벓願원[27] ᄒᆞᆫ 이ᄅᆞᆯ[28] 혜ᄂᆞᆫ다[29] 모ᄅᆞᄂᆞᆫ다[30] 釋셕迦강 如셩來릥 그 ᄣᅴ 菩봉薩삻ㅅ 道똫理링 ᄒᆞ노라[31] ᄒᆞ야 네 손ᄃᆡ[32] 五옹百빅 銀은 도ᄂᆞ로[33] 다ᄉᆞᆺ 줄깃 蓮련花황[34]ᄅᆞᆯ 사아 錠뎡光광佛뿛[35]씌 받ᄌᆞᄫᆞᆯ 쩌긔[36] 네 發벓願원을 호ᄃᆡ 世솅世솅[37]예 妻쳉眷권[38]이

---

23) 네: 너(너, 汝: 인대, 2인칭) + -ㅣ(← -이: 주조)

24) 디나건: 디나(지나다, 過)- + -Ø(과시)- + -거(확인)- + -ㄴ(관전)

25) 녜: 예전, 옛날, 昔(명사)

26) 뉫: 뉘(세대, 때, 세상, 世) + -ㅅ(-의 : 관조)

27) 發願: 발원. 신이나 부처에게 소원을 비는 것이나, 또는 그 소원을 이른다.

28) 이ᄅᆞᆯ: 일(일, 事) + -ᄋᆞᆯ(목조)

29) 혜ᄂᆞᆫ다: 혜(헤아리다, 생각하다, 量)- + -ᄂᆞ(현시)- + -ㄴ다(-는가: 의종, 2인칭)

30) 모ᄅᆞᄂᆞᆫ다: 모ᄅᆞ(모르다, 不知)- + -ᄂᆞ(현시)- + -ㄴ다(-는가: 의종, 2인칭)

31) ᄒᆞ노라: ① ᄒᆞ(하다, 爲)- + -ㄴ(← ᄂᆞ- 현시)- + -오(화자)- + -라(← -다 : 평종) ② ᄒᆞ(하다, 爲)- + -노라(-느라 : 연어, 목적) ※ 이 문장의 주어는 '釋迦 如來'인데, 석가 여래의 분신인 화인(化人)이 말을 하므로 실제로는 주어가 화자이다. 그리고 '-노라'를 목적을 나타내는 연결 어미로 보아서, ②처럼 분석할 수도 있다.

32) 네 손ᄃᆡ: 너(너, 汝: 인대, 2인칭) + -ㅣ(-의: 관조) # 손ᄃᆡ(거기에: 의명, 위치, 장소) ※ '-ㅣ 손ᄃᆡ'를 직역하면 '-의 거기에'로 옮길 수 있는데, 여기서는 '-에게'로 의역하여서 옮긴다.

33) 도ᄂᆞ로: 돈(돈, 錢) + -ᄋᆞ로(부조, 방편)

34) 蓮花: 연화. 연꽃이다.

35) 錠光佛: 정광불. 불교에서 과거불로, 석가모니의 전생에 수기를 준 부처이다. 산스크리트로는 연등불(燃燈佛)이라 한다.

36) 받ᄌᆞᄫᆞᆯ 쩌긔 : 받(바치다, 獻)- + -ᄌᆞᇦ(← -ᄌᆞᆸ- : 객높)- + -ᄋᆞᆯ(관전) # 쩍(← 적 : 적, 때, 時, 의명) + -의(-에 : 부조, 위치, 시간)

37) 世世 : 세세. 태어나는 각각의 세상이다.

38) 妻眷: 처권. 아내와 친족을 통틀어 이르는 말이다.

·권·이ᄃᆞ외·져·ᄒᆞ거·늘·내닐·오ᄃᆡ菩뽕薩
·삻·이ᄃᆞ외·야劫·겁劫·겁·에發·벓願원行
뼹·ᄒᆞ노·라·ᄒᆞ·야一·힗切·쳉布봉施싱·ᄅᆞᆯ
ᄂᆞ·ᄆᆡ·ᄠᅳᆮ거·스·디아·니·ᄒᆞ거·든:네내:마·ᄅᆞᆯ
:다드·를·따·ᄒᆞ야·ᄂᆞᆯ:네盟명誓·쏑·ᄅᆞᆯ·호·ᄃᆡ
世·솅世·솅·예:난·ᄯᅡ:마·다나·라·히·며·자시
·며子ᄌᆞᆼ息·식·이·며내·몸·니르·리布봉施
싱·ᄒᆞ야·도그딋·ᄒᆞᆫ조·초·ᄒᆞ·야·뉘읏븐ᄆᆞ

되자.’ 하거늘, 내가 이르되 “菩薩(보살)이 되어 劫劫(겁겁)에 發願(발원)을 行(행)한다 하여서, 一切(일체)의 布施(보시)를 남의 뜻을 거스르지 아니하거든, 네가 나의 말을 다 듣겠는가?” 하거늘, 네가 盟誓(맹서)를 하되 ‘世世(세세)에 난 땅마다 나라며 城(성)이며 子息(자식)이며 나의 몸에 이르도록 布施(보시)하여도, 그대가 한 바를 따라 하여 뉘우쁜

ᄃᆞ외져[39] ᄒᆞ거늘 내 닐오ᄃᆡ 菩뽕薩삻이 ᄃᆞ외야[40] 劫겁劫겁[41]에 發벓願원 行ᅘᆡᆼᄒᆞ노라[42] ᄒᆞ야 一힗切쳉 布봉施싱[43]를 ᄂᆞᄆᆡ[44] ᄠᅳᆮ 거스디[45] 아니ᄒᆞ거든[46] 네 내 마ᄅᆞᆯ 다 드를따[47] ᄒᆞ야ᄂᆞᆯ[48] 네 盟명誓쎙를 호ᄃᆡ 世솅世솅예 난 ᄶᅡ마다 나라히며[49] 자시며[50] 子ᄌᆞᆼ息식이며 내 몸 니르리[51] 布봉施싱ᄒᆞ야도 그딋[52] 혼[53] 조초[54] ᄒᆞ야 뉘읏븐[55]

---

39) ᄃᆞ외져: ᄃᆞ외(되다, 爲)- + -져(-자: 청종)

40) ᄃᆞ외야: ᄃᆞ외(되다, 爲)- + -야(← -아: 연어)

41) 劫劫: 겁겁. 劫(겁)은 어떤 시간의 단위로도 계산할 수 없는 무한히 긴 시간이다. 곧, 하늘과 땅이 한 번 개벽한 때에서부터 다음 개벽할 때까지의 동안이라는 뜻이다. 따라서 劫劫(겁겁)은 끝없는 세월을 말한다.

42) 行ᄒᆞ노라: ① 行ᄒᆞ[행하다: 行(행 : 불어) + -ᄒᆞ(동접)-] + -ㄴ(← -ᄂᆞ-: 현시)- + -오(화자)- + -라(← -다: 평종) ② 行ᄒᆞ(행하다)- + -노라(-느라: 연어, 목적)

43) 布施: 보시. 자비심으로 남에게 재물이나 불법을 베푸는 것이다.

44) ᄂᆞᄆᆡ: ᄂᆞᆷ(남, 他人) + -ᄋᆡ(-의: 관조)

45) 거스디: 거스(← 거슬다 : 거스르다, 逆)- + -디(-지 : 연어, 부정)

46) 아니ᄒᆞ거든: 아니ᄒᆞ[아니하다, 不(보용, 부정): 아니(아니, 不: 부사, 부정) + -ᄒᆞ(동접)-]- + -거든(-거든: 연어, 조건)

47) 드를따: 들(← 듣다, ㄷ불: 듣다, 聞)- + -을따(-겠는가: 의종, 2인칭, 미시)

48) ᄒᆞ야ᄂᆞᆯ: ᄒᆞ(하다, 謂)- + -야ᄂᆞᆯ(← -아ᄂᆞᆯ: -거늘, 연어, 상황)

49) 나라히며: 나라ㅎ(나라, 國) + -이며(접조)

50) 자시며: 잣(성, 城) + -이며(접조)

51) 니르리: [이르도록, 이르게(부사): 니를(이르다, 至: 동사)- + -이(부접)]

52) 그딋: 그듸[그대(인대, 2인칭, 예사 높임): 그(그, 彼: 지대, 정칭) + -듸(높접)] + -ㅅ(-의: 관전, 의미상 주격) ※ '그듸'는 관형절 속에서 서술어 'ᄒᆞ다'의 주체의 역할을 하므로 주격으로 해석된다.

53) 혼: ㅎ(← ᄒᆞ다: 하다, 爲)- + -오(대상)- + -Ø(과시)- + -ㄴ(관전, 명사적 용법) ※ 이때의 '-ㄴ'은 명사적 용법으로 쓰인 관형사형 전성 어미이다. 따라서 '혼'은 '한 것'으로 옮긴다.

54) 조초: [따라, 좇아從(부사): 좇(좇다, 從)- + -오(부접)]

55) 뉘읏븐: 뉘읏브[뉘우쁘다, 후회스럽다, 悔(형사): 뉘읏(← 뉘읓다: 뉘우치다, 悔, 동사)- + -브(형접)-]- + -Ø(현시)- + -ㄴ(관전)

[9앞]

ᅀᆞ·ᄆᆞᆯ 아·니호리·라·ᄒᆞ더·니·이제:엇·뎨羅
랑睺·흫羅·랑·ᄅᆞᆯ 앗·기ᄂᆞᆫ·다耶·양輸:슝ㅣ
이:말드르·시·고ᄆᆞᅀᆞ·미훤·ᄒᆞ·샤前쪈生
싱·앳:이·리어·제:본·ᄃᆞᆺ·ᄒᆞ·야즐·굽드·ᄫᅳᆫᄆᆞ
ᅀᆞ·미:다·ᄉᆞ·러·디거·늘目·목連련·이·ᄅᆞᆯ블
·러懺·참悔·횡·ᄒᆞ시·고 懺·참ᄋᆞᆫ·ᄎᆞᄆᆞᆯ·씨·니 ·내罪쬥·ᄅᆞᆯᄎᆞ·마ᄇᆞ
·리·쇼·셔ᄒᆞ논ᄠᅳ디·오悔·횡ᄂᆞᆫ:뉘으·츨 ·씨·니:아·랫:이·ᄅᆞᆯ외·오·ᄒᆞ·라홇·씨·라 羅
랑睺·흫羅랑·ᄋᆡ·소·ᄂᆞᆯ자·바目·목連련·일

마음을 아니 하리라.' 하더니, 이제 어찌 羅睺羅(나후라)를 아끼는가?" 耶輸(야수)가 이 말을 들으시고, 마음이 훤하시어 前生(전생)에 있은 일이 어제 본 듯하여 애착스러운 마음이 다 없어지거늘, 目連(목련)이를 불러 懺悔(참회)하시고【懺(참)은 참는 것이니, '내 罪(죄)를 참아 버리소서.' 하는 뜻이요, 悔(회)는 뉘우치는 것이니 '예전의 일을 그르게 했다.' 하는 것이다.】, 羅睺羅(나후라)의 손을 잡아 目連(목련)이에게

ᄆᆞᅀᆞᄆᆞᆯ 아니 호리라[56] ᄒᆞ더니 이제 엇뎨[57] 羅랑睺훙羅랑ᄅᆞᆯ 앗기ᄂᆞ다[58] 耶양輸슝ㅣ 이 말 드르시고 ᄆᆞᅀᆞ미 훤ᄒᆞ샤[59] 前쪈生ᄉᆡᇰ앳[60] 이리 어제 본 ᄃᆞᆺ[61] ᄒᆞ야 즐굽ᄃᆞᄫᅵᆫ[62] ᄆᆞᅀᆞ미 다 스러디거늘[63] 目목連련이ᄅᆞᆯ[64] 블러 懺참悔횡[65]ᄒᆞ시고【懺참ᄋᆞᆫ ᄎᆞᄆᆞᆯ[66] 씨니 내 罪쬥ᄅᆞᆯ ᄎᆞ마 ᄇᆞ리쇼셔[67] ᄒᆞᄂᆞᆫ ᄠᅳ디오 悔횡ᄂᆞᆫ 뉘으ᄎᆞᆯ 씨니[68] 아랫[69] 이ᄅᆞᆯ 외오[70] 호라[71] ᄒᆞᆯ 씨라】 羅랑睺훙羅랑ᄋᆡ 소ᄂᆞᆯ 자바 目목連련일[72]

---

56) 아니 호리라: 아니(아니, 不: 부사, 부정) # ㅎ(← ᄒᆞ-: 하다, 爲)- + -오(화자)- + -리(미시)- + -라(← -다: 평종)

57) 엇뎨: 어찌, 何(부사)

58) 앗기ᄂᆞ다: 앗기(아끼다, 惜)- + -ᄂᆞ(현시)- + -ㄴ다(-는가: 의종, 2인칭)

59) 훤ᄒᆞ샤: 훤ᄒᆞ[훤하다, 시원하다, 밝다, 快: 훤(훤: 불어) + -ᄒᆞ(형접)-]- + -샤(← -시-: 주높)- + -Ø(← -아: 연어)

60) 前生앳: 前生(전생) + -애(-에: 부조, 위치, 시간) + -ㅅ(-의: 관조)

61) ᄃᆞᆺ: 듯(의명, 흡사)

62) 즐굽ᄃᆞᄫᅵᆫ: 즐굽ᄃᆞᄫᅵ(애착스럽다, 愛着)- + -Ø(현시)- + -ㄴ(관전)

63) 스러디거늘: 스러디[스러지다, 사라지다, 消: 슬(스러지게 하다)- + -어(연어) + 디(지다: 보용, 피동)-]- + -거늘(연어, 상황) ※ '스러디다'에서 어근으로 쓰인 '슬다'는 자동사(= 스러지다, 사라지다)와 타동사(= 스러지게 하다, 사라지게 하다)로 두루 쓰이는 능격 동사인데, '스러디다'에서는 '슬다'가 타동사인 어근으로 쓰였다.

64) 目連이ᄅᆞᆯ: 目連이[목련이: 目連(목련: 명사) + -이(명접, 어조 고룸)] + -ᄅᆞᆯ(목조)

65) 懺悔: 참회. 과거의 죄를 뉘우치고 부처, 보살, 사장(師長), 대중 앞에 고백하여 용서를 구하는 것이다.

66) ᄎᆞᄆᆞᆯ: ᄎᆞᆷ(참다, 忍)- + -ᄋᆞᆯ(관전)

67) ᄇᆞ리쇼셔: ᄇᆞ리(버리다: 보용, 완료)- + -쇼셔(-소서: 명종, 아주 높임)

68) 뉘으ᄎᆞᆯ 씨니: 뉘읓(뉘우치다, 悔)- + -을(관전) # ㅆ(← ᄉᆞ: 것, 者, 의명) + -ㅣ(← -이-: 서조)- + -니(연어, 설명, 이유)

69) 아랫: 아래(예전, 옛날, 昔) + -ㅅ(-의: 관조)

70) 외오: [그릇, 그르게, 잘못, 誤(부사): 외(그르다, 誤: 형사)- + -오(부접)]

71) 호라: ㅎ(← ᄒᆞ-: 하다, 爲)- + -Ø(과시)- + -오(화자)- + -라(← -다: 평종)

72) 目連(목련)일: 目連이[목련이: 目連(목련: 명사) + -이(접미, 어조 고룸)] + -ㄹ(← -를: -에게, 목조, 보조사적 용법) ※ 이때의 '目連이'는 서술어인 '맛디다'를 고려해 볼 때, 문맥상 부사어인 '目連이의 게'나 '目連이의 그에' 등의 뜻으로 해석된다. 따라서 이 경우의 '-ㄹ'은 목적격 조사의 보조사적인 용법으로 쓰인 것이다.

[9뒤]

맛·디·시·고 :울·며 여희·시니·라 淨쪙飯뻔
王왕·이 耶양輸슝·의 ·ᄠᅳ·들 누·규리·라·ᄒᆞ
·샤·즉자·히 나·랏 어·비몬·내·ᄅᆞᆯ 모·도·아 니
ᄅᆞ·샤·ᄃᆡ 金금輪륜王왕 아·ᄃᆞ·리 出츌家
강 ᄒᆞ·라 가ᄂᆞ·니 그듸·내 各각各각 ᄒᆞᆫ 아
·ᄃᆞᆯ·옴·내·야 내 孫손子ᄌᆞᆼ 조·차 가·게 ᄒᆞ·라
·ᄒᆞ시·니 ·즉자·히 쉰 아·ᄒᆡ 몯·거늘 羅랑睺ᅘᅮᇢ
羅랑 조·차 부텨 ·ᄭᅴ ·가 아 禮롕數숭 ·ᄒᆞ

맏기시고 울며 이별(離別)하셨느니라. 淨飯王(정반왕)이 耶輸(야수)의 뜻을 누그러뜨리리라 하시어, 즉시 나라의 귀족들을 모아 이르시되 "金輪王(금륜왕)의 아들이 出家(출가)하러 가니, 그대들이 各各(각각) 한 아들씩 내어 내 孫子(손자)를 좇아가게 하라." 하시니, 즉시 쉰 (명의) 아이가 모이거늘 羅睺羅(나후라)를 좇아 부처께 가서 禮數(예수)하는데,

[9 뒤]

맛디시고[73] 울며 여희시니라[74] 淨쪙飯뻔王왕이 耶양輸슝의 ᄠᅳ들 누규리라[75] ᄒᆞ샤 즉자히 나랏 어비ᄆᆞᆫ내ᄅᆞᆯ[76] 모도아[77] 니ᄅᆞ샤ᄃᆡ 金금輪륜王왕[78] 아ᄃᆞ리 出츓家강ᄒᆞ라 가ᄂᆞ니 그듸내[79] 各각各각 ᄒᆞᆫ 아ᄃᆞᆯ옴[80] 내야 내 孫손子ᄌᆞᆼ 조차 가게 ᄒᆞ라 ᄒᆞ시니 즉자히 쉰 아ᄒᆡ[81] 몯거늘[82] 羅랑睺훟羅랑 조차 부텨ᄭᅴ 가아 禮롕數숭ᄒᆞᄉᆞᄫᆞᆫ대[83]

---

73) 맛디시고: 맛디[맡기다, 託: 맜(맡다: 타동)-+-이(사접)-]-+-시(주높)-+-고(연어, 계기)

74) 여희시니라: 여희(이별하다, 여의다, 別)-+-시(주높)-+-Ø(과시)-+-니(원칙)-+-라(←-다: 평종)

75) 누규리라: 누기[눅이다, 누그러뜨리다: 눅(눅다: 자동)-+-이(사접)-]-+-우(화자)-+-리(미시)-+-라(←-다: 평종) ※ 이때의 '누규리라'는 淨飯王(정반왕)이 발화한 문장의 서술어이므로, 실질적으로는 '내 … 耶輸의 ᄠᅳ들 누규리라'의 문장과 같다. 곧, 서술자가 화자인 정반왕의 입장에서 서술하였므로 화자 표현의 선어말 어미인 '-우-'가 실현된 것이다.

76) 어비ᄆᆞᆫ내ᄅᆞᆯ: 어비ᄆᆞᆫ내[귀족들, 고관들: 어비(아버지, 父)+ᄆᆞᆫ(만, 昆)+-내(복접, 높임)]+-ᄅᆞᆯ(목조)

77) 모도아: 모도[모으다: 몯(모이다, 集: 자동)-+-오(사접)-]-+-아(연어)

78) 金輪王: 금륜왕. 사륜왕(四輪王) 중의 하나이다. 사륜왕에는 金輪王(금륜왕), 동륜왕(銅輪王), 은륜왕(銀輪王), 철륜왕(鐵輪王) 등이 있다. 이 중에서 금륜왕(金輪王)은 금륜(金輪)을 굴리면서 네 주(洲)를 다스리는 왕인데, 여기서는 석가 세존을 이른다.

79) 그듸내: 그듸내[그대분들(인대, 2인칭, 예사 높임): 그(그, 彼: 지대, 정칭)+-듸(높접, 예사 높임)+-내(복접, 높임)]+-Ø(←-이: 주조)

80) 아ᄃᆞᆯ옴: 아ᄃᆞᆯ(아들, 子)+-옴(←-곰: -씩, 보조사, 각자)

81) 아ᄒᆡ: 아ᄒᆡ(아이, 兒)+-Ø(←-이: 주조)

82) 몯거늘: 몯(모이다, 會)-+-거늘(연어, 상황)

83) 禮數ᄒᆞᄉᆞᄫᆞᆫ대: 禮數ᄒᆞ[예수하다: 禮數(예수: 명사)+-ᄒᆞ(동접)-]-+-ᄉᆞᇦ(←-ᄉᆞᆸ-: 객높)-+-ᄋᆞᆫ대(-는데, -니: 연어, 반응) ※ '禮數(예수)'는 주인과 손님이 서로 만나 인사하는 것이다.

[10앞]

·ᄉᆞᆫ·대부:텨阿앙難난일시·기·샤羅랑
睺훙羅·랑·이머·리갓·기시·니·녀느·쉰아
·히·도:다出家춣강ᄒᆞ·니·라부:톄命·명·ᄒᆞ
·샤舍·샹利·링弗·붏·을和·황尙·썅·이ᄃᆞ외
·오和·황尙·썅·ᄋᆞᆫ갓·가·ᄫᅵ·이·셔:외·오·다ᄒᆞ
·논·마·리·니弟·뗑子·ᄌᆞㅣ샹·녜갓가·ᄫᅵ
·이·셔經경·을·ᄇᆡ호·아외오·ᄂᆞ·니·라和·황
尙·썅·ᄋᆞᆫ스스·이르·니·라目·목
連련·이闍·썅梨·링ᄃᆞ외·야闍·썅梨·리·ᄂᆞᆫ法·법
·이·라·혼·마·리·니弟·뗑子·ᄌᆞ·ㅣ·ᄒᆡᇰ·뎍·글
正·졍·케·ᄒᆞᆯ·씨·라·열가·짓戒·갱·를

부처가 阿難(아난)이를 시키시어 羅睺羅(나후라)의 머리를 깎이시니, 다른 쉰 (명의) 아이도 다 出家(출가)하였니라. 부처가 命(명)하시어 "舍利弗(사리불)이 和尙(화상)이 되고【和尙(화상)은 '가까이 있어 외웠다.' 하는 말이니, 弟子(제자)가 늘 가까이 있어 經(경)을 배워 외우는 것이니, 和尙(화상)은 스승을 일렀니라.】, 目連(목련)이 闍梨(도리)가 되어【闍梨(도리)는 法(법)이라 한 말이니, 弟子(제자)의 행적(行績)을 正(정)케 하는 것이다.】, 열 가지의 戒(계)를 부톄 阿항難난일[84] 시기샤[85] 羅랑睺흫羅랑ᄋᆡ 머리 갓기시니[86] 녀느[87] 쉰 아ᄒᆡ도 다 出츓家강ᄒᆞ니라[88] 부톄 命명ᄒᆞ샤 舍샹利링弗븛을[89] 和황尙썅이 ᄃᆞ외오[90]【和황尙썅ᄋᆞᆫ 갓가ᄫᅵ[91] 이셔 외오다[92] ᄒᆞ논 마리니 弟뗑子ᄌᆼㅣ 샹녜[93] 갓가ᄫᅵ 이셔 經경 ᄇᆡ호아 외올 씨니[94] 和황尙썅ᄋᆞᆫ 스스ᇰ을 니르니라[95]】 目목連련이 闍썅梨렝[96] ᄃᆞ외야【闍썅梨렝ᄂᆞᆫ 法법이라 혼 마리니 弟뗑子ᄌᆼᄋᆡ 힝뎌글 正졍케[97] ᄒᆞᇙ 씨라[98]】 열 가짓 戒갱[99]를

---

84) 阿難일: 阿難이[아난이: 阿難(인명) + -이(명접, 어조 고룸)] + -ㄹ(← -ᄅᆞᆯ: -에게, 목조, 보조사적 용법) ※ '阿難(아난)'은 석가모니의 십대 제자 가운데 한 사람(?~?)이다. 십육 나한의 한 사람으로, 석가모니 열반 후에 경전 결집에 중심이 되었으며, 여인 출가의 길을 열었다.

85) 시기샤: 시기(시키다, 使)- + -샤(← -시-: 주높)- + -아(연어)

86) 갓기시니: 갓기[깎이다: 갉(깍다, 削: 자동)- + -이(사접)-]- + -시(주높)- + -니(연어, 설명, 이유)

87) 녀느: 다른, 他(관사)

88) 出家ᄒᆞ니라: 出家ᄒᆞ[출가하다: 出家(출가: 명사) + -ᄒᆞ(동접)-]- + -Ø(과시)- + -니(원칙)- + -라(← -다: 평종)

89) 舍利弗을: 舍利弗(사리불) + -을(-이: 목조, 보조사적 용법) ※ 문맥상으로는 '舍利佛이 和尙이 ᄃᆞ외오'로 표현하여야 하는데, 주격 조사인 '-이' 대신에 목적격 조사인 '-을'을 사용하였다. 이는 목적격 조사의 보조사적인 용법(강조 용법)으로 볼 수 있다. ※ '舍利弗(사리불)'은 석가모니의 십대 제자 가운데 한 사람(?~BC 486)이다. 십육 나한의 하나로 석가모니의 아들 라홀라의 수계사(授戒師)로 유명하다.

90) ᄃᆞ외오: ᄃᆞ외(되다, 爲)- + -오(← -고: 연어, 나열)

91) 갓가ᄫᅵ: [가까이, 近(부사): 갓갛(← 갓갑다, ㅂ불: 가깝다, 近, 형사)- + -이(부접)]

92) 외오다: 외오(외우다, 誦)- + -Ø(과시)- + -다(평종)

93) 샹녜: 늘, 항상, 常(부사)

94) 외올 씨니: 외오(외우다, 誦)- + -ㄹ(관전) # ᄊ(← ᄉᆞ: 것, 者, 의명) + -이(서조)- + -니(연어, 설명의 계속)

95) 니르니라: 니르(이르다, 曰)- + -Ø(과시)- + -니(원칙)- + -라(← -다: 평종)

96) 闍梨: 闍梨(사리) + -Ø(← -이: 보조) ※ '闍梨(사리)'는 제자를 가르치고 제자의 행위를 바르게 지도하여 그 모범이 될 수 있는 승려를 이르는 말이다.

97) 正케: 正ᄒᆞ[← 正ᄒᆞ다(바르다): 正(정, 바른 일: 명사) + -ᄒᆞ(형접)-]- + -게(연어, 사동)

98) ᄒᆞᇙ 씨라: ᄒᆞ(하다: 보용, 사동)- + -ㄹ(관전) # ᄊ(← ᄉᆞ: 것, 의명) + -이(서조)- + -Ø(현시)- + -라(← -다: 평종)

99) 戒: 계. 죄를 금하고 제약하는 것으로서, 소극적으로는 그른 일을 막고 나쁜 일을 멈추게 하는 힘이 되고, 적극적으로는 모든 선을 일으키는 근본이 된다.

[10 뒤]

가르치라.” 하시니【열 가지의 戒(계)는 산 것을 주기지 말 것과, 도적질을 말 것과, 婬亂(음란)한 짓을 말 것과, 거짓말을 말 것과, 술과 고기를 먹지 말 것과, 몸에 香(향)과 기름을 바르며 花鬘(화만) 瓔珞(영락)으로 아름답게 꾸미기를 말 것과, 노래와 춤을 말 것과, 높은 平床(평상)에 앉지 말 것과, 時節(시절) 아닌 적에 밥을 먹지 말 것과, 金銀(금은)과 보배를 잡지 말 것이다.】, 羅雲(나운)이 어려서 놀이를 즐겨 法(법)을 듣는 것을 싫게 여기니, 부처가 자주 이르셔도 從(종)하지 아니하더니, 後(후)에 부처가 羅雲(나운)이더러 이르시되 “부처를

[10 뒤]

ᄀᆞᄅᆞ치라 ᄒᆞ시니【열 가짓 戒갱ᄂᆞᆫ 산 것 주기디 마롬과[100] 도ᄌᆞᆨ[1] 마롬과 婬음亂롼[2] 마롬과 거즛말[3] 마롬과 수을[4] 고기 먹디 마롬과 모매 香향 기름 ᄇᆞᄅᆞ며[5] 花황鬘만[6] 瓔ᅙᅧᇰ珞락[7] 빗이기[8] 마롬과 놀애 춤 마롬과 노ᄑᆞᆫ 平뼝床쌍애 안ᄶᅵ[9] 마롬과 時씽節졇 아닌 저긔 밥 먹디 마롬과 金금銀은 보ᄇᆡ[10] 잡디 마롬괘라[11]】 羅랑雲운이 져머[12] 노ᄅᆞᄉᆞᆯ[13] 즐겨[14] 法법 드로ᄆᆞᆯ[15] 슬히[16] 너겨 ᄒᆞ거든 부톄 ᄌᆞ로[17] 니ᄅᆞ샤도[18] 從쭁ᄒᆞᄉᆞᆸ디[19] 아니ᄒᆞ더니 後ᅘᅮᇢ에 부톄 羅랑雲운이ᄃᆞ려[20] 니ᄅᆞ샤ᄃᆡ 부텨

---

100) 마롬과: 말(말다, 勿: 보용, 부정)- + -옴(명전) + -과(접조)
1) 도ᄌᆞᆨ: 도둑질, 도적, 盜(명사). ※ 여기서 '도ᄌᆞᆨ'은 '도둑질'의 의미로 쓰였다.
2) 婬亂: 음란. 음탕하고 난잡한 것이다.
3) 거즛말: [거짓말, 噅: 거즛(거짓, 假) + 말(말, 言)]
4) 수을: 술, 酒.
5) ᄇᆞᄅᆞ며: ᄇᆞᄅᆞ(바르다, 塗)- + -며(연어, 나열)
6) 花鬘: 화만. 승방이나 불전(佛前)을 장식하는 장신구의 하나이다.
7) 瓔珞: 영락. 구슬을 꿰어 만든 장신구로서, 목이나 팔 따위에 두른다.
8) 빗이기: 빗이[←비ᇫ이다(꾸미다, 粧): 비ᇫ(←빗다, ㅅ불: 아름답다, 영화롭다: 형사)- + -이(사접)-]- + -기(명전)
9) 안ᄶᅵ: 앉(←앉다 : 앉다, 坐)- + -디(-지 : 연어, 부정)
10) 보ᄇᆡ: 보배, 寶.
11) 마롬괘라: 말(말다, 勿: 보용, 부정)- + -옴(명전) + -과(접조)- + -ㅣ(←-이-: 서조)- + -Ø(현시)- + -라(←-다: 평종)
12) 져머: 졈(어리다, 젊다, 幼)- + -어(연어)
13) 노ᄅᆞᄉᆞᆯ: 노ᄅᆞᆺ[놀이, 遊: 놀(놀다, 遊)- + -ᄋᆞᆺ(명접)] + -ᄋᆞᆯ(목조)
14) 즐겨: 즐기[즐기다, 樂(타동): 즑(즐거워하다, 歡: 자동)- + -이(사접)-]- + -어(연어)
15) 드로ᄆᆞᆯ: 들(←듣다, ㄷ불: 듣다, 聞)- + -옴(명전) + -ᄋᆞᆯ(목조)
16) 슬히: [싫게(부사): 슳(싫다, 嫌: 형사)- + -이(부접)]
17) ᄌᆞ로: 자주, 頻(부사)
18) 니ᄅᆞ샤도: 니ᄅᆞ(이르다, 曰)- + -샤(←-시-: 주높)- + -도(←-아도: 연어, 양보)
19) 從ᄒᆞᄉᆞᆸ디: 從ᄒᆞ[종하다, 따르다: 從(종: 불어) + -ᄒᆞ(동접)-]- + -ᄉᆞᆸ(객높)- + -디(-지 : 연어, 부정)
20) 羅雲이ᄃᆞ려 : 羅雲이[나운이 : 羅雲(나운 : 명사) + -이(접미, 어조 고름)] + -ᄃᆞ려(-에게 : 부조, 상대) ※ 부사격 조사 '-ᄃᆞ려'는 [ᄃᆞ리(데리다, 동사)- + -어(연어▹조접)]으로 분석할 수 있다.

[11앞]

맛나미 어려ᄫᅳ며 法법 드로미 어려ᄫᅳ
니 네 이제 사ᄅᆞ미 모ᄆᆞᆯ 得득ᄒᆞ고 부텨
ᄅᆞᆯ 맛나 잇ᄂᆞ니 엇뎨 게을어 法법을 아
니 듣ᄂᆞ다 羅랑雲운이 ᄉᆞᆯᄫᅩᄃᆡ 부텻 法
법이 精정微밍ᄒᆞ야 져믄 아ᄒᆡ 어느 듣
ᄌᆞᄫᆞ리잇고 아래 ᄌᆞᄌᆞ 듣ᄌᆞᄫᆞᆫ마ᄅᆞᆫ 즉
자히 도로 니저 ᄉᆞᄫᆞᆯ ᄲᅮ니니 이제 져믄
저근 아ᄅᆞᆫ 조 ᄆᆞᅀᆞᆷ 셧장 노니다가 ᄌᆞ라면

만나는 것이 어려우며 法(법)을 듣는 것이 어려우니, 네가 이제 사람의 몸을 得(득)하고 부처를 만나 있으니, 어찌 게을러 法(법)을 아니 듣는가?" 羅雲(나운)이 사뢰되 "부처의 法(법)이 精微(정미)하여 어린 아이가 어찌 듣겠습니까? 예전에 자주 들었건마는 즉시 도로 잊어 힘들 뿐이니, 이제 어린 적에는 아직 마음껏 놀다가 자라면

맛나미[21] 어려ᄫᅳ며[22] 法법 드로미[23] 어려ᄫᅳ니 네 이제 사ᄅᆞᄆᆡ 모ᄆᆞᆯ 得득ᄒᆞ고 부텨를 맛나 잇ᄂᆞ니 엇뎨 게을어[24] 法법을 아니 듣ᄂᆞ다[25] 羅라雲운이 ᄉᆞᆯᄫᆞᄃᆡ 부텻 法법이 精졍微밍[26]ᄒᆞ야 져믄[27] 아ᄒᆡ[28] 어느[29] 듣ᄌᆞᄫᆞ리잇고[30] 아래[31] ᄌᆞ조[32] 듣ᄌᆞᄫᆞᆫ마ᄅᆞᆫ[33] 즉자히 도로[34] 니저 ᄀᆞᆺᄇᆞᆯ[35] ᄲᅮ니니[36] 이제 져믄 저그란[37] 안즉 ᄆᆞᅀᆞᆷᄭᆞ장[38] 노다가[39] ᄌᆞ라면

---

21) 맛나미: 맛나[← 맞나다(만나다, 遇): 맛(← 맞다: 맞다, 迎)- + 나(나다, 出)-]- + -ㅁ(← -옴: 명전) + -이(주조)

22) 어려ᄫᅳ며: 어려ᇦ(← 어렵다, ㅂ불: 어렵다, 難)- + -으며(연어, 나열)

23) 드로미: 들(← 듣다, ㄷ불: 듣다, 聞)- + -옴(명전) + -이(주조)

24) 게을어: 게을(← 게으르다: 게으르다, 怠)- + -어(연어)

25) 듣ᄂᆞ다: 듣(듣다, 聞)- + -ᄂᆞ(현시)- + -ㄴ다(-ㄴ가: 의종, 2인칭)

26) 精微: 정미. 정밀하고 자세한 것이다.

27) 져믄: 졈(젊다, 어리다, 幼)- + -Ø(현시)- + -ㄴ(관전)

28) 아ᄒᆡ: 아ᄒᆡ(아이, 童) + -Ø(← -이: 주조)

29) 어느: 어찌, 何(부사)

30) 듣ᄌᆞᄫᆞ리잇고: 듣(듣다, 聞)- + -ᄌᆞᇦ(← -ᄌᆞᆸ-: 객높)- + -오(화자)- + -리(미시)- + -잇(← -이-: 상높, 아주 높임)- + -고(-니까 : 의종, 설명)

31) 아래: 아래(예전, 昔: 명사) + -Ø(← -애: -에, 부조, 위치, 시간)

32) ᄌᆞ조: [자주, 頻(부사): ᄌᆞᆽ(잦다, 頻: 형사)- + -오(부접)]

33) 듣ᄌᆞᄫᆞᆫ마ᄅᆞᆫ: 듣(듣다, 聞)- + -ᄌᆞᇦ(← -ᄌᆞᆸ-: 객높)- + -안마ᄅᆞᆫ(-건마는: -지만, 연어, 대조) ※ '-안마ᄅᆞᆫ'은 앞 절의 사태가 이미 어떠하니 뒤 절의 사태는 이러할 것이 기대되는데도 그렇지 못함을 나타내는 연결 어미이다. 기대가 어그러지는 데 대한 실망의 느낌이 비친다.

34) 도로: [도로, 반대로, 逆(부사): 돌(돌다, 回: 동사)- + -오(부접)]

35) ᄀᆞᆺᄇᆞᆯ: ᄀᆞᆺᄇᆞ[가쁘다, 힘들다, 疲(형사): ᄀᆞᆺ(← ᄀᆞᆾ다: 애쓰다, 가빠하다, 동사)- + -ᄇᆞ(형접)-]- + -ㄹ(관전)

36) ᄲᅮ니니: ᄲᅮᆫ(뿐: 의명) + -이(서조)- + -니(연어, 설명, 이유)

37) 저그란: 적(적, 때, 時: 의명) + -으란(-은: 보조사, 주제, 대조)

38) ᄆᆞᅀᆞᆷᄭᆞ장: ᄆᆞᅀᆞᇝᄀᆞ장[마음껏(부사): ᄆᆞᅀᆞᆷ(마음, 心) + -ㅅ(관조, 사잇) + ᄀᆞ장(만큼, 끝까지: 의명)]

39) 노다가: 노(← 놀다: 놀다, 遊)- + -다가(연어, 동작의 전환)

가히 法(법)을 배우겠습니다." 부처께서 이르시되 "잡은 일이 無常(무상)하여 몸을 못 믿을 것이니, 너의 목숨을 믿어 자랄 時節(시절)을 기다리는가?" 하시고 다시 說法(설법)하시니, 羅雲(나운)의 마음이 열리어 알았니라.【羅雲(나운)이 出家(출가)한 것이 부처의 나이 설흔 셋이시더니, 穆王(목왕)의 일곱째 해 丙戌(병술)이다.】 ○ 偸羅國(유라국)의 婆羅門(바라문)인 迦葉(가섭)이 三十二相(삼십이상)이

어루[40] 法법을 ᄇᆡ호ᅀᆞᄫᆞ리이다[41] 부톄 니ᄅᆞ샤ᄃᆡ 자ᄇᆞᆫ[42] 이리 無뭉常썅ᄒᆞ야 ᄆᆞᄆᆞᆯ[43] 몯 미듫 거시니 네[44] 목수믈 미더 ᄌᆞ랋[45] 時씽節젏을 기드리ᄂᆞᆫ다[46] ᄒᆞ시고 다시 說웛法법ᄒᆞ시니 羅랑雲운의 ᄆᆞᅀᆞ미 여러[47] 아니라[48]【羅랑雲운이 出츓家강호미 부텻 나히[49] 셜흔 세히러시니[50] 穆목王왕 닐굽찻[51] ᄒᆡ 丙병戌슗이라】○ 偸틓羅랑國귁 婆빵羅랑門몬[52] 迦강葉셥[53]이 三삼十씹二싱相샹[54]이

---

40) 어루: 가히, 넉넉히, 충분히, 可(부사)

41) ᄇᆡ호ᅀᆞᄫᆞ리이다: ᄇᆡ호(배우다, 學)- + -ᅀᆞᇦ(← -ᅀᆞᆸ-: 객높)- + -오(화자)- + -리(미시)- + -이(상높, 아주 높임)- + -다(평종)

42) 자ᄇᆞᆫ: 잡(잡다, 執)- + -Ø(과시)- + -ᄋᆞᆫ(-은: 관전)

43) ᄆᆞᄆᆞᆯ: ᄆᆞᆷ(←몸: 몸, 身) + -ᄋᆞᆯ(목조) ※ 'ᄆᆞᄆᆞᆯ'은 '모ᄆᆞᆯ'을 오각한 형태이다.

44) 네: 너(너, 汝: 인대, 2인칭) + -ㅣ(-의: 관조) ※ 원문의 '네'에 방점이 쓰이지 않아서 성조가 평성이므로, 여기에 쓰인 '-ㅣ'는 관형격 조사이다.

45) ᄌᆞ랋: ᄌᆞ라(자라다, 長)- + -ㅭ(관전)

46) 기드리ᄂᆞᆫ다: 기드리(기다리다, 待)- + -ᄂᆞ(현시)- + -ㄴ다(-ㄴ가: 의종, 2인칭)

47) 여러: 열(열리다, 開: 자동)- + -어(연어) ※ '열다'는 자동사(= 열리다)와 타동사(= 열다)로 두루 쓰이는 능격 동사인데, 여기서는 자동사로 쓰였다.

48) 아니라: 아(← 알다: 알다, 知)- + -Ø(과시)- + -니(원칙)- + -라(← -다: 평종)

49) 나히: 나ㅎ(나이, 歲) + -이(주조)

50) 세히러시니: 세ㅎ(셋, 三: 수사, 양수) + -이(서조)- + -러(← -더-: 회상)- + -시(주높)- + -니(연어, 설명의 계속, 이유)

51) 닐굽찻: 닐굽차[일곱째(수사, 서수): 닐굽(일곱, 七: 수사, 양수) + -차(-째, 番: 접미, 서수)] + -ㅅ(-의 : 관조)

52) 婆羅門: 바라문. '브라만(Brahman)'의 음역어이다. 인도 카스트 제도에서 가장 높은 지위인 승려 계급을 이른다.

53) 迦葉: 가섭. 마하카시아파(Mahā Kāsyapa)이다. 마하가섭(摩訶迦葉)이라고도 하며 석가모니의 십대 제자 중 한 사람이다. 석가가 죽은 뒤 제자들의 집단을 이끌어 가는 영도자 역할을 해냄으로써 '두타제일(頭陀第一)'이라 불린다.

54) 삼십이상: 三十二相. 부처의 몸에 갖춘 서른두 가지의 독특한 모양이다.

[12 앞]

·싱 相 ·샹 ·이 ᄀᆞᆺ·고 글·도 :만·히 :알·며 가·ᅀᆞ·며
·러 布 ·봉 施 ·싱 ·도 :만·히 ·ᄒᆞ더:니 제 :겨집·도
:됴ᄒᆞᆫ 相 ·샹 ·이 ᄀᆞᆺ·고 世 ·솅 間 간 앳 情 쪙 欲
·욕 ·이 :업더·라 迦 강 葉 셥 ·이 世 ·솅 間 간 ᄇᆞ
·리·고 :뫼·해 ·드·러 닐·오·ᄃᆡ 諸 졍 佛 뿛 ·도 出
·쵫 家 강 ·ᄒᆞ·샤·ᅀᅡ 道 땋 理 링 ᄅᆞᆯ 닷ᄀᆞ·시ᄂᆞ
·니 나·도 그·리 ·호리·라 ᄒᆞ·고 ᄉᆞᆫ소 머·리 갓
·고 묏:ᄀᆞ·래 이·셔 道 땋 理 링 ᄉᆞ랑·ᄒᆞ더·니

갖추어져 있고 글도 많이 알며 부유하여 布施(보시)도 많이 하더니, 자기의 아내도 좋은 相(상)이 갖추어져 있고 世間(세간)에 있는 情欲(정욕)이 없더라. 迦葉(가섭)이 世間(세간)을 버리고 산에 들어 이르되, "諸佛(제불)도 出家(출가)하셔야 道理(도리)를 닦으시나니, 나도 그리 하리라." 하고 손수 머리를 깎고 산골에 있어서 道理(도리)를 생각하더니,

[12 앞]

ᄀᆞᆽ고[55] 글도 만히[56] 알며 가ᅀᆞ며러[57] 布봉施싱도 만히 ᄒᆞ더니 제[58] 겨집도 됴ᄒᆞᆫ 相샹이 ᄀᆞᆽ고 世솅間간앳[59] 情쪙欲욕이 업더라 迦강葉셥이 世솅間간 ᄇᆞ리고[60] 뫼해[61] 드러 닐오ᄃᆡ 諸졍佛뿛도 出츓家강ᄒᆞ샤ᅀᅡ[62] 道똘理링ᄅᆞᆯ 닷ᄀᆞ시ᄂᆞ니[63] 나도 그리[64] 호리라[65] ᄒᆞ고 손ᅀᅩ[66] 머리 갓고[67] 묏고래[68] 이셔 道똘理링 ᄉᆞ랑ᄒᆞ더니[69]

---

55) ᄀᆞᆽ고: ᄀᆞᆽ(← ᄀᆞᆽ다: 갖추어져 있다, 具)- + -고(연어, 나열)

56) 만히: [많이, 多(부사): 많(많다, 多: 형사)- + -이(부접)]

57) 가ᅀᆞ며러: 가ᅀᆞ멸(가멸다, 부유하다, 富)- + -어(연어)

58) 제: 저(저, 자기, 己: 인대, 재귀칭) + -ㅣ(← -의: 관조)

59) 世間앳: 世間(세간) + -애(-에: 부조, 위치) + -ㅅ(-의: 관조) ※ '世間앳'는 '世間에 있는'으로 의역하여 옮긴다.

60) ᄇᆞ리고: ᄇᆞ리(버리다, 別)- + -고(연어, 나열, 계기)

61) 뫼해: 뫼ㅎ(산, 山) + -애(-에: 부조, 위치)

62) 出家ᄒᆞ샤ᅀᅡ: 出家ᄒᆞ[출가하다: 出家(출가: 명사) + -ᄒᆞ(동접)-]- + -샤(← -시-: 주높)- + -ᅀᅡ(← -아ᅀᅡ: 보조사, 필연적 조건)

63) 닷ᄀᆞ시ᄂᆞ니: 닭(닦다, 修)- + -ᄋᆞ시(주높)- + -ᄂᆞ(현시)- + -니(연어, 설명의 계속)

64) 그리: 그리[그리, 그렇게(부사): 그(그: 彼: 지대, 정칭) + -리(부접)]

65) 호리라: ㅎ(← ᄒᆞ다: 하다, 爲)- + -오(화자)- + -리(미시)- + -라(← -다: 평종)

66) 손ᅀᅩ: [손수, 스스로, 自(부사): 손(손, 手: 명사) + -ᅀᅩ(부접)]

67) 갓고: 갃(깎다, 削)- + -고(연어, 나열, 계기)

68) 묏고래: 묏골[산골, 山谷: 산(산, 山) + 골(골, 골짜기, 谷)]

69) ᄉᆞ랑ᄒᆞ더니: ᄉᆞ랑ᄒᆞ[생각하다, 思: ᄉᆞ랑(생각, 思: 명사) + -ᄒᆞ(동접)-]- + -더(회상)- + -니(연어, 설명의 계속)

虛헝空콩·애·셔닐·오·ᄃᆡ·이제부:톄·나·아
:겨·시니·라·ᄒᆞ야·ᄂᆞᆯ·즉자·히니·러竹듁園
원·으로·오더·니부:톄마·조·나·아마ᄌᆞ·샤
서르:고·마·ᄒᆞ·야·드르·샤說셣法법·ᄒᆞ시
·니·곧阿항羅랑漢·한·ᄋᆞᆯ:아니·라威휭嚴
엄·과德·득·괘·커天텬人신·이重뜡·히너
·길·씌大·땡迦강葉·셥·이·라·ᄒᆞ더·니부·텨
·업스신後흫·에法·법디·녀後흫世·솅·예

虛空(허공)에서 이르되 "이제 부처가 나 계시니라." 하거늘 즉시 일어나 竹園(죽원)으로 오더니, 부처가 마주 나와서 (가섭을) 맞으시어 서로 공손히 받들어 모시어 (부처가 죽원의 안으로) 드시어 說法(설법)하시니, (가섭이) 곧 阿羅漢(아라한)을 알았니라. 威嚴(위엄)과 德(덕)이 커서 天人(천인)이 重(중)히 여기시므로, 大迦葉(대가섭)이라 하더니, 부처가 없어지신 後(후)에 法(법)을 지녀 後世(후세)에

虛헝空콩애셔 닐오ᄃᆡ 이제 부톄 나아 겨시니라[70] ᄒᆞ야늘[71] 즉자히[72] 니러[73] 竹듁園원[74]으로 오더니 부톄 마조[75] 나아 마ᄌᆞ샤[76] 서르[77] 고마ᄒᆞ야[78] 드르샤[79] 說쉻法법ᄒᆞ시니 곧 阿항羅랑漢한[80]ᄋᆞᆯ 아니라[81] 威휭嚴엄과 德득괘[82] 커 天텬人ᅀᅵᆫ[83]이 重뜡히[84] 너길씨 大땡迦강葉셥이라 ᄒᆞ더니 부텨 업스신[85] 後ᅘᅮᇢ에 法법 디녀[86] 後ᅘᅮᇢ世솅예

70) 겨시니라: 겨시(계시다: 보용, 완료 지속, 높임)- + -Ø(현시)- + -니(원칙)- + -라(← -다: 평종)

71) ᄒᆞ야늘: ᄒᆞ(하다, 曰)- + -야늘(← -아늘: -거늘, 연어, 상황)

72) 즉자히: 즉시, 곧장, 卽(부사)

73) 니러: 닐(일어나다, 起)- + -어(연어)

74) 竹園: 죽원. 중인도(中印度) 마갈타국(摩竭陀國)의 왕사성(王舍城) 북쪽에 있으며, 세존(世尊)이 설법(說法)하던 곳이다. '죽림원(竹林園)'이라고도 한다.

75) 마조: [마주, 對(부사): 맞(맞이하다, 迎: 동사)- + -오(부접)]

76) 마ᄌᆞ샤: 맞(맞다, 맞이하다, 迎)- + -ᄋᆞ샤(← -ᄋᆞ시-: 주높)- + -Ø(← -아: 연어)

77) 서르: 서로, 相(부사)

78) 고마ᄒᆞ야: 고마ᄒᆞ[공손히 받들어 모시다: 고마(공경, 恭敬: 명사) + -ᄒᆞ(동접)-]- + -야(← -아: 연어)

79) 드르샤: 들(들다, 入)- + -으샤(← -으시-: 주높)- + -Ø(← -아: 연어)

80) 阿羅漢: 아라한. '나한(羅漢)'이라고도 한다. 아라한은 본래 부처를 가리키는 명칭이었는데, 후에 불제자들이 도달하는 최고의 계위(階位)로 바뀌었다. 수행 결과에 따라서 범부(凡夫)·현인(賢人)·성인(聖人)의 구별이 있다. 아라한과(果)는 더 이상 배우고 닦을 만한 것이 없으므로 무학(無學)이라고 하며, 그 이전의 계위는 아직도 배우고 닦을 필요가 있는 단계이므로 유학(有學)의 종류로 불린다.

81) 아니라: 아(← 알다: 알다, 知)- + -Ø(과시)- + -니(원칙)- + -라(← -다: 평종)

82) 德괘: 德(덕) + -과(접조) + -ㅣ(← -이: 주조)

83) 天人: 천인. 하늘과 사람을 아울러 이르는 말이다.

84) 重히: [중하게(부사): 重(중: 불어) + -ㅎ(← -ᄒᆞ-: 형접)- + -이(부접)]

85) 업스신: 없(없어지다, 滅: 동사)- + -으시(주높)- + -Ø(과시)- + -ㄴ(관전)

86) 디녀: 디니(지니다, 持)- + -어(연어)

[13앞]

펴지게 한 것이 이 大迦葉(대가섭)의 힘이다.

舍衛國(사위국)의 大臣(대신)인 須達(수달)이 부유하여 재물이 그지없고, 布施(보시)하기를 즐겨 艱難(간난)하며 불쌍한 사람을 쥐여 주어 구제하므로, 號(호)를 給孤獨(급고독)이라 하더라. 【給(급)은 주는 것이요, 孤(고)는 젊어서 어버이가 없는 사람이요, 獨(독)은 늙되 子息(자식)이 없어 홀몸인 사람이다.】

퍼디게[87] 호미[88] 이 大땡迦강葉셥의 히미라

舍샹衛윙國귁[1] 大땡臣씬 須슝達딿[2]이 가ᅀᆞ며러[3] 쳔랴이[4] 그지업고[5] 布봉施싱ᄒᆞ기ᄅᆞᆯ[6] 즐겨 艱간難난ᄒᆞ며[7] 어엿븐[8] 사ᄅᆞᄆᆞᆯ 쥐주어[9] 거리칠씨[10] 號ᅘᅩᇢ[11]ᄅᆞᆯ 給급孤공獨똑이라 ᄒᆞ더라【給급은 줄 씨오[12] 孤공ᄂᆞᆫ 져머셔[13] 어버ᅀᅵ[14] 업슨 사ᄅᆞ미오 獨똑ᄋᆞᆫ 늘구ᄃᆡ[15] 子ᄌᆞᆼ息식 업서 ᄒᆞ옷모민[16] 사ᄅᆞ미라】

---

87) 퍼디게: 퍼디[퍼지다, 播: ㅍ(← 피다: 피다, 發)- + -어(연어) + 디(지다: 보용, 피동)-]- + -게(연어, 사동)

88) 호미: ㅎ(← ᄒᆞ다: 하다, 보용, 사동)- + -옴(명전) + -이(주조)

1) 舍衛國: 사위국. 원 지명은 슈라바스티(Śrāvastī)로서, 북인도의 교통로가 모이는 장소이며 상업상으로도 중요한 곳이었다. 성 밖에는 석가가 오래 지냈다는 기원정사(祇園精舍)가 있다.

2) 須達: 수달. 산스크리트어, 팔리어 sudatta의 음사인데, '선시(善施)'라고 번역한다. 사위성(舍衛城)의 부호이며, 파사닉왕(波斯匿王)의 신하이다. 기타(祇陀) 태자에게 황금을 주고 구입한 동산에 기원정사(祇園精舍)를 지어 붓다에게 바쳤다.

3) 가ᅀᆞ며러: 가ᅀᆞ멸(부유하다, 富)- + -어(연어)

4) 쳔랴이: 쳔량(재물, 財) + -이(주조)

5) 그지업고: 그지업[← 그지없다(무한하다, 無限): 그지(끝, 限: 명사) + 없(없다, 無: 형사)-]- + -고(연어, 나열)

6) 布施ᄒᆞ기ᄅᆞᆯ: 布施ᄒᆞ[보시하다: 布施(보시: 명사) + -ᄒᆞ(동접)-]- + -기(명전) + -ᄅᆞᆯ(목조) ※ '報施(보시)'는 자비심으로 남에게 재물이나 불법을 베푸는 것이다.

7) 艱難ᄒᆞ며: 艱難ᄒᆞ[간난하다: 艱難(간난: 명사) + -ᄒᆞ(형접)-]- + -며(연어, 나열) ※ '艱難(간난)'은 몹시 힘들고 고생스러운 것이다.

8) 어엿븐: 어엿브(불쌍하다, 憐)- + -∅(현시)- + -ㄴ(관전)

9) 쥐주어: 쥐주[쥐여 주다: 쥐(쥐다, 握)- + 주(주다, 受)-]- + -어(연어)

10) 거리칠씨: 거리치(구제하다, 賑濟)- + -ㄹ씨(-므로: 연어, 이유)

11) 號: 호. 남들이 허물없이 쓰게 하기 위하여 본명이나 자(子) 이외에 따로 지은 이름이다.

12) 줄 씨오: 주(주다, 授)- + -ㄹ(관전) # ㅆ(← ᄉᆞ: 것, 의명) + -이(서조)- + -오(← -고: 연어, 나열)

13) 져머셔: 졈(어리다, 젊다, 幼)- + -어셔(-어서: 연어, 상태 유지, 강조) ※ '-아셔/-어셔'는 연결 어미인 '-어'에 보조사인 '-셔'가 붙어서 형성된 연결 어미이다.

14) 어버ᅀᅵ: 어버ᅀᅵ[어버이, 父母: 업(← 어비 ← 아비: 아버지, 父) + 어ᅀᅵ(어머니, 母)] + -∅(← -이: 주조)

15) 늘구ᄃᆡ: 늙(늙다, 老)- + -우ᄃᆡ(-되: 연어, 설명의 계속)

16) ᄒᆞ옷모민: ᄒᆞ옷몸[홑몸, 獨身: ᄒᆞ옷(← ᄒᆞ옺: 홑, 獨, 명사) + 몸(몸, 身: 명사)] + -이(서조)- + -∅(현시)- + -ㄴ(관전)

·급孤공獨똑長:댱者:쟝ㅣ 닐·굽 아·ᄃᆞ·리
러·니 여·슷 아·ᄃᆞᆯ·란 ᄒᆞ·마 갓 얼·이·고 아·기
아·ᄃᆞ·리 양·ᄌᆡ :곱·거·늘 各·각別·볋·히 ᄉᆞ랑
·ᄒᆞ·야 :아·ᄆᆞ례·나 ᄆᆞᆺᄃᆞᆯᄒᆞᆫ 며·느·리·를 :어·두
리·라 ·ᄒᆞ·야 婆빵羅랑門몬·ᄋᆞᆯ ·ᄃᆞ·려 :닐·오
·ᄃᆡ 어·ᄃᆡ·ᅀᅡ :됴ᄒᆞᆫ ·ᄯᆞ·리 양·ᄌᆞ ·ᄀᆞ·ᄌᆞ·니 잇·거
·뇨 내 아·기 :위ᄒᆞ·야 :어·더 보·고·려 婆빵羅
랑門몬·이 ·그 :말 듣·고 ·고ᄫᆞᆫ ·ᄯᆞᆯ :얻니·노·라

給孤獨(급고독) 長者(장자)가 일곱 아들이더니, 여섯 아들은 이미 장가들이고 막내아들이 모습이 곱거늘, 各別(각별)히 사랑하여 어떻게 해서든지 마뜩한 며느리를 얻으리라 하여, 婆羅門(바라문)을 데려서 이르되 “어디야말로 좋은 딸이 (좋은) 모습을 갖춘 이가 있느냐? 나의 아기를 위하여 (그런 사람을) 얻어 보구려.” 婆羅門(바라문)이 그 말을 듣고 “고운 딸을 얻으러 다닌다.”

給급孤공獨똑 長댱者쟝[17]ㅣ 닐굽 아ᄃᆞ리러니[18] 여슷 아ᄃᆞᆯ란[19] ᄒᆞ마 갓 얼이고[20] 아기아ᄃᆞ리[21] 양ᄌᆡ[22] 곱거늘 各각別벼ᇙ히 ᄉᆞ랑ᄒᆞ야 아ᄆᆞ례나[23] 맛ᄃᆞᆰᄒᆞᆫ[24] 며느리ᄅᆞᆯ 어두리라[25] ᄒᆞ야 婆빵羅랑門몬[26]ᄋᆞᆯ ᄃᆞ려[27] 닐오ᄃᆡ[28] 어듸ᅀᅡ[29] 됴ᄒᆞᆫ ᄯᆞ리 양ᄌᆞ ᄀᆞᄌᆞ니[30] 잇거뇨[31] 내[32] 아기 위ᄒᆞ야 어더 보고려[33] 婆빵羅랑門몬이 그 말 듣고 고ᄫᆞᆫ[34] ᄯᆞᆯ 얻니노라[35]

---

17) 長者: 장자. ① 덕망이 뛰어나고 경험이 많아 세상일에 익숙한 어른이다. ② 큰 부자를 점잖게 이르는 말이다.

18) 아ᄃᆞ리러니: 아ᄃᆞᆯ(아들, 男兒) + -이(서조)- + -러(← -더-: 회상)- + -니(연어, 설명의 계속)

19) 아ᄃᆞᆯ란: 아ᄃᆞᆯ(아들, 男兒) + -란(-은: 보조사, 대조)

20) 갓얼이고: 갓얼이[장가들이다, 納娶: 갓(아내, 妻) + 얼(교합하다, 결혼하다, 婚: 자동)- + -이(사접)-]- + -고(연어, 나열)

21) 아기아ᄃᆞ리: 아기아ᄃᆞᆯ[막내아들: 아기(아기, 乳兒) + 아ᄃᆞᆯ(아들, 子)] + -이(주조)

22) 양ᄌᆡ: 양ᄌᆞ(모습, 樣子) + -ㅣ(← -이 : 주조)

23) 아ᄆᆞ례나: [어쨌든, 아무렇든, 아무튼(부사): 아ᄆᆞ례(아무렇게: 부사) + -나(보조사, 선택, 강조)] ※ '아ᄆᆞ례(부사) + -나(보조사, 선택, 강조)'로 분석할 수도 있다.

24) 맛ᄃᆞᆰᄒᆞᆫ: 맛ᄃᆞᆰᄒᆞ[마뜩하다, 제법 마음에 들 만하다, 有相: 맛ᄃᆞᆰ(마뜩함, 當: 명사) + -ᄒᆞ(형접)-]- + -∅(현시)- + -ㄴ(관전)

25) 어두리라: 얻(얻다, 得)- + -우(화자)- + -리(미시)- + -라(← -다: 평종)

26) 婆羅門: 바라문. 인도 카스트 제도에서 가장 높은 지위인 승려 계급(브라만)이다.

27) ᄃᆞ려: ᄃᆞ리(데리다, 同伴: 동사)- + -어(연어) ※ '婆羅門ᄋᆞᆯ ᄃᆞ려'는 '바라문을 데리어'로 직역하는데, 문맥을 감안하면 '바라문에게'로 의역하여 옮길 수도 있다.

28) 닐오ᄃᆡ: 닐(← 니ᄅᆞ다: 이르다, 言)- + -오ᄃᆡ(-되: 연어, 설명의 계속)

29) 어듸ᅀᅡ: 어듸(어디, 何處: 지대) + -ᅀᅡ(-야말로: 보조사, 한정 강조)

30) ᄀᆞᄌᆞ니: ᄀᆞᆽ(갖추고 있다, 備: 형사)- + -∅(현시)- + -ᄋᆞᆫ(관전) # 이(이, 사람, 者: 의명) + -∅(← -이: 주조)

31) 잇거뇨: 잇(← 이시다: 있다, 有)- + -∅(현시)- + -거(확인)- + -뇨(-느냐: 의종, 설명)

32) 내: 나(나, 我: 인대, 1인칭) + -ㅣ(-의: 관조)

33) 보고려: 보(보다: 보용, 경험)- + -고려(-구려: 명종) ※ '-고려'는 반말의 명령형 어미인 '-고라'보다 약간 공손한 뜻이 포함된 듯한 명령형 어미인데, 그 용례가 아주 드물다.(허웅 1975:518 참조.)

34) 고ᄫᆞᆫ: 고ᇦ(← 곱다, ㅂ불: 곱다, 麗)- + -∅(현시)- + -ᄋᆞᆫ(관전)

35) 얻니노라: 얻니[얻으러 다니다, 覓: 얻(얻다, 得)- + 니(가다, 다니다, 行)-]- + -ㄴ(← -ᄂᆞ-: 현시)- + -오(화자)- + -라(← -다 : 평종)

[14 앞]

ᄒᆞ야 빌머거 摩망竭껋陁땅國귁 王왕
舍샹城쎵의 가니 그 城쎵 안해 ᄒᆞᆫ 大땡
臣씬護ᅘᅩᆼ彌밍라 ᄒᆞ리 가ᅀᆞ멸오 發벓
心심ᄒᆞ더니 婆빵羅랑門몬이 그지븨
가 糧량食씩 빈대 그 나랏 法법에 布봉
施싱ᄒᆞ되 모로매 童똥女녕로 내야 주
더니 그 짓ᄯᆞ리 ᄡᆞᆯ 가져 나오나ᄂᆞᆯ 婆빵
羅랑門몬이 보고 깃거 이 각시ᅀᅡ 내 얻

하여, 빌어먹어 摩竭陁國(마갈타국)의 王舍城(왕사성)에 가니 그 城(성) 안에 한 大臣(대신)인 護彌(호미)라 하는 사람이 부유하고 發心(발심)하더니, 婆羅門(바라문)이 그 집에 가 糧食(양식)을 비는데, 그 나라의 法(법)에 布施(보시)하되 모름지기 童女(동녀)로 (양식을) 내어 주더니, 그 집의 딸이 쌀을 가져 오거늘 婆羅門(바라문)이 보고 기뻐서 "이 각시야말로 내가

ᄒᆞ야 빌머거[36] 摩망竭껋陁땅國귁[37] 王왕舍샹城쎵[38]의 가니 그 城쎵 안해[39] ᄒᆞᆫ 大땡臣씬 護ᅘᅩᆼ彌밍라[40] 호리[41] 가ᄉᆞ멸오 發벓心심ᄒᆞ더니[42] 婆빵羅랑門몬이 그 지븨 가 糧량食씩 빈대[43] 그 나랏 法법에 布봉施싱호ᄃᆡ 모로매[44] 童똥女녕[45]로 내야 주더니 그 짓[46] ᄯᆞ리[47] ᄡᆞᆯ[48] 가져 나오나ᄂᆞᆯ[49] 婆빵羅랑門몬이 보고 깃거[50] 이 각시ᅀᅡ[51] 내[52]

---

36) 빌머거: 빌먹[빌어먹다, 乞食: 빌(빌다, 乞)- + 먹(먹다, 食)-]- + -어(연어)

37) 摩竭陁國: 마갈타국. 기원전 6세기에서 기원전 1세기에 인도의 갠지스 강 중류에 있었던 고대 왕국, 또는 그 지역의 옛 이름이다. '마가다국'이라고도 한다.

38) 王舍城: 왕사성. 석가모니가 살던 시대의 강국인 마가다의 수도이다. 석가모니가 중생을 제도한 중심지로서, 불교에 관한 유적이 많다. '라자그리하'라고도 한다.

39) 안해: 안ㅎ(안, 內) + -애(-에 : 부조, 위치)

40) 護彌라: 護彌(호미) + -∅(← -이-: 서조)- + -∅(현시)- + -라(← -다: 평종)

41) 호리: ㅎ(← ᄒᆞ-: 하다, 名)- + -오(대상)- + -ㄹ(관전) # 이(이, 사람: 의명) + -∅(← -이 : 주조) ※ '護彌라 호리'는 '護彌라고 하는'으로 의역한다.

42) 發心ᄒᆞ더니: 發心ᄒᆞ[발심하다: 發心(발심: 명사) + -ᄒᆞ(동접)-]- + -더(회상)- + -니(연어) ※ '발심(發心)은 '발보리심(發菩提心)'의 준말로서, 불도의 깨달음을 얻고 중생을 제도하려는 마음을 일으키는 일이다.

43) 빈대: 비(← 빌다: 빌다, 乞)- + -ㄴ대(-는데, -니 : 연어, 반응)

44) 모로매: 모름지기, 반드시, 必(부사)

45) 童女: 동녀. 여자 아이이다.

46) 짓: 지(← 집 : 집, 家) + -ㅅ(-의: 관조) ※ '짓'은 '짒'에서 /ㅂ/이 탈락한 형태이다.

47) ᄯᆞ리: ᄯᆞᆯ(딸, 女) + -이(주조)

48) ᄡᆞᆯ: 쌀, 米.

49) 나오나ᄂᆞᆯ: 나오[나오다, 出: 나(나다, 出)- + -∅(← -아: 연어) # 오(오다, 來)-]- + -나ᄂᆞᆯ(-거늘: 연어, 상황)

50) 깃거: 긹(기뻐하다, 歡)- + -어(연어)

51) 각시ᅀᅡ: 각시(각시, 어린 여자, 아내, 女) + -ᅀᅡ(-야말로: 보조사, 한정 강조)

52) 내: 나(나, 我: 인대, 1인칭) + -ㅣ(-의: 관조, 의미상 주격)

니·논 ᄆᆞᅀᆞ·매 맛·도·다 ᄒᆞ·야 그·ᄯᆞᆯᄃᆞ·려 무
로·ᄃᆡ·그·ᄃᆡ·아·바:니·미 잇·ᄂᆞ·닛·가 對됭答
·답·ᄒᆞ·ᄃᆡ 잇·ᄂᆞ·니·이·다 婆빵羅랑門몬·이
닐·오·ᄃᆡ·내 보·아·져 ᄒᆞᄂᆞ·다 ᄉᆞᆯ·ᄫᅡ·ᄡᅧ 그·ᄯᆞ
·리·드·러 니ᄅᆞᆫ·대 護홍彌밍長댱者쟝ㅣ
·나·아·오 나ᄂᆞᆯ 婆빵羅랑門몬·이 安한否
:붕:묻·고 닐·오·ᄃᆡ 舍샹衛윙國귁·에 ᄒᆞᆫ 大
·땡臣씬 須슝達땅·이·라 ᄒᆞ·리 잇·ᄂᆞ·니:아

얻으러 다니는 마음에 맞구나." 하여, 그 딸더러 묻되 "그대의 아버님이 있소?" (딸이) 對答(대답)하되 "있습니다." 婆羅門(바라문)이 이르되 "내가 보자 한다고 사뢰오." 그 딸이 들어가 이르니 護彌(호미) 長者(장자)가 나오거늘, 婆羅門(바라문)이 安否(안부)를 묻고 이르되 "舍衛國(사위국)에 한 大臣(대신)인 須達(수달)이라 하는 이가 있으니

언니논[53] ᄆᆞᅀᆞ매 맛도다[54] ᄒᆞ야 그 ᄯᆞᆯᄃᆞ려[55] 무로ᄃᆡ[56] 그ᄃᆡᆺ[57] 아바니미[58] 잇ᄂᆞ닛가[59] 對됭答답호ᄃᆡ 잇ᄂᆞ니이다[60] 婆빵羅랑門몬이 닐오ᄃᆡ 내 보아져[61] ᄒᆞᄂᆞ다 ᄉᆞᆯ바쎠[62] 그 ᄯᆞ리 드러 니ᄅᆞᆫ대[63] 護홍彌밍 長댱者쟝ㅣ 나아오나ᄂᆞᆯ[64] 婆빵羅랑門몬이 安한否불 묻고 닐오ᄃᆡ 舍샹衛윙國귁에 ᄒᆞᆫ 大땡臣씬 須슝達ᄄᆞᇙ이라[65] 호리[66] 잇ᄂᆞ니

53) 언니논: 언니[얻으러 다니다: 얻(얻다, 得)- + 니(다니다, 行)-]- + -ㄴ(← -ᄂᆞ-: 현시)- + -오(대상)- + -ㄴ(관전)

54) 맛도다: 맛(← 맞다: 맞다, 꼭 들어맞다, 當)- + -Ø(현시)- + -도(감동)- + -다(평종)

55) ᄯᆞᆯᄃᆞ려: ᄯᆞᆯ(딸, 女) + -ᄃᆞ려(-에게, -더러: 부조) ※ '-ᄃᆞ려'는 [ᄃᆞ리(데리다, 同伴)- + -어(연어▷조접)]으로 분석된다.

56) 무로ᄃᆡ: 물(← 묻다, ㄷ불: 묻다, 問)- + -오ᄃᆡ(-되: 연어, 설명의 계속)

57) 그ᄃᆡᆺ: 그듸[그대(인대, 2인칭, 예사 높임): 그(그, 彼: 지대, 정칭) + -듸(높접, 예사 높임)] + -ㅅ(-의: 관조)

58) 아바니미: 아바님[아버님: 아바(← 아비: 아버지, 父) + -님(높접)] + -이(주조)

59) 잇ᄂᆞ닛가: 잇(← 이시다: 있다, 在)- + -ᄂᆞ(현시)- + -ㅅ(상높, 예사 높임)- + -니…가(-니까: 의종, 판정)

60) 잇ᄂᆞ니이다: 잇(← 이시다: 있다, 在)- + -ᄂᆞ(현시)- + -니(원칙)- + -이(상높, 아주 높임)- + 다(평종)

61) 보아져 : 보(보다, 見)- + -아(확인)- + -져(-자 : 청종)

62) ᄉᆞᆯ바쎠 : ᄉᆞᆲ(← ᄉᆞᆲ다, ㅂ불 : 사뢰다, 아뢰다, 奏)- + -아쎠(-으소 : 명종, 예사 높임)

63) 니ᄅᆞᆫ대 : 니ᄅᆞ(이르다, 言)- + -ㄴ대(-ㄴ데, -니 : 연어, 반응, 설명의 계속)

64) 나아오나ᄂᆞᆯ : 나아오[나오다 : 나(나다, 出)- + -아(연어) + 오(오다, 來)-]- + -나ᄂᆞᆯ(-거늘 : 연어, 상황)

65) 須達이라: 須達(수달) + -이(서조)- + -Ø(현시)- + -라(← -다 : 평종)

66) 호리 : ㅎ(← ᄒᆞ- : 하다, 名)- + -오(대상)- + -ㄹ(관전) # 이(이, 사람, 者: 의명) + -Ø(← -이 : 주조)

[15앞]

ᄅᆞ·시ᄂᆞ·니잇·가 護ᅘᅩᆼ 彌밍 닐·오·ᄃᆡ 소·리
:ᄲᅮᆫ 듣·노·라 婆빵 羅랑 門몬·이 닐·오·ᄃᆡ 舍
샹 衛윙 國귁 中듕·에 ·ᄆᆞᆺ 벼슬 놉·고 가·ᅀᆞ
며·루·미·이 나·라·해 그·듸 ·ᄀᆞᄐᆞ·니 ᄒᆞᆫ ᄉᆞ·랑
·ᄒᆞ논 ·아·기 아·ᄃᆞ·리 양·ᄌᆞ·며 ᄌᆡ·조 ᄒᆞᆫ 그티
·니 그·딋 ·ᄯᆞ·ᄅᆞᆯ 맛·고·져 ·ᄒᆞ·더·이·다 護ᅘᅩᆼ 彌
밍 닐·오·ᄃᆡ 그·리 ·호·리·라 ·ᄒᆞ야·ᄂᆞᆯ 마초·아
홍졍 바·지 舍샹 衛윙 國귁·으·로 가·리 잇

(그를) 아십니까?" 護彌(호미)가 이르되 "소리(소문)만 듣는다." 婆羅門(바라문)이 이르되 "舍衛國(사위국) 中(중)에 제일 벼슬이 높고 부유함이 이 나라에 그대와 같은 이가, (자기가) 사랑하는 한 막내아들이 모습이며 재주가 한 끝이니, 그대의 딸을 (며느리로) 맞이하고자 하더이다." 護彌(호미)가 이르되, "그렇게 하리라." 하거늘, 때마침 상인이 舍衛國(사위국)으로 갈 이가

아ᄅᆞ시ᄂᆞ니잇가[67] 護ᅘᅩᆼ彌밍 닐오ᄃᆡ 소리 ᄲᅮᆫ[68] 듣노라[69] 婆빵羅랑門몬이 닐오ᄃᆡ 舍샹衛윙國귁 中듕에 ᄆᆞᆺ[70] 벼슬 놉고[71] 가ᅀᆞ며루미[72] 이 나라해 그듸[73] ᄀᆞᄐᆞ니[74] ᄒᆞᆫ ᄉᆞ랑ᄒᆞᄂᆞᆫ 아기아ᄃᆞ리 양ᄌᆡ며[75] ᄌᆡ죄[76] ᄒᆞᆫ 그티니[77] 그딋 ᄯᆞᄅᆞᆯ 맛고져[78] ᄒᆞ더이다[79] 護ᅘᅩᆼ彌밍 닐오ᄃᆡ 그리 호리라[80] ᄒᆞ야ᄂᆞᆯ[81] 마초아[82] 흥졍바지[83] 舍샹衛윙國귁으로 가리[84]

---

67) 아ᄅᆞ시ᄂᆞ니잇가: 알(알다, 知)- + -ᄋᆞ시(주높)- + -ᄂᆞ(현시)- + -잇(← -이-: 상높, 아주 높임)- + -니…가(의종, 판정)

68) 소리 ᄲᅮᆫ: 소리(소리, 소문) # ᄲᅮᆫ(뿐 : 의명, 한정)

69) 듣노라: 듣(듣다, 聞)- + -ㄴ(← -ᄂᆞ- : 현시)- + -오(화자)- + -라(← -다 : 평종)

70) ᄆᆞᆺ: 제일, 가장, 最(부사)

71) 놉고: 놉(← 높다: 높다, 高)- + -고(연어, 나열)

72) 가ᅀᆞ며루미: 가ᅀᆞ멸(부유하다, 富)- + -움(명전) + -이(주조)

73) 그듸 : 그듸[그대, 君(인대, 2인칭, 예사 높임): 그(그, 彼: 지대, 정칭) + -듸(높접, 예사 높임)] + -Ø(← -이: 부조, 비교)

74) ᄀᆞᄐᆞ니: ᄀᆞᇀ(같다, 如)- + -Ø(현시)- + -ᄋᆞᆫ(관전) # 이(이, 사람, 者: 의명) + -Ø(← -이 : 주조)

75) 양ᄌᆡ며: 양ᄌᆞ(모습, 樣子) + -ㅣ며(← -이며: 접조)

76) ᄌᆡ죄: ᄌᆡ조(재주, 才) + -ㅣ(← -이: 주조)

77) ᄒᆞᆫ 그티니: ᄒᆞᆫ(한, 一: 관사, 양수) # 긑(끝, 末) + -이(서조)- + -니(연어: 설명의 계속) ※ 'ᄒᆞᆫ 긑(끝, 末)'은 '한 분야의 최고의 경지'를 이른다.

78) 맛고져: 맛(← 맞다: 맞이하다, 迎)- + -고져(-고자: 연어, 의도)

79) ᄒᆞ더이다: ᄒᆞ(하다, 曰)- + -더(회상)- + -이(상높, 아주 높임)- + -다(평종)

80) 호리라: ㅎ(← ᄒᆞ-: 하다, 爲)- + -오(화자)- + -리(미시)- + -라(← -다: 평종)

81) ᄒᆞ야ᄂᆞᆯ: ᄒᆞ(하다, 曰)-+ -야ᄂᆞᆯ(← -아ᄂᆞᆯ: -거늘, 연어, 상황)

82) 마초아: [때마침, 適(부사): 맞(맞다, 合: 동사)- + -호(사접)- + -아(연어 ▻ 부접)]

83) 흥졍바지: 흥졍바지[흥정바치, 장사치, 상인: 흥졍(흥정, 물건을 사고 ᄑᆞᆱ, 商: 명사) + 바지(기술을 가진 사람, 匠)] + -Ø(← -이 : 주조)

84) 가리: 가(가다, 去)- + -ㄹ(관전) # 이(이, 사람, 者: 의명) + -Ø(← -이: 주조)

[15 뒤]

·더·니 婆빵羅랑門몬·이 ·글·월 ᄒᆞ·야 須숭
達땷·이 :ᄀᆞᆫ·디 보·내·야·ᄂᆞᆯ 須숭達땷·이 깃
·거 波방斯숭匿닉王왕ᄭᅴ ·가·아 그 나랏 王왕 일
후·미 波방斯숭匿·닉·이·라 말·미 :엳ᄌᆞᆸ·고 :쳔량 :만·히 시
·러 王왕舍·샹城쎵·으·로 가·며 길·헤 艱간
難난 ᄒᆞᆫ :사ᄅᆞᆷ ·보·아·든 ·다 布봉施싱 ᄒᆞ·더
·라 須숭達땷·이 護홍彌밍 지·븨 ·니·거·늘
護홍彌밍 깃·거 ·나·아 迎영逢뽕 ᄒᆞ·야 지

있더니 婆羅門(바라문)이 글월을 지어 須達(수달)에게 보내거늘, 須達(수달)이 기뻐하여 波斯匿王(파사닉왕)께 가【그 나라의 王(왕)의 이름이 波斯匿(바사닉)이다.】 말미를 여쭙고, 재물을 많이 실어 王舍城(왕사성)으로 가며 길에 艱難(간난)한 사람을 보면 다 布施(보시)하더라. 須達(수달)이 護彌(호미) 집에 가거늘, 護彌(호미)가 기뻐하여 나와 (須達을) 迎逢(영봉)하여

잇더니 婆빵羅랑門몬이 글왈[85] ᄒᆞ야[86] 須슝達딿ᄋᆡ 손ᄃᆡ[87] 보내야ᄂᆞᆯ[88] 須슝達딿이 깃거 波방斯승匿닉王왕ᄭᅴ[89] 가아【그 나랏 王왕 일후미 波방斯승匿닉이라】 말ᄆᆡ[90] 엳ᄌᆞᆸ고[91] 쳔량 만히[92] 시러[93] 王왕舍샹城쎵으로 가며 길헤 艱간難난ᄒᆞᆫ 사ᄅᆞᆷ 보아ᄃᆞᆫ[94] 다 布봉施싱ᄒᆞ더라 須슝達딿이 護홍彌밍 지븨 니거늘 護홍彌밍 깃거 나아 迎연逢뽕ᄒᆞ야[95]

85) 글왈 : [글월, 文: 글(글, 文) + -왈(-월: 접미)]

86) ᄒᆞ야: ᄒᆞ(하다, 만들다, 짓다, 作)- + -야(← -아: 연어)

87) 須達ᄋᆡ 손ᄃᆡ: 須達(수달: 인명) + -ᄋᆡ(-의: 관조) # 손ᄃᆡ(거기에: 의명, 위치) ※ '-ᄋᆡ 손ᄃᆡ'는 '-에게'로 의역하여 옮긴다.

88) 보내야ᄂᆞᆯ : 보내(보내다, 送)- + -야ᄂᆞᆯ(← -아ᄂᆞᆯ: -거늘, 연어, 상황)

89) 波斯匿王ᄭᅴ : 波斯匿王(파사닉왕) + -ᄭᅴ(-께: 부조, 상대, 높임) ※ '-ᄭᅴ'는 [-ㅅ(-의: 관조) + 긔(거기에: 의명)]로 분석되는 파생 조사이다. '波斯匿(파사닉)'은 산스크리트어 prasenajit, 팔리어 pasenadi의 음사이다. 붓다가 살아 있을 때에 코살라국(kosala國) 사위성(舍衛城)의 왕이다.

90) 말ᄆᆡ: 말미, 假. 일정한 직업이나 일 따위에 매인 사람이 다른 일로 말미암아 얻는 겨를이다.

91) 엳ᄌᆞᆸ고: 엳ᄌᆞᆸ(여쭙다, 求)- + -고(연어, 나열)

92) 만히 : [많이, 多(부사) : 많(← 만ᄒᆞ다: 많다, 多, 형사)- + -이(부접)]

93) 시러: 실(← 싣다, ㄷ불: 싣다, 載)- + -어(연어)

94) 보아ᄃᆞᆫ : 보(보다, 見)- + -아ᄃᆞᆫ(-거든, -면 : 연어, 조건)

95) 迎逢ᄒᆞ야 : 迎逢ᄒᆞ[영봉하다, 맞이하다 : 迎逢(영봉 : 명사) + -ᄒᆞ(동접)-]- + -야(← -아 : 연어) ※ '迎逢(영봉)'은 손님을 만나서 접대하는 것이다.

[16앞]

집에 들여 재우더니, 그 집에서 음식을 만드는 소리가 어수선하거늘 須達(수달)이 護彌(호미)에게 묻되 "主人(주인)이 무슨(어찌) 음식을 손수 다녀 만드오? 太子(태자)를 請(청)하여 대접하려 하오? 大臣(대신)을 請(청)하여 대접하려 하오?" 護彌(호미)가 이르되 "그런 것이 아니오." 須達(수달)이 또 묻되 "婚姻(혼인)을 위하여 지븨 드려[96] 재더니[97] 그 지븨셔[98] 차반[99] ᄆᆡᇰᄀᆞᆯ 쏘리[100] 워즈런ᄒᆞ거늘[1] 須슝達땷이 護ᅘᅩᆼ彌밍ᄃᆞ려 무로ᄃᆡ 主쥬ᇰ人신이 므슴[2] 차바ᄂᆞᆯ 손ᅀᅩ[3] ᄃᆞᆮ녀[4] ᄆᆡᇰᄀᆞ노닛가[5] 太탱子ᄌᆞᆼᄅᆞᆯ 請청ᄒᆞᅀᆞᄫᅡ 이받ᄌᆞ보려[6] ᄒᆞ노닛가[7] 大땡臣씬을 請청ᄒᆞ야 이바도려 ᄒᆞ노닛가 護ᅘᅩᆼ彌밍 닐오ᄃᆡ 그리[8] 아닝다[9] 須슝達땷이 ᄯᅩ 무로ᄃᆡ 婚혼姻인 위ᄒᆞ야

---

96) 드려: 드리[들이다, 들게 하다: 들(들다, 入: 자동)- + -이(사접)-]- + -어(연어)

97) 재더니: 재[재우다, 宿: 자(자다, 眠: 자동)- + -ㅣ(← -이-: 사접)-]- + -더(회상)- + -니(연어, 설명의 계속)

98) 지븨셔: 집(집, 家)- + -의(-에: 부조, 위치) + -셔(-서: 보조사, 위치 강조)

99) 차반 : 음식(飮食)

100) ᄆᆡᇰᄀᆞᆯ 쏘리: ᄆᆡᇰᄀᆞ(← ᄆᆡᇰᄀᆞᆯ다: 만들다, 製)- + -ㄹ(관전) # 쏘리(← 소리: 소리, 聲) + -Ø(← -이: 주조)

1) 워즈런ᄒᆞ거늘 : 워즈런ᄒᆞ[어수선하다, 수선스럽다, 亂: 워즈런(어수선: 불어) + -ᄒᆞ(형접)-]- + -거늘(연어, 상황)

2) 므슴: 무슨, 어찌, 何(관사, 부사) ※ '므슴'은 '대명사(= 무엇)', '관형사(= 무슨)', '부사(= 어찌)'의 뜻으로 두루 쓰이는 단어인데, 여기서는 관형사와 부사로 양쪽으로 쓰일 수 있다.

3) 손ᅀᅩ: [손수, 스스로, 自(부사): 손(손, 手: 명사) + -ᅀᅩ(부접)]

4) ᄃᆞᆮ녀: ᄃᆞᆮ니[다니다, 行: ᄃᆞᆮ(닫다, 달리다, 走)- + 니(가다, 行)-]- + -어(연어)

5) ᄆᆡᇰᄀᆞ노닛가: ᄆᆡᇰᄀᆞ(← ᄆᆡᇰᄀᆞᆯ다: 만들다, 作)- + -ᄂᆞ(현시)- + -오(의도)- + -ㅅ(상높, 예사 높임)- + -니…가(의종, 판정) ※ 이 문장의 주체가 '主人(= 비화자, 실제로는 청자)'이므로 화자 표현의 선어말 어미가 실현될 근거가 없다. 따라서 이 문장에서 '-오-'를 화자 표현과 관계 없이 '의도 표현'의 선어말 어미로 보기도 한다. ※ 상대 높임의 선어말 어미가 예사 높임의 '-ㅅ-'이므로, 문장 속에 의문사(= 므슴)가 실현되어 있어도 의문형 어미가 '-니…고'가 아니라 '-니…가'의 형태로 실현되었다.

6) 이받ᄌᆞ보려: 이받(대접하다, 봉양하다, 奉)- + -ᄌᆞᇦ(← -ᄌᆞᆸ-: 객높)- + -오려(-려: 연어, 의도)

7) ᄒᆞ노닛가: ᄒᆞ(하다: 보용, 의도)- + -ㄴ(← -ᄂᆞ-: 현시)- + -오(의도)- + -ㅅ(상높, 예사 높임)- + -니…가(-니까: 의종, 판정)

8) 그리: [그리(부사): 그(그것, 彼: 지대, 정칭) + -리(부접)] ※ '그리'는 '그런 것이'로 의역한다.

9) 아닝다: 아니(아니다, 非: 형사) + -ᅌ(상높, 예사 높임)- + -다(평종) ※ 안병희(1992)와 고영근(2010:306)에서는 '-ᅌ-'으로 실현되는 평서문은 듣는 이를 보통으로 낮추거나 보통으로 높이는 'ᄒᆞ야쎠체'의 결어법(結語法)으로 보았다. 반면에 허웅(1975:661)과 고등학교 문법(2010:300)에서는 'ᄒᆞ야쎠체'를 인정하지 않고 있는데, 허웅(1975:661)에서는 이를 예사 높임의 등분으로 보았다.

[16뒤]

친척이 오거든 대접하려 하오?"【사위 쪽에서 며느리 쪽 집을 婚(혼)이라 이르고 며느리 쪽에서 사위 쪽 집을 姻(인)이라 이르나니, 장가들며 시집가는 것을 다 '婚姻(혼인)하였다' 하느니라.】 護彌(호미)가 이르되 "그런 것이 아니라 부처와 중을 請(청)하려 하오." 須達(수달)이 부처와 중의 말을 듣고 소름이 돋혀 自然(자연)히 마음에 기쁜 뜻이 있으므로, 다시 묻되 "어찌 부처라 하오? 그 뜻을 아ᅀᆞ미[10] 오나ᄃᆞᆫ[11] 이바도려 ᄒᆞ노닛가【사회[12] 녀긔셔[13] 며느리 녁 지블 婚혼이라[14] 니ᄅᆞ고 며느리 녀긔셔 사회 녁 지블 姻인이라 니ᄅᆞᄂᆞ니 댱가들며[15] 셔방마조ᄆᆞᆯ[16] 다 婚혼姻인ᄒᆞ다[17] ᄒᆞᄂᆞ니라】 護ᅘᅩᆼ彌밍 닐오ᄃᆡ 그리 아니라[18] 부텨와 즁과ᄅᆞᆯ[19] 請청ᄒᆞᅀᆞᄫᅩ려[20] ᄒᆞ뇌ᇰ다[21] 須슝達땷이 부텨와 즁괏[22] 마ᄅᆞᆯ 듣고 소홈[23] 도텨[24] 自ᄍᆞᆼ然ᅀᅧᆫ히 ᄆᆞᅀᆞ매 깃븐[25] ᄠᅳ디 이실씨 다시 무로ᄃᆡ 엇뎨 부톄라[26] ᄒᆞᄂᆞ닛가[27] 그 ᄠᅳ들

---

10) 아ᅀᆞ미: 아ᅀᆞᆷ(친척, 친족, 겨레, 戚) + -이(주조)
11) 오나ᄃᆞᆫ: 오(오다, 來)- + -나ᄃᆞᆫ(-거든, -면: 연어, 조건)
12) 사회: 사위, 壻.
13) 녀긔셔: 녁(녘, 쪽, 便: 의명) + -의(-에: 부조, 위치) + -셔(-서: 보조사, 위치 강조)
14) 婚이라: 婚(혼, 결혼) + -이(서조)- + -Ø(현시)- + -라(← -다: 평종)
15) 댱가들며: 댱가들[장가들다: 댱가(장가: 杖家) + 들(들다, 入)-]- + -며(연어, 나열)
16) 셔방마조ᄆᆞᆯ: 셔방맞[시집가다: 셔방(서방, 書房) + 맞(맞다, 迎)-]- + -옴(명전) + -ᄋᆞᆯ(목조)
17) 婚姻ᄒᆞ다: 婚姻ᄒᆞ[혼인하다: 婚姻(혼인: 명사) + -ᄒᆞ(동접)-]- + -Ø(과시)- + -다(평종)
18) 아니라: ① 아니(아니다, 非: 형사)- + -라(← -아: 연어) ② 아니(아닌 것, 非: 명사) + -Ø(서조)- + -라(← -아: 연어) ※ ①의 분석은 고등학교 문법(2010)을 따른 방법이며, ②의 분석은 안병희·이광호(1990:210)와 고영근(2010:241)을 따른 방법이다. 이 책에서는 현행의 학교 문법에 따라서 '아니다'를 형용사로 보고 ①의 분석 방법에 따라서 분석한다.
19) 즁과ᄅᆞᆯ: 즁(중, 僧) + -과(접조) + -ᄅᆞᆯ(목조)
20) 請ᄒᆞᅀᆞᄫᅩ려: 請ᄒᆞ[청하다: 請(청: 명사) + -ᄒᆞ(동접)-]- + -ᅀᆞᇦ(← -ᅀᆞᆸ-: 객높)- + -오려(-으려: 연어, 의도)
21) ᄒᆞ뇌ᇰ다: ᄒᆞ(하다: 보용, 의도)- + -ㄴ(← -ᄂᆞ-: 현시)- + -오(화자)- + -ᅌ(상높, 예사 높임)- + -다(평종) ※ 'ᄒᆞ노이다 → ᄒᆞ뇌이다 → ᄒᆞ뇌ᇰ다'의 변동 과정을 거치는데, '-노-'는 '-이-'로부터 '모음 동화('ㅣ' 모음 역행 동화)'를 겪은 결과 '-뇌-'로 변동하였다.
22) 즁괏: 즁(중, 僧) + -과(접조) + -ㅅ(-의: 관조)
23) 소홈: 소름, 毛豎.
24) 도텨: 도티[돋히다, 嗇然: 돋(돋다, 出: 자동)- + -히(피접)-]- + -어(연어)
25) 깃븐: 깃브[기쁘다, 喜: 깄(기뻐하다, 歡: 자동)- + -브(형접)-]- + -Ø(현시)- + -ㄴ
26) 부톄라: 부텨(부처, 佛) + -ㅣ(← -이-: 서조)- + -Ø(현시)- + -라(← -다: 평종)
27) ᄒᆞᄂᆞ닛가: ᄒᆞ(하다, 名)- + -ᄂᆞ(현시)- + -ㅅ(상높, 예사 높임)- + -니…가(의종) ※ 상대 높임의 선어말 어미가 예사 높임의 '-ㅅ-'이므로, 문장 속에 의문사(= 엇뎨)가 실현되어 있어도 의문형 어미가 '-니…고'가 아니라 '-니…가'의 형태로 실현되었다.

[17 앞]

·어·ᄡᅧ 對됭答답·호·ᄃᆡ 그·듸·는 아·니 듣ᄌᆞ·
·ᄆᆡᆺ·더시·니·가 淨쪙飯뻔王왕 아·ᄃᆞ님 悉
싫達땷·이·라 ·ᄒᆞ샤·리 ·나·실 ·나·래 하·ᄂᆞᆯ·로
·셔 셜·흔 :두 가·짓 祥쌍瑞쓍 ·ᄂᆞ·리·며 一힗
萬먼 神씬靈령·이 侍씽衛윙·ᄒᆞ·ᅀᆞᄫᆞ·며
자·ᄇᆞ·리 :업·시 닐·굽 거·름 거·르·샤 니ᄅᆞ
·샤·ᄃᆡ 하·ᄂᆞᆯ 우·하·ᄂᆞᆯ 아·래 ·나 :ᄲᅮᆫ 尊존·호·라
·ᄒᆞ시·며 ·모·미 金금ㅅ·비·치·시·며 三삼十

이르오.” (護彌가) 對答(대답)하되 “그대는 아니 들으셨소? 淨飯王(정반왕)의 아드님인 悉達(실달)이라 하시는 이가 나신 날에, 하늘로부터서 서른 두 가지의 祥瑞(상서)가 내리며, 一萬(일만) 神靈(신령)이 侍衛(시위)하며, 잡는 이가 없이 일곱 걸음을 걸으시어 이르시되, “하늘 위 하늘 아래 나만이 尊(존)하다.” 하시며, 몸이 金(금)빛이시며

닐어쎠[28] 對됭答답호ᄃᆡ 그듸ᄂᆞᆫ 아니 듣ᄌᆞᄫᆡᆺ더시닛가[29] 淨쪙飯뻔王왕 아ᄃᆞ님 悉싫達땷[30]이라 ᄒᆞ샤리[31] 나실 나래 하ᄂᆞᆯ로셔[32] 셜흔두 가짓[33] 祥썅瑞쒱[34] ᄂᆞ리며[35] 一힗萬먼 神씬靈령이 侍씽衛윙ᄒᆞᅀᆞᄫᆞ며[36] 자ᄇᆞ리[37] 업시 닐굽 거르믈[38] 거르샤[39] 니ᄅᆞ샤ᄃᆡ 하ᄂᆞᆯ 우[40] 하ᄂᆞᆯ 아래 나 ᄲᅮᆫ[41] 尊존호라[42] ᄒᆞ시며 모미 金금ㅅ비치시며[43]

---

28) 닐어쎠: 닐(←니ᄅᆞ다: 이르다, 曰)-+-어쎠(-오: 명종, 예사 높임) ※ 안병희(1992)와 고영근(2010:323)에서는 '-어쎠'로 실현되는 명령문을 듣는 이를 보통으로 낮추거나 보통으로 높이는 중간 등분의 'ᄒᆞ야쎠체'의 결어법으로 보았다.

29) 듣ᄌᆞᄫᆡᆺ더시닛가: 듣(듣다, 聞)-+-ᄌᆞᇦ(←-줍-: 객높)-+-아(연어)+잇(←이시다: 있다, 보용, 완료 지속)-+-더(회상)-+-시(주높)-+-ㅅ(상높, 예사 높임)-+-니…가(의종, 판정) ※ '듣ᄌᆞᄫᆡᆺ더시닛가'는 '듣ᄌᆞ바 잇더시닛가'가 축약된 형태이다.

30) 悉達: 실달. 석가모니 부처가 출가(出家)하기 전에 정반왕(淨飯王) 태자(太子) 때의 이름이다. 석가모니의 성은 고타마(Gautama:瞿曇)요 이름은 싯다르타(Siddhārtha:悉達多)이다. '悉達(실달)'은 '싯다르타'를 음역하여 한자로 표기한 것이다.

31) ᄒᆞ샤리: ᄒᆞ(하다, 名)-+-샤(←-시-: 주높)-+-Ø(←-오-: 대상)-+-ㄹ(관전) # 이(이, 사람, 者: 의명)+-Ø(←-이: 주조)

32) 하ᄂᆞᆯ로셔: 하ᄂᆞᆯ(←하ᄂᆞᇙ: 하늘, 天)+-로(부조, 위치, 방향)+-셔(-서: 보조사, 위치 강조)

33) 가짓: 가지(가지, 類: 의명)+-ㅅ(-의: 관조)

34) 祥瑞: 祥瑞(상서)+-Ø(←-이: 주조) ※ '祥瑞(상서)'는 복되고 길한 일이 일어날 조짐이다.

35) ᄂᆞ리며: ᄂᆞ리(내리다, 降)-+-며(연어, 나열)

36) 侍衛ᄒᆞᅀᆞᄫᆞ며: 侍衛ᄒᆞ[시위하다: 侍衛(시위: 명사)+-ᄒᆞ(동접)-]-+-ᅀᆞᇦ(←-ᅀᆞᆸ-: 객높)-+-ᄋᆞ며(연어, 나열) ※ '侍衛'는 임금이나 우두머리를 모시어 호위하는 것이다.

37) 자ᄇᆞ리: 잡(잡다, 依)-+-ᄋᆞᆯ(관전) # 이(이, 사람, 者: 의명)+-Ø(←-이 주조)

38) 거르믈: 거름[걸음, 步결(명사): 걸(←걷다, ㄷ불: 걷다, 步, 동사)-+-음(명접)]+-을(목조)

39) 거르샤: 걸(←걷다, ㄷ불: 걷다, 步)-+-으샤(←-으시-: 주높)-+-Ø(-아: 연어)

40) 우: 우(←웋: 위, 上)

41) 나 ᄲᅮᆫ: 나(나, , 我: 인대, 1인칭) # ᄲᅮᆫ(뿐, -만, 唯: 의명, 한정)

42) 尊호라: 尊ᄒᆞ[←尊ᄒᆞ다(존하다, 높다): 尊(존: 불어)+-ᄒᆞ(형접)-]-+-오(화자)-+-Ø(현시)-+-라(←-다: 평종)

43) 金ㅅ비치시며: 金ㅅ빛[금빛, 金色: 金(금: 명사)+-ㅅ(관조, 사잇)+빛(빛, 色: 명사)]+-이(서조)-+-시(주높)-+-며(연어, 나열)

·삼二·싱相·샹八·밣十·씹種:죵好:흫ㅣ ᄀᆞᆺ
·더·시·니 金금輪륜王왕·이 ᄃᆞ외·샤 四·ᄉᆞᆼ
天텬下·ᅘᅣᆼ·를 ᄀᆞ·ᅀᆞ·마·ᄅᆞ·시·련 마·ᄅᆞᆫ 늘·그
·니 病·뼝ᄒᆞ·니 주·근 사·ᄅᆞᆷ 보·시·고 世·솅間
간·ᄋᆞᆯ ·슬·히 너·기·샤 出·츓家강ᄒᆞ·샤 道:ᄄᆞᇂ理
:링 닷·ᄀᆞ·샤 六·륙年년 苦:콩行·ᅘᆡᆼᄒᆞ·샤 正
졍覺·각·ᄋᆞᆯ 일·우·샤 魔망王왕ㅅ 兵병馬
:망 十·씹八·밣億·흑萬·먼·ᄋᆞᆯ 降ᅘᅡᆼ服·뽁:ᄒᆡ·히

三十二相(삼십이상)과 八十種好(팔십종호)가 갖추어져 있으시더니, 金輪王(금륜왕)이 되시어 四天下(사천하)를 주관하시건마는, 늙은이, 病(병)든 이, 죽은 사람을 보시고, 世間(세간)을 싫게 여기시어 出家(출가)하시어 道理(도리)를 닦으시어, 六年(육년) (동안) 苦行(고행)하시어 正覺(정각)을 이루시어, 魔王(마왕)의 兵馬(병마) 十八億萬(십팔억만)을 降服(항복)시키시어,

三삼十씹二싱相샹[44] 八밣十씹種죵好홓ㅣ[45] ᄀᆞᆽ더시니[46] 金금輪륜王왕[47]이 ᄃᆞ외샤[48] 四ᄉᆞᆼ天텬下향[49]ᄅᆞᆯ ᄀᆞᅀᆞᆷ아ᄅᆞ시련마ᄅᆞᆫ[50] 늘그니[51] 病뼝ᄒᆞ니[52] 주근 사ᄅᆞᆷ 보시고 世솅間간 슬히[53] 너기샤[54] 出츓家강ᄒᆞ샤 道똫理링 닷ᄀᆞ샤[55] 六륙年년 苦콩行ᅘᆡᇰᄒᆞ샤 正졍覺각[56]ᄋᆞᆯ 일우샤 魔망王왕[57]ㅅ 兵병馬망 十씹八밣億흑萬먼을 降향服뽁ᄒᆡ오샤[58]

---

44) 三十二相: 삼십이상. 부처의 몸에 갖춘 서른두 가지의 독특한 모양이다. 발바닥이나 손바닥에 수레바퀴 같은 무늬가 있는 것, 손가락이나 발가락이 가늘고 긴 것, 정수리에 살이 상투처럼 불룩 나와 있는 것, 미간에 흰 털이 나와서 오른쪽으로 돌아 뻗은 것 등이 있다.

45) 八十種好ㅣ: 八十種好(팔십 종호) + -ㅣ(← -이: 주조) ※ '八十種好(팔십 종호)'는 부처의 몸에 갖추어진 훌륭한 용모와 형상이다. 부처의 화신에는 뚜렷해서 보기 쉬운 32가지의 상과 미세해서 보기 어려운 80가지의 호가 있다.

46) ᄀᆞᆽ더시니: ᄀᆞᆽ(← ᄀᆞᆽ다: 갖추어져 있다, 具)- + -더(회상)- + -시(주높)- + -니(연어, 설명의 계속)

47) 金輪王: 금륜왕. 사천하(四天下)를 다스리는 사륜왕(四輪王) 가운데의 하나이다. 금륜왕(金輪王)은 수미(須彌) 사주(四洲)인 네 천하, 곧 동녘의 불바제(弗婆提), 서녘의 구타니(瞿陁尼), 남녘의 염부제(閻浮提), 북녘의 울단월(鬱單越)을 다 다스리었다. 전륜왕(轉輪王) 가운데에서 가장 수승한 윤왕(輪王)이다. 금륜(金輪)은 '금수레'이다.

48) ᄃᆞ외샤: ᄃᆞ외(되다, 爲)- + -샤(← -시-: 주높)- + -Ø(← -아: 연어)

49) 四天下: 사천하. 수미산을 중심으로 한 사방의 세계이다. 남쪽의 섬부주(贍部洲), 동쪽의 승신주(勝神洲), 서쪽의 우화주(牛貨洲), 북쪽의 구로주(俱盧洲)이다.

50) ᄀᆞᅀᆞᆷ아ᄅᆞ시련마ᄅᆞᆫ: ᄀᆞᅀᆞᆷ알[주관하다, 관리하다, 主管: ᄀᆞᅀᆞᆷ(재료, 材: 명사) + 알(알다, 知)-]- + -ᄋᆞ시(주높)- + -리(미시)- + -언마ᄅᆞᆫ(-건마는, -지만: 연어, 대조)

51) 늘그니: 늘그니[늙은이, 老(명사): 늙(늙다, 老)- + -은(관전) + 이(이, 사람, 者: 의명)]

52) 病ᄒᆞ니: 病ᄒᆞ[병하다, 병나다, 病: 病(병: 명사) + -ᄒᆞ(동접)-]- + -Ø(과시)- + -ㄴ(관전) # 이(이, 사람, 者: 의명)

53) 슬히: [싫게, 厭(부사): 슳(싫다, 厭: 형사)- + -이(부접)]

54) 너기샤: 너기(여기다, 念)- + -샤(← -시-: 주높)- + -Ø(← -아: 연어)

55) 닷ᄀᆞ샤: 닭(닦다, 修)- + -ᄋᆞ샤(← -ᄋᆞ시-: 주높)- + -Ø(← -아: 연어)

56) 正覺: 정각. 올바른 깨달음. 일체의 참된 모습을 깨달은 더할 나위 없는 지혜이다.

57) 魔王: 마왕. 천마(天魔)의 왕으로서, 정법(正法)을 해치고 중생이 불도에 들어가는 것을 방해하는 귀신이다.

58) 降服ᄒᆡ오샤: 降服ᄒᆡ오[항복시키다, 항복하게 하다: 降服(항복: 명사) + -ᄒᆞ(동접)- + -ㅣ(← -이-: 사접)- + -오(사접)-]- + -샤(← -시-: 주높)- + -Ø(← -아: 연어)

[18앞]

光明(광명)이 世界(세계)를 꿰뚫어 비추시어, 三世(삼세)에 있는 일을 아시므로 '부처이시다' 하오." 須達(수달)이 또 묻되 "어찌하여 중이라 하오?" (護彌가) 對答(대답)하되 "부처가 成道(성도)하시거늘 梵天(범천)이 '轉法(전법)하소서.' (하고) 請(청)하거늘【 轉法(전법)은 法(법)을 굴리는 것이니, 부처가 說法(설법)하시어 世間(세간)에 法(법)이 퍼지어 가므로 '굴렸다' 하나니, 說法(설법)하는 것을 轉法(전법)이라 하느니라. 】, 波羅㮈國(바라내국)의

光광明명이 世솅界갱ᄅᆞᆯ ᄉᆞᄆᆞᆺ[59] 비취샤[60] 三삼世솅옛[61] 이ᄅᆞᆯ 아ᄅᆞ실ᄊᆡ 부톄시다[62] ᄒᆞᄂᆞ닝다[63] 須슝達땋이 ᄯᅩ 무로ᄃᆡ 엇뎨 쥬이라[64] ᄒᆞᄂᆞ닛가[65] 對됭答답호ᄃᆡ 부톄 成쎵道똫ᄒᆞ야시ᄂᆞᆯ[66] 梵뻠天텬[67]이 轉둰法법ᄒᆞ쇼셔[68] 請쳥ᄒᆞᅀᆞᄫᆞᄂᆞᆯ[69]【轉둰法법은 法법을 그우릴 씨니[70] 부톄 說쉃法법ᄒᆞ샤 世솅間간애 法법이 펴디여[71] 갈ᄊᆡ 그우리다 ᄒᆞᄂᆞ니 說쉃法법호ᄆᆞᆯ 轉둰法법이라 ᄒᆞᄂᆞ니라】 波방羅랑㮈냉國귁[72]

---

59) ᄉᆞᄆᆞᆺ: [꿰뚫어, 투철하게, 貫(부사): ᄉᆞᄆᆞᆺ(← ᄉᆞᄆᆞᆾ다: 꿰뚫다, 통하다, 貫: 동사) + -∅(부접)]

60) 비취샤: 비취(비추다, 照)- + -샤(← -시-: 주높)- + -∅(← -아: 연어)

61) 三世옛: 三世(삼세) + -예(← -에: 부조, 위치) + -ㅅ(-의: 관조) ※ '三世(삼세)'는 과거(전세), 현재(현세), 미래(내세)를 이르는 말이다. '三世옛'은 '三世에 있는'으로 의역하여 옮긴다.

62) 부톄시다: 부텨(부처, 佛) + -ㅣ(← -이-: 서조)- + -시(주높)- + -∅(현시)- + -다(평종)

63) ᄒᆞᄂᆞ닝다: ᄒᆞ(하다, 名)- + -ᄂᆞ(현시)- + -니(원칙)- + -ㆁ(상높, 예사 높임)- + -다(평종)

64) 쥬이라: 즁(중, 僧) + -이(서조)- + -∅(현시)- + -라(← -다 : 평종)

65) ᄒᆞᄂᆞ닛가: ᄒᆞ(하다, 謂)- + -ᄂᆞ(현시)- + -ㅅ(상높, 예사 높임)- + -니…가(의종) ※ 상대 높임의 선어말 어미가 예사 높임의 '-ㅅ-'이므로, 문장 속에 의문사인 '엇뎨'가 실현되어 있어도 의문형 어미가 '-니…고'가 아니라 '-니…가'의 형태로 실현되었다.

66) 成道ᄒᆞ야시ᄂᆞᆯ: 成道ᄒᆞ[성도하다: 成道(성도: 명사) + -ᄒᆞ(동접)-]- + -시(주높)- + -야…ᄂᆞᆯ(← -아ᄂᆞᆯ: -거늘, 연어, 상황) ※ '成道(성도)'는 도를 이루는 것이다.

67) 梵天: 범천. 색계(色界) 초선천(初禪天)의 우두머리이다. 제석천(帝釋天)과 함께 부처를 좌우에서 모시는 불법 수호의 신이다.

68) 轉法ᄒᆞ쇼셔: 轉法ᄒᆞ[전법하다: 轉法(전법: 명사) + -ᄒᆞ(동접)-]- + -쇼셔(-소서: 명종, 아주 높임) ※ '轉法(전법)'은 부처님이 설법하여 중생을 널리 구제하는 것이다.

69) 請ᄒᆞᅀᆞᄫᆞᄂᆞᆯ: 請ᄒᆞ[청하다 : 請(청: 명사) + -ᄒᆞ(동접)-]- + -ᅀᆞᇦ(← -ᅀᆞᇦ-: 객높)- + -아ᄂᆞᆯ(-거늘: 연어, 상황)

70) 그우릴 씨니: 그우리[굴리다: 그울(구르다, 轉)- + -이(사접)-]- + -ㄹ(관전) # ᄡᅵ(← ᄉᆞ: 것, 의명) + -이(서조)- + -니(연어, 설명의 계속)

71) 펴디여: 펴디[펴지다 : 펴(펴다, 伸)- + -어(연어) + 디(지다: 보용, 피동)-]- + -어(연어)

72) 波羅㮈國: 바라내국. 바라나시(Varanasi)이다. 중인도 마가다국의 서북쪽에 있는 나라이다. 지금의 베나레스시에 해당한다. 부처님께서 성도한 21일 후, 이 나라의 녹야원(綠野園)에서 처음으로 설법하여 '교진여(僑陳如)' 등 다섯 비구를 제도한 것으로 유명하다.

랑 㮈 냉 國 귁 鹿 록 野 양 苑 원 에 ·가 ·샤 憍
궇 陳 띤 如 셩 ·돌 다 ·ᄉᆞᆺ 사 ᄅᆞ ·ᄆᆞᆯ 濟 졩 渡 똥
·ᄒᆞ ·시 ·며 버 ·거 鬱 ᅙᅮᇙ 卑 빙 迦 강 葉 셥 三 삼
兄 ·형 弟 뗑 ·의 ·믈 一 ᅙᅵᇙ 千 쳔 사 ᄅᆞ ᄆᆞᆯ 濟 졩
渡 똥 ·ᄒᆞ ·시 ·며 버 ·거 舍 샹 利 ·링 弗 붏 目 ·목
揵 껀 連 런 ·의 ·믈 五 ·옹 百 ·ᄇᆡᆨ ·올 濟 졩 渡 똥
·ᄒᆞ ·시 ·니 ·이 ·사 ᄅᆞᆷ ·돌 ·히 ·다 神 씬 足 죡 ·이 自
쫑 在 ·찡 ·ᄒᆞ ·야 衆 ·즁 生 싱 ·이 福 복 田 뗜 ·이

鹿野苑(녹야원)에 가시어, 僑陳如(교진여) 등 다섯 사람을 濟渡(제도)하시며, 다음으로 鬱卑迦葉(울비가섭) 三兄弟(삼형제)의 무리 一千(일천) 사람을 濟渡(제도)하시며, 다음으로 舍利弗(사리불)과 目揵連(목건련)의 무리 五百(오백)을 濟渡(제도)하시니, 이 사람들이 다 神足(신족)이 自在(자재)하여 衆生(중생)의 福田(복전)이

鹿록野양苑원[73]에 가샤 僑굘陳띤如셩 ᄃᆞᆯ[74] 다ᄉᆞᆺ 사ᄅᆞᄆᆞᆯ 濟졩渡똥ᄒᆞ시
며 버거[75] 鬱욿卑빙迦강葉셥[76] 三삼兄훵弟뗑의 물[77] 一잃千쳔 사ᄅᆞᄆᆞᆯ
濟졩渡똥ᄒᆞ시며 버거 舍샹利링弗붏[78] 目목揵껀連련[79]의 물 五옹百ᄇᆡᆨ을
濟졩渡똥ᄒᆞ시니 이 사ᄅᆞᆷᄃᆞᆯ히[80] 다 神씬足죡[81]이 自쫑在찡[82]ᄒᆞ야 衆즁生
싱이 福복田뗜[83]이

---

73) 鹿野苑: 녹야원. 사르나트(Sarnath)이다. 인도 북부 우타르푸라데시 주(州)의 남동쪽에 바라나시가 있는데, 바라나시의 북쪽에 있는 사르나트의 불교 유적이다. 석가모니가 교진여 등 다섯 비구를 위하여 처음으로 설법한 곳이다.

74) 僑陳如 ᄃᆞᆯ: 僑陳如(교진여: 인명) # ᄃᆞᆯ(← ᄃᆞᆯㅎ: 들, 等, 의명) ※ 'ᄃᆞᆯㅎ(等)'은 명사 뒤에 쓰여서 두 개 이상의 사물을 나열할 때, 그 열거한 사물 모두를 가리키거나, 그 밖에 같은 종류의 사물이 더 있음을 나타내는 의존 명사이다. ※ '僑陳如(교진여)'의 본 이름은 안나콘단냐(阿若驕陳如)이다. 그는 녹야원(鹿野苑)에서 석가의 초전법륜을 듣고 가장 먼저 깨달음을 얻어서 그 자리에서 아라한(阿羅漢)이 되었다.

75) 버거: [다음으로, 이어서, 次(부사) : 벅(버금가다, 다음가다: 동사)- + -어(연어 ▷ 부접)]

76) 鬱卑迦葉: 울비가섭. 마하카시아파(Mahā Kāsyapa)이다. 마하가섭(摩訶迦葉)이라고도 하며 석가모니의 십대 제자 중 한 사람이다. 석가가 죽은 뒤 제자들의 집단을 이끌어 가는 영도자 역할을 해냄으로써 '두타제일(頭陀第一)'이라 불린다.

77) 물: 무리, 衆(명사)

78) 舍利弗: 사리불. 사리푸트라(Sāriputra)이다. 석가모니의 십대 제자 가운데 한 사람(?~BC 486)이다. 십육 나한의 하나로 석가모니의 아들 라훌라의 수계사(授戒師)로 유명하다.

79) 目揵連: 목건련. 마우드갈리아야나(Maudgalyayana)이다. 석가모니의 십대 제자 가운데 한 사람이다. 마가다의 브라만 출신으로 부처의 교화를 펼치고 신통(神通) 제일의 성예(聲譽)를 얻었다.

80) 사ᄅᆞᆷᄃᆞᆯ히: 사ᄅᆞᆷᄃᆞᆯㅎ[사람들 : 사ᄅᆞᆷ(사람, 人) + -ᄃᆞᆯㅎ(-들 : 복접)] + -이(주조)

81) 神足: 신족. 신족통(神足通)을 뜻하는데, 자기의 마음대로 날아다닐 수 있는 신통한 힘이다.

82) 自在: 자재. 저절로 갖추어 있는 것이다.

83) 福田: 복전. 복을 거두는 밭이라는 뜻으로, 삼보(三寶)와 부모와 가난한 사람을 비유적으로 이르는 말이다. 삼보를 공양하고 부모의 은혜에 보답하며 가난한 사람에게 베풀면 복이 생긴다고 한다.

[19앞]

ᄃᆞ욀ᄊᆡ 쥬ᅵ라 ᄒᆞᄂᆞ니ᅌᅵ다 福田ᄋᆞᆫ 福바티라 혼 ᄠᅳ디니 衆生ᄋᆡ 福이 쥬의 그ᅌᅦ셔 나미 바ᄐᆡ셔 나과 ᄀᆞᆮᄒᆞᆯᄊᆡ 福바티라 ᄒᆞᄂᆞ니라 須達이 이 말 듣고 부텻긔 發心을 니르와다 언제 새어든 부텨를 가 보ᅀᆞᄫᆞ려뇨 ᄒᆞ더니 精誠이 고ᄃᆞ니 바ᄆᆡ 누니 번ᄒᆞ거늘 길흘 ᄎᆞ자 부텻긔로 가ᄂᆞᆫ 저긔 城門애 내ᄃᆞ라 하ᄂᆞᆯ 祭ᄒᆞ던 ᄯᅡ홀 보고 절ᄒᆞ다가

되므로 중이라고 하오."【福田(복전)은 福(복) 밭이니, 衆生(중생)의 福(복)이 중에게서 나는 것과 곡식이 밭에서 나는 것과 같으므로 福(복)밭이라고 하였니라.】 須達(수달)이 이 말 듣고 부처께 發心(발심)을 일으켜 "언제쯤 (날이) 새거든 부처를 가서 보겠느냐?" 하더니, 精誠(정성)이 올곧으니 밤눈이 번하거늘 길을 찾아 부처께로 가는 때에, 城門(성문)에 내달아 하늘에 祭(제)하던 땅을 보고 절하다가

ᄃᆞ욀ᄊᆡ 쥬이라 ᄒᆞᄂᆞ닝다【福복田뗜은 福복 바티니 衆즁生ᄉᆡᆼᄋᆡ 福복이 쥬의 그에셔[84] 남과[85] 나디[86] 바ᄐᆡ셔[87] 남과 ᄀᆞᄐᆞᆯᄊᆡ 福복 바티라 ᄒᆞ니라[88]】 須슝達ᄄᆞᇙ이 이 말 듣고 부텻긔[89] 發벓心심[90]을 니ᄅᆞ와다[91] 언제 새어든[92] 부텨를 가 보ᅀᆞᄫᆞ려뇨[93] ᄒᆞ더니 精졍誠쎵이 고ᄌᆞᆨᄒᆞ니[94] 밤누니[95] 번ᄒᆞ거늘[96] 길ᄒᆞᆯ ᄎᆞ자[97] 부텻긔로[98] 가ᄂᆞᆫ 저긔 城쎵門몬애 내ᄃᆞ라[99] 하ᄂᆞᆯ 祭졩ᄒᆞ던[100] ᄯᅡᄒᆞᆯ[1] 보고 절ᄒᆞ다가

---

84) 쥬의 그에셔: 즁(중, 僧) + -의(관조) # 그에(거기에: 의명) + -셔(-서: 보조사, 위치 강조) ※ '쥬의 그에셔'는 '중에게서'로 의역한다. ※ '-셔'는 위치, 출발점, 비교를 나타내는 말에 붙어서, 그 뜻을 강조하는 보조사이다.

85) 남과: 나(나다, 出)- + -ㅁ(←-옴: 명전) + -과(부조, 비교)

86) 나디: 낟(곡식, 穀) + -이(주조)

87) 바ᄐᆡ셔: 밭(밭, 田) + -ᄋᆡ(-에: 부조, 위치) + -셔(-서: 부조, 위치 강조)

88) ᄒᆞ니라: ᄒᆞ(하다, 曰)- + -Ø(과시)- + -니(원칙)- + -라(←-다 : 평종)

89) 부텻긔: 부텨(부처, 佛) - + -ᄭᅴ(-께: 부조, 상대, 높임) ※ '-ᄭᅴ'는 [-ㅅ(-의: 관조) + 긔(거기에: 의명)]로 분석되는 파생 조사이다.

90) 發心: 발심. 어떤 일을 하기로 마음먹는 것이다.

91) 니ᄅᆞ와다: 니ᄅᆞ왇[일으키다: 닐(일어나다, 起)- + -ᄋᆞ(사접)- + -왇(강접)-]- + -아(연어)

92) 새어든: 새(날이 새다, 밝아지다, 明)- + -어든(←-거든: -거든, 연어, 조건)

93) 보ᅀᆞᄫᆞ려뇨: 보(보다, 見)- + -ᅀᆞᇦ(←-ᄉᆞᆸ-: 객높)- + -오(화자)- + -리(미시)- + -어(확인)- + -뇨(-느냐: 의종, 설명)

94) 고ᄌᆞᆨᄒᆞ니: 고ᄌᆞᆨᄒᆞ[올곧다, 골똘하다: 고ᄌᆞᆨ(불어) + -ᄒᆞ(형접)-]- + -니(연어, 이유)

95) 밤누니: 밤눈[밤눈: 밤(밤, 夜) + 눈(눈, 目)] + -이(주조)

96) 번ᄒᆞ거늘: 번ᄒᆞ[번하다: 번(번: 불어) + -ᄒᆞ(형접)-]- + -거늘(연어, 상황) ※ '번ᄒᆞ다'는 어두운 가운데 밝은 빛이 비치어 조금 훤한 것을 이르는 말이다.

97) ᄎᆞ자: ᄎᆞᆽ(찾다, 尋)- + -아(연어)

98) 부텻긔로: 부텨(부처, 佛) - + -ᄭᅴ(-께: 부조, 상대, 높임) + -로(부조, 방향)

99) 내ᄃᆞ라: 내ᄃᆞᆮ[←내ᄃᆞᆮ다, ㄷ불(내닫다): 나(나다, 現)- + -ㅣ(←-이- : 사접)- + ᄃᆞᆮ(닫다, 달리다, 走)-]- + -아(연어)

100) 祭ᄒᆞ던: 祭ᄒᆞ[제사하다: 際(제, 제사: 명사) + -ᄒᆞ(동접)-]- + -더(회상)- + -ㄴ(관전)

1) ᄯᅡᄒᆞᆯ: ᄯᅡㅎ(땅, 地) + -ᄋᆞᆯ(목조)

忽홇然션히 부텨 向향ᄒᆞᆫ ᄆᆞᅀᆞᄆᆞᆯ 니ᄌᆞ니 누니 도로 어듭거늘 제 너교ᄃᆡ 바ᄆᆡ 가다가 귓것과 모딘 즁ᄉᆡᆼ이 므ᅀᅴ엽도소니 므스므라 바ᄆᆡ 나오나뇨 ᄒᆞ야 뉘으처 도로 오려 ᄒᆞ더니 아래 제 버디 주거 하ᄂᆞᆯ해 갯다가 ᄂᆞ려와 須숭達땷일 ᄃᆞ려 닐오ᄃᆡ 須숭達땷이 뉘읏디 말라 내 아랫 네 버디라니 부텻 法법 듣ᄌᆞᄫᆞᆫ

忽然(홀연)히 부처를 向(향)한 마음을 잊으니 눈이 도로 어둡거늘, 자기(=須達)가 여기되 "밤에 가다가 귀신과 모진 짐승이 무서우니, (내가) 무엇 때문에 밤에 나왔느냐?" 하여, 후회하여서 도로 (집으로) 오려 하더니, 예전에 자기(=須達)의 벗이 죽어 하늘에 가 있다가 내려와 須達(수달)이에게 이르되 "須達(수달)이 후회하지 마라. 내가 예전의 너의 벗이더니, 부처의 法(법)을 들은

忽호ᇙ然션히[2] 부텨 向향ᄒᆞᆫ ᄆᆞᅀᆞᄆᆞᆯ 니즈니[3] 누니 도로[4] 어듭거늘 제[5] 너교ᄃᆡ[6] 바ᄆᆡ 가다가 귓것과[7] 모딘[8] ᄌᆞᇰᄉᆡᇰ이[9] 므싀엽도소니[10] 므스므라[11] 바ᄆᆡ 나오나뇨[12] ᄒᆞ야 뉘으처[13] 도로 오려 ᄒᆞ더니 아래[14] 제 버디[15] 주거 하ᄂᆞᆯ해 갯다가[16] ᄂᆞ려와[17] 須슝達따ᇙ일[18] ᄃᆞ려[19] 닐오ᄃᆡ 須슝達따ᇙ이 뉘읏디[20] 말라[21] 내 아랫 네 버디라니[22] 부텻 法법 듣ᄌᆞᄫᆞᆫ[23]

---

2) 忽然히: [홀연히, 갑자기(부사): 忽然(홀연: 부사) + -ㅎ(← -ᄒᆞ-: 형접)- + -이(부접)]

3) 니즈니: 닞(잊다, 忘)- + -으니(연어, 이유)

4) 도로: [도로, 반대로, 逆(부사): 돌(돌다, 回: 동사)- + -오(부접)]

5) 제: 저(자기, 己: 인대, 재귀칭) + -ㅣ(← -이: 주조)

6) 너교ᄃᆡ: 너기(여기다, 念)- + -오ᄃᆡ(-되: 연어, 설명의 계속)

7) 귓것과: 귓것[귀신, 鬼: 귀(귀신, 鬼) + -ㅅ(관조, 사잇) + 것(것, 者: 의명)] + -과(접조)

8) 모딘: 모디(← 모딜다: 모질다, 惡)- + -Ø(현시)- + -ㄴ(관전)

9) ᄌᆞᇰᄉᆡᇰ이: ᄌᆞᇰᄉᆡᇰ(짐승, 獸) + -이(주조)

10) 므싀엽도소니: 므싀엽[무섭다, : 므싀(무서워하다, 畏: 동사)- + -엽(← -업-: 형접)-]- + -돗(감동)- + -오(화자)- + -니(연어, 설명의 계속)

11) 므스므라: [무슨 까닭으로, 왜, 何(부사): 므슴(무엇, 何: 지대, 미지칭) + -으라(부접)]

12) 나오나뇨: 나오[나오다: 나(나다, 出)- + -Ø(← -아: 연어) + 오(오다, 來)-]- + -Ø(과시)- + -Ø(← -오-: 화자)- + -나(확인)- + -뇨(-느냐: 의종, 설명)

13) 뉘으처: 뉘읓(후회하다, 뉘우치다, 悔)- + -어(연어)

14) 아래: 아래(예전, 昔: 명사) + -Ø(← -애: -에, 부조, 위치, 시간)

15) 버디: 벋(벗, 友) + -이(주조)

16) 갯다가: 가(가다, 去)- + -Ø(← -아: 연어) + 잇(← 이시다: 보용, 완료 지속)- + -다가(연어, 전환) ※ '갯다가'는 '가 잇다가'가 축약된 형태이다.

17) ᄂᆞ려와: 나려오[내려오다: ᄂᆞ리(내리다, 降)- + -어(연어) + 오(오다, 來)-]- + -아(연어)

18) 須達일: 須達이[수달이: 須達(수달: 인명) + -이(접미, 어조 고룸)] + -ㄹ(← -ᄅᆞᆯ: 목조, 보조사적 용법) ※ '須達일 ᄃᆞ려'는 '須達(수달)이에게'로 의역하여 옮긴다.

19) ᄃᆞ려: ᄃᆞ리(데리다, 同伴)- + -어(연어)

20) 뉘읏디: 뉘읏(← 뉘읓다: 후회하다, 뉘우치다, 悔)- + -디(-지 : 연어, 부정)

21) 말라: 말(말다, 勿: 보용, 부정)- + -라(명종)

22) 버디라니: 벋(벗, 友) + -이(서조)- + -라(← -다- ← -더-: 회상)- + -Ø(← -오-: 화자)- + -니(연어, 설명의 계속)

23) 듣ᄌᆞᄫᆞᆫ: 듣(듣다, 聞)- + -ᄌᆞᇦ(← -ᄌᆞᆸ-: 객높)- + -Ø(과시)- + -은(← ᄋᆞᆫ: 관전)

德득으로 하ᄂᆞᆯ해 나아 門몬神씬이 ᄃᆞ외야 잇ᄂᆞ니 門몬神씬은 門몬ㅅ神씬靈령이라 네 부텨를 가 보ᅀᆞᄫᆞ면 됴ᄒᆞᆫ 이리 그지업스리라 四ᄉᆞᆼ天텬下ᨾᅡᇰ애 ᄀᆞᄃᆞᆨᄒᆞᆫ 보ᄇᆡᄅᆞᆯ 어더도 부텨 向ᄒᆢᇰᄒᆞᅀᆞᄫᅡ ᄒᆞᆫ 거름 나ᅀᅡ 거룸만 몯ᄒᆞ니라 須슝達ᄠᅡᇙ이 그 말 듣고 더욱 깃거 다시 ᄭᆡ드라 世솅尊존ᄋᆞᆯ 念념ᄒᆞᅀᆞᄫᆞ니 누니 도로 ᄇᆞᆰ거늘 길ᄒᆞᆯ 조ᄎᆞ

德(덕)으로 하늘에 나서 門神(문신)이 되어 있으니【門神(문신)은 門(문)의 神靈(신령)이다.】, 네가 부처께 가 보면 좋은 일이 그지없으리라. 四天下(사천하)에 가득한 보배를 얻어도 부처를 향하여 한 걸음을 나아가 걷는 것만 못하니라. 須達(수달)이 그 말을 듣고 더욱 기뻐하여, 다시 깨달아 世尊(세존)을 念(염)하니 눈이 도로 밝아지거늘, 길을

德득으로 하ᄂᆞᆯ해 나아[24] 門몬神씬이[25] ᄃᆞ외야 잇ᄂᆞ니[26]【門몬神씬은 門몬ㅅ 神씬靈령이라】 네 부텨를[27] 가 보ᅀᆞᄫᆞ면[28] 됴ᄒᆞᆫ 이리 그지업스리라[29] 四ᄉᆞᆼ天텬下ᅘᅡᆼ[30]애 ᄀᆞ득ᄒᆞᆫ 보ᄇᆡᄅᆞᆯ 어더도[31] 부텨 向향ᄒᆞᅀᆞ바[32] ᄒᆞᆫ 거름[33] 나ᅀᅩ[34] 거룸 만[35] 몯ᄒᆞ니라 須슝達땷이 그 말 듣고 더욱 깃거 다시 ᄭᆡᄃᆞ라[36] 世솅尊존ᄋᆞᆯ 念념ᄒᆞᅀᆞᄫᆞ니[37] 누니 도로 ᄇᆞᆰ거늘[38] 길흘[39]

---

24) 나아: 나(나다, 出)- + -아(연어)

25) 門神이: 門神(문신) + -이(보조) ※ '門神(문신)'은 문을 지켜는 귀신이다.

26) 잇ᄂᆞ니: 잇(←이시다: 있다, 보용, 완료 지속)- + -ㄴ(←-ᄂᆞ-: 현시)- + -오(화자)- + -니(연어, 설명의 계속)

27) 부텨를: 부텨(부처, 佛) + -를(-에게: 목조, 보조사적 용법)

28) 보ᅀᆞᄫᆞ면: 보(보다, 見) + -ᅀᆞᇦ(←-ᅀᆞᆸ-: 객높)- + -ᄋᆞ면(연어, 조건)

29) 그지업스리라: 그지없[그지없다, 끝이 없다, 無限 : 그지(끝, 限: 명사) + 없(없다, 無: 형사)-]- + -으리(미시)- + -라(←-다: 평종)

30) 四天下: 사천하. 수미산을 중심으로 한 사방의 세계이다. 남쪽의 섬부주(贍部洲), 동쪽의 승신주(勝神洲), 서쪽의 우화주(牛貨洲), 북쪽의 구로주(俱盧洲)이다.

31) 어더도: 얻(얻다, 得)- + -어도(연어, 양보)

32) 向ᄒᆞᅀᆞ바: 向ᄒᆞ[향하다: 向(향: 불어) + -ᄒᆞ(동접)-]- + -ᅀᆞᇦ(←-ᅀᆞᆸ-: 객높)- + -아(연어)

33) 거름: [걸음, 步 : 걸(←걷다, ㄷ불: 걷다, 步, 동사)- + -음(명접)]

34) 나ᅀᅩ: [나아가서, 進(부사): 나ᇫ(←낫다, ㅅ불: 나아가다, 進)- + -오(부접)]

35) 거룸 만: 걸(←걷다, ㄷ불: 걷다, 步)- + -움(명전) # 만(만: 의명, 비교)

36) ᄭᆡᄃᆞ라: ᄭᆡᄃᆞᆯ(←ᄭᆡᄃᆞᆮ다, ㄷ불: 깨닫다, 悟)- + -아(연어)

37) 念ᄒᆞᅀᆞᄫᆞ니: 念ᄒᆞ[염하다, 깊이 생각하다: 念(염: 명사) + -ᄒᆞ(동접)-]- + -ᅀᆞᇦ(←-ᅀᆞᆸ-: 객높)- + -ᄋᆞ니(연어, 이유)

38) ᄇᆞᆰ거늘: ᄇᆞᆰ(밝아지다, 밝다, 明: 동사)- + -거늘(연어, 상황) ※ 'ᄇᆞᆰ다'는 동사(= 밝아지다)와 형용사(= 밝다)로 두루 쓰이는데, 여기서는 문맥상 '밝아지다'로 옮긴다.

39) 길흘: 길ㅎ(길, 路) + -을(목조)

[20 뒤]

·자 世솅尊존ㅅ·긔 ·가·니·라 世솅尊존·이 須
슝達땋·이 ·올 ·ᄯᆞᆯ 아ᄅᆞ·시·고 밧·긔 나·아 :걷
·니·더·시·니 須슝達땋·이 ·부·라 :ᅀᆞᄫᆞ·고 :몯:내
과·ᄒᆞᅀᆞᄫᆞ·호·ᄃᆡ 부텨 ·뵈ᅀᆞᆸ논 禮롕數숭
·를 :몰·라 바ᄅᆞ ·드·러 ·묻ᄌᆞᄫᆞ·ᄃᆡ 瞿꿍曇땀
安한否붛ㅣ 便뼌安한ᄒᆞ·시·니잇·가 ᄒᆞ
·더·니 世솅尊존·이 방셕 주·어 안·치·시·니
·라 그·ᄢᅴ 首슣陁땅會· 天텬·이 首슣陁땅會·

찾아 世尊(세존)께 갔니라. 世尊(세존)이 須達(수달)이 올 것을 아시고 밖에 나와 거니시더니, 須達(수달)이를 바라보고 못내 칭찬하여 하되, 부처를 뵙는 禮數(예수)를 몰라서 바로 들어가서 묻되, "瞿曇(구담)이 安否(안부)가 便安(편안)하십니까?" 하더니, 世尊(세존)이 방석을 주어 앉히셨니라. 그때에 首陁會天(수타회천)이 【 首陁會天(수타회천)은

ᄎᆞ자 世솅尊존ᄭᅴ 가니라[40] 世솅尊존이 須슝達땷이 올 ᄯᆞᆯ[41] 아ᄅᆞ시고 밧긔[42] 나아 걷니더시니[43] 須슝達땷이 ᄇᆞ라ᅀᆞᆸ고[44] 몯내[45] 과ᄒᆞᅀᆞ바[46] 호ᄃᆡ 부텨 뵈ᅀᆞᆸᄂᆞᆫ[47] 禮롕數숭[48]를 몰라 바ᄅᆞ[49] 드러[50] 묻ᄌᆞᄫᆞᄃᆡ 瞿꿍曇땀[51] 安한否붛ㅣ 便뼌安한ᄒᆞ시니잇가[52] ᄒᆞ더니 世솅尊존이 방셕[53] 주어 안치시니라[54] 그 ᄢᅴ 首슣陁땅會횅天텬[55]이【首슣陁땅會횅天텬은

---

40) 가니라: 가(가다, 去)- + -Ø(과시)- + -니(원칙)- + -라(← -다 : 평종)

41) 올 ᄯᆞᆯ: 오(오다, 來)- + -ㄹ(관전) # ㄸ(← ᄃᆞ: 것, 줄, 의명) + -ᄋᆞᆯ(목조)

42) 밧긔: 밝(밖, 外) + -의(-에: 부조, 위치)

43) 걷니더시니: 걷니[거닐다, 걸어다니다, 步行: 걷(걷다, 步)- + 니(다니다, 가다, 行)-]- + -더(회상)- + -시(주높)- + -니(연어, 설명의 계속)

44) ᄇᆞ라ᅀᆞᆸ고: ᄇᆞ라(바라보다, 쳐다보다, 望)- + -ᅀᆞᆸ(객높)- + -고(연어, 나열)

45) 몯내: [못내, 이루다 말할 수 없이(부사): 몯(못, 不: 부사, 부정) + -내(접미)]

46) 과ᄒᆞᅀᆞ바: 과ᄒᆞ(칭찬하다, 讚)- + -ᅀᆞᇦ(← -ᅀᆞᆸ- : 객높)- + -아(연어)

47) 뵈ᅀᆞᆸᄂᆞᆫ: 뵈[뵈다, 뵙다, 謁見: 보(보다, 見: 타동)- + -ㅣ(← -이-: 사접)]- + -ᅀᆞᆸ(객높)- + -ᄂᆞ(현시)- + -ㄴ(관전)

48) 禮數: 예수. 명성이나 지위에 알맞은 예의와 대우이다.

49) 바ᄅᆞ: [바로, 直(부사): 바ᄅᆞ(바르다, 直: 형사)- + -Ø(부접)]

50) 드러: 들(들다, 入)- + -어(연어)

51) 구담: 瞿曇. 인도의 석가(釋迦) 종족의 성(姓)인 '고타마(Gautama)'를 한자로 음역한 것이다. 여기서는 석가모니 부처(고타마 싯다르타)를 이른다.

52) 便安ᄒᆞ시니잇가: 便安ᄒᆞ[편안하다: 便安(편안: 명사) + -ᄒᆞ(형접)-]- + -시(주높)- + -잇(← -이-: 상높, 아주 높임)- + -니…가(-니까: 의종, 판정)

53) 방셕: 방석, 方席.

54) 안치시니라: 안치[앉히다: 앉(앉다, 坐)- + -히(사접)-]- + -시(주높)- + -Ø(과시)- + -니(원칙)- + -라(← -다 : 평종)

55) 首陁會天: 수타회천. 색계(色界)의 제사(第四) 선천(禪天)에 구천(九天)이 있는데, 이 구천 중에서 불환과(不還果)를 증득(證得)한 성인(聖人)이 나는 하늘이다. 무번천(無煩天), 무열천(無熱天), 선현천(善現天), 선견천(善見天), 색구경천(色究竟天)의 다섯 하늘, 곧 오정거천(五淨居天)이라고도 한다. 여기서는 수타회천(首陁會天)을 주관하는 천신을 이른다.

[21앞]

天텬은 淨쪙居겅天텬·이·라 須슝達땷·이 :버·릇:업·슨
·주·를 보·고 :네 사ᄅᆞ·미 ᄃᆞ·외·야 ·와 世솅尊
존·씌 禮롕數:숭ᄒᆞ·ᅀᆞᆸ·고 ·ᄭᅮ·러 安한否:붛
:묻ᄌᆞᆸ·고 ·올ᄒᆞᆫ 녀·그·로 :세 ·볼 :값·도ᅀᆞᆸ·고 ᄒᆞᆫ
:녀·긔 앉·거·늘 ·그제·아 須슝達땷·이 ·설·우
·ᅀᆞ·ᄫᅡ 恭공敬·경ᄒᆞ·ᅀᆞᆸ·ᄂᆞᆫ 法법·이 ·이·러ᄒᆞᆫ
거·시로·다 ᄒᆞ·야 ·즉자·히 다·시 니·러 :네 :사
ᄅᆞᆷ·ᄒᆞ·논 :야ᇰ·ᄋᆞ·로 禮:롕數·숭ᄒᆞ·ᅀᆞᆸ·고 ᄒᆞᆫ 녀

淨居天(정거천)이다.】 須達(수달)이 버릇없는 것을 보고 네 사람이 되어 와서, 世尊(세존)께 禮數(예수)하고 (무릎을) 꿇어 安否(안부)를 묻고 오른쪽으로 세 번 감돌고 한쪽에 앉거늘, 그제야 須達(수달)이 부끄러워하여 "恭敬(공경)하는 法(법)이 이러한 것이구나." 하여, 즉시 다시 일어나 네 사람이 하는 양으로 禮數(예수)하고 한쪽에

[21 앞]

淨쪙居겅天텬이라 】 須슝達ᄄᆶ이 버릇업순[56] 주를[57] 보고 네 사ᄅᆞ미 ᄃᆞ외야 와 世솅尊존ᄭᅴ 禮롕數숭ᄒᆞᅀᆞᆸ고 ᄉᆞ러[58] 安한否불 묻ᄌᆞᆸ고 올ᄒᆞᆫ녀그로[59] 세 ᄇᆞᆯ[60] 값도ᅀᆞᆸ고[61] ᄒᆞ녀긔[62] 앉거늘 그제ᅀᅡ[63] 須슝達ᄄᆶ이 설우ᅀᆞ바[64] 恭공敬경ᄒᆞᅀᆞᆸᄂᆞᆫ 法법이 이러ᄒᆞᆫ 거시로다[65] ᄒᆞ야 즉자히[66] 다시 니러[67] 네 사ᄅᆞᆷ ᄒᆞ논 양ᄋᆞ로[68] 禮롕數숭ᄒᆞᅀᆞᆸ고 ᄒᆞ녀긔

---

56) 버릇업순: 버릇없[버릇없다, 無禮: 버릇(버릇, 禮: 명사) + 없(없다, 無: 형사)-]- + -Ø(현시)- + -우(대상)- + -ㄴ(관전)

57) 주를: 줄(줄, 것: 의명) + -을(목조)

58) ᄉᆞ러: ᄉᆞᆯ(꿇다, 屈)- + -어(연어)

59) 올ᄒᆞᆫ녀그로: 올ᄒᆞᆫ녁[오른쪽, 右: 옳(옳다, 是: 형사)- + -ᄋᆞᆫ(관전▹관접) + 녁(녘, 쪽, 便: 의명)] + -으로(부조, 방향)

60) 세 ᄇᆞᆯ: 세(세, 三: 관사, 양수) # ᄇᆞᆯ(번, 차례: 의명)

61) 값도ᅀᆞᆸ고: 값도[← 값돌다(감돌다, 回): 값(← 감다: 감다)- + 도(← 돌다: 돌다, 回)-]- + -ᅀᆞᆸ(객높)- + -고(연어, 나열)

62) ᄒᆞ녀긔: ᄒᆞ녁[← ᄒᆞᆫ녁(한쪽, 一便): ᄒᆞ(← ᄒᆞᆫ: 한, 一, 관사) + 녁(녘, 쪽, 便: 의명)] + -의(-에 : 부조, 위치)

63) 그제ᅀᅡ: 그제[그때에(부사): 그(그, 彼: 관사, 정칭) + 제(제, 때: 의명)] + -ᅀᅡ(-야 : 보조사, 한정 강조) ※ '제'는 '때'를 나타내는 의존 명사인데, [적(적, 時 : 의명) + -의(부조, 위치, 시간)]이 줄어진 형태이다

64) 설우ᅀᆞ바: 설우(부끄러워하다, 서러워하다, 恥)- + -ᅀᆞᇦ(← -ᅀᆞᆸ-: 객높)- + -아(연어) ※ '설우다'는 문맥상 '부끄러워하다'로 옮긴다.

65) 거시로다: 것(것, 者: 의명) + -이(서조)- + -Ø(현시)- + -로(← -도-: 감동)- + -다(평종)

66) 즉자히: 즉시, 곧장, 卽(부사)

67) 니러: 닐(일어나다, 起)- + -어(연어)

68) ᄒᆞ논 양ᄋᆞ로: ᄒᆞ(하다, 爲)- + -ㄴ(← -ᄂᆞ- : 현시)- + -오(대상)- + -ㄴ(관전) # 양(양, 모습: 의명) + -ᄋᆞ로(부조, 방편)

앉았니라. 그때에 世尊(세존)이 須達(수달)이를 위하여 四諦法(사제법)을 이르시니, (須達이) 듣고 기뻐하여 須陁洹(수타환)을 이루었니라. 그때에 舍衛國(사위국)에 있는 사람이 邪曲(사곡)한 道理(도리)를 信(신)하여 正(정)한 法(법)을 가르치는 것이 어렵더니, 須達(수달)이 부처께 사뢰되 "如來(여래)시여, 우리나라에 오시어 衆生(중생)의 邪曲(사곡)을

[21 뒤]

안ᄌᆞ니라[69] 그 ᄢᅴ[70] 世솅尊존이 須슝達땷이 위ᄒᆞ야 四ᄉᆞᆼ諦뎽法법[71]을 니르시니 듣ᄌᆞᆸ고 깃ᄉᆞᄫᅡ[72] 須슝陁땅洹ᅘᅪᆫ[73]ᄋᆞᆯ 일우니라[74] 그 저긔 舍샹衛윙國귁엣[75] 사ᄅᆞ미 邪썅曲콕[76]ᄒᆞᆫ 道똫理링ᄅᆞᆯ 信신ᄒᆞ야 正졍ᄒᆞᆫ 法법 ᄀᆞᄅᆞ쵸미[77] 어렵더니 須슝達땷이 부텨ᄭᅴ ᄉᆞᆯᄫᅩᄃᆡ 如셩來ᄅᆡᆼ하[78] 우리 나라해 오샤 衆즁生ᄉᆡᆼ이 邪썅曲콕ᄋᆞᆯ

---

69) 안ᄌᆞ니라: 앉(앉다, 坐)- + -Ø(과시)- + -ᄋᆞ니(원칙)- + -라(← -다 : 평종)

70) ᄢᅴ: ᄢᅳ(← ᄣᅳ : 때, 時) + -의(-에: 부조, 위치, 시간)

71) 四諦法: 사제법. 부처님께서 녹야원에서 처음 설법하실 때에 하신 가르침으로서, 영원히 변하지 않는 네 가지 성스러운 진리이다. 네 가지 진리는 '고제(苦諦), 집제(集諦), 멸제(滅諦), 도제(道諦)'를 이른다.

72) 깃ᄉᆞᄫᅡ: 깃(← 깄다: 기뻐하다, 歡)- + -ᄉᆞᇦ(← -ᄉᆞᆸ-: 객높)- + -아(연어)

73) 須陁洹: 수타환. 성문 사과(聲聞四果)의 첫째로서, 무루도(無漏道)에 처음 참례하여 들어간 증과(證果)이다. 곧 사제(四諦)를 깨달아 욕계(欲界)의 '탐(貪), 진(瞋), 치(癡)'의 삼독(三毒)을 버리고 성자(聖者)의 무리에 들어가는 성문(聲聞)의 지위이다.

74) 일우니라: 일우[이루다: 일(이루어지다, 成: 자동)- + -우(사접)-]- + -Ø(과시)- + -니(원칙)- + -라(← -다: 평종)

75) 舍衛國엣: 舍衛國(사위국) + -에(부조, 위치) + -ㅅ(-의: 관조) ※ '舍衛國엣'는 '舍衛國(사위국)에 있는'으로 의역하여 옮긴다.

76) 邪曲: 사곡. 요사스럽고 교활한 것이다.

77) ᄀᆞᄅᆞ쵸미: ᄀᆞᄅᆞ치(가르치다, 敎)- + -옴(명전) + -이(주조)

78) 如來하: 如來(여래) + -하(-이시여: 호조, 아주 높임)

·올·덜·에·ᄒᆞ쇼·셔 世솅尊존·이 니ᄅᆞ·샤·ᄃᆡ 出츓家강ᄒᆞᆫ :사ᄅᆞᆷ·ᄋᆞᆫ 쇼·히·ᄀᆞᆮ·디 아·니ᄒᆞ·니 그ᅌᅦ 精정舍샹ㅣ :업거·니 어·드·리 가·료 須슝達땅·이 ᄉᆞᆯ·ᄫᆞ·ᄃᆡ ·내 어·루 이·르ᅀᆞ·ᄫᆞ·리이·다 須슝達땅·이 辭쌍·ᄒᆞᅀᆞᆸ·고 가 辭쌍·ᄂᆞᆫ 하·딕·이·라 ᄒᆞ·듯 ᄒᆞᆫ :마·리·라 ·제 ·아·기 아·ᄃᆞᆯ :댱가·드리·고 ·제 나·라ᄒᆞ·로 갏 ·쩌·긔 부텨·ᄭᅴ ·와 ᄉᆞᆯ·ᄫᆞ·ᄃᆡ 舍샹衛윙國귁·에 도·라·가 精정舍

덜게 하소서.” 世尊(세존)이 이르시되 “出家(출가)한 사사람은 속인(俗人)과 같지 아니하니 거기에 精舍(정사)가 없으니 어찌 가랴?” 須達(수달)이 사뢰되 “내가 가히 (정사를) 세우겠습니다.” 須達(수달)이 辭(사)하고 가서 【辭(사)는 하직이라 하듯 한 말이다.】 자기의 막내아들을 장가들이고 제 나라로 갈 적에 부처께 와 사뢰되 “舍衛國(사위국)에 돌아가 精舍(정사)를

[22 앞]

덜에[79] ᄒᆞ쇼셔[80] 世솅尊존이 니ᄅᆞ샤ᄃᆡ 出츌家강ᄒᆞᆫ 사ᄅᆞᄆᆞᆫ 쇼히[81] ᄀᆞᆮ디[82] 아니ᄒᆞ니 그에[83] 精졍舍샹[84] ㅣ 업거니 어드리[85] 가료[86] 須슝達땷이 ᄉᆞᆯᄫᆞᄃᆡ 내 어루[87] 이ᄅᆞᅀᆞᄫᆞ리이다[88] 須슝達땷이 辭쌍ᄒᆞᅀᆞᆸ고[89] 가【辭쌍ᄂᆞᆫ 하딕[90]이라 ᄒᆞᄃᆞᆺ[91] ᄒᆞᆫ 마리라】 제[92] 아기아ᄃᆞᆯ[93] 댱가드리고[94] 제 나라ᄒᆞ로[95] 갈 쩌긔[96] 부텨ᄭᅴ 와 ᄉᆞᆯᄫᆞᄃᆡ 舍샹衛윙國귁에 도라가 精졍舍샹

---

79) 덜에: 덜(덜다, 減)- + -에(← -게: 연어, 사동)

80) ᄒᆞ쇼셔: ᄒᆞ(하다: 보용, 사동)- + -쇼셔(-소서: 명종, 아주 높임)

81) 쇼히: 쇼ㅎ(속인, 속세의 사람, 俗人) + -이(-과: 부조, 비교)

82) ᄀᆞᆮ디: ᄀᆞᆮ(← ᄀᆞᇀ다 ← ᄀᆞᆮᄒᆞ다: 같다, 如)- + -디(-지: 연어, 부정)

83) 그에: 거기에, 彼處(지대, 정칭)

84) 精舍: 정사. 절(寺). 승려가 불상을 모시고 불도(佛道)를 닦으며 교법을 펴는 집이다.

85) 어드리: 어찌, 何(부사)

86) 가료: 가(가다, 去)- + -료(의종, 설명, 미시)

87) 어루: 가히, 능히, 可, 能(부사)

88) 이ᄅᆞᅀᆞᄫᆞ리이다: 이ᄅᆞ[세우다, 만들다, 健立: 일(이루어지다, 成: 자동)- + -ᄋᆞ(사접)-]- + -ᅀᆞᇦ(← -ᄉᆞᆸ-: 객높)- + -오(화자)- + -리(미시)- + -이(상높, 아주 높임)- + -다(평종)

89) 辭ᄒᆞᅀᆞᆸ고: 辭ᄒᆞ[사하다, 하직하다: 辭(사: 불어) + -ᄒᆞ(동접)-]- + -ᅀᆞᆸ(객높)- + -고(연어, 계기)

90) 하딕: 下直. 먼 길을 떠날 때에 웃어른께 작별을 고하는 것이다.

91) ᄒᆞᄃᆞᆺ: ᄒᆞ(하다, 曰)- + -ᄃᆞᆺ(-듯: 연어, 흡사)

92) 제: 저(저, 자기, 己: 인대, 재귀칭) + -ㅣ(← -의: 관조)

93) 아기아ᄃᆞᆯ: [막내아들, 季子: 아기(아기, 兒) + 아ᄃᆞᆯ(아들, 子)]

94) 댱가드리고: 댱가드리[장가들이다, 娶: 댱가(장가: 명사) + 들(들다, 入: 자동)- + -이(사접)-]- + -고(연어, 나열, 계기)

95) 나라ᄒᆞ로: 나라ㅎ(나라, 國) + -ᄋᆞ로(부조, 위치, 방향)

96) 쩌긔: 쩍(← 적: 적, 때, 時, 의명) + -의(-에: 부조, 위치, 시간)

[22 뒤]

상이ᄅᆞᅀᆞᄫᆞ리니 弟뗑子ᄌᆞᆼ ᄒᆞ나ᄒᆞᆯ 주
어시든 말드러 이ᄅᆞᅀᆞᄫᅡ지이다 世솅
尊존이 너기샤ᄃᆡ 舍샹衛윙國귁 婆빵
羅랑門몬이 모디러 년기 가면 몯 이긔
리니 舍샹利링弗붏옷 聰총明명ᄒᆞ고
神씬足죡이 ᄀᆞᄌᆞ니 舍샹利링弗붏이
가ᅀᅡ 일우리라 ᄒᆞ샤 舍샹利링弗붏ᄋᆞᆯ
須슝達땷이 조차가라 ᄒᆞ시다 길헤 가

세우겠으니 弟子(제자) 하나를 주시거든 (그의) 말을 들어서 (정사를) 세우고 싶습니다. 世尊(세존)이 여기시되 "舍衛國(사위국)의 婆羅門(바라문)이 모질어서 다른 사람이 가면 (바라문을) 못 이기겠으니, 舍利弗(사리불)이야말로 聰明(총명)하고 神足(신족)이 갖추어져 있으니 舍利弗(사리불)이 가야 (정사를 세우는 것을) 이루리라." 하시어, 舍利弗(사리불)에게 須達(수달)이를 좇아가라 하셨다. 길에 가며 이ᄅᆞᅀᆞᄫᅩ리니[97] 弟뗑子ᄌᆞᆼ ᄒᆞ나ᄒᆞᆯ[98] 주어시든[99] 말 드러 이ᄅᆞᅀᆞᄫᅡ[100] 지이다[1] 世솅尊존이 너기샤ᄃᆡ[2] 舍샹衛윙國귁 婆빵羅랑門몬이 모디러[3] 년기[4] 가면 몯 이긔리니[5] 舍샹利링弗붏옷[6] 聰총明명ᄒᆞ고 神씬足죡[7]이 ᄀᆞᄌᆞ니[8] 舍샹利링弗붏이 가ᅀᅡ[9] 일우리라[10] ᄒᆞ샤 舍샹利링弗붏을[11] 須슝達땷이[12] 조차가라[13] ᄒᆞ시다[14] 길헤[15] 가며

---

97) 이ᄅᆞᅀᆞᄫᅩ리니: 이ᄅᆞ[세우다, 健立: 일(이루어지다, 成: 자동)-+-ᄋᆞ(사접)-]-+-ᅀᆞᇦ(←-ᅀᆞᆸ-: 객높)-+-오(화자)-+-리(미시)-+-니(연어, 설명의 계속)

98) ᄒᆞ나ᄒᆞᆯ: ᄒᆞ나ㅎ(하나, 一: 수사, 양수)+-ᄋᆞᆯ(목조)

99) 주어시든: 주(주다, 授)-+-시(주높)-+-어…든(-거든: 연어, 조건)

100) 이ᄅᆞᅀᆞᄫᅡ: 이ᄅᆞ[세우다, 建: 일(이루어지다, 成: 자동)-+-ᄋᆞ(사접)-]-+-ᅀᆞᇦ(←-ᅀᆞᆸ-: 객높)-+-아(연어)

1) 지이다: 지(싶다: 보용, 희망)-+-Ø(현시)-+-이(상높, 아주 높임)-+-다(평종)

2) 너기샤ᄃᆡ: 너기(여기다, 思)-+-샤(←-시-: 주높)-+-ᄃᆡ(←-오ᄃᆡ: -되, 연어, 설명의 계속)

3) 모디러: 모딜(모질다, 虐)-+-어(연어)

4) 년기: 녀(←녀느: 여느, 다른 사람, 타인, 他)+-이(주조)

5) 이긔리니: 이긔(이기다, 勝)-+-리(미시)-+-니(연어, 설명의 계속, 이유)

6) 舍利弗옷: 舍利弗(사리불)+-옷(←-곳: -이야말로, 한정 강조) ※ '舍利弗(사리불)'은 석가모니의 십대 제자 가운데 한 사람(? ~ B.C. 486)이다. 마갈타국 왕사성 북쪽의 나라촌(那羅村)에서 바라문의 가문에서 태어났다. 일찍 깨달음을 얻어 대중의 신뢰와 존경을 받아 주로 교화 활동에 종사했는데, 경전 중에는 석가를 대신하여 설법한 경우도 적지 않음을 볼 수 있다. 석가모니불의 후계자로 지목받았으나 석가모니불보다 먼저 입적했다.

7) 神足: 신족. 때에 따라 크고 작은 몸을 나타내어, 자기의 생각대로 날아다니는 신통력이다.

8) ᄀᆞᄌᆞ니: ᄀᆞᆽ(갖추어져 있다, 具)-+-ᄋᆞ니(연어, 설명의 계속, 이유)

9) 가ᅀᅡ: 가(가다, 去)-+-아ᅀᅡ(-아야: 연어, 필연적 조건)

10) 일우리라: 일우[이루다, 成: 일(이루어지다, 成: 자동)-+-우(사접)-]-+-리(미시)-+-라(←-다: 평종)

11) 舍利弗을: 舍利弗(사리불)+-을(-에게: 목조, 보조사적 용법) ※ 이때의 '-을'은 목적격 조사의 보조사적 용법으로 쓰였다. 문맥을 감안하면 '-을'은 '-의 게(-에게)'로 실현되어야 한다.

12) 須達이: 須達이[수달이: 須達(수달: 인명)+-이(접미, 어조 고룸)] ※ 문맥을 감안하면 '須達이'는 목적어로 쓰였으며, 목적격 조사인 '-ᄅᆞᆯ'이 생략된 형태이다.

13) 조차가라: 조차가[좇아가다: 좇(좇다, 從)-+-아(연어)+가(가다, 去)-]-+-라(명종)

14) ᄒᆞ시다: ᄒᆞ(하다, 曰)-+-시(주높)-+-Ø(과시)-+-다(평종)

15) 길헤: 길ㅎ(길, 路)+-에(부조, 위치)

[23 앞]

須達(수달)이 舍利弗(사리불)을 더불어서 묻되 "世尊(세존)이 하루에 몇 里(리)를 가십니까?" (사리불이) 대답하되 "하루에 二十(이십) 里(리)를 가시나니 轉輪王(전륜왕)이 가시는 것과 같으시니라." 須達(수달)이 王舍城(왕사성)으로부터서 舍衛國(사위국)에 오는 사이에 있는 길에 二十(이십) 里(리)에 한 亭舍(정사)씩 짓게 하여, 사람에게 (그 일을) 분부하여 두고

[23 앞]

須슝達땷이 舍샹利링弗붏 더브러[16] 무로ᄃᆡ[17] 世솅尊존이 ᄒᆞᄅᆞ[18] 몃[19] 里링ᄅᆞᆯ[20] 녀시ᄂᆞ니잇고[21] 對됭答답호ᄃᆡ ᄒᆞᄅᆞ 二ᅀᅵᆼ十씹 里링ᄅᆞᆯ 녀시ᄂᆞ니 轉둰輪륜王왕ᄋᆡ[22] 녀샤미[23] ᄀᆞᄐᆞ시니라[24] 須슝達땷이 王왕舍샹城쎵으로셔 舍샹衛윙國귁에 올 ᄊᆞᅀᅵᆺ[25] 길헤 二ᅀᅵᆼ十씹 里링예 ᄒᆞᆫ 亭뗭舍샹옴[26] 짓게 ᄒᆞ야 사ᄅᆞᄆᆞᆯ[27] 긔걸ᄒᆞ야[28] 두고

---

16) 더브러: 더블(더불다, 伴)- + -어(연어)

17) 무로ᄃᆡ: 물(← 묻다, ㄷ불: 묻다, 問)- + -오ᄃᆡ(-되: 연어, 설명의 계속)

18) ᄒᆞᄅᆞ: 하루(一日)

19) 몃: 몃(← 몇: 관사, 수량, 미지칭)

20) 里ᄅᆞᆯ: 里(리: 의명) + -ᄅᆞᆯ(목조)

21) 녀시ᄂᆞ니잇고: 녀(가다, 行)- + -시(주높)- + -ᄂᆞ(현시)- + -잇(상높, 아주 높임)- + -니…고(-니까: 의종, 설명)

22) 轉輪王ᄋᆡ: 轉輪王(전륜왕) + -ᄋᆡ(-의: 관조, 의미상 주격) ※ '轉輪王(전륜왕)'은 인도 신화 속의 임금이다. 정법(正法)으로 온 세계를 통솔한다고 한다. 여래의 32상(相)을 갖추고 칠보(七寶)를 가지고 있으며 하늘로부터 금, 은, 동, 철의 네 윤보(輪寶)를 얻어서, 이를 굴리면서 사방을 위엄으로 굴복시킨다.

23) 녀샤미: 녀(가다, 行)- + -샤(← -시-: 주높)- + -ㅁ(← -옴: 명전) + -이(-과: 부조, 비교)

24) ᄀᆞᄐᆞ시니라: ᄀᆞᇀ(← ᄀᆞᆮᄒᆞ다: 같다, 如)- + -ᄋᆞ시(주높)- + -Ø(현시)- + -니(원칙)- + -라(← -다: 평종)

25) ᄊᆞᅀᅵᆺ: ᄊᆞᅀᅵ(← ᄉᆞᅀᅵ: 사이, 間) + -ㅅ(-의: 관조)

26) 亭舍: 亭舍(정사) + -옴(← -곰: -씩, 보조사, 각자) ※ '亭舍(정사)'는 경치 좋은 곳에 정자 모양으로 지어 한가히 거처하는 집이다.

27) 사ᄅᆞᄆᆞᆯ: 사ᄅᆞᆷ(사람, 人) + -ᄋᆞᆯ(목조, 보조사적 용법, 의미상 부사격)

28) 긔걸ᄒᆞ야: 긔걸ᄒᆞ[분부하다, 시키다: 긔걸(분부, 令: 명사) + -ᄒᆞ(동접)-]- + -야(← -아: 연어)

[23 뒤]

·고 亭뎡은 亭뎡子ᄌᆞᆼㅣ·오 舍샹ᄂᆞᆫ 지·비·니 ·부:톄 舍샹衛윙國귁·ᄋᆞ로 ·오싫 길
헤 머·므르싫 지비·라 舍샹衛윙國귁·애 ·도·라·와 精
정舍샹 지·ᅀᅳᆯ ·터·흘 :어드·니 ·맛다ᇰ ᄒᆞᆫ ·ᄃᆡ :업
·고 ·오·직 太탱子ᄌᆞᆼ 祇낑陁땅·ᄋᆡ 東동山
산·이 ·ᄯᅡ·토 平뼝ᄒᆞ·며 나모·도 盛쎵ᄒᆞ더
·니 舍샹利링弗붏·이 ·닐·오·ᄃᆡ ·ᄆᆞᅀᆞᆯ·히 :멀
·면 乞걿食씩ᄒᆞ·디 어·렵·고 ·하 갓가·ᄫᆞ·면
·조·티 :몯ᄒᆞ·리·니 ·이 東동山산·이 甚씸·히

【亭(정)은 亭子(정자)이요 舍(사)는 집이니, 부처가 舍衛國(사위국)으로 오실 길에 머무르실 집이다.】 舍衛國(사위국)에 돌아와 精舍(정사)를 지을 터를 얻으니, 마땅한 데가 없고 오직 太子(태자)인 祇陀(기타)의 東山(동산)이 땅도 平(평)하며 나무도 盛(성)하더니, 舍利弗(사리불)이 이르되 "마을이 멀면 乞食(걸식)하기가 어렵고 너무 가까우면 깨끗하지 못하겠으니, 이 東山(동산)이 甚(심)히

【亭뗭은 亭뗭子ᄌᆞᆼㅣ오 舍샹ᄂᆞᆫ 지비니 부톄 舍샹衛윙國귁ᄋᆞ로 오싫 길헤 머므르싫[29] 지비라】 舍샹衛윙國귁애 도라와 精졍舍샹 지ᅀᅮᇙ[30] 터흘[31] 어드니 맛당ᄒᆞᆫ[32] ᄃᆡ[33] 업고 오직 太탱子ᄌᆞᆼ 祇낑陁땅[34]ᄋᆡ 東동山산[35]이 ᄯᅡ토[36] 平뼝ᄒᆞ며 나모도 盛쎵ᄒᆞ더니[37] 舍샹利링弗붏이 닐오ᄃᆡ ᄆᆞᅀᆞᆯ히[38] 멀면 乞킇食씩ᄒᆞ디[39] 어렵고 하[40] 갓가ᄫᆞ면[41] 조티[42] 몯ᄒᆞ리니 이 東동山산이 甚씸히[43]

---

29) 머므르싫: 머므르(머무르다, 留)- + -시(주높)- + -ㅭ(관전)

30) 지ᅀᅮᇙ: 지ᇫ(← 짓다, ㅅ불: 짓다, 製)- + -읋(관전)

31) 터흘: 터ㅎ(터, 垈) + -을(목조)

32) 맛당ᄒᆞᆫ: 맛당ᄒᆞ[마땅하다, 宜: 맛당(마땅, 宜: 명사) + -ᄒᆞ(형접)-]- + -Ø(현시)- + -ㄴ(관전)

33) ᄃᆡ: ᄃᆡ(데, 處: 의명) + -Ø(← -이: 주조)

34) 祇陁: 기타. 중인도(中印度) 사위성(舍衛城) 바사닉왕(波斯匿王)의 태자 이름이다. 祇陁(기타)는 기타림(祇陁林)을 석존(釋尊)에게 바친 사실로 유명하다.

35) 東山: 동산. 마을 부근에 있는 작은 산이나 언덕이다. '東山'은 원래 고유어인 '동산'을 한자어로 잘못 인식하여 그 음을 한자로 표기한 단어이다.

36) ᄯᅡ토: ᄯᅡㅎ(땅, 地) + -도(보조사, 첨가)

37) 盛ᄒᆞ더니: 盛ᄒᆞ[성하다: 성(盛: 불어) + -ᄒᆞ(형접)-]- + -더(회상)- + -니(연어, 설명의 계속) ※ '盛ᄒᆞ다'는 나무나 풀이 싱싱하게 우거져 있는 것이다.

38) ᄆᆞᅀᆞᆯ히: ᄆᆞᅀᆞᆶ(마을, 村) + -이(주조)

39) 乞食ᄒᆞ디: 乞食ᄒᆞ[걸식하다, 얻어먹다: 乞食(걸식: 명사) + -ᄒᆞ(동접)-]- + -디(-기: 명전) + -Ø(← -이: 주조) ※ '乞食(걸식)'은 음식 따위를 빌어먹는 것이다. ※ '-디'는 중세 국어에서 아주 드물게 쓰이는 명사형 전성 어미이다.

40) 하: [아주, 너무, 甚(부사): 하(많다, 심하다, 多, 甚)- + -Ø(부접)]

41) 갓가ᄫᆞ면: 갓갑(← 갓갑다, ㅂ불: 가깝다, 近)- + -ᄋᆞ면(연어, 조건)

42) 조티: 좋(깨끗하다, 淨)- + -디(-지: 연어, 부정)

43) 甚히: [심히, 대단히(부사): 甚(심: 불어)+ -ㅎ(← -ᄒᆞ-: 형접)- + -Ø(부접)]

[24 앞]

·맛·갑·다 須슝達땋·이 ·깃·거 太탱子ᄌᆞᆼ·ᄭᅴ
·가·ᄉᆞᆸ·ᄫᅩ·ᄃᆡ·이 東동山산·ᄋᆞᆯ ·사·아 如ᅀᅧᆼ來
ᄅᆡᆼ·위:ᄒᆞ·ᅀᆞ·ᄫᅡ 精졍舍샹·ᄅᆞᆯ 이ᄅᆞ·ᅀᆞ·ᄫᅡ·지
이·다 太탱子ᄌᆞᆼㅣ 우ᅀᅳ·며 닐·오·ᄃᆡ ·내 므
·ᄉᆞ·거·시 不붏足죡ᄒᆞ·료 ·젼·혀 ·이 東동山
산·ᄋᆞᆫ 남·기 :됴ᄒᆞᆯ·ᄊᆡ :노니·논 ·ᄯᅡ·히·라 須슝
達땋·이 ·다·시·곰 請쳥:ᄒᆞᆫ·대 太탱子ᄌᆞᆼㅣ
앗·겨 ᄆᆞᅀᆞ·매 너·교·ᄃᆡ 비·들 :만·히 니르·면

알맞다." 須達(수달)이 기뻐하여 太子(태자)께 가 사뢰되 "이 東山(동산)을 사서 如來(여래)를 위하여 精舍(정사)를 세우고 싶습니다." 太子(태자)가 웃으며 이르되 "내가 무엇이 不足(부족)하리오? 오로지 이 東山(동산)은 나무가 좋으므로 (내가) 노니는 데이다." 須達(수달)이 다시금 請(청)하니 太子(태자)가 (동산을) 아껴서 마음에 여기되 "값을 많이 부르면

[24앞]

맛갑다[44] 須슝達땷이 깃거[45] 太탱子ᄌᆼᄭᅴ 가 ᄉᆞᆯᄫᅩᄃᆡ 이 東동山산ᄋᆞᆯ 사아 如ᅀᅧᆼ來ᄅᆡᆼ 위ᄒᆞᅀᆞᄫᅡ[46] 精졍舍샹ᄅᆞᆯ 이ᄅᆞᅀᆞᄫᅡ[47] 지이다[48] 太탱子ᄌᆼㅣ 우ᅀᅳ며[49] 닐오ᄃᆡ[50] 내 므스거시[51] 不붏足죡ᄒᆞ료[52] 젼혀[53] 이 東동山산ᄋᆞᆫ 남기[54] 됴ᄒᆞᆯᄊᆡ[55] 노니논[56] ᄯᅡ히라[57] 須슝達땷이 다시곰[58] 請쳥ᄒᆞᆫ대[59] 太탱子ᄌᆼㅣ ᄋᆞᆺ겨[60] ᄆᆞᅀᆞ매[61] 너교ᄃᆡ[62] 비들[63] 만히[64] 니르면[65]

---

44) 맛갑다: 맛갑[알맞다, 宜: 맞(맞다, 當: 동사)- + -갑(형접)-]- + -Ø(현시)- + -다(평종)

45) 깃거: 깄(기뻐하다, 歡)- + -어(연어)

46) 위ᄒᆞᅀᆞᄫᅡ: 위ᄒᆞ[위하다, 爲: 위(爲: 불어) + -ᄒᆞ(동접)-]- + -ᅀᆞᆸ(← -ᅀᆞᆸ-: 객높)- + -아(연어)

47) 이ᄅᆞᅀᆞᄫᅡ: 이ᄅᆞ[세우다, 建立: 일(이루어지다, 成: 자동)- + -ᄋᆞ(사접)-]- + -ᅀᆞᆸ(← -ᅀᆞᆸ-: 객높)- + -아(연어)

48) 지이다: 지(싶다: 보용, 희망)- + -이(상높, 아주 높임)- + -다(평종)

49) 우ᅀᅳ며: 웃(← 웃다, ㅅ불: 웃다, 笑)- + -으며(연어, 나열)

50) 닐오ᄃᆡ: 닐(← 니ᄅᆞ다: 이르다, 曰)- + -오ᄃᆡ(-되: 연어, 설명의 계속)

51) 므스거시: 므스것[무엇, 何(지대, 미지칭): 므스(← 므슷: 무슨, 何, 관사, 지시, 미지칭) + 것(것, 者: 의명)] + -이(주조)

52) 不足ᄒᆞ료: 不足ᄒᆞ[부족하다: 不足(부족: 명사) + -ᄒᆞ(형접)-]- + -료(의종, 설명, 미시)

53) 젼혀: [오로지, 아주, 전혀(부사): 젼(全: 불어) + -혀(부접)]

54) 남기: 낡(← 나모: 나무, 木) + -이(주조)

55) 됴ᄒᆞᆯᄊᆡ: 둏(좋다, 好)- + -ᄋᆞᆯᄊᆡ(-므로: 연어, 이유)

56) 노니논: 노니[노닐다, 流行: 노(← 놀다: 놀다, 流)- + 니(다니다, 行)-]- + -ㄴ(← -ᄂᆞ-: 현시)- + -오(대상)- + -ㄴ(관전)

57) ᄯᅡ히라: ᄯᅡㅎ(땅, 곳, 데, 地) + -이(서조)- + -Ø(현시)- + -라(← -다: 평종)

58) 다시곰: [다시금, 再(부사): 다시(다시, 再: 부사) + -곰(보조사, 강조)]

59) 請ᄒᆞᆫ대: 請ᄒᆞ[청하다: 請(청: 명사) + -ᄒᆞ(동접)-]- + -ㄴ대(-ㄴ데, -니: 반응)

60) ᄋᆞᆺ겨: ᄋᆞᆺ기(아끼다, 愛)- + -어(연어)

61) ᄆᆞᅀᆞ매: ᄆᆞᅀᆞᆷ(마음, 心) + -애(-에: 부조, 위치)

62) 너교ᄃᆡ: 너기(여기다, 思)- + -오ᄃᆡ(-되: 연어, 설명의 계속)

63) 비들: 빋(값, 가격, 價) + -을(목조)

64) 만히: [많이, 多(부사): 만ㅎ(← 만ᄒᆞ다: 많다, 多, 형사)- + -이(부접)]

65) 니르면: 니르(이르다, 부르다, 曰)- + -면(연어, 조건) ※ 여기서는 '비들 만히 니르면'을 '값을 많이 부르면'으로 의역하여서 옮긴다.

[24 뒤]

몯 삷가 ᄒᆞ야 닐오ᄃᆡ 金금으로 ᄯᅡ해 ᄭᆞ
ᄅᆞᆯ 몰ᄠᅳᆷ 업게 ᄒᆞ면 이 東동山산ᄋᆞᆯ ᄑᆞ로
리라 須슝達ᄠᆞᇙ이 닐오ᄃᆡ 니ᄅᆞ샨 양ᄋᆞ
로 호리이다 太탱子ᄌᆞᆼㅣ 닐오ᄃᆡ 내 롱
담ᄒᆞ다라 須슝達ᄠᆞᇙ이 닐오ᄃᆡ 太탱子
ᄌᆞᆼㅅ 法법은 거즛마ᄅᆞᆯ 아니 ᄒᆞ시ᄂᆞᆫ 거
시니 구쳐 ᄑᆞᄅᆞ시리이다 ᄒᆞ고 太탱子
ᄌᆞᆼ와 ᄒᆞ야 그위예 決궗ᄒᆞ라 가려 ᄒᆞ더

(수달이 동산을) 못 살까 하여 이르되 "金(금)으로 땅에 까는 것을 틈이 없게 하면 이 東山(동산)을 팔리라." 須達(수달)이 이르되 "이르신 양으로 하겠습니다." 태자가 이르되 "내가 농담하였다." 須達(수달)이 이르되 "太子(태자)의 法(법)은 거짓말을 아니 하시는 것이니, 어쩔 수 없이 (동산을) 파시겠습니다." 하고, 太子(태자)와 (함께) 하여 관청에 決(결)하러 가려 하더니

몬 삵가[66] ᄒᆞ야 닐오ᄃᆡ 金금으로 ᄯᅡ해 ᄭᆞ로ᄆᆞᆯ[67] ᄣᅳᆷ[68] 업게 ᄒᆞ면 이 東동山산ᄋᆞᆯ ᄑᆞ로리라[69] 須슝達따ᇙ이 닐오ᄃᆡ 니ᄅᆞ샨[70] 양ᄋᆞ로[71] 호리이다[72] 太탱子ᄌᆞᆼㅣ 닐오ᄃᆡ 내 롱담ᄒᆞ다라[73] 須슝達따ᇙ이 닐오ᄃᆡ 太탱子ᄌᆞᆼㅅ 法법은 거즛마ᄅᆞᆯ[74] 아니 ᄒᆞ시ᄂᆞᆫ 거시니 구쳐[75] ᄑᆞᄅᆞ시리이다[76] ᄒᆞ고 太탱子ᄌᆞᆼ와 ᄒᆞ야[77] 그위예[78] 決ᄀᆑᇙᄒᆞ라[79] 가려[80] ᄒᆞ더니

---

66) 삵가: 사(사다, 買)- + -ㄺ가(ㄹ까: 의종, 판정, 미시) ※ '삵가'는 /ㄲ/을 'ㄱㄱ'으로 표기한 것인데, 이는 15세기 중엽에서는 보기 드문 매우 특이한 표기 방식이다. 일반적으로는 'ᄉᆞᇙ가'나 '살까'로 표기한다.

67) ᄭᆞ로ᄆᆞᆯ: ᄭᆞᆯ(깔다, 藉)- + -옴(명전) + -ᄋᆞᆯ(목조)

68) ᄣᅳᆷ: 틈, 間.

69) ᄑᆞ로리라: ᄑᆞᆯ(팔다, 賣)- + -오(화자)- + -리(미시)- + -라(← -다: 평종)

70) 니ᄅᆞ샨: 니ᄅᆞ(이르다, 말하다, 曰)- + -샤(← -시-: 주높)- + -∅(과시)- + -∅(← -오-: 대상)- + -ㄴ(관전)

71) 양ᄋᆞ로: 양(양, 樣: 의명, 흡사) + -ᄋᆞ로(부조, 방편)

72) 호리이다: ᄒᆞ(하다, 爲)- + -오(화자)- + -리(미시)- + -이(상높, 아주 높임)- + -다(평종)

73) 롱담ᄒᆞ다라: 롱담ᄒᆞ[농담하다 : 롱담(농담, 弄談: 명사) + -ᄒᆞ(동접)-]- + -다(← -더-: 회상)- + -∅(← -오-: 화자)- + -라(← -다: 평종)

74) 거즛마ᄅᆞᆯ: 거즛말[거짓말, 僞言: 거즛(거짓, 僞) + 말(말, 言)] + -ᄋᆞᆯ(목조)

75) 구쳐 : [억지로, 마지 못하여, 구태어, 일부러(부사) : 궂(궂다, 惡 : 형사)- + -히(사접)- + -어(연어 ▹ 부접)] ※ 여기서는 문맥을 감안하여 '구쳐'를 '어쩔 수 없이'로 의역하여 옮긴다.

76) ᄑᆞᄅᆞ시리이다: ᄑᆞᆯ(팔다, 賣)- + -ᄋᆞ시(주높)- + -리(미시)- + -이(상높, 아주 높임)- + -다(평종)

77) ᄒᆞ야: ᄒᆞ(하다, 爲)- + -야(← -아: 연어) ※ '太子와 ᄒᆞ야'는 문맥상 '太子와 함께 하여'로 의역하여 옮긴다.

78) 그위예: 그위(관청, 官廳) + -예(← -에: 부조, 위치)

79) 決ᄒᆞ라: 決ᄒᆞ[판결하다: 決(결: 불어) + -ᄒᆞ(동접)-]- + -라(연어, 목적)

80) 가려: 가(가다, 去)- + -려(← -오려: 연어, 의도)

·니 그 ᄢᅴ 首슣 陁땅 會ᅘᅫᆼ 天텬 이 너·교·ᄃᆡ
나·랏 臣씬 下ᅘᅡᆼ ㅣ 太탱 子ᄌᆼㅅ 녀·글 ·들
·면 須슝 達딿 ·이 願원 을 몯 ·일·욿·까 ᄒᆞ·야
ᄒᆞᆫ 사ᄅᆞ·미 ᄃᆞ외·야 ᄂᆞ·려·와 分분 揀·간 ᄒᆞ·야
·야 太탱 子ᄌᆼ·ᄭᅴ ·ᄉᆞᆯ·오·ᄃᆡ 太탱 子ᄌᆼ ·는 :거
즛·말 몯 ᄒᆞ·시·ᄂᆞᆫ 거·시·니 :뉘으·처 마·ᄅᆞ·쇼
·셔 太탱 子ᄌᆼ ㅣ 구·쳐 ·ᄑᆞ·라 ·늘 須슝 達딿
·이 깃·거 象썅 ·애 金금 ·을 시·러 여·든 頃쾅

그때에 首陁會天(수타회천)이 여기되 나라의 臣下(신하)가 太子(태자)의 편(便)을 들면 須達(수달)의 願(원)을 못 이룰까 하여, 한 사람이 되어서 (하늘에서) 내려와 (是非를) 分揀(분간)하여 太子(태자)께 이르되 "太子(태자)는 거짓말을 못 하시는 것이니 (땅을 팔아야 하는 것을) 후회하지 마소서." 太子(태자)가 하는 수 없이 땅을 팔거늘, 須達(수달)이 기뻐하여 코끼리에 金(금)을 실어 여든 頃(경)의

[25앞]

그 쁴 首슣陁땅會횡天텬[81]이 너교ᄃᆡ 나랏 臣씬下향ㅣ 太탱子ᄌᆼㅅ 녀글[82] 들면 須슣達땂ᄋᆡ 願원을 몯 일울까[83] ᄒᆞ야 ᄒᆞᆫ 사ᄅᆞ미 ᄃᆞ외야 ᄂᆞ려와[84] 分분揀간ᄒᆞ야[85] 太탱子ᄌᆼᄭᅴ 닐오ᄃᆡ 太탱子ᄌᆼᄂᆞᆫ 거즛말 몯 ᄒᆞ시ᄂᆞᆫ 거시니 뉘으처[86] 마ᄅᆞ쇼셔[87] 太탱子ᄌᆼㅣ 구쳐 ᄑᆞ라ᄂᆞᆯ[88] 須슣達땂이 깃거 象썅애 金금을 시러 여든 頃쿙[89]

81) 首陁會天 : 수타회천. 색계(色界)의 제사(第四) 선천禪天)에 구천(九天)이 있는데, 그 중에서 불환과(不還果)를 증득(證得)한 성인(聖人)이 나는 하늘이다. 여기서는 수타회천(首陁會天)을 주관하는 천신을 이른다. '정거천(淨居天)'이라고도 한다.

82) 녀글: 녁(편, 쪽, 便) + -을(목조) ※ 여기서 '太子의 녀글 들면'는 '태자의 편(便)을 들면'로 의역하여서 옮긴다.

83) 일울까: 일우[이루다, 成: 일(이루어지다, 成: 자동)- + -우(사접)-]- + -ㄹ까(의종, 판정, 미시)

84) ᄂᆞ려와: ᄂᆞ려오[내려오다, 降下: ᄂᆞ리(내리다, 降)- + -어(연어) + 오(오다, 來)-]- + -아(연어)

85) 分揀ᄒᆞ야: 分揀ᄒᆞ[분간하다, 잘잘못을 가리다: 分揀(분간: 명사) + -ᄒᆞ(동접)-]- + -야(← -아: 연어) ※ 이때의 '分揀(분간)'은 '잘잘못을 가리다'의 뜻으로 쓰였다.

86) 뉘으처: 뉘읓(뉘우치다, 悔)- + -어(연어) ※ '뉘읓다'은 원래 '뉘우치다(悔)'의 뜻인데, 여기서는 '땅을 팔아야 하는 것을 후회하다'의 뜻으로 쓰였다.

87) 마ᄅᆞ쇼셔: 말(말다, 勿)- + -ᄋᆞ쇼셔(-으소서: 명종, 아주 높임)

88) ᄑᆞ라ᄂᆞᆯ: ᄑᆞᆯ(팔다, 賣)- + -아ᄂᆞᆯ(-거늘: 연어, 상황)

89) 頃: 경. 예전에, 중국에서 쓰던 논밭 넓이의 단위. 1경은 100묘(畝)이고 1묘는 240평이다. 따라서 1경은 2,400평에 해당한다. 다만, 실제의 넓이는 시대마다 다 달랐다.

땅에 즉시로 다 깔고【頃(경)은 백 畝(묘)이니 한 畝(묘)가 二百(이백)마흔 步(보)이다.】많지 않은 데에 못다 깔아 있거늘 須達(수달)이 잠자코 생각하더니, 太子(태자)가 묻되 "아까운 뜻이 있느냐?" (수달이) 對答(대답)하되 "그런 것이 아니라, 내가 생각하되 '어느 藏(장)의 金(금)이야말로 (이 땅에) 알맞게 깔리겠느냐?' 합니다." 太子(태자)가 여기되 "부처의 德(덕)이 地極(지극)하셔야만 이 사람이 보배를

ᄡᅡ해 즉자히 다 ᄭᆞᆯ오[90]【頃쿙은 온[91] 畝뭏[92] ㅣ니 ᄒᆞᆫ 畝뭏ㅣ 二싱百ᄇᆡᆨ마ᅀᆞᆫ 步뽕ㅣ라[93]】아니한[94] ᄃᆡ 몯다[95] ᄭᆞ랫거늘[96] 須슝達땷이 잔ᄌᆞ고[97] ᄉᆞ랑ᄒᆞ더니 太탱子ᄌᆞᆼㅣ 무로ᄃᆡ 앗가ᄫᆞᆫ[98] ᄡᅳ디 잇ᄂᆞ니여[99] 對됭答답호ᄃᆡ 그리[100] 아니라[1] 내 ᄉᆞ랑호ᄃᆡ 어누[2] 藏짱[3]ㅅ 金금이ᅀᅡ[4] 마치[5] ᄭᆞᆯ이려뇨[6] ᄒᆞ노이다[7] 太탱子ᄌᆞᆼㅣ 너교ᄃᆡ 부텻 德득이 至징極끅ᄒᆞ샤ᅀᅡ[8]이 사ᄅᆞ미 보ᄇᆡᄅᆞᆯ

---

90) ᄭᆞᆯ오: ᄭᆞᆯ(깔다, 藉)- + -오(← -고: 연어, 나열)

91) 온: 백, 百(관사, 양수)

92) 畝: 묘(← 무). 240평의 넓이이다.

93) 步ㅣ라: 步(보, 坪) + -ㅣ(← -이-: 서조)- + -Ø(현시)- + -라(← -다: 평종)

94) 아니한: 아니하[많지 않다, 오래지 않다: 아니(아니, 不: 부사, 부정) + 하(많다, 多: 형사)-]- + -Ø(현시)- + -ㄴ(관전)

95) 몯다: [못다(부사): 몯(못, 不能: 부사, 부정) + 다(다, 皆: 부사)] ※ '몯다'는 '다하지 못함'을 나타내는 부사이다.

96) ᄭᆞ랫거늘: ᄭᆞᆯ(깔다, 藉)- + -아(연어) + 잇(← 이시다: 있다, 보용, 완료 지속)- + -거늘(연어, 상황) ※ 'ᄭᆞ랫거늘'은 'ᄭᆞ라 잇거늘'이 축약된 형태이다.

97) 잔ᄌᆞ고: 잠자코, 黙(부사) ※ '잔ᄌᆞ고'는 그 용례가 다른 곳에서는 발견되지 않는다. '잔ᄌᆞ고' 대신에 'ᄌᆞᆷᄌᆞᆷᄒᆞ다(잠잠하다, 黙)'의 활용형인 'ᄌᆞᆷᄌᆞᆷ코'가 일반적으로 쓰였다.

98) 앗가ᄫᆞᆫ: 앗가ᇦ[앗갑다, ㅂ불(아깝다, 惜): 앗ᄀ(← 앗기다: 아끼다, 惜, 동사)- + -압(형접)-]- + -Ø(현시)- + -ᄋᆞᆫ(현시)

99) 잇ᄂᆞ니여: 잇(← 이시다: 있다, 有)- + -ᄂᆞ(현시)- + -니여(-느냐: 의종, 판정)

100) 그리: [그렇게(부사): 그(그, 彼: 지대, 정칭) + -리(부접)]

1) 아니라: 아니(아니다, 非)- + -Ø(현시)- + -라(← -아: 연어)

2) 어누: 어느, 何(관사, 지시, 미지칭)

3) 藏: 장. 창고.

4) 金이ᅀᅡ: 金(금) + -이(주조) + -ᅀᅡ(보조사, 한정 강조)

5) 마치: ① [맞추어, 알맞추(부사): 맞(맞다, 合: 자동사)- + -히(사접) + -이(부접)] ② [맞추어, 알맞추(부사): 맞(맞다, 當: 자동사)- + -히(사접) + -Ø(부접)]

6) ᄭᆞᆯ이려뇨: ᄭᆞᆯ이[깔리다(자동): ᄭᆞᆯ(깔다, 藉: 타동)- + -이(피접)-]- + -리(미시)- + -어(확인)- + -뇨(-느냐: 의종, 설명)

7) ᄒᆞ노이다: ᄒᆞ(하다, 思)- + -ㄴ(← -ᄂᆞ-: 현시)- +-이(상높, 아주 높임)- + -다(평종)

8) 至極ᄒᆞ샤ᅀᅡ: 至極ᄒᆞ[지극하다: 至極(지극: 명사) + -ᄒᆞ(형접)-]- + -샤(← -시-: 주높)- + -ᅀᅡ(← -아ᅀᅡ, 연어, 필연적 조건)

저토록 아니 아끼는구나." 하여 須達(수달)이더러 이르되 "金(금)을 더 내지 말라. 땅은 그대의 목에 두고 나무는 내 목에 두어서 둘이 어울러서 精舍(정사)를 만들어 부처께 바치리라." 須達(수달)이 기뻐하여 집에 돌아가 精舍(정사)를 지을 일을 磨鍊(마련)하더니, 그 나라의 六師(육사)가 듣고 王(왕)께 사뢰되 【 六師(육사)는 外道(외도)의 스승 여섯이다. 】 "長者(장자)

뎌뎌리도록[9] 아니 앗기놋다[10] ᄒᆞ야 須슝達따ᇙ이ᄃᆞ려[11] 닐오ᄃᆡ 金금을 더 내디 말라 ᄯᅡᄒᆞᆫ[12] 그딋[13] 모ᄀᆡ[14] 두고 남ᄀᆞ란[15] 내 모ᄀᆡ 두어 둘히[16] 어우러[17] 精정舍샹 ᄆᆡᇰᄀᆞ라[18] 부텻긔 받ᄌᆞᄫᆞ리라[19] 須슝達따ᇙ이 짓거 지븨 도라가 精정舍샹 지ᅀᅮᆯ[20] 이ᄅᆞᆯ 磨망鍊련ᄒᆞ더니[21] 그 나랏 六륙師ᄉᆞᆼ[22] ㅣ 듣고 王왕ᄭᅴ ᄉᆞᆯᄫᆞᄃᆡ【六륙師ᄉᆞᆼᄂᆞᆫ 外욍道똫ᄋᆡ[23] 스승 여스시라[24]】長댱者쟝

---

9) 뎌리도록: [저토록, 저렇게(부사, 지시): 뎌(저, 彼: 지대, 정칭) + -리(부접) + -도록(연어▹부접)] ※ 허웅(1975:81)에서는 '이리ᄃᆞ록'을 [이리(부사) + -ᄃᆞ록]으로 분석하였는데, '-ᄃᆞ록'은 '미침(도달)'의 뜻을 나타내는 연결 어미가 부사를 파생하는 접미사로 쓰였다고 설명하였다.

10) 앗기놋다: 앗기(아끼다, 惜)- + -ㄴ(← -ᄂᆞ-: 현시)- + -옷(감동)- + -다(평종)

11) 須達이ᄃᆞ려: 須達이[수달이: 須達(수달: 인명) + -이(접미, 어조 고룸)] + -ᄃᆞ려(-에게: 부조, 상대) ※ '-ᄃᆞ려'는 [ᄃᆞ리(데리다, 伴)- + -어(연어▹부접)]과 같이 분석되는 파생 조사인데, 현대어의 부사격 조사인 '-더러'의 원 형태이다.

12) ᄯᅡᄒᆞᆫ: ᄯᅡㅎ(땅, 地) + -ᄋᆞᆫ(보조사, 주제)

13) 그딋: 그듸[그대(인대, 2인칭, 예사 높임): 그(그, 彼: 지대, 정칭) + -듸(접미, 예사 높임)] + -ㅅ(-의: 관조)

14) 모ᄀᆡ: 목(목, 頸) + -ᄋᆡ(-에: 부조, 위치) ※ '목에 두다'는 '책임을 지다'의 뜻으로 쓰였다.

15) 남ᄀᆞ란: 낡(← 나모: 나무, 木) + -ᄋᆞ란(-은: 보조사, 주제, 대조)

16) 둘히: 둘ㅎ(둘, 二: 수사, 양수) + -이(주조)

17) 어우러: 어울(합하다, 合)- + -어(연어)

18) ᄆᆡᇰᄀᆞ라: ᄆᆡᇰᄀᆞᆯ(만들다, 作)- + -아(연어)

19) 받ᄌᆞᄫᆞ리라: 받(바치다, 獻)- + -ᄌᆞᇦ(← -ᄌᆞᆸ-: 객높)- + -오(화자)- + -리(미시)- + -라(← -다: 평종)

20) 지ᅀᅮᆯ: 지ᇫ(← 짓다, ㅅ불: 만들다, 製)- + -우(대상)- + -ᇙ(관전)

21) 磨鍊ᄒᆞ더니: 磨鍊ᄒᆞ[마련하다: 磨鍊(마련) + -ᄒᆞ(동접)-]- + -더(회상)- + -니(연어, 설명의 계속) ※ '마련'은 고유어인데, 이를 한자를 써서 '磨鍊'로 표기한 것이 특징이다.

22) 六師: 육사. 석가모니 때에 중부 인도에서 가장 세력이 컸던 외도(外道)의 여섯 사상가이다. '아지타 케사캄바라, 산자야 벨라티풋타, 막카리 고살라, 파쿠다 칼차야나, 푸라나 캇사파, 니간타 나타풋다' 등이다.

23) 外道ᄋᆡ: 外道(외도) + -ᄋᆡ(의: 관조) ※ '外道(외도)'는 불교 이외의 도리나 불교 이외의 종교를 받드는 이를 이른다.

24) 여스시라: 여슷(여섯, 六: 수사, 양수) + -이(서조)- + -Ø(현시)- + -라(← -다: 평종)

[26 뒤]

者쟝須슝達딿·이祇낑陁땅太탱子쫑
ㅅ東동山산ᄋᆞᆯ·사·아瞿궁曇땀沙상門
몬:위·ᄒᆞ·야精정舍샹·ᄅᆞᆯ지·ᅀᅮ·려ᄒᆞᄂᆞ·니
·우·리:모·다:지·조·ᄅᆞᆯ겻·고·아·뎌·옷·이·긔·면
:짓·게ᄒᆞ·고:몯·이·긔·면:몯:짓·게ᄒᆞ·야·지·이
·다王왕·이須슝達딿·이·블·러닐·오·ᄃᆡ六
·륙師ᄉᆞᆼㅣ·이·리니르ᄂᆞ·니·그:듸沙상門
몬弟똉子·쫑ᄃᆞ·려어·루겻·굴·따무·러보

須達(수달)이 祇陁(기타) 太子(태자)의 東山(동산)을 사서 瞿曇(구담) 沙門(사문)을 위하여 精舍(정사)를 지으려 하나니, 우리가 모여서 재주를 겨루어서 저(= 구담 사문)가 이기면 (정사를) 짓게 하고 저가 못 이기면 (정사를) 못 짓게 하고 싶습니다." 王(왕)이 수달이를 불러 이르되 "六師(육사)가 이렇게 이르나니, 그대가 沙門(사문)의 제자에게 가히 겨루겠는가 물어 보라."

湏슝達따ᇙ이 祇낑陁땅 太탱子ᄌᆞᆼㅅ 東동山산ᄋᆞᆯ 사아 瞿꿍曇땀[25] 沙상門몬[26] 위ᄒᆞ야 精졍舍샹ᄅᆞᆯ 지수려[27] ᄒᆞᄂᆞ니 우리 모다[28] ᄌᆡ조ᄅᆞᆯ[29] 겻고아[30] 뎌옷[31] 이긔면[32] 짓게 ᄒᆞ고 몯 이긔면 몯 짓게 ᄒᆞ야 지이다 王왕이 湏슝達따ᇙ이 블러[33] 닐오ᄃᆡ 六륙師ᄉᆞᆼㅣ 이리[34] 니르ᄂᆞ니[35] 그듸[36] 沙상門몬 弟뗑子ᄌᆞᆼᄃᆞ려 어루[37] 겻굴따[38] 무러 보라

---

25) 瞿曇: 구담. 인도의 석가(釋迦) 종족의 성(姓)인 '고타마(Gautama)'를 한자로 음역한 것이다. 여기서는 석가모니(= 고타마 싯다르타) 부처를 이른다.

26) 沙門: 사문. 부지런히 모든 좋은 일을 닦고 나쁜 일을 일으키지 않는다는 뜻으로, 불문(佛門)에 들어가서 도를 닦는 사람을 이르는 말이다.

27) 지수려: 지ᇫ(← 짓다, ㅅ불: 짓다, 作)- + -우려(연어, 의도)

28) 모다: 몯(모이다, 集)- + -아(연어)

29) ᄌᆡ조ᄅᆞᆯ: ᄌᆡ조(재주, 才) + -ᄅᆞᆯ(목조)

30) 겻고아: 겻고(← 겻구다: 겨루다, 競)- + -아(연어) ※ '겻고아'는 '겻구어'를 오각한 형태이다.

31) 뎌옷: 뎌(저, 彼: 인대, 정칭) + -옷(← -곳: 보조사, 한정 강조) ※ 여기서 '뎌'는 문장에서 주어로 쓰였는데, 구담 사문(瞿曇沙門)을 가리킨다.

32) 이긔면: 이긔(이기다, 勝)- + -면(연어, 조건)

33) 블러: 블ㄹ(← 브르다: 부르다, 召)- + -어(연어)

34) 이리: [이리, 이렇게(부사): 이(이, 이것, 此: 지대, 정칭) + -리(부접)]

35) 니르ᄂᆞ니: 니르(이르다, 말하다, 曰)- + -ᄂᆞ(현시)- + -니(연어, 설명의 계속)

36) 그듸[그대(인대, 2인칭, 예사 높임): 그(그, 彼: 지대, 정칭) + -듸(접미, 예사 높임)] + -Ø(← -이: 주조)

37) 어루: 가히, 능히, 可, 能(부사)

38) 겻굴따: 겻구(겨루다, 競)- + -ㄹ따(-겠는가: 의종, 2인칭, 미시)

[27 앞]

라 須達이 지븨 도라와 ᄣᅵ 무든 옷
닙고 시름ᄒᆞ야 잇더니 이틋나래 舍
利弗이 보고 무른대 須達이
그 ᄠᅳ들 닐어늘 舍利弗이 닐오
ᄃᆡ 분별 말라 六師ᄋᆡ 무리 閻浮
提예 ᄀᆞ독ᄒᆞ야도 내 바랫 ᄒᆞᆫ 터리
ᄅᆞᆯ 몯 무으리니 므슷 이ᄅᆞᆯ 겻구오려 ᄒᆞ
ᄂᆞ고 제 ᄒᆞᆯ 양ᄋᆞ로 ᄒᆞ게 ᄒᆞ라 須達

須達(수달)이 집에 돌아와 때가 묻은 옷을 입고 시름하여 있더니, 이튿날에 舍利弗(사리불)이 보고 물으니 須達(수달)이 그 뜻을 이르거늘, 舍利弗(사리불)이 이르되 "염려 말라. 六師(육사)의 무리가 閻浮提(염부제)에 가득하여도 나의 발에 있는 한 털(毛)도 못 움직이리니, 무슨 일을 겨루려 하는가? 자기(=육사)가 할 양으로 하게 하라." 須達(수달)이

須슝達땋이 지븨 도라와 ᄣᅵ[39] 무든 옷 닙고[40] 시름ᄒᆞ야[41] 잇더니 이틋나래[42] 舍샹利링弗붏이 보고 무른대[43] 須슝達땋이 그 ᄠᅳ들[44] 닐어늘[45] 舍샹利링弗붏이 닐오ᄃᆡ 분별[46] 말라 六륙師ᄉᆞᆼ이 무리 閻염浮쁳提뗑[47]예 ᄀᆞᄃᆞᆨᄒᆞ야도[48] 내[49] 바랫[50] ᄒᆞᆫ 터리를[51] 몯 무으리니[52] 므슷[53] 이를 겻고오려[54] ᄒᆞᄂᆞᆫ고[55] 제[56] 홀[57] 양ᄋᆞ로[58] ᄒᆞ게 ᄒᆞ라 須슝達땋이

39) ᄣᅵ: ᄣᅵ(때, 垢) + -Ø(← -이: 주조)

40) 닙고: 닙(입다, 着)- + -고(연어, 나열, 계기)

41) 시름ᄒᆞ야: 시름ᄒᆞ[시름하다, 걱정하다, 愁: 시름(시름, 걱정, 愁: 명사) + -ᄒᆞ(동접)-]- + -야(← -아: 연어)

42) 이틋나래: 이틋날[이튿날, 翌日: 이트(← 이틀: 이일, 二日) + -ㅅ(사잇, 관조) + 날(날, 日)] + -애(-에: 부조, 위치, 시간)

43) 무른대: 물(← 묻다, ㄷ불: 묻다, 問)- + -ㄴ대(-ㄴ데, -니: 연어, 반응)

44) ᄠᅳ들: ᄠᅳᆮ(뜻, 意) + -을(목조)

45) 닐어늘: 닐(← 니르다: 이르다, 曰)- + -어늘(-거늘: 연어, 상황)

46) 분별: 분별(分別), 근심, 걱정.

47) 閻浮提: 염부나무가 무성한 땅이라는 뜻으로, 수미사주(須彌四洲)의 하나이다. 수미산(須彌山)의 남쪽 칠금산과 대철위산 중간 바다 가운데에 있다는 섬으로 삼각형을 이루고, 가로 넓이 칠천 유순(七千由旬)이라 한다. 후(後)에 인간세계(人間世界)나 현세(現世)의 의미로 쓰인다.

48) ᄀᆞᄃᆞᆨᄒᆞ야도: ᄀᆞᄃᆞᆨᄒᆞ[가득하다, 滿: ᄀᆞᄃᆞᆨ(가득, 滿: 부사) + -ᄒᆞ(형접)-]- + -야도(← -아도: 연어, 불구, 양보)

49) 내: 나(나, 我: 인대, 1인칭) + -ㅣ(← -의: 관조)

50) 바랫: 발(발, 足) + -애(← -에: 부조, 위치) + -ㅅ(-의: 관조) ※ '바랫'는 '발에 있는'으로 의역하여서 옮긴다.

51) 터리를: 터리[털, 毛: 털(털, 毛): 명사) + -이(접미)] + -를(목조)

52) 무으리니: 무으[← 뮈우다(움직이게 하다, 흔들다, 動): 뮈(움직이다, 動)- + -우(사접)-]- + -리(미시)- + -니(연어, 설명의 계속)

53) 므슷: 무슨, 何(관사, 지시, 미지칭)

54) 겻고오려: 겻고(← 겻구다: 경쟁하다, 競)- + -오려(연어, 의도)

55) ᄒᆞᄂᆞᆫ고: ᄒᆞ(하다: 보용, 의도)- + -ᄂᆞ(현시)- + -ㄴ고(-는가: 의종, 설명)

56) 제: 저(저, 己: 인대, 재귀칭) + -ㅣ(← -이: 주조)

57) 홀: ᄒ(← ᄒᆞ다: 하다, 爲)- + -오(대상)- + -ㄹ(관전)

58) 양ᄋᆞ로: 양(양, 모양, 樣) + -ᄋᆞ로(부조, 방편)

이것거 香향湯탕애 沐목浴욕ᄒᆞ고 새
옷ᄀᆞ라닙고 즉자히 王왕ᄭᅴ 가 ᄉᆞᆲ보ᄃᆡ
六륙師ᄉᆞㅣ 겻구오려 ᄒᆞ거든 제 ᄒᆞᆯ 양
ᄋᆞ로 ᄒᆞ라 ᄒᆞ더이다 그저긔 六륙師ᄉᆞ
ㅣ 나라해 出츓令령ᄒᆞ오ᄃᆡ 이 後ᅘᅮᇢ 닐웨
예 城쎵 밧 훤ᄒᆞᆫ ᄯᅡ해 가 沙상門몬과 ᄒᆞ
야 직조 겻구오리라 그날 다ᄃᆞ라 金금
부플 티니 나랏 사ᄅᆞᆷ 十씹八밣億ᅙᅥᆨ이

기뻐하여 香湯(향탕)에 沐浴(목욕)하고 새 옷을 갈아입고, 즉시로 王(왕)께 가 사뢰되 "六師(육사)가 겨루려 하거든 자기(= 육사)가 할 양으로 하라. 하더이다." 그때에 六師(육사)가 나라에 出令(출령)하되 "이 後(후)로 이레에 成(성) 밖의 훤한 데에 가 沙門(사문)과 (함께) 하여 재주를 겨루리라." 그 날에 다달아 金(금) 북을 치니 나라의 사람 十八億(십팔억)이

짓거 香향湯탕[59]애 沐목浴욕ᄒᆞ고 새 옷 ᄀᆞ라닙고[60] 즉자히 王왕ᄭᅴ
가 ᄉᆞᆯᄫᅩᄃᆡ 六륙師ᄉᆞ ㅣ 겻구오려 ᄒᆞ거든 제 홀 양ᄋᆞ로 ᄒᆞ라 ᄒᆞ더
이다 그 저긔 六륙師ᄉᆞ ㅣ 나라해 出츌令령호ᄃᆡ[61] 이 後ᅘᅮᇢ 닐웨예[62]
城셩 밧[63] 훤ᄒᆞᆫ[64] ᄯᅡ해[65] 가 沙상門몬과 ᄒᆞ야[66] ᄌᆡ조 겻구오리라[67]
그 날 다ᄃᆞ라[68] 金금 부플[69] 티니[70] 나랏 사ᄅᆞᆷ 十씹八밣億ᅙᅳᆨ이

59) 香湯: 향탕. 향을 넣어 달인 물이다.

60) ᄀᆞ라닙고: ᄀᆞ라닙[갈아입다, 改服: ᄀᆞᆯ(갈다, 改)- + -아(연어) + 닙(입다, 服)-]- + -고(연어, 나열, 계기)

61) 出令호ᄃᆡ: 出令ㅎ[← 出令ᄒᆞ다(출령하다, 명령을 내리다): 出令(출령: 명사) + -ᄒᆞ(동접)-]- + -오ᄃᆡ(-되: 연어, 설명의 계속)

62) 닐웨예: 닐웨(이레, 七日) + -예(← -에: 부조, 위치)

63) 밧: 밧(← 밨: 밖, 外)

64) 훤ᄒᆞᆫ: 훤ᄒᆞ[훤하다, 豁: 훤(훤: 불어) + -ᄒᆞ(형접)-]- + -Ø(현시)- + -ㄴ(관전)

65) ᄯᅡ해: ᄯᅡᇂ(데, 곳, 處) + -애(← -에: 부조, 위치)

66) ᄒᆞ야: ᄒᆞ(하다, 爲)- + -야(← -아: 연어) ※ ‘ᄒᆞ야’는 ‘함께하여’로 의역하여 옮긴다.

67) 겻구오리라: 겻구(겨루다, 競)- + -오(화자)- + -리(미시)- + -라(← -다: 평종)

68) 다ᄃᆞ라: 다ᄃᆞᆯ[←다ᄃᆞᆮ다, ㄷ불(다다르다, 至): 다(다, 悉: 부사) + ᄃᆞᆮ(달리다, 走)-]- + -아(연어)

69) 부플: 붚(북, 鼓) + -을(목조)

70) 티니: 티(치다, 打)- + -니(연어, 설명의 계속)

[28 앞]

다 모이니【舍衛國(사위국) 사람이 十八億(십팔억)이더니 그 나라의 法(법)에 북을 쳐서 사람을 모으되, 동(銅) 북을 치면 十二億(십이억) 사람이 모이고 銀(은) 북을 치면 十四億(십사억) 사람이 모이고, 金(금) 북을 치면 十八億(십팔억) 사람이 다 모이더니라.】六師(육사)의 무리가 三億萬(삼억만)이더라. 그 때에 나라의 사람이 모여서 王(왕)과 六師(육사)를 위하여 높은 座(좌)를 만들고 須達(수달)이는 舍利弗(사리불)을 위하여 높은 座(좌)를 만드니 그 때에 舍利弗(사리불)이다 모ᄃᆞ니[71]【舍샹衛ᅌᅱᆼ國귁 사ᄅᆞ미 十씹八밣億ᅙᅳᆨ이러니[72] 그 나랏 法법에 붑 텨 사ᄅᆞᄆᆞᆯ 모도오ᄃᆡ[73] 퉁[74] 부플 티면 十씹二ᅀᅵᆼ億ᅙᅳᆨ 사ᄅᆞ미 몯고 銀ᅌᅳᆫ 부플 티면 十씹四ᄉᆞᆼ億ᅙᅳᆨ 사ᄅᆞ미 몯고 金금 부플 티면 十씹八밣億ᅙᅳᆨ 사ᄅᆞ미 다 몯더니라[75]】 六륙師ᄉᆞᆼ이 무리[76] 三삼億ᅙᅳᆨ萬먼이러라[77] 그 저긔[78] 나랏 사ᄅᆞ미 모다 王왕과 六륙師ᄉᆞᆼ와 위ᄒᆞ야 노ᄑᆞᆫ 座쫭[79] ᄆᆡᇰᄀᆞᆯ오[80] 須슝達�ᇙ인[81] 舍샹利링弗붏 위ᄒᆞ야 노ᄑᆞᆫ 座쫭 ᄆᆡᇰᄀᆞ니 그 ᄢᅴ[82] 舍샹利링弗붏이

71) 모ᄃᆞ니: 몯(모이다, 集)- + -ᄋᆞ니(연어, 설명의 계속)
72) 十八億이러니: 十八億(십팔억: 수사, 양수) + -이(서조)- + -러(← -더-: 회상)- + -니(연어, 설명의 계속)
73) 모도오ᄃᆡ: 모도[모으다, 集(타동): 몯(모이다, 集: 자동)- + -오(사접)-]- + -오ᄃᆡ(-되: 설명의 계속)
74) 퉁: 동. 銅.
75) 몯더니라: 몯(모이다, 集)- + -더(회상)-+ -니(원칙)- + -라(← -다: 평종)
76) 무리: 물(무리, 衆) + -이(주조)
77) 三億萬이러라: 三億萬(삼억만) + -이(서조)- + -러(← -더-: 회상)- + -라(← -다: 평종)
78) 저긔: 적(적, 때, 時: 의명) + -의(-에: 부조, 위치, 시간)
79) 座: 좌. 부처, 보살, 제천(諸天)의 상(像)을 모시는 상좌(床座)나 승려들이 앉는 자리이다.
80) ᄆᆡᇰᄀᆞᆯ오: ᄆᆡᇰᄀᆞᆯ(만들다, 製)- + -오(← -고: 연어, 나열, 계기)
81) 須達인: 須達이[수달이: 須達(수달: 인명) + -이(접미, 어조 고름)] + -ㄴ(← -는: 보조사, 주제)
82) ᄢᅴ: ᄣ(← ᄣᅳ: 때, 時, 의명) + -의(-에: 부조, 위치, 시간)

·이 ᄒᆞᆫ 나모 미·틔 안·자 入·ᅀᅵᆸ定·뗭·ᄒᆞ·야 諸
정根근·이 괴외·ᄒᆞ·야 諸정根근·은 ·여러 불·휘·니 ·눈·과 ·귀·와
·고·콰 ·혀·와 몸·과 ᄠᅳᆮ·괘·라 ᄆᆞᅀᆞ·미 一·힗定 ᄯᅧᆼᄒᆞᆫ 고·대 ·들·면 ·봄·과 드·룸과 마톰·과 맛
·아롬과 모·매 다홈과 雜·졉ᄠᅳᆮ·괘 ·다 ·업ᄉᆞ릴·씨 諸정根근·이 괴외·타 ᄒᆞ·니·라
·너·교·ᄃᆡ 오·ᄂᆞᆯ 모·댓·ᄂᆞᆫ 한 :사ᄅᆞ·미 邪썅曲·콕
ᄒᆞᆫ 道뜰理:링·비·환·디 오·라 ·아:제 노·포·라
·ᄒᆞ·야 衆·즁生싱·ᄋᆞᆯ ·프성·귀·만 너·기ᄂᆞ·니
:엇던 德득·으·로 降행服·뽁:ᄒᆡ려·뇨 :세 德

한 나무 밑에 앉아 入定(입정)하여 諸根(제근)이 고요하여【諸根(제근)은 여러 뿌리이니 눈과 귀와 코와 혀와 몸과 뜻이다. 마음이 一定(일정)한 곳에 들면, 보는 것과 듣는 것과 냄새를 맡는 것과 맛을 아는 것과 몸에 닿는 것과 雜(잡) 뜻이 다 없어지겠으므로 '諸根(제근)이 고요하다.' 하였니라.】, (사리불이) 여기되 "오늘 모여 있는 많은 사람이 邪曲(사곡)한 道里(도리)를 배운 지가 오래어 '자기가 높다.' 하여 衆生(중생)을 푸성귀만큼 여기나니, 어떤 德(덕)으로 降服(항복)시키리오? 세 德(덕)으로

ᄒᆞᆫ 나모 미틔[83] 안자 入ᅀᅵᆸ定뗘ᇰ[84]ᄒᆞ야 諸져根ᄀᆞᆫ[85]이 괴외ᄒᆞ야[86]【諸져根ᄀᆞᆫ은 여러 불휘니[87] 눈과 귀와 고콰[88] 혀와 몸과 ᄠᅳᆮ괘라[89] ᄆᆞᅀᆞ미 一ᅙᅵᇙ定뗘ᇰᄒᆞᆫ 고대[90] 들면 봄과 드룸과 마톰[91]과 맛 아롬과 모매 다홈과[92] 雜짭 ᄠᅳᆮ괘 다 업스릴ᄊᆡ[93] 諸져根ᄀᆞᆫ이 괴외타[94] ᄒᆞ니라】 너교ᄃᆡ[95] 오ᄂᆞᆯ 모댓ᄂᆞᆫ[96] 한[97] 사ᄅᆞ미 邪쌰曲콕ᄒᆞᆫ 道또ᇹ理링 ᄇᆡ환[98] 디[99] 오라아[100] 제 노포라[1] ᄒᆞ야 衆즁生ᄉᆡᇰ을 프성귀[2] 만[3] 너기ᄂᆞ니 엇던 德득으로 降ᅘᅡᇰ服뽁히려뇨[4] 세 德득으로

---

83) 미틔: 밑(밑, 下) + -의(-에: 부조, 위치)

84) 入定: 입정. 수행하기 위하여 방 안에 들어앉는 것이다.

85) 諸根: 제근. '안근(眼根), 이근(耳根), 비근(鼻根), 설근(舌根), 신근(身根)'의 감각 기관이다.

86) 괴외ᄒᆞ야: 괴외ᄒᆞ[고요하다, 靜: 괴외(고요: 명사) + -ᄒᆞ(형접)-]- + -야(← -아: 연어)

87) 불휘니: 불휘(뿌리, 根) + -Ø(← -이-: 서조)- + -니(연어, 설명의 계속, 이유)

88) 고콰: 고ㅎ(코, 鼻) + -과(접조)

89) ᄠᅳᆮ괘라: ᄠᅳᆮ(뜻, 意) + -과(접조) + -ㅣ(← -이-: 서조)- + -Ø(현시)- + -라(← -다: 평종)

90) 고대: 곧(곳, 處) + -애(-에: 부조, 위치)

91) 마톰: 맡(맡다, 臭)- + -옴(명전)

92) 다홈과: 닿(닿다, 觸)- + -옴(명전) + -과(접조)

93) 업스릴ᄊᆡ: 없(없어지다, 消: 동사)- + -으리(미시)- + -ㄹᄊᆡ(-므로: 연어, 이유)

94) 괴외타: 괴외ㅎ[← 괴외ᄒᆞ다(고요하다, 靜): 괴외(고요: 명사) + -ᄒᆞ(형접)-]- + -Ø(현시)- + -다(평종)

95) 너교ᄃᆡ: 너기(여기다, 思)- + -오ᄃᆡ(-되: 연어, 설명의 계속)

96) 모댓ᄂᆞᆫ: 몯(모이다, 集)- + -아(연어) + 잇(← 이시다: 있다, 보용, 완료 지속)- + -ᄂᆞ(현시)- + -ㄴ(관전) ※ '모댓ᄂᆞᆫ'은 '모다 잇ᄂᆞᆫ'이 축약된 형태이다.

97) 한: 하(많다, 多)- + -Ø(현시)- + -ㄴ(관전)

98) ᄇᆡ환: ᄇᆡ호(배우다, 學)- + -Ø(과시)- + -ㄴ(관전)

99) 디: 디(지: 의명, 시간의 경과) + -Ø(← -이: 주조)

100) 오라아: 오라(오래다, 久)- + -아(연어)

1) 노포라: 높(높다, 高)- + -Ø(현시)- + -오(화자)- + -라(← -다: 평종)

2) 프성귀: [푸성귀, 蔬: 프(← 플: 풀, 草, 명사) + -성귀(-성귀: 접미)]

3) 만: '만큼'의 뜻(비교)을 나타내는 의존 명사이다.

4) 降服히려뇨: 降服히[항복시키다, 使降: 降服(항복) + -ᄒᆞ(동접)- + -ㅣ(← -이-: 사접)-]- + -리(미시)- + -어(확인)- + -뇨(의종, 설명)

[29 앞]

득·으·로·호리·라ᄒᆞ·고·세德·득·은法·법身신·과般반若·샹·와
解·갱脫·퇋·왜·라解·갱脫퇋·은버·서날·씨·니變변化·황·ᄅᆞᆯᄆᆞᅀᆞᆷ조초·ᄒᆞ아ᄆᆞᅀᆞ·미
自ᄍᆞᆼ得·득ᄒᆞ·야드트·리얽ᄆᆡ·유·미아·니ᄃᆞ욀·씨·라盟명誓·셍·ᄅᆞᆯ
·ᄒᆞ·ᄃᆡ나·ᅀᅡ無뭉數·숭ᄒᆞᆫ劫·겁·에父뿡母
·뭏孝ᄒᆞᇢ道·ᄯᅡᇢᄒᆞ·고沙상門몬·과婆빵羅
랑門몬·과·ᄅᆞᆯ恭공敬·경ᄒᆞᆫ·디·면·내·처ᅀᅥᆷ
모·ᄃᆞᆫ·ᄃᆡ·드·러·니거·든한:사ᄅᆞ·미:날:위ᄒᆞ
·야禮·롕數숭ᄒᆞ·리·라ᄒᆞ더·라그·ᄢᅴ六륙

하리라." 하고【세 德(덕)은 法身(법신)과 般若(반야)와 解脫(해탈)이다. 解脫(해탈)은 벗어나는 것이니, 變化(변화)를 마음대로 하여 마음이 自得(자득)하여 티끌에 얽매이는 것이 아니 되는 것이다.】盟誓(맹서)를 하되 "나야말로 無數(무수)한 劫(겁)에 父母(부모)께 孝道(효도)하고 沙門(사문)과 婆羅門(바라문)을 恭敬(공경)한 것이면, 내가 처음에 (사람들이) 모인 데에 들어 가거든 많은 사람이 날 위하여 禮數(예수)하리라." 하더라. 그때에

호리라[5] ᄒᆞ고【세 德득은 法법身신[6]과 槃반若샹[7]와 解ᅘᆡᆼ脫퇋왜라[8] 解ᅘᆡᆼ脫퇋ᄋᆞᆫ 버서날 씨니 變변化황ᄅᆞᆯ ᄆᆞᅀᆞᆷ 조초[9] ᄒᆞ야 ᄆᆞᅀᆞ미 自ᄍᆞᆼ得득ᄒᆞ야 드트릐[10] 얽ᄆᆡ유미[11] 아니 ᄃᆞ욀 씨라】盟명誓솅ᄅᆞᆯ 호ᄃᆡ 나ᅀᅩᆺ[12] 無뭉數숭ᄒᆞᆫ 劫겁[13]에 父뿡母뭏 孝흫道똫ᄒᆞ고 沙상門몬과 婆빵羅랑門몬과ᄅᆞᆯ 恭공敬경혼[14] 디면[15] 내 처ᅀᅥᆷ[16] 모ᄃᆞᆫ[17] ᄃᆡ[18] 드러 니거든[19] 한[20] 사ᄅᆞ미 날 위ᄒᆞ야 禮롕數숭ᄒᆞ리라[21] ᄒᆞ더라 그 ᄢᅵ

5) 호리라: ᄒᆞ(← ᄒᆞ다: 하다, 爲)- + -오(화자)- + -리(미시)- + -라(← -다: 평종)

6) 法身: 법신. 삼신(三身)의 하나로서, 불법의 이치와 일치하는 부처의 몸을 이른다.

7) 般若: 반야. 대승 불교에서, 만물의 참다운 실상을 깨닫고 불법을 꿰뚫는 지혜이다. 온갖 분별과 망상에서 벗어나 존재의 참모습을 앎으로써 성불에 이르게 되는 마음의 작용을 이른다.

8) 解脫왜라: 解脫(해탈) + -와(← 과: 접조) + -ㅣ(← -이-: 서조)- + -Ø(현시)- + -라(← -다: 평종) ※ '解脫(해탈)'은 번뇌의 얽매임에서 풀리고 미혹의 괴로움에서 벗어나는 것이다. 본디 열반과 같이 불교의 궁극적인 실천 목적이다.

9) 조초: 조초[좇아, 따라, 從(부사): 좇(좇다, 따르다, 從)- + -오(부접)] ※ '變化ᄅᆞᆯ ᄆᆞᅀᆞᆷ 조초 ᄒᆞ야'는 '變化(변화)를 마음에 따라 하여'로 직역할 수 있는데, 문맥을 감안하여 '變化를 마음대로 하여'로 의역하여 옮긴다.

10) 드트릐: 드틀(티끌, 塵) + -의(-에: 부조, 위치)

11) 얽ᄆᆡ유미: 얽ᄆᆡ[얽매이다, 絆: 얽(얽다, 縛)- + ᄆᆡ(매다, 結)- + -ᅇᅵ(← -이-: 피접)-]- + -움(명전) + -이(보조) ※ '얽ᄆᆡ유미'는 '얽ᄆᆡ유미'를 강조한 형태이다.

12) 나ᅀᅩᆺ: 나(나, 我: 인대, 1인칭) + -ᅀᅩᆺ(← -곳: 보조사, 한정 강조)

13) 劫: 겁. 어떤 시간의 단위로도 계산할 수 없는 무한히 긴 시간이다. 하늘과 땅이 한 번 개벽한 때에서부터 다음 개벽할 때까지의 동안이라는 뜻이다.

14) 恭敬혼: 恭敬ᄒᆞ[← 恭敬ᄒᆞ다(공경하다): 恭敬(공경: 명사) + -ᄒᆞ(동접)-]- + -Ø(과시)- + -오(대상)- + -ㄴ(관전)

15) 디면: ㄷ(← ᄃᆞ: 것, 者, 의명) + -이(서조)- + -면(연어, 조건)

16) 처ᅀᅥᆷ: [처음, 初: 첫(첫: 관사, 初) + -엄(명접)]

17) 모ᄃᆞᆫ: 몯(모이다, 集: 자동)- + -Ø(과시)- + -ᄋᆞᆫ(관전)

18) ᄃᆡ: ᄃᆡ(데, 곳, 處: 의명) + -Ø(← -ᄋᆡ: 부조, 위치)

19) 니거든: 니(가다, 다니다, 行)- + -거든(연어, 조건)

20) 한: 하(많다, 多)- + -Ø(현시)- + -ㄴ(관전)

21) 禮數ᄒᆞ리라: 禮數ᄒᆞ[예수하다: 禮數(예수: 명사) + -ᄒᆞ(동접)-]- + -리(미시)- + -라(← -다: 평종) ※ '禮數(예수)'는 명성이나 지위에 알맞은 예의와 대우이다.

[29 뒤]

師ᄾᆼ·ᄋᆡ :무·른 :다 모·댓·고 舍샹利링弗붏
·이 ᄒᆞ오·ᅀᅡ 아·니 :왯·더·니 六·륙師ᄾᆼ ㅣ 王
왕·ᄭᅴ ᄉᆞᆲ:ᄫᅩ·ᄃᆡ 瞿꿍曇땀·ᄋᆡ 弟똉子ᄌᆞᆼ ㅣ
두·리·여 :몯 ·오ᄂᆞ·이·다 王왕·이 須슝達땅·이
ᄃᆞ·려 닐·오·ᄃᆡ 네 스승·ᄋᆡ 弟똉子ᄌᆞᆼ ㅣ
:엇·뎨 아·니 ·오ᄂᆞ·뇨 須슝達땅·이 舍샹利
링弗붏·ᄭᅴ ·가 ·ᄭᅮ·러 닐·오·ᄃᆡ 大땡德득·하
:사ᄅᆞ·미 :다 모·다 잇ᄂᆞ·니 ·오쇼·셔 大땡德득은 큰

六師(육사)의 무리는 다 모여 있고 舍利弗(사리불)이 혼자 아니 와 있더니, 六師(육사)가 王(왕)께 사뢰되 "瞿曇(구담)의 弟子(제자)가 두려워하여 못 옵니다." 王(왕)이 須達(수달)이더러 이르되 "네 스승의 弟子(제자)가 어찌 아니 오느냐?" 須達(수달)이 舍利弗(사리불)께 가 (무릎을) 꿇어 이르되 "大德(대덕)이시여, 사람이 다 모여 있나니 오소서." 【大德(대덕)은 큰

[29 뒤]

六륙師ᄉᆞᆼᄋᆡ 무른[22] 다 모댓고[23] 舍샹利링弗붏이 ᄒᆞ오ᅀᅡ[24] 아니 왯더니[25] 六륙師ᄉᆞᆼㅣ 王왕ᄭᅴ ᄉᆞᆯᄫᆞᄃᆡ 瞿꿍曇땀ᄋᆡ 弟뗑子ᄌᆞᆼㅣ 두리여[26] 몯 오ᄂᆞ이다[27] 王왕이 須슝達땷이ᄃᆞ려 닐오ᄃᆡ 네 스ᄉᆞᆼ의[28] 弟뗑子ᄌᆞᆼㅣ 엇뎨[29] 아니 오ᄂᆞ뇨[30] 須슝達땷이 舍샹利링弗붏ᄭᅴ 가 ᄭᅮ러[31] 닐오ᄃᆡ 大땡德득하[32] 사ᄅᆞ미 다 모다[33] 잇ᄂᆞ니 오쇼셔[34] 【大땡德득은 큰

---

22) 무른: 물(무리, 衆) + -은(보조사, 주제)

23) 모댓고: 몯(모이다, 集)- + -아(연어) + 잇(← 이시다: 보용, 완료 지속)- + -고(연어, 나열, 대조) ※ '모댓고'는 '모다 잇고'가 축약된 형태이다.

24) ᄒᆞ오ᅀᅡ: 혼자, 獨(부사)

25) 왯더니: 오(오다, 來)- + -아(연어) + 잇(← 이시다: 보용, 완료 지속)- + -더(회상)- + -니(연어, 설명의 계속) ※ '왯더니'는 '와 잇더니'가 축약된 형태이다.

26) 두리여: 두리(두려워하다, 畏)- + -여(← -어: 연어)

27) 오ᄂᆞ이다: 오(오다, 來)- + -ᄂᆞ(현시)- + -이(상높, 아주 높임)- + -다(평종)

28) 스ᄉᆞᆼ의: 스ᄉᆞᆼ(스승, 師) + -의(관조)

29) 엇뎨: 어찌, 何(부사, 지시, 미지칭)

30) 오ᄂᆞ뇨: 오(오다, 來)- + -ᄂᆞ(현시)- + -뇨(의종, 설명)

31) ᄭᅮ러: ᄭᅮᆯ(꿇다, 屈)- + -어(연어)

32) 大德하: 大德(대덕) + -하(-이시여: 호조, 아주 높임) ※ '大德(대덕)'은 비구(比丘) 중에서 '장로, 부처, 보살, 고승' 등을 높여 이르는 말이다.

33) 모다: 몯(모이다, 集)- + -아(연어)

34) 오쇼셔: 오(오다, 來)- + -쇼셔(-소서: 명종, 아주 높임)

[30 앞]

德득·이니 舍샹利링弗붏·을 니르니라 舍샹利링弗붏·이 入·십定·뗭·으로·셔 니·러 ·옷 고·티·고 尼닝師송檀딴·올 ·왼녁 ·엇·게·예 ·엿·고 尼닝師송檀딴·은 앉·는 거·시·라 ·조·녹조·녹·기 거·러 모·ᄃᆞᆫ ·디 니·거·늘 모·ᄃᆞᆫ 사·ᄅᆞᆷ·과 六·륙師송·왜 보·고 ·ᄀᆞ마 니 :몯 이·셔 自쫑然션·히 니·러 禮롕數·숭·ᄒᆞ더·라 舍샹利·링弗붏·이 須숭達·딿·이 밍·ᄀᆞ·론 座·쫭·애 올·아 앉·거·늘 六·륙師송

德(덕)이니 舍利弗(사리불)을 일렀니라.】 舍利弗(사리불)이 入定(입정)으로부터서 일어나 옷을 고치고 尼師檀(이사단)을 왼녘 어깨에 얹고【尼師檀(이사단)은 앉는 것이다.】 자늑자늑하게 걸어 (사람들이) 모인 데에 가거늘, 모인 사람과 六師(육사)가 보고 가만히 못 있어 自然(자연)히 일어나 禮數(예수)하더라. 舍利弗(사리불)이 須達(수달)이 만든 座(좌)에 올라 앉거늘, 六師(육사)의

德득이니 舍샹利링弗붏을 니르니라[35]】 舍샹利링弗붏이 入십定뗭으로셔 니러[36] 옷 고티고[37] 尼닝師ᄉᆞᆼ檀딴[38]ᄋᆞᆯ 왼녁 엇게예[39] 엱고[40]【尼닝師ᄉᆞᆼ檀딴ᄋᆞᆫ 앉ᄂᆞᆫ 거시라】ᄌᆞᄂᆞᆨᄌᆞᄂᆞ기[41] 거러[42] 모ᄃᆞᆫ[43] ᄃᆡ 니거늘[44] 모ᄃᆞᆫ 사ᄅᆞᆷ과 六륙師ᄉᆞᆼ왜 보고 ᄀᆞ마니[45] 몯 이셔[46] 自ᄍᆞᆼ然ᅀᅧᆫ히[47] 니러 禮롕數숭ᄒᆞ더라 舍샹利링弗붏이 須슝達땛ᄋᆡ[48] ᄆᆡᇰᄀᆞ론[49] 座쫭애 올아 앉거늘[50] 六륙師ᄉᆞᆼᄋᆡ

35) 니르니라: 니르(이르다, 曰)- + -Ø(과시)- + -니(원칙)- + -라(← -다: 평종)
36) 니러: 닐(일어나다, 起)- + -어(연어)
37) 고티고: 고티[고치다, 改: 곧(곧다, 直: 형사)- + -히(사접)-]- + -고(연어, 계기)
38) 尼師檀: 이사단. 비구니가 어깨에 걸치고 있다가 앉을 때는 자리로 쓰는 천이다.
39) 엇게예: 엇게(어깨, 肩) + -예(← -에: 부조, 위치)
40) 엱고: 엱(← 엱다: 얹다, 置)- + -고(연어, 나열)
41) ᄌᆞᄂᆞᆨᄌᆞᄂᆞ기: [자늑자늑하게(부사): ᄌᆞᄂᆞᆨ(자늑: 불어) + ᄌᆞᄂᆞᆨ(자늑: 불어) + -Ø(← -ᄒᆞ-: 형접)- + -이(부접)] ※ ‘ᄌᆞᄂᆞᆨᄌᆞᄂᆞ기’는 동작이 조용하며 가볍고 진득하게 부드럽고 가벼운 모양이다.
42) 거러: 걸(← 걷다, ㄷ불: 걷다, 步)- + -어(연어)
43) 모ᄃᆞᆫ: 몯(모이다, 集)- + -Ø(과시)- + -ᄋᆞᆫ(관전)
44) 니거늘: 니(← 녀다: 가다, 行)- + -거늘(연어, 상황)
45) ᄀᆞ마니: [가만히(부사): ᄀᆞ만(가만: 불어) + -Ø(← -ᄒᆞ-: 형접)- + -이(부접)]
46) 이셔: 이시(있다, 在)- + -어(연어)
47) 自然히: [자연히(부사): 自然(자연: 명사) + -ㅎ(← -ᄒᆞ-: 형접) + -이(부접)]
48) 須達ᄋᆡ: 須達(수달) + -ᄋᆡ(-의: 관조, 의미상 주격)
49) ᄆᆡᇰᄀᆞ론: ᄆᆡᇰᄀᆞᆯ(만들다, 製)- + -Ø(과시)- + -오(대상)- + -ㄴ(관전)
50) 앉거늘: 앉(← 앉다: 앉다, 坐)- + -거늘(연어, 상황)

[30 뒤]

弟子(제자) 勞度差(노도차)가 幻術(환술)을 잘하더니, 많은 사람 앞에 나아가 呪(주)하여 한 나무를 만드니, 즉시로 가지가 펴지어 모인 사람을 가리어 덮으니 꽃과 열매가 가지마다 다르더니, 舍利弗(사리불)이 神力(신력)으로 旋嵐風(선람풍)을 내니 【旋嵐風(선람풍)은 매우 사나운 바람이다.】 (선람풍이) 그 나무의 뿌리를 빼어 구르게 불어 가지가 꺾여 비치적거려 티끌이

弟뗑子중 勞롱度똥差창[51]ㅣ 幻환術쓣[52]을 잘ᄒᆞ더니 한 사ᄅᆞᆷ 알ᄑᆡ[53] 나아 呪쥼ᄒᆞ야[54] ᄒᆞᆫ 남ᄀᆞᆯ[55] 지ᅀᅳ니[56] 즉자히 가지 퍼디여[57] 모ᄃᆞᆫ[58] 사ᄅᆞᄆᆞᆯ ᄀᆞ리두프니[59] 곶과[60] 여름괘[61] 가지마다 다ᄅᆞ더니[62] 舍샹利링弗붏이 神씬力륵[63]으로 旋쒼嵐람風봉[64]ᄋᆞᆯ 내니【旋쒼嵐람風봉ᄋᆞᆫ ᄀᆞ장[65] ᄆᆡᄫᆞᆫ[66] ᄇᆞᄅᆞ미라】그 나못 불휘ᄅᆞᆯ ᄲᅢᅘᅧ[67] 그우리[68] 부러[69] 가지 것비쳐[70] 드트리[71]

---

51) 勞度差: 노도차. 외도인(外道人)으로 환술(幻術)에 매우 능했다는 사람이다. 부처 제자 가운데 지혜(智慧) 제일인 사리불(舍利弗)과 재주를 겨루다가 진 다음에 사라불의 제자가 되었다.

52) 幻術: 환술. 남의 눈을 속이는 기술이다.

53) 알ᄑᆡ: 앒(앞, 前)+-ᄋᆡ(-에: 부조, 위치)

54) 呪ᄒᆞ야: 呪ᄒᆞ[주하다: 呪(주: 불어)+-ᄒᆞ(동접)-]-+-야(←-아: 연어) ※ '呪(주)'는 주술(呪術)을 부리는 것이다.

55) 남ᄀᆞᆯ: 낡(←나모: 나무, 木)-+-ᄋᆞᆯ(목조)

56) 지ᅀᅳ니: 지ᇫ(←짓다, ㅅ불: 짓다, 만들다, 作)-+-으니(연어, 설명의 계속)

57) 퍼디여: 퍼디[퍼지다, 播: ㅍ(←프다: 피다, 發)-+-어(연어)+디(지다: 보용, 피동)]-+-여(←-어: 연어)

58) 모ᄃᆞᆫ: 몯(모이다, 集)-+-Ø(과시)-+-ᄋᆞᆫ(관전)

59) ᄀᆞ리두프니: ᄀᆞ리둪[가리어 덮다, 隱蔽: ᄀᆞ리(가리다, 隱)-+둪(덮다, 蔽)-]-+-으니(연어, 설명의 계속, 이유)

60) 곶과: 곶(←곶: 꽃, 花)+-과(접조)

61) 여름괘: 여름[열매, 實: 열(열다, 結: 동사)-+-음(명접)]+-과(접조)+-ㅣ(←-이: 주조)

62) 다ᄅᆞ더니: 다ᄅᆞ(다르다, 異)-+-더(회상)-+-니(연어, 설명의 계속)

63) 神力: 신력. 신묘한 도력(道力)이나 그런 힘의 작용이다.

64) 旋嵐風: 선람풍. 회오리바람. 매우 사나운 바람이다.

65) ᄀᆞ장: 가장, 매우, 最, 甚(부사)

66) ᄆᆡᄫᆞᆫ: ᄆᆡᆸ(←ᄆᆡᆸ다: 맵다, 사납다, 猛)-+-Ø(현시)-+-ᄋᆞᆫ(관전)

67) ᄲᅢᅘᅧ: ᄲᅢᅘᅧ(빼다, 拔)-+-어(연어)

68) 그우리: [구르게, 轉(부사): 그울(구르다, 轉: 동사)-+-이(부접)]

69) 부러: 불(불다, 吹)-+-어(연어)

70) 것비쳐: 것비치[꺾여 비치적거리다: 것(←걹다: 꺾다, 折)-+비치(비치적거리다)-]-+-어(연어) ※ '비치다'는 몸을 한쪽으로 약간 비틀거리거나 가볍게 절룩거리며 계속 걷는 것이다.

71) 드트리: 드틀(티끌, 먼지, 塵)+-이(보조)

[31 앞]

ᄃᆞ외ᄇᆞᅀᅡ디거늘 모다 닐오ᄃᆡ 舍상利링弗붏이 이긔여다 勞롱度똥差창ㅣ ᄯᅩ 呪쥴ᄒᆞ야 ᄒᆞᆫ 모ᄉᆞᆯ 지ᅀᅳ니 四ᄉᆞᆼ面면이 다 七칧寶봉ㅣ오 가온ᄃᆡ 種종種종 고지 펫더니 舍샹利링弗붏이 큰 六륙牙앙白ᄈᆡᆨ象썅ᄋᆞᆯ 지ᅀᅥ 내니【六륙牙앙ᄂᆞᆫ 여ᄉᆞᆺ 어미라】 엄마다 닐굽 蓮련花황ㅣ오 곳 우마다 닐굽 玉옥女녕ㅣ러니 그 못 ᄆᆞ를

되게 부서지거늘, 모두 이르되 "舍利弗(사리불)이 이겼다." 勞度差(노도차)가 또 呪(주)하여 한 못(淵)을 지으니 四面(사면)이 다 七寶(칠보)이고 가운데에 種種(종종) 꽃이 피어 있더니, 舍利弗(사리불)이 큰 六牙(육아) 白象(백상)을 지어 내니【六牙(육아)는 여섯 어금니이다.】 어금니마다 일곱 蓮花(연화)이고 꽃 위마다 玉女(옥녀)이더니, 그 못의 물을

ᄃᆞ외ᄋᆡ[72] ᄇᆞᇫ아디거늘[73] 모다[74] 닐오ᄃᆡ 舍샹利링弗붏이 이긔여다[75] 勞롱度똥差창ㅣ ᄯᅩ[76] 呪쥼ᄒᆞ야 ᄒᆞᆫ 모ᄉᆞᆯ[77] 지ᅀᅳ니 四ᄉᆞᆼ面면이 다 七칧寶봉ㅣ오[78] 가온ᄃᆡ[79] 種죵種죵[80] 고지 펫더니[81] 舍샹利링弗붏이 큰 六륙牙앙[82] 白ᄈᆡᆨ象쌍[83]ᄋᆞᆯ 지ᅀᅥ 내니[84]【六륙牙앙ᄂᆞᆫ 여슷 어미라[85]】 엄마다[86] 닐굽 蓮련花황ㅣ오 곳[87] 우마다[88] 닐굽 玉옥女녕ㅣ러니[89] 그 못 므를[90]

---

72) ᄃᆞ외ᄋᆡ: ᄃᆞ외(되다, 爲) + -ᄋᆡ(← -긔: 연어, 도달)

73) ᄇᆞᇫ아디거늘: ᄇᆞᇫ아디[부서지다, 碎: ᄇᆞᇫ(← ᄇᆞᅀᆞ다: 부수다, 碎)- + -아(연어) + 디(지다: 보용, 피동)-]- + -거늘(연어, 상황)

74) 모다: [모두, 皆(부사): 몯(모이다, 集)- + -아(연어 ▷ 부접)]

75) 이긔여다: 이긔(이기다, 勝)- + -Ø(과시)- + -여(← -어-: 확인)- + -다(평종)

76) ᄯᅩ: 또, 又(부사)

77) 모ᄉᆞᆯ: 못(못, 淵) + -ᄋᆞᆯ(목조)

78) 七寶ㅣ오: 七寶(칠보) + -ㅣ(← -이-: 서조)- + -오(← -고: 연어, 나열) ※ '七寶(칠보)'는 일곱 가지 주요 보배이다. 무량수경(無量壽經)에서는 금·은·유리·파리·마노·거거·산호를 이르며, 법화경(法華經)에서는 금·은·마노·유리·거거·진주·매괴를 이른다.

79) 가온ᄃᆡ: 가온ᄃᆡ(가운데, 中) + -Ø(← -ᄋᆡ: -에, 부조, 위치)

80) 種種: 종종. '갖가지'나 '여러 가지'이다.

81) 펫더니: ㅍ(← ᄑᆞ다: 피다, 發)- + -어(연어) + 잇(← 이시다: 보용, 완료 지속)- + -더(회상)- + -니(연어, 설명의 계속) ※ '펫더니'는 '퍼어 잇더니'가 축약된 형태이다.

82) 六牙: 여섯 개의 어금니이다.

83) 白象: 흰 코끼리이다.

84) 내니: 내[내다, 出: 나(나다, 生: 자동)- + -ㅣ(← -이-: 사접)-]- + -니(연어, 설명의 계속)

85) 어미라: 엄(어금니, 牙) + -이(서조)- + -Ø(현시)- + -라(← -다: 평종)

86) 엄마다: 엄(어금니, 牙) + -마다(보조사, 각자)

87) 곳: 곳(← 곶: 꽃, 花)

88) 우마다: 우(우ㅎ: 위, 上) + -마다(보조사, 각자)

89) 玉女ㅣ러니: 玉女(옥녀) + -ㅣ(← -이-: 서조)- + -러(← -더-: 회상)- + -니(연어, 설명의 계속) ※ '玉女(옥녀)'는 마음과 몸이 깨끗한 여자를 옥에 비유하여 이르는 말인데, 여기서는 선녀(仙女)의 뜻으로 쓰였다.

90) 므를: 믈(물, 水) + -을(목조)

[31 뒤]

:다마·시·니 그·모·시 :다 스·러·디거·늘 모·다 닐·오·ᄃᆡ 舍샹利링弗붏·이 ·이·긔·여·다 勞롱度똥差창ㅣ ·ᄯᅩ ᄒᆞᆫ :뫼·ᄒᆞᆯ ·지ᅀᅳ·니 七칧寶볼·로 莊장嚴엄ᄒᆞ·고 :못·과 곶·과 果광實씷·왜 :다 ·ᄀᆞ·초 잇·더·니 舍샹利링弗붏·이 金금剛강力륵士ᄊᆞᆼ·ᄅᆞᆯ ·지ᅀᅥ ·내·야 金금剛강杵청·로 머·리·셔 견·지·니 【杵청·ᄂᆞᆫ 방핫공·이·니 굴·근 막다·히 ᄀᆞᄐᆞᆫ 거·시·라】 그 :뫼·히 ᄒᆞᆫ 것·도 :업·시

다 마시니 그 못이 다 스러지거늘, 모두 이르되 “舍利弗(사리불)이 이겼다.” 勞度差(노도차)가 또 한 산(山)을 만드니 七寶(칠보)로 莊嚴(장엄)하고 못과 꽃과 果實(과실)이 다 갖추 있더니, 舍利弗(사리불)이 金剛力士(금강역사)를 만들어 내어 金剛杵(금강저)로 멀리서 겨누니 【杵(저)는 방앗공이니 굵은 막대기와 같은 것이다.】 그 산이 한 것도 없이

다 마시니 그 모시 다 스러디거늘[91] 모ᄃᆞ 닐오ᄃᆡ 舍샹利링弗붏이 이긔여다 勞롷度똥差창ㅣ ᄯᅩ ᄒᆞᆫ 뫼ᄒᆞᆯ[92] 지ᅀᅳ니 七칧寶봏로 莊장嚴엄ᄒᆞ고[93] 못과 곳과[94] 果광實씷왜[95] 다 ᄀᆞ초[96] 잇더니 舍샹利링弗붏이 金금剛강力륵士쑹[97]ᄅᆞᆯ 지ᅀᅥ 내야 金금剛강杵쳥[98]로 머리셔[99] 견지니[100]【杵쳥는 방핫괴니[1] 굴근[2] 막다히[3] ᄀᆞᄐᆞᆫ 거시라】그 뫼히[4] ᄒᆞᆫ 것도 업시[5]

---

91) 스러디거늘: 스러디[스러지다, 消(자동): 슬(스러지게 하다: 타동)- + -어(연어) + 디(지다: 보용, 피동)-]- + -거늘(연어, 상황) ※ '스러디다'는 형체나 현상 따위가 차차 희미해지면서 없어지는 것이다.

92) 뫼ᄒᆞᆯ: 뫼ㅎ(산, 山) + -ᄋᆞᆯ(목조)

93) 莊嚴ᄒᆞ고: 莊嚴ᄒᆞ[장엄하다: 莊嚴(장엄: 명사)- + -ᄒᆞ(동접)-]- + -고(연어, 계기) ※ '莊嚴(장엄)'은 좋고 아름다운 것으로 주변을 꾸미고, 훌륭한 공덕을 쌓아 몸을 장식하고, 향이나 꽃 따위를 부처에게 올려 장식하는 일이다.

94) 곳과: 곳(← 곶: 꽃, 花) + -과(접조)

95) 果實왜: 果實(과실) + -과(접조) + -ㅣ(← -이: 주조)

96) ᄀᆞ초: [갖추, 골고루, 具(부사): ᄀᆞᆽ(갖추어져 있다, 具: 형사)- + -호(사접)- + -Ø(부접)]

97) 金剛力士: 금강역사. 금강신(金剛神)이다. 석가여래의 비밀 사적을 알아서 오백 야차신을 부려 현겁(賢劫) 천불의 법을 지킨다는 두 신이다.

98) 金剛杵: 금강저. 승려가 불도를 닦을 때 쓰는 법구(法具)의 하나이다. 번뇌를 깨뜨리는 보리심을 상징하는데, 독고(獨鈷), 삼고(三鈷), 오고(五鈷) 따위가 있다.

99) 머리셔: 머리[멀리, 遠(부사): 멀(멀다, 遠: 형사)- + -이(부접)] + -셔(-서: 보조사, 위치 강조)

100) 견지니: 견지(겨누다, 照準)- + -니(연어, 설명의 계속)

1) 방핫괴니: 방핫고[방앗공이, 杵: 방하(방아, 碓) + -ㅅ(관조, 사잇) + 고(공이, 杵)] + -ㅣ(← -이-: 서조)- + -니(연어, 설명의 계속)

2) 굴근: 굵(굵다, 大)- + -Ø(현시)- + -은(관전)

3) 막다히: 막다히(막대기, 막대, 棒) + -Ø(← -이: -와, 부조, 비교)

4) 뫼히: 뫼ㅎ(산, 山) + -이(주조)

5) 업시: [없이, 無(부사): 없(없다, 無: 형사)- + -이(부접)]

·어·디거·늘 모·다 닐·오·ᄃᆡ 舍샹利링弗붏
·이 이·긔여·다 勞롱度·똥差창ㅣ ·또 ᄒᆞᆫ 龍
룡·ᄋᆞᆯ 지·ᅀᅳ·니 머·리 ·열·히러·니 虛헝空콩
애·셔 비 ·오·ᄃᆡ ᄀᆞᄆᆞᆫ 種죵種죵 ·보·ᄇᆡ ·듣·고
·울·에 ·번·게ᄒᆞ·니 :사ᄅᆞ·미 :다 ·놀·라더·니 舍
샹利링弗붏·이 ᄒᆞᆫ 金금翅싱鳥둏·ᄅᆞᆯ 지
·ᅀᅥ :내·니 金금翅싱鳥둏ᄂᆞᆫ 迦강樓룽羅랑ㅣ라 그 龍룡·ᄋᆞᆯ
자·바 ·쁘저 머·거·늘 모·다 닐·오·ᄃᆡ 舍샹利

무너지거늘 모두 이르되 "舍利弗(사리불)이 이겼다." 勞度差(노도차)가 또 한 龍(용)을 만드니 머리가 열이더니, 虛空(허공)에서 비가 오되 순수한 種種(종종)의 보배가 떨어지고 우레와 번개가 치니 사람이 다 놀라더니, 舍利弗(사리불)이 한 金翅鳥(금시조)를 만들어 내니 【金翅鳥(금시조)는 迦樓羅(가루라)이다.】 그 龍(용)을 잡아 찢어 먹거늘 모두 이르되 "舍利弗(사리불)이

믈어디거늘[6] 모다 닐오ᄃᆡ 舍샹利링弗붏이 이긔여다 勞롷度똥差창ㅣ ᄯᅩ[7] ᄒᆞᆫ 龍룡ᄋᆞᆯ 지ᅀᅳ니 머리 열히러니[8] 虛헝空콩애셔 비 오ᄃᆡ[9] 고ᄅᆞᆫ[10] 種죵種죵 보ᄇᆡ 듣고[11] 울에[12] 번게[13] ᄒᆞ니 사ᄅᆞ미 다 놀라더니 舍샹利링弗붏이 ᄒᆞᆫ 金금翅싱鳥됴ᇢ[14]ᄅᆞᆯ 지ᅀᅥ 내니【金금翅싱鳥됴ᇢᄂᆞᆫ 迦강樓룽羅랑ㅣ라】그 龍룡ᄋᆞᆯ 자바 ᄡᅳ저[15] 머거늘[16] 모다 닐오ᄃᆡ 舍샹利링弗붏이

6) 믈어디거늘: 믈어디[무너지다, 崩: 믈(← 므르다: 무르다, 柔弱)- + -어(연어) + 디(지다: 보용, 피동)-]- + -거늘(연어, 상황)

7) ᄯᅩ: 또, 又(부사)

8) 열히러니: 열ㅎ(열, 十: 수사, 양수)- + -이(서조)- + -러(← -더-: 회상)- + -니(연어, 설명의 계속)

9) 오ᄃᆡ: 오(오다, 來)- + -ᄃᆡ(← -오ᄃᆡ: -되, 설명의 계속)

10) 고ᄅᆞᆫ: 고ᄅᆞ(고르다, 순수하다, 均, 純)- + -Ø(현시)- + -ㄴ(관전) ※ '고ᄅᆞ다'에는 '고르다(均)'와 '순수하다(純)'의 두 가지 뜻으로 쓰였다. 여기서는 '순수하다'로 옮긴다.

11) 듣고: 듣(떨어지다, 落)- + -고(연어, 나열, 계기)

12) 울에: [우레, 천둥, 雷: 울(울다, 鳴: 동사)- + -에(← -게: 명접)]

13) 번게: 번게(번개, 電) + -Ø(← -이: 주조)

14) 金翅鳥: 금시조. 가루라(迦樓羅)이다. 팔부중의 하나이다. 불경에 나오는 상상의 큰 새로, 머리는 매와 비슷한데 여의주가 박혀 있으며, 몸에는 금빛 날개가 있는데 사람을 닮고, 입으로는 불을 뿜어서 용을 잡아먹는다고 한다.

15) ᄡᅳ저: ᄡᅳᆽ(찢다, 裂)- + -어(연어)

16) 머거늘: 먹(먹다, 食)- + -어늘(거늘: 연어, 상황)

[32 뒤]

·링 弗붏·이·이·긔·여·다 勞롱 度똥 差창ㅣ、
·ᄯᅩ ᄒᆞᆫ 쇼·ᄅᆞᆯ 지·서·내·니·다 모·미 ·ᄀᆞ·장 크·고 다
리 :굵·고 ·ᄲᅳ·리 ·놀·캅:더·니 ·ᄯᅡ 허·위·며 소·리
ᄒᆞ·고 ·ᄃᆞ·라·오·거·늘 舍샹 利·링 弗붏·이 ᄒᆞᆫ
獅ᄉᆞᆼ 子·ᄌᆞᆼ ㅣ·ᄅᆞᆯ 지·서 :내·니 그 ·쇼·ᄅᆞᆯ 자·바
머·그·니 모·다 :닐·오·ᄃᆡ 舍:샹 利·링 弗붏·이
이·긔·여·다 勞롱 度똥 差창 ㅣ ᄒᆞ·다·가 :몯
·ᄒᆞ·야 제 ·모·미 夜·양 叉창 ㅣ ᄃᆞ외·야 ·모·미

이겼다." 勞度差(노도차)가 또 한 소를 만들어 내니, (그 소가) 몸이 매우 크고 다리가 굵고 뿔이 날카롭더니 땅을 허비며 소리치고 달려오거늘, 舍利弗(사리불)이 한 獅子(사자)를 만들어 내니 (그 사자가) 소를 잡아먹으니, 모두 이르되 "舍利弗(사리불)이 이겼다." 勞度差(노도차)가 하다가 못하여 제 몸이 夜叉(야차)가 되어, 몸이

이긔여다 勞롷度똥差창ㅣ ᄯᅩ ᄒᆞᆫ 쇼ᄅᆞᆯ[17] 지ᅀᅥ 내니 모미 ᄀᆞ장[18] 크고 다리 굵고 ᄲᅳ리[19] ᄂᆞᆯ캅더니[20] ᄠᅡ 허위며[21] 소리ᄒᆞ고[22] ᄃᆞ라오거늘[23] 舍샹利링弗붏이 ᄒᆞᆫ 獅ᄉᆞᆼ子ᄌᆞᆼㅣᄅᆞᆯ[24] 지ᅀᅥ 내니 그 쇼ᄅᆞᆯ 자바머그니[25] 모다 닐오ᄃᆡ 舍샹利링弗붏이 이긔여다 勞롷度똥差창ㅣ ᄒᆞ다가[26] 몯ᄒᆞ야 제[27] 모미 夜양叉창ㅣ[28] ᄃᆞ외야 모미

---

17) 쇼ᄅᆞᆯ: 쇼(소, 牛) + -ᄅᆞᆯ(목조)

18) ᄀᆞ장: 매우, 대단히, 가장, 甚(부사)

19) ᄲᅳ리: ᄲᅳᆯ(뿔, 角) + -이(주조)

20) ᄂᆞᆯ캅더니: ᄂᆞᆯ캅[날카롭다, 銳: ᄂᆞᆶ(날, 刃: 명사) + -갑(형접)-]- + -더(회상)- + -니(연어, 설명의 계속)

21) 허위며: 허위(허비다, 刨)- + -며(연어, 나열) ※ '허위다'는 손톱이나 날카로운 물건 따위로 긁어 파는 것이다.

22) 소리ᄒᆞ고: 소리ᄒᆞ[소리를 내다, 소리치다: 소리(소리, 聲: 명사) + -ᄒᆞ(동접)-]- + -고(연어, 나열, 계기)

23) ᄃᆞ라오거늘: ᄃᆞ라오[달려오다: ᄃᆞᆮ(← ᄃᆞᆮ다, ㄷ불: 달리다, 走)- + -아(연어) + 오(오다, 來)-]- + -거늘(연어, 상황)

24) 獅子ㅣᄅᆞᆯ: 獅子ㅣ(← 獅子: 사자) + -ᄅᆞᆯ(목조) ※ '獅子ㅣ'에서 'ㅣ'의 형태와 의미를 알 수 없다.

25) 자바머그니: 자바먹[잡아먹다, 捕食: 잡(잡다, 捕)- + -아(연어) + 먹(먹다, 食)-]- + -으니(연어, 설명의 계속)

26) ᄒᆞ다가: ᄒᆞ(하다, 爲)- + -다가(연어, 동작의 전환)

27) 제: 저(저, 자기, 己: 인대, 재귀칭) + -ㅣ(← -의: 관조)

28) 夜叉ㅣ: 夜叉(야차) + -ㅣ(← -이: 보조) ※ '夜叉(야차)'는 불교의 범어(梵語) 'Yakṣa'를 음역한 것으로 '약차(藥叉), 열차(閱叉), 야을차(夜乙叉)'라고도 한다. 그 의미는 '아주 날쌔고 힘센 귀신' 내지 '깨물 줄 아는 귀신'에 해당한다. 불교에서 야차는 생김새가 추악하고 포악하게 힘을 쓰며 사람을 잡아먹기도 하다가 나중에 부처의 감화를 받아 불법(佛法)을 수호하는 신이 되어 천룡팔부(天龍八部)의 성원 중 하나가 되었다고 한다.

[33 앞]

길·오 머·리 우·희 블 븓·고 누·니 핏무적 곧
·고 ·톱·과 ·엄·괘 :놀캅·고 ·이·베 ·믈 吐통ᄒᆞ·며
ᄃᆞ·라·오·거·늘 舍샹利링弗붏·도 :자·내 毗
삥沙상門몬王왕·이 ᄃᆞ외·니 夜양叉창
ㅣ ᄃᆞ·리·여 ·믈·러 ᄃᆞ·로·려 ᄒᆞ·다·가 四ᄉᆞᆼ面
면·에 ·브·리 니·러·셜·ᄊᆡ :갈 ·ᄯᅵ :업·서 ·오·직 舍
샹利링弗붏ㅅ 알·ᄑᆡ·옷 ·브·리 :업슬·ᄊᆡ ·즉
자·히 降ᅘᅡᆼ服뽁ᄒᆞ·야 업·더·디·여 :사ᄅᆞ·쇼·셔

길고 머리 위에 불 붙고 눈이 핏덩어리와 같고 손발톱과 어금니가 날카롭고 입에 물을 吐(토)하며 달려오거늘, 舍利弗(사리불)도 몸소 毗沙門王(비사문왕)이 되니 夜叉(야차)가 두려워하여 물러나서 달리려 하다가, 四面(사면)에 불이 일어나므로 갈 데가 없어, 오직 舍利弗(사리불)의 앞에만 불이 없으므로 즉시로 降服(항복)하여 엎어져서 "(나를) 살리소서."

[33 앞]

길오 머리 우희[29] 블[30] 븓고[31] 누니 핏무적[32] ᄀᆞᆮ고 톱과[33] 엄괘[34] ᄂᆞᆯ캅고 이베 블 吐통ᄒᆞ며[35] ᄃᆞ라오거늘 舍샹利링弗붏도 자내[36] 毗삥沙상門몬王왕[37]이 ᄃᆞ외니 夜양叉창ㅣ 두리여[38] 믈러[39] ᄃᆞ로려[40] ᄒᆞ다가 四ᄉᆞᆼ面면에 ᄇᆞ리 니러셜ᄊᆡ[41] 갈 ᄯᅵ[42] 업서 오직 舍샹利링弗붏ㅅ 알ᄑᆡ옷[43] ᄇᆞ리 업슬ᄊᆡ 즉자히 降ᅘᅡᇰ服뽁ᄒᆞ야 업더디여[44] 사ᄅᆞ쇼셔[45]

---

29) 우희: 우ㅎ(위, 上) + -의(-에: 부조, 위치)

30) 블: 불, 火

31) 븓고: 븓(← 븥다: 붙다, 着)- + -고(연어, 나열, 계기)

32) 핏무적: [핏덩어리: 피(피, 血) + -ㅅ(관조, 사잇) + 무적(무더기, 덩어리, 塊)]

33) 톱과: 톱(손톱이나 발톱, 爪) + -과(접조)

34) 엄괘: 엄(어금니, 牙) + -과(접조) + -ㅣ(← -이: 주조)

35) 吐ᄒᆞ며: 吐ᄒᆞ[토하다: 吐(토: 명사) + -ᄒᆞ(동접)-] + -며(연어, 나열)

36) 자내: 몸소, 自(부사)

37) 毗沙門王: 비사문왕. 수미산(須彌山) 중턱 제4층의 수정타(水精埵)에 있는 사천왕(四天王)의 하나이다. 늘 야차를 거느리고 부처의 도량을 수호(守護)하면서 불법(佛法)을 들었으므로, 다문천(多聞天)이라고도 한다.

38) 두리여: 두리(두려워하다, 畏)- + -여(← -어: 연어)

39) 믈러: 믈ㄹ(← 므르다: 물러나다, 退)- + -어(연어)

40) ᄃᆞ로려: ᄃᆞᆯ(← ᄃᆞᆮ다, ㄷ불: 달리다, 走)- + -오려(-려: 연어, 의도)

41) 니러셜ᄊᆡ: 니러셔[일어서다, 立: 닐(일어나다, 起)- + -어(연어) + 셔(서다, 立)-]- + -ㄹᄊᆡ(-므로: 연어, 이유)

42) ᄯᅵ: ᄯᅵ(← ᄃᆡ: 데, 곳, 處) + -∅(← -이: 주조)

43) 알ᄑᆡ옷: 앒(앞, 前) + -ᄋᆡ(-에: 부조, 위치) + -옷(← -곳: 보조사, 한정 강조)

44) 업더디여: 업더디[엎드려지다, 엎어지다, 伏: 업더(← 업데다: 엎디다, 엎드리다, 伏)- + 디(지다: 보용, 피동)-]- + -여(← -어: 연어)

45) 사ᄅᆞ쇼셔: 사ᄅᆞ[살리다, 活: 살(살다, 生)- + -ᄋᆞ(사접)-]- + -쇼셔(-소서: 명종, 아주 높임)

[33 뒤]

비니, 그리 降服(항복)하여야 불이 즉시 꺼지거늘 모두 이르되 "舍利弗(사리불)이 이겼다." 그제야 舍利弗(사리불)이 虛空(허공)에 올라 걸으며 서며 앉으며 누우며 하고, 몸 위에 물을 내고 몸 아래 불을 내고, 東(동)녘에서 숨으면 西(서)녘에 내닫고, 西(서)녘에서 숨으면 東(동)녘에 내닫고, 北(북)녘에서 숨으면

비니[46] 그리[47] 降ᅘᅡᇰ服뽁ᄒᆞ야ᅀᅡ[48] 브리[49] 즉자히 ᄢᅳ거늘[50] 모다 닐오ᄃᆡ 舍샹利링弗붏이 이긔여다 그제ᅀᅡ[51] 舍샹利링弗붏이 虛헝空콩애 올아[52] 거르며[53] 셔며[54] 안ᄌᆞ며 누ᄫᅳ며[55] ᄒᆞ고 몸 우희[56] 믈[57] 내오[58] 몸 아래 블 내오 東동녀긔셔[59] 수므면 西솅ㅅ녀긔[60] 내ᄃᆞ고[61] 西솅ㅅ녀긔셔 수므면 東동녀긔 내ᄃᆞ고 北븍녀긔셔 수므면

---

46) 비니: 비(← 빌다: 빌다, 乞恕)- + -니(연어, 설명의 계속)

47) 그리: [그리, 그렇게(부사): 그(그, 彼: 지대, 정칭) + -리(부접)]

48) 降服ᄒᆞ야ᅀᅡ: 降服ᄒᆞ[항복하다: 降服(항복: 명사) + -ᄒᆞ(동접)-]- + -야ᅀᅡ(← -아ᅀᅡ: 연어, 필연적 조건)

49) 브리: 블(불, 火) + -이(주조)

50) ᄢᅳ거늘: ᄢᅳ(끄지다, 消: 자동)- + -거늘(연어, 상황) ※ 'ᄢᅳ다'는 자동사(끄지다)와 타동사(끄다)로 두루 쓰이는 능격 동사이다.

51) 그제ᅀᅡ: 그제[그때에(부사): 그(그, 彼: 관사, 정칭) + 제(제, 때: 의명)] + -ᅀᅡ(-야: 보조사, 한정 강조) ※ '제'는 '때'를 나타내는 의존 명사인데, [적(적, 時: 의명) + -의(부조, 위치, 시간)]이 줄어진 형태이다

52) 올아: 올(← 오ᄅᆞ다: 오르다, 登)- + -아(연어)

53) 거르며: 걸(← 걷다, ㄷ불: 걷다, 步)- + -으며(연어, 나열)

54) 셔며: 셔(서다, 立)- + -며(연어, 나열)

55) 누ᄫᅳ며: ᄂᆞᇦ(← 눕다, ㅂ불: 눕다, 臥)- + -으며(연어, 나열)

56) 우희: 우ㅎ(위, 上) + -의(-에: 부조, 위치)

57) 믈: 물, 水.

58) 내오: 내[내다, 出: 나(나다, 生)- + -ㅣ(← -이-: 사접)-]- + -오(← -고: 연어, 나열)

59) 東녀긔셔: 東녁[동녘, 東便: 東(동) + 녁(녘, 便)] + -의(-에: 부조, 위치) + -셔(-서: 보조사, 위치 강조)

60) 西ㅅ녀긔: 西ㅅ녁[서녘, 西便: 西(서)+ -ㅅ(관조, 사잇) + 녁(녘, 便)] + -의(-에: 부조, 위치) + -셔(-서: 보조사, 위치 강조)

61) 내ᄃᆞ고: 내ᄃᆞᆮ[내달리다: 나(나다, 出)- + -ㅣ(← -이-: 사접)- + ᄃᆞᆮ(달리다, 走)-]- + -고(연어, 나열, 계기)

녀·긔 :내ᄃᆞᆮ·고 南남 녀·긔·셔 ·수므·면 北·븍
녀·긔 :내ᄃᆞᆮ·고 ·모·미 크·긔 ᄃᆞ·외·야 虛헝空
콩·애 ᄀᆞ·ᄃᆞᆨᄒᆞ·야 잇·다·가 ·ᄯᅩ 져·긔 ᄃᆞ외·며
·ᄯᅩ ᄒᆞᆫ ·모·미 萬먼億·혹身신·이 ᄃᆞ·외·야 잇·다
다·가 도로 ᄒᆞ나·히 ᄃᆞ외·며 ·ᄯᅩ 虛헝空콩
·애 ·ᄡᅡ·히 ᄃᆞ·외·야 ·ᄡᅡ·ᄒᆞᆯ ᄇᆞᆯ·보·ᄃᆡ ·믈 ᄇᆞᆲ·돗 ᄒᆞ
·고 ·므·를 ᄇᆞᆯ·보·ᄃᆡ ·ᄡᅡ ᄇᆞᆲ·돗 ᄒᆞ·더·니 ·이 ·런 變
변·化황·를 ·뵈·오·사 神씬足·쪽·ᄋᆞᆯ 가·다·ᄃᆞ

南(남)녘에 내닫고 南(남)녘에서 숨으면 北(북)녘에 내닫고, 몸이 크게 되어 虛空(허공)에 가득하여 있다가 또 적게 되며, 또 한 몸이 萬億身(만억신)이 되어 있다가 도로 하나가 되며, 또 虛空(허공)에 땅이 되어 있다가 땅을 밟되 물을 밟듯 하고 물을 밟되 땅을 밟듯 하더니, 이런 變化(변화)를 보이고서야 神足(신족)을 거두어

南남녀긔 내ᄃᆞᆮ고 南남녀긔셔 수므면 北븍녀긔 내ᄃᆞᆮ고 모미 크긔[62] ᄃᆞ외야 虛헝空콩애 ᄀᆞᄃᆞᆨᄒᆞ야[63] 잇다가[64] ᄯᅩ 젹긔[65] ᄃᆞ외며 ᄯᅩ ᄒᆞᆫ 모미 萬먼億흑身신[66]이 ᄃᆞ외야 잇다가 도로[67] ᄒᆞ나히[68] ᄃᆞ외며 ᄯᅩ 虛헝空콩애 ᄯᅡ히 ᄃᆞ외야 ᄯᅡᄒᆞᆯ ᄇᆞᆯ보ᄃᆡ[69] 믈 ᄇᆞᆲ듯[70] ᄒᆞ고 므를 ᄇᆞᆯ보ᄃᆡ ᄯᅡ ᄇᆞᆲ듯 ᄒᆞ더니 이런 變변化황ᄅᆞᆯ 뵈오ᅀᅡ[71] 神씬足죡[72]ᄋᆞᆯ 가다[73]

62) 크긔: 크(크다, 大)- + -긔(-게: 연어, 도달)

63) ᄀᆞᄃᆞᆨᄒᆞ야: ᄀᆞᄃᆞᆨᄒᆞ[가득하다: ᄀᆞᄃᆞᆨ(가득, 滿: 부사) + -ᄒᆞ(형접)-]- + -야(← -아: 연어)

64) 잇다가: 잇(← 이시다: 있다, 보용, 완료 지속)- + -다가(연어, 동작의 전환)

65) 젹긔: 젹(작다, 小)- + -긔(-게: 연어, 도달)

66) 萬億身: 만억신. 만억 가지의 수없이 많은 몸이다.

67) 도로: [도로, 逆(부사): 돌(돌다, 回)- + -오(부접)]

68) ᄒᆞ나히: ᄒᆞ낳(하나, 一: 수사, 양수) + -이(보조)

69) ᄇᆞᆯ보ᄃᆡ: ᄇᆞᇕ(← ᄇᆞᆲ다, ㅂ불: 밟다, 履)- + -오ᄃᆡ(-되: 연어, 설명의 계속)

70) ᄇᆞᆲ듯: ᄇᆞᆲ다(밟다, 履)- + -듯(-듯: 연어, 흡사)

71) 뵈오ᅀᅡ: 뵈[뵈다, 보이다, 示: 보(보다, 見)- + -ㅣ(← -이-: 사접)-]- + -고(연어, 계기) + -ᅀᅡ(보조사, 한정 강조)

72) 神足: 신족. 때에 따라 크고 작은 몸을 나타내어, 자기의 생각대로 날아다니는 신통력이다.

73) 가다: 갇(걷다, 收)- + -아(연어)

로本본座쫭·애·드·러안ᄌᆞ·니·라本본座쫭ᄂᆞᆫ本본來ᄅᆡᆼㅅ座쫭ㅣ·라
그·ᄢᅴ모·댓ᄂᆞᆫ:사ᄅᆞᆷ·미:다降ᅘᅡᆼ
服·뽁·ᄒᆞ·야깃·거·ᄒᆞ더·니舍·샹利·ᄅᆼ弗·붏
·이그제·ᅀᅡ說·쉻法법ᄒᆞ·니제여·곰前쪈
生ᄉᆡᆼ·애닷·곤因ᅙᅵᆫ緣ᅌᅯᆫ·으·로須슝陁땅
洹ᅘᅪᆫ·ᄋᆞᆯ得·득ᄒᆞ·리·도이시·며斯숭陁땅
舍ᅘᅣᆷ·ᄋᆞᆯ得·득ᄒᆞ·리·도이시·며阿ᅙᅡᆼ那낭
舍ᅘᅣᆷ·ᄋᆞᆯ得·득ᄒᆞ·리·도이시·며阿ᅙᅡᆼ羅랑

도로 本座(본좌)에 들어서 앉았니라.【本座(본좌)는 本來(본래)의 座(좌)이다.】그때에 모여 있는 사람이 다 降服(항복)하여 기뻐하더니, 舍利弗(사리불)이 그제야 說法(설법)하니, 제각기 前生(전생)에 닦은 因緣(인연)으로 須陀洹(수타환)을 得(득)할 이도 있으며, 斯陀含(사타함)을 得(득)할 이도 있으며, 阿那含(아나함)을 得(득)할 이도 있으며, 阿羅漢(아라한)을

도로 本본座쫭[74]애 드러 안ᄌᆞ니라[75]【本본座쫭ᄂᆞᆫ 本본來링ㅅ 座쫭ㅣ라】 그 ᄢᅴ[76] 모댓ᄂᆞᆫ[77] 사ᄅᆞ미 다 降향服뽁ᄒᆞ야 깃거ᄒᆞ더니[78] 舍샹利링弗붏이 그제ᅀᅡ 說쉃法법ᄒᆞ니 제여곰[79] 前쪈生싱애 닷곤[80] 因힌緣원[81]으로 須슝陀땅洹환[82]ᄋᆞᆯ 得득ᄒᆞ리도[83] 이시며 斯숭陀땅含함[84]ᄋᆞᆯ 得득ᄒᆞ리도 이시며 阿항那낭含함[85]ᄋᆞᆯ 得득ᄒᆞ리도 이시며 阿항羅랑漢한[86]ᄋᆞᆯ

---

74) 本座: 본좌. 본래의 자리이다.

75) 안ᄌᆞ니라: 앉(앉다, 座)-+-Ø(과시)-+-니(원칙)-+-라(←-다: 평종)

76) ᄢᅴ: ᄣᅵ(← ᄣᅳ: 때, 時, 의명)+-의(-에: 부조, 위치)

77) 모댓ᄂᆞᆫ: 몯(모이다, 集)-+-아(연어)+잇(← 이시다: 있다, 보용, 완료 지속)-+-ᄂᆞ(현시)-+-ㄴ(관전) ※ '모댓ᄂᆞᆫ'은 '모다 잇ᄂᆞᆫ'이 축약된 형태이다.

78) 깃거ᄒᆞ더니: 깃거ᄒᆞ[기뻐하다, 歡: 깄(기뻐하다, 歡)-+-어(연어)+ᄒᆞ(보용)-]-+-더(회상)-+-니(연어, 설명의 계속)

79) 제여곰: 제각기, 제가끔, 各自(부사)

80) 닷곤: 닸(닦다, 修)-+-Ø(과시)-+-오(대상)-+-ㄴ(관전)

81) 因緣: 인연. 불교의 입장에서는 일체 만물은 모두 상대적 의존관계에 의해서 형성된다고 한다. 동시적 의존관계(주관과 객관)와 이시적(異時的) 의존관계(원인과 결과)로 나누어진다. 어떤 결과를 만들어 내는 직접적인 원인을 인(因)이라 하고, 인과 협동하여 결과를 만드는 간접적인 원인을 연(緣)이라 한다.

82) 須陀洹: 수타환(= 수다함). 성문 사과(聲聞四果)의 첫째이다. 무루도(無漏道)에 처음 참례하여 들어간 증과(證果)이다. 곧 사체(四諦)를 깨달아 욕계(欲界)의 탐(貪)·진(瞋)·치(癡)의 삼독(三毒)을 버리고 성자(聖者)의 무리에 들어가는 성문(聲聞)의 지위이다.

83) 得ᄒᆞ리도: 得ᄒᆞ[득하다, 얻다: 得(득: 불어)+-ᄒᆞ(동접)-]-+-ㄹ(관전) # 이(이, 사람, 者: 의명)+-도(보조사, 첨가)

84) 斯陀含: 사타함(= 사다함). 성문 사과(聲聞四果)의 둘째이다. 욕계(欲界)의 수혹 구품(修惑九品) 중 위의 육품(六品)을 끊은 이가 얻는 증과(證果)이다.

85) 阿那含: 아나함. 성문 사과(聲聞四果)의 셋째이다. 욕계(欲界)에서 죽어 색계(色界)·무색계(無色界)에 태어나고는 번뇌(煩惱)가 없어져서 욕계에는 다시 돌아오지 아니한다는 뜻이다.

86) 阿羅漢: 아라한. 성문 사과(聲聞四果)의 넷째이다. 소승의 교법을 수행하는 성문 사과(聲聞四果)의 최고 경지로 온갖 번뇌를 끊고 사제(四諦)의 이치를 밝혀 그 이상 더 배우고 닦을 것이 없는 경지요, 불제자들이 도달할 수 있는 최고의 경지를 말한다.

得(득)할 이도 있더라. 六師(육사)의 弟子(제자)들도 다 舍利弗(사리불)께 와서 出家(출가)하였니라. 재주를 겨루고야 須達(수달)이와 舍利弗(사리불)이 精舍(정사)를 짓더니, 둘이 손수 줄을 마주 잡아 터를 재더니 舍利弗(사리불)이 까닭 없이 웃거늘 須達(수달)이 물으니 (사리불이) 對答(대답)하되 "그대가 精舍(정사)를 지으려고 터를 갓

[35 앞]

得득ᄒᆞ리도 잇더라 六륙師ᄉᆞᆼ이 弟뗑子ᄌᆞᆼᄃᆞᆯ토[87] 다 舍샹利링弗붏ᄭᅴ 와 出츓家강ᄒᆞ니라 ᄌᆡ조 겻구고ᅀᅡ[88] 須슝達땋이와[89] 舍샹利링弗붏왜 精졍舍[90]샹ᄅᆞᆯ 짓더니 둘히[91] 손ᅀᅩ[92] 줄[93] 마조[94] 자바 터[95] 되더니[96] 舍샹利링弗붏이 젼ᄎᆞ[97] 업시 우ᅀᅥ늘[98] 須슝達땋이 무른대[99] 對됭答답호ᄃᆡ 그듸[100] 精졍舍샹 지수려[1] 터흘[2] ᄀᆞᆺ[3]

---

87) 弟子ᄃᆞᆯ토: 弟子ᄃᆞᆯㅎ[제자들: 弟子(제자) + -ᄃᆞᆯㅎ(-들: 복접)] + -도(보조사, 첨가)

88) 겻구고ᅀᅡ: 겻구(겨루다, 競)- + -고(연어, 나열, 계기) + -ᅀᅡ(-야: 보조사, 한정 강조)

89) 須達이와: 須達이[수달이(인명) : 須達(수달: 인명) + -이(접미, 어조 고룸)] + -와(접조)

90) 精舍: 정사. 절(寺). 승려가 불상을 모시고 불도(佛道)를 닦으며 교법을 펴는 집이다.

91) 둘히: 둘ㅎ(둘, 二: 수사, 양수) + -이(주조)

92) 손ᅀᅩ: [손수, 直接(부사): 손(손, 手: 명사) + -ᅀᅩ(부접)]

93) 줄: 줄, 線.

94) 마조: [마주, 對: 맞(맞다, 迎: 동사)- + -오(부접)]

95) 터: 터(← 터ㅎ: 터, 垈)

96) 되더니: 되[되다, 재다, 測: 되(되, 升: 명사) + -∅(동접)-]- + -더(회상)- + -니(연어, 설명의 계속)

97) 젼ᄎᆞ: 까닭, 由.

98) 우ᅀᅥ늘: 우ᇫ(← 웃다, ㅅ불: 웃다, 笑)- + -어늘(거늘: 연어, 상황)

99) 무른대: 물(← 묻다, ㄷ불: 묻다, 問) + -은대(-은데, -니: 연어, 반응)

100) 그듸[그대, 汝(인대, 2인칭, 예사 높임): 그(그, 彼: 지대, 정칭) + -듸(접미, 예사 높임)] + -∅(← -이: 주조)

1) 지수려: 지ᇫ(← 짓다, ㅅ불: 짓다, 製)- + -우려(연어, 의도)

2) 터흘: 터ㅎ(터, 垈) + -을(목조)

3) ᄀᆞᆺ: 갓, 이제 막, 纔(부사)

[35 뒤]

作·작ᄒᆞ·야 ·되어·늘 여·슷 하·ᄂᆞ·래 여슷 하·ᄂᆞ·ᄅᆞᆫ 欲·욕界·갱六·륙天텬·이·라
그듸 ·가 ·들 ·찌·비 ·ᄇᆞᆯ·쎠 :이·도
·다 ᄒᆞ·고 道:똫眼:안·ᄋᆞᆯ 빌·여·늘 道:똫眼:안·ᄋᆞᆫ 道:똫理:링·옛 ·누니·라
須슝達·딿·이 보·니 여·슷 하·ᄂᆞ·래
宮궁殿·뗜·이 싁싁ᄒᆞ더·라 須슝達·딿
·이 무·로·ᄃᆡ 여·슷 하·ᄂᆞ·리 어·느·ᅀᅡ ·ᄆᆞᆺ :됴ᄒᆞ·니
잇·가 舍·샹利·링弗·붏·이 닐·오·ᄃᆡ 아·랫 :세
하·ᄂᆞ·ᄅᆞᆫ 煩뻔惱:놓ㅣ :만ᄒᆞ·고 ·ᄆᆞᆺ 우·흿 :두

始作(시작)하여 재거늘 여섯 하늘에【여섯 하늘은 欲界六天(욕계육천)이다.】그대가 가서 들어갈 집이 벌써 이루어졌구나." 하고 道眼(도안)을 빌리거늘【道眼(도안)은 道理(도리)를 깨친 눈이다.】, 須達(수달)이 보니 여섯 하늘에 宮殿(궁전)이 장엄(莊嚴)하더라. 須達(수달)이 묻되 "여섯 하늘이 어느 것이야말로 가장 좋습니까?" 舍利弗(사리불)이 이르되 "아래의 세 하늘은 煩惱(번뇌)가 많고, 가장 위에 있는 두

始싱作작ᄒᆞ야 되어늘[4] 여슷 하ᄂᆞ래[5]【여슷 하ᄂᆞ른 欲욕界갱六륙天텬[6]이라】 그듸 가[7] 들 찌비[8] ᄇᆞᆯ쎠[9] 이도다[10] ᄒᆞ고 道똫眼안[11]ᄋᆞᆯ 빌여늘[12]【道똫眼안ᄋᆞᆫ 道똫理링옛[13] 누니라】 須슝達땷이 보니 여슷 하ᄂᆞ래 宮궁殿뗜이 싁싁ᄒᆞ더라[14] 須슝達땷이 무로ᄃᆡ 여슷 하ᄂᆞ리 어늬ᅀᅡ[15] ᄆᆞᆺ[16] 됴ᄒᆞ니잇가[17] 舍샹利링弗붏이 닐오ᄃᆡ 아랫[18] 세 하ᄂᆞ른 煩뻔惱놓ㅣ 만ᄒᆞ고[19] ᄆᆞᆺ 우흿[20] 두

---

4) 되어늘: 되(재다, 測)- + 어늘(-거늘: 연어, 상황) ※ '터흘 ᄀᆞᆺ 始作ᄒᆞ야 되어늘'은 '터를 갓 재기 시작하거늘'로 의역하여야 자연스럽다.

5) 하ᄂᆞ래: 하ᄂᆞᆯ(← 하ᄂᆞᆶ: 하늘, 天) + -애(-에: 부조, 위치)

6) 欲界六天: 욕계육천. 욕계는 삼계(三界)의 하나이다. 유정(有情)이 사는 세계로서, 여기에는 지옥·악귀·축생·아수라·인간·육욕천의 여섯 하늘이 있다. 욕계에 있는 유정에게는 식욕, 음욕, 수면욕이 있어 이렇게 이른다.

7) 가: 가(가다, 去)- + -아(연어)

8) 찌비: 찝(← 집: 집, 家) + -이(주조)

9) ᄇᆞᆯ쎠: 벌써, 旣(부사)

10) 이도다: 이(← 일다: 이루어지다, 成)- + -Ø(과시)- + -도(감동)- + -다(평종)

11) 道眼: 도안. 진리를 분명히 가려내는 눈이나, 수행하여 얻은 안식(眼識)이다. 여기서 '안식(眼識)'은 물체의 모양이나 빛깔 따위를 분별하는 작용을 이른다.

12) 빌여늘: 빌이(빌리다, 借)- + -어늘(-거늘: 연어, 상황)

13) 道理옛: 道理(도리) + -예(← -에: 부조, 위치) + -ㅅ(-의: 관조) ※ '道眼ᄋᆞᆫ 道理옛 누니라'는 '道眼은 도리를 깨친 눈이다.'으로 의역하여 옮긴다.

14) 싁싁ᄒᆞ더라: 싁싁ᄒᆞ[장엄하다, 莊嚴: 싁싁(장엄, 莊嚴: 불어) + -ᄒᆞ(형접)-]- + -더(회상)- + -라(← -다: 평종)

15) 어늬ᅀᅡ: 어느(어느것, 何: 지대, 미지칭) + -이(주조) + -ᅀᅡ(-야: 보조사, 한정 강조)

16) ᄆᆞᆺ: 가장, 제일, 最(부사)

17) 됴ᄒᆞ니잇가: 둏(좋다, 好)- + -Ø(현시)- + -잇(← -이-: 상높, 아주 높임)- + -ᄋᆞ니…가(-니까: 의종, 판정) ※ 의문사인 '어느'가 문맥에 실현되어 있으므로, '됴하니잇가'는 '됴ᄒᆞ니잇고'의 형태를 취하는 것이 올바르다.

18) 아랫: 아래(아래, 下) + -ㅅ(-의: 관조)

19) 만ᄒᆞ고: 만ᄒᆞ(많다, 多)- + -고(연어, 나열)

20) 우흿: 우ㅎ(위, 上) + -의(-에: 부조, 위치) + -ㅅ(-의: 관조)

하늘은 너무 게을러 便安(편안)하고, 가운데의 넷째의 하늘이야말로 항상 一生補處菩薩(일생보처보살)이 거기에 와 나시어 【一生(일생)은 한 번 나는 것이니, 한 번 다른 地位(지위)에 난 後(후)이면 妙覺(묘각)의 地位(지위)에 오르는 것이니, (일생보처보살은) '등각위(等覺位)'를 일렀니라. 等覺(등각)에서 金剛乾慧(금강건혜)에 한 번 나면 後(후)에 妙覺(묘각)에 오르나니, '났다' 하는 말은 '살아났다' 하는 말이 아니라, '다른 地位(지위)에 옮아갔다' 하는 뜻이다.】 法訓(법훈)이 끊어지지 아니하느니라. 【訓(훈)은 가르치는 것이다.】 須達(수달)이

하ᄂᆞᄅᆞᆫ 너무 게을이[21] 便뼌安한ᄒᆞ고 가온ᄃᆡ 네찻[22] 하ᄂᆞ리ᅀᅡ[23] 샹녜[24] 一읧生싱補봉處청菩뽕薩삻[25]이 그에[26] 와 나샤【一읧生싱ᄋᆞᆫ ᄒᆞᆫ 번 날 씨니[27] ᄒᆞᆫ 번 다ᄅᆞᆫ[28] 地띵位윙예 난 後ᅘᅮᇢㅣ면 妙묘ᇢ覺각[29] 地띵位윙예 오ᄅᆞᆯ 씨니 等등覺각位윙[30]ᄅᆞᆯ 니르니라 等등覺각애셔 金금剛강乾간慧ᅘᅰᆼ[31]예 ᄒᆞᆫ 번 나면 後ᅘᅮᇢ에 妙묘ᇢ覺각애 오ᄅᆞᄂᆞ니 나다 ᄒᆞᄂᆞᆫ 마ᄅᆞᆫ 사라나다[32] ᄒᆞᄂᆞᆫ 마리 아니라 다ᄅᆞᆫ 地띵位윙예 올마가다[33] ᄒᆞᄂᆞᆫ ᄠᅳ디라】法법訓훈[34]이 긋디[35] 아니ᄒᆞᄂᆞ니라【訓훈은 ᄀᆞᄅᆞ칠 씨라】須슝達따ᇙ이

21) 게을이: [게을리, 怠(부사): 게을(← 게으르다: 게으르다, 怠, 형사)- + -이(부접)]

22) 네찻: 네차[넷째, 第四(관사, 서수): 네(← 네ㅎ: 네, 四, 수사, 양수) + -차(-째: 접미, 서수)] + -ㅅ(-의: 관조)

23) 하ᄂᆞ리ᅀᅡ: 하ᄂᆞᆯ(← 하ᄂᆞᆶ: 하늘, 天) + -이(주조) + -ᅀᅡ(-야: 보조사, 한정 강조)

24) 샹녜: 늘, 항상, 常(부사)

25) 一生補處菩薩: 일생보처보살. 오직 한 번만 생사(生死)에 관련되고, 일생을 마치면 다음에는 부처가 될 수 있는 가장 높은 지위에 있는 보살이다. 석가모니도 태어나기 전에 호명(護明) 보살이라는 이름으로 이 보살의 위치에 올라서 도솔천 내원궁에 머무르고 있었다.

26) 그에: 거기에, 彼處(지대, 정칭)

27) 씨니: ᄊ(← ᄉᆞ: 것, 의명) + -이(서조)- + -니(연어, 설명의 계속)

28) 다ᄅᆞᆫ: [다른, 他(관사): 다ᄅᆞ(다르다, 異: 형사)- + -ㄴ(관전▷관접)]

29) 妙覺: 묘각. 보살이 수행하는 오십이위(五十二位) 단계 가운데 가장 높은 단계이다. 온갖 번뇌를 끊어 버린 부처의 경지에 해당한다.

30) 等覺位: 등각위. 등각(等覺)의 지위이다. '등각(等覺)'은 부처가 되는 층을 열로 쳐서 여덟째 층이다. 곧, 수행(修行)이 꽉 차서 지혜와 공덕이 바야흐로 불타(佛陀)의 묘각(妙覺)과 같아지려고 하는 자리이다. 보살(菩薩)의 가장 높은 자리이며, 부처의 다른 이름으로도 쓰인다.

31) 金剛乾慧: 금강건혜. 부처가 되는 층을 열로 쳐서 아홉째 층이다. 금강건혜(金剛乾慧)는 금강(金剛) 마음의 첫 건혜(乾慧)라는 뜻이다. 건혜는 마른 지혜라는 뜻이니, 그 지혜가 아직 온전하지 못함을 말한다. 금강은 굳고 단단하여 변하지 않는다는 뜻이다.

32) 사라나다: 사라나[살아나다: 살(살다, 生)- + -아(연어) + 나(나다, 出)-]- + -Ø(과시)- + -다(평종)

33) 올마가다: 올마가[옮아가다, 移: 옮(옮다, 移)- + -아(연어) + 가(가다, 去)-]- + -Ø(과시)- + -다(평종)

34) 法訓: 법훈. 부처님의 가르침이다.

35) 긋디: 긋(← 긏다: 끊기다, 切)- + -디(-지: 연어, 부정)

[36 뒤]

·이 닐·오·ᄃᆡ ·내 正졍·히 그 하ᄂᆞᆯ·애 ·나·리·라 ·ᄀᆞ·ᄌᆞ 그 :말 :다 ᄒᆞ·니 녀느 하ᄂᆞᆯ·햇 지·븐 :업·고 :네·찻 하ᄂᆞᆯ·햇 지·비 잇·더·라 ·주·를 다·른 ·ᄃᆡ ·옮·겨 ·터 ·되·더·니 舍샹利·링弗·붏·이 ·측ᄒᆞᆫ ᄂᆞᆾ·고·지 잇·거·늘 須슝達·땷·이 ·무·른·대 對·됭答·답·호·ᄃᆡ 그·듸 ·이 굼·긧 ·개·야·미 ·보·라 그·듸 :아·래 :디·나·건 毗삥婆빵尸싱佛·뿛 ·위·ᄒᆞ·ᅀᆞ·ᄫᅡ ·이 ·ᄯᅡ·해 精졍舍·샹 ·이르·ᅀᆞ·ᄫᆞᆯ

이르되 "내가 正(정)히 그 하늘에 나리라." 이제 막 그 말을 다하니, 다른 하늘에 있는 집은 없어지고 네째의 하늘에 있는 집이 있더라. 줄을 다른 데에 옮겨 터를 재더니, 舍利弗(사리불)이 슬픈 낯빛이 있거늘 須達(수달)이 물으니, (사리불이) 대답하되 "그대가 이 구멍에 있는 개미를 보라. 그대가 옛날에 지난 毗婆尸佛(비파시불)을 위하여 이 땅에 精舍(정사)를 세울 닐오ᄃᆡ 내 正졍히[36] 그 하ᄂᆞ래 나리라 ᄀᆞᆺ[37] 그 말 다ᄒᆞ니[38] 녀느[39] 하ᄂᆞ랫[40] 지븐 업고[41] 네찻 하ᄂᆞ랫 지비 잇더라 주를 ᄃᆞ른 ᄃᆡ 옮겨[42] 터 되더니[43] 舍샹利링弗붏이 측ᄒᆞᆫ[44] ᄂᆞᆽ고지[45] 잇거늘 須슝達땅이 무른대 對됭答답호ᄃᆡ 그듸 이 굼긧[46] 개야미[47] 보라 그듸 아래[48] 디나건[49] 毗삥婆빵尸싱佛뿛[50] 위ᄒᆞᅀᆞᄫᅡ[51] 이 ᄯᅡ해 精졍舍샹 이르ᅀᆞᄫᆞᆯ[52]

---

36) 正히: [정히, 진정으로, 꼭(부사): 正(정: 명사) + -ㅎ(← -ᄒᆞ-: 형접)- + -이(부접)]

37) ᄀᆞᆺ: 이제 막(부사)

38) 다ᄒᆞ니: 다ᄒᆞ[다하다, 盡: 다(다, 悉: 부사) + -ᄒᆞ(동접)-]- + -니(연어, 설명의 계속)

39) 녀느: 여느, 다른, 他(관사)

40) 하ᄂᆞ랫: 하ᄂᆞᆯ(← 하ᄂᆞᆶ: 하늘, 天) + -애(-에: 부조, 위치) + -ㅅ(-의: 관조) ※ '하ᄂᆞ랫'은 '하늘에 있는'으로 의역하여서 옮긴다.

41) 업고: 업(← 없다: 없어지다, 滅, 동사)- + -고(연어, 나열, 계기)

42) 옮겨: 옮기[옮기다, 移(타동): 옮(옮다, 移: 자동)- + -기(사접)-]- + -어(연어)

43) 되더니: 되(재다, 測)- + -더(회상)- + -니(연어, 설명의 계속)

44) 측ᄒᆞᆫ: 측ᄒᆞ[측하다, 惻: 측(측, 惻: 불어) + -ᄒᆞ(형접)-]- + -Ø(현시)- + -ㄴ(관전) ※ '측ᄒᆞ다(惻)'는 슬프거나 섭섭한 것이다.

45) ᄂᆞᆽ고지: ᄂᆞᆽ곶(낯빛, 顔色) + -이(주조) ※ 'ᄂᆞᆽ곶'은 'ᄂᆞᆽ(← ᄂᆞᆾ: 낯, 얼굴)'과 '곶'이 합쳐서 된 합성어인 것으로 짐작되나, '곶'의 형태가 확인되지 않는다. 'ᄂᆞᆽ곶'은 'ᄂᆞᆽ곷'의 형태로도 쓰였다.

46) 굼긧: 굶(← 구무: 구멍, 孔) + -의(-에: 부조, 위치) + -ㅅ(-의: 관조) ※ '굼긧'은 '구멍에 있는'으로 의역하여 옮긴다.

47) 개야미: 개미, 蟻.

48) 아래: 옛날, 昔.

49) 디나건: 디나(지나다, 過)- + -Ø(과시)- + -거(확인)- + -ㄴ(관전)

50) 毗婆尸佛: 비파시불. 산스크리트어 vipaśyin-buddha의 음사이다. 과거칠불(過去七佛) 중에서 둘째 부처이다. 장엄겁(莊嚴劫) 중에 출현하여 파파라수(波波羅樹) 아래에서 성불하였다고 한다. ※ '과거칠불(過去七佛)'은 석가모니불과 그 이전에 출현하였다는 여섯 부처이다. '비파시불(毘婆尸佛), 시기불(尸棄佛), 비사부불(毘舍浮佛), 구루손불(拘樓孫佛), 구나함불(拘那含佛), 가섭불(迦葉佛), 석가모니불(釋迦牟尼佛)'이 있다.

51) 위ᄒᆞᅀᆞᄫᅡ: 위ᄒᆞ[위하다, 爲: 위(위, 爲: 불어) + -ᄒᆞ(동접)-]- + -ᅀᆞᇦ(← -ᅀᆞᆸ-: 객높)- + -아(연어)

52) 이르ᅀᆞᄫᆞᆯ: 이르[세우다, 建立: 일(이루어지다, 成: 자동)- + -으(사접)-]- + -ᅀᆞᇦ(← -ᅀᆞᆸ-: 객높)- + -ᄋᆞᆯ(관전)

[37앞]

ᄣᅦ도·이 개야미·이 에·셔 :살·며 尸싱棄킹
佛뿛 :위·ᄒᆞᅀᆞ·ᄫᅡ·이 ᄯᅡ·해 精정舍·샹 이르
ᅀᆞ·ᄫᆞᆯ ᄣᅦ:도·이 개·야·미·이 에·셔 :살·며 毗삥
舍·샹 佛뿛 :위·ᄒᆞᅀᆞ·ᄫᅡ·이 ᄯᅡ·해·精정舍·샹
이르ᅀᆞ·ᄫᆞᆯ ᄣᅦ·도·이 개야·미·이 에·셔 :살·며
拘궁留륳孫손佛뿛 :위·ᄒᆞᅀᆞ·ᄫᅡ·이 ᄯᅡ:해
精정舍·샹 이르ᅀᆞ·ᄫᆞᆯ ᄣᅦ·도·이 개야·미·이
에·셔 :살·며 迦강那낭含ᅘᅡᆷ牟뭏尼닝佛

적에도 이 개미가 여기서 살며, 尸棄佛(시기불)을 위하여 이 땅에 精舍(정사)를 세울 적에도 이 개미가 여기서 살며, 毗舍佛(비사불)을 위하여 이 땅에 精舍(정사)를 세울 적에도 이 개미가 여기서 살며, 拘留孫佛(구류손불)을 위하여 이 땅에 精舍(정사)를 세울 적에도 이 개미가 여기서 살며, 迦那含牟尼佛(가나함모니불)

[37 앞]

쩨도[53] 이 개야미 이에셔[54] 살며 尸싱棄킹佛뿛[55] 위ᄒᆞᅀᆞ바 이 ᄯᅡ해 精졍舍샹 이르ᅀᆞᄫᆞᆯ 쩨도 이 개야미 이에셔 살며 毗삥舍샹佛뿛[56] 위ᄒᆞᅀᆞ바 이 ᄯᅡ해 精졍舍샹 이르ᅀᆞᄫᆞᆯ 쩨도 이 개야미 이에셔 살며 拘궁留륳孫손佛뿛[57] 위ᄒᆞᅀᆞ바 이 ᄯᅡ해 精졍舍샹 이르ᅀᆞᄫᆞᆯ 쩨도 이 개야미 이에셔 살며 迦강那낭含ᅘᅡᆷ牟뭏尼닝佛뿛[58]

53) 쩨도: 쩨(← 제: 적에, 때에: 의명) + -도(보조사, 첨가)

54) 이에셔: 이에(여기, 此: 지대, 정칭) + -셔(-서: 보조사, 위치 강조)

55) 尸棄佛: 시기불. 과거칠불의 둘째 부처이다. 인간의 수명이 7만 살 때 난 부처로, 분타리나무 아래에서 깨달음을 얻고 세 차례 설법하여 25만의 제자를 제도하였다.

56) 毗舍佛: 비사불. 비사부불(毘舍浮佛)이라고도 하는데, 과거칠불의 셋째 부처이다. 인간의 수명이 6만 살 때 난 부처이다. 바라(婆羅)나무 아래에서 깨달음을 얻고 두 차례 설법하여 13만의 제자를 제도하였다.

57) 拘留孫佛: 구류손불. 과거칠불의 넷째 부처이다. 인간의 수명이 4만 살 때 난 부처로, 안화성에서 태어났으며 시리수 아래에서 깨달음을 얻고 한 차례 설법하여 4만의 제자를 제도하였다.

58) 迦那含牟尼佛: 구나함모니불. 과거 칠불의 다섯째 부처이다. 오잠바라(烏暫婆羅) 나무 아래에서 깨달음을 얻고, 한 차례 설법하여 3만의 제자를 제도하였다.

뿛 ·위ᄒᆞᅀᆞᄫᅡ·이 ᄯᅡ·해 精졍舍샹 이르ᅀᆞ
·ᄫᆞᆯ쩨·도·이 개야·미·이·에·셔 :살·며 迦강葉
셥佛뿛·위·ᄒᆞᅀᆞᄫᅡ·이 ᄯᅡ·해 精졍舍샹·이
르ᅀᆞᄫᆞᆯ쩨·도·이 개야·미·이·에·셔 사·더·니
·처섬·이·에·셔 :사·던·저·그·로·오ᄂᆞᆳ·낤·ᄀᆞ장
:헤·면 아·ᄒᆞᆫ·ᄒᆞᆫ 劫겁·이·로·소·니 :제 ᄒᆞᆫ 가·짓
·모·몰 :몯 여·희·여 죽 사·리·도 오·랄·쎠 ᄒᆞ 노
·라 :아마·도 福·복·이 조ᅀᆞᄅᆞᄫᅵ·니 아·니 심

위하여 이 땅에 精舍(정사)를 세울 때에도 이 개미가 여기서 살며, 迦葉佛(가섭불)을 위하여 이 땅에 精舍(정사)를 세울 때에도 이 개미가 여기서 살더니, 처음 여기서 살던 적으로부터 오늘날까지 헤아리면 아흔한 劫(겁)이니, 자기의 한 가지의 몸을 못 떠나서 죽고 사는 것도 오래이구나라고 (생각)한다. 아마도 福(복)이 종요로우니 심지 아니하지

[37 뒤]

위ᄒᆞᅀᆞᄫᅡ 이 ᄡᅡᄒᆡ 精쪙舍샹 이르ᅀᆞᄫᆞᆯ ᄢᅦ도 이 개야미 이에셔 살며 迦강葉셥佛뿛[59] 위ᄒᆞᅀᆞᄫᅡ 이 ᄡᅡᄒᆡ 精쪙舍샹 이르ᅀᆞᄫᆞᆯ ᄢᅦ도 이 개야미 이에셔 사더니 처ᅀᅥᆷ[60] 이에셔 사던 저그로[61] 오ᄂᆞᇗ낤[62] ᄀᆞ장[63] 혜면[64] 아ᄒᆞᆫᄒᆞᆫ 劫겁이로소니[65] 제 ᄒᆞᆫ 가짓 모ᄆᆞᆯ 몯 여희여[66] 죽사리도[67] 오랄쎠[68] ᄒᆞ노라[69] 아마도 福복이 조ᅀᆞᄅᆞᄫᆡ니[70] 아니 심거[71]

---

59) 迦葉佛: 가섭불. 과거칠불(過去七佛) 중의 여섯째 부처로서 인간의 평균 수명이 2만 세일 때 출현하였다. 현겁(賢劫) 중에 출현하여 이구류수(尼拘類樹) 아래에서 성불하였다고 한다.

60) 처ᅀᅥᆷ: [처음, 初: 첫(← 첫: 관사, 서수) + -엄(명접)]

61) 저그로: 적(적, 때, 時: 의명) + -으로(부조, 방향)

62) 오ᄂᆞᇗ낤: 오ᄂᆞᇗ날[오ᄂᆞᆯ(오늘, 今日) + -ㅅ(관조, 사잇) + 날(날, 日)] + -ㅅ(-의: 관조)

63) ᄀᆞ장: 끝까지(의명) ※ '오ᄂᆞᇗ낤 ᄀᆞ장'은 '오늘날까지'로 의역하여 옮긴다.

64) 혜면: 혜(헤아리다, 計)- + -면(연어, 조건)

65) 劫이로소니: 劫(겁) + -이(서조)- + -롯(← -돗-: 감동)- + -오니(← -ᄋᆞ니: 연어, 설명의 계속) ※ '劫(겁)'은 어떤 시간의 단위로도 계산할 수 없는 무한히 긴 시간이다. 하늘과 땅이 한 번 개벽한 때에서부터 다음 개벽할 때까지의 동안이라는 뜻이다.

66) 여희여: 여희(여의다, 이별하다, 別)- + -여(← -어: 연어)

67) 죽사리도: 죽사리[죽고 사는 것, 生死: 죽(죽다, 死)- + 살(살다, 生)- + -이(명접)] + -도(보조사, 첨가)

68) 오랄쎠: 오라(오래다, 久)- + -Ø(현시)- + -ㄹ쎠(-구나: 감종)

69) ᄒᆞ노라: ᄒᆞ(하다, 思)- + -ㄴ(← -ᄂᆞ-: 현시)- + -오(화자)- + -라(← -다: 평종)

70) 조ᅀᆞᄅᆞᄫᆡ니: 조ᅀᆞᄅᆞᄫᆡ[종요롭다, 매우 중요하다, 要: 조ᅀᆞᆯ(요체, 요점, 要: 명사) + -ᄅᆞᄫᆡ(형접)-]- + -니(연어, 설명의 계속, 이유) ※ '조ᅀᆞᄅᆞᄫᆡ다'는 없어서는 안 될 정도로 매우 긴요한 것이다.

71) 심거: 싦(심다, 植)- + -어(연어)

·거:몯ᄒᆞᆯ·꺼·시·라 須슝達땷·이·도 그 :말 듣
·고 ·슬·허ᄒᆞ·더·라 須슝達땷·이 精졍舍샹
이르ᅀᆞᆸ·고 窟·굻 밍·ᄀᆞᆯ·오 栴젼檀딴香향
ᄀᆞᆯᄋᆞ·로 ᄇᆞᄅᆞ·고 別볋室싫·이ᅀᅡ 一·힗
千쳔二·싱百·빅·이·오 ·쇠·붑 ·ᄃᆞᆫ 지·비ᅀᅡ 一
·힗百·빅 ·스·믈 ·고·디·러·라 須슝達땷·이 精
졍舍·샹 :다 ·짓·고 王왕·ᄭᅴ ·가 ᅀᆞᆯ·보·ᄃᆡ ·내 世
·솅尊존 :위ᄒᆞᅀᆞ·바 精졍舍·샹·ᄅᆞᆯ ᄒᆞ·마 ·짓

못할 것이다.” 須達(수달)이도 그 말을 듣고 슬퍼하더라. 須達(수달)이 精舍(정사)를 세우고 窟(굴)을 만들고 栴檀香(전단향)의 가루로 바르고, 別室(별실)이야말로 一千二百(일천이백)이요, 쇠북을 단 집이야말로 一百(일백) 스무 곳이더라. 須達(수달)이 精舍(정사)를 다 짓고 王(왕)께 가 사뢰되 “내가 世尊(세존)을 위하여 精舍(정사)를 이미

몯ᄒᆯ 꺼시라[72] 須슝達따ᇙ이도 그 말 듣고 슬허ᄒᆞ더라[73] 須슝達따ᇙ이 精졍舍샹 이르ᅀᆞᆸ고[74] 窟콣 ᄆᆡᇰᄀᆞᆯ오[75] 栴젼檀딴香향ㄱ[76] ᄀᆞᆯᄋᆞ로[77] ᄇᆞᄅᆞ고[78] 別볋室싫이ᅀᅡ[79] 一힗千쳔二ᅀᅵᆼ百ᄇᆡᆨ이오 쇠붑[80] ᄃᆞᆫ 지비ᅀᅡ[81] 一힗百ᄇᆡᆨ ᄉᆞ믈[82] 고디러라[83] 須슝達따ᇙ이 精졍舍샹 다 짓고 王왕ᄭᅴ[84] 가 ᄉᆞᆯᄫᅩᄃᆡ[85] 내 世솅尊존 위ᄒᆞᅀᆞ바 精졍舍샹ᄅᆞᆯ ᄒᆞ마[86]

72) 꺼시라: 껏(← 것: 것, 의명) + -이(서조)- + -Ø(현시)- + -라(← -다: 평종) ※ '아니 심거 몯ᄒᆯ 꺼시라'는 '심지 아니하지 못할 것이다.'로 의역하여 옮긴다.

73) 슬허ᄒᆞ더라: 슬허ᄒᆞ[슬퍼하다, 哀: 슳(슬퍼하다, 哀)- + -어(연어) + ᄒᆞ(보용)-]- + -더(회상)- + -라(← -다: 평종)

74) 이르ᅀᆞᆸ고: 이르[세우다, 建立: 일(이루어지다, 成)- + -으(사접)-]- + -ᅀᆞᆸ(객높)- + -고(연어, 나열, 계기)

75) ᄆᆡᇰᄀᆞᆯ오: ᄆᆡᇰᄀᆞᆯ(만들다, 製)- + -오(← -고: 연어, 나열, 계기)

76) 栴檀香ㄱ: 栴檀香(전단향) + -ㄱ(-의: 관조) ※ '栴檀香(전단향)'은 인도에서 나는 향나무의 일종이다.

77) ᄀᆞᆯᄋᆞ로: ᄀᆞᆯ(← ᄀᆞᄅᆞ: 가루, 粉) + -ᄋᆞ로(부조, 방편)

78) ᄇᆞᄅᆞ고: ᄇᆞᄅᆞ(바르다, 塗)- + -고(연어, 나열, 계기)

79) 別室이ᅀᅡ: 別室(별실) + -이(주조) + -ᅀᅡ(보조사, 한정 강조) ※ '別室(별실)'은 특별히 따로 마련된 방이다.

80) 쇠붑: [쇠북: 쇠(쇠, 鐵) + 붑(북, 鼓)]

81) 지비ᅀᅡ: 집(집, 家) + -이(주조) + -ᅀᅡ(보조사, 한정 강조)

82) ᄉᆞ믈: ᄉᆞ무, 二十(관사, 양수)

83) 고디러라: 곧(곳, 處) + -이(서조)- + -러(← -더-: 회상)- + -라(← -다: 평종)

84) 王ᄭᅴ: 王(왕) + -ᄭᅴ(-께: 부조, 상대) ※ '-ᄭᅴ'는 [-ㅅ(-의: 관조) + -긔(곳, 거기: 의명)]로 분석되는 파생 조사이다.

85) ᄉᆞᆯᄫᅩᄃᆡ: ᄉᆞᆲ(← ᄉᆞᆲ다, ㅂ불: 사뢰다, 奏)- + -오ᄃᆡ(-되: 연어, 설명의 계속)

86) ᄒᆞ마: 이미, 旣(부사)

·ᅀᆞᄫᆞ·니 王왕·이 부텨·를 請쳥·ᄒᆞ·ᅀᆞᄫᆞ쇼
·셔 王왕·이 使ᄉᆞ者쟝 請쳥·브리·샤 王왕舍샹
城셩·의 ·가 부텨·를 請쳥·ᄒᆞᅀᆞᄫᆞ·니 ·그·ᄢᅴ
世솅尊존·ᄭᅴ 四ᄉᆞ衆즁·이 圍윙繞ᅀᅳᇢ·ᄒᆞ
ᅀᆞᄫᆞ·고 ·큰 光광明명·을 ·펴시·고 天텬地띵
·드·러·치·더·니 舍샹衛윙國귁·에 ·오·실 ·쩌
·긔 須슝達�·이 지·ᅀᅳᆫ 亭뗭舍샹 :마·다 ·드
·르·시·며 ·길·헤 :사ᄅᆞᆷ 濟졩渡똥·ᄒᆞ·샤·미 ·그

지었으니 王(왕)이 부처를 請(청)하소서.” 王(왕)이 使者(사자)를 부리시어 王舍城(왕사성)에 가 부처를 請(청)하니, 그때에 世尊(세존)께 四衆(사중)이 圍繞(위요)하고 큰 光明(광명)을 펴시고 天地(천지)가 진동하더니, 舍衛國(사위국)에 오실 적에 須達(수달)이 지은 亭舍(정사)마다 드시며 길에서 사람을 濟渡(제도)하시는 것이

짓ᄉᆞᄫᆞ니[87] 王왕이 부텨를 請쳥ᄒᆞᅀᆞᄫᆞ쇼셔[88] 王왕이 使ᄉᆞᆼ者쟝 브리샤[89] 王왕舍샹城쎵의 가 부텨를 請쳥ᄒᆞᅀᆞᄫᆞ니 그 ᄢᅴ[90] 世솅尊존ᄭᅴ 四ᄉᆞᆼ衆즁[91]이 圍윙繞ᅀᅶᇢᄒᆞᅀᆞᆸ고[92] 큰 光광明명을 펴시고 天텬地띵 드러치더니[93] 舍샹衛윙國귁에 오실 쩌긔[94] 須슝達ᄠᆞᇙ이 지ᅀᅮᆫ[95] 亭뗭舍샹마다[96] 드르시며[97] 길헤 사ᄅᆞᆷ 濟졩渡똥ᄒᆞ샤미[98]

---

87) 짓ᄉᆞᄫᆞ니: 짓(짓다, 製)- + -ᄉᆞᄫ(← -ᄉᆞᇦ-: 객높)- + -오(화자)- + -니(연어, 설명의 계속)

88) 請ᄒᆞᅀᆞᄫᆞ쇼셔: 請ᄒᆞ[청하다: 請(청: 명사) + -ᄒᆞ(동접)-]- + -ᅀᆞᄫ(← -ᅀᆞᇦ-: 객높)- + -ᄋᆞ쇼셔(-으소서: 명종, 아주 높임)

89) 브리샤: 브리(부리다, 시키다, 史)- + -샤(← -시-: 주높)- + -Ø(← -아: 연어)

90) ᄢᅴ: ᄣ(← ᄣᅳ: 때, 時) + -의(-에: 부조, 위치, 시간)

91) 四衆: 사중. 부처의 네 종류 제자이다. 비구(比丘, 남자중), 비구니(比丘尼, 여자중), 우바새(優婆塞, 속세의 남자), 우바니(優婆尼, 속세의 여자) 이다.

92) 圍繞ᄒᆞᅀᆞᆸ고: 圍繞ᄒᆞ[위요하다: 圍繞(위요: 명사) + -ᄒᆞ(동접)-]- + -ᅀᆞᆸ(객높)- + -고(연어, 나열) ※ '圍繞(위요)'는 부처의 둘레를 돌아다니는 것이다.

93) 드러치더니: 드러치(진동하다, 震動)- + -더(회상)- + -니(연어, 설명의 계속)

94) 쩌긔: 쩍(← 적: 적, 때, 時: 의명) + -의(부조, 위치, 시간)

95) 지ᅀᅮᆫ: 짔(← 짓다, ㅅ불: 짓다, 製)- + -Ø(과시)- + -오(대상)- + -ㄴ(관전)

96) 亭舍마다: 亭舍(정사) + -마다(보조사, 각자) ※ '亭舍(정사)'는 경치 좋은 곳에 정자 모양으로 지어 한가히 거처하는 집이다.

97) 드르시며: 들(들다, 入)- + -으시(주높)-+ -며(연어, 나열)

98) 濟渡ᄒᆞ샤미: 濟渡ᄒᆞ[제도하다: 濟渡(제도: 명사) + -ᄒᆞ(동접)-]- + -샤(← -시-: 주높)- + -ㅁ(← -옴: 명전) + -이(주조)

[39 앞]

·지:업더시·다 世솅尊존이 舍샹衛윙國귁·에 ·오·샤 ·큰 光광明명·을 ·펴·샤 三삼千천大땡千천世솅界갱·ᄅᆞᆯ ·다 비·취시·고 밠가·락·ᄋᆞ·로 ·ᄯᅡ·ᄒᆞᆯ ·누르·시·니 ·ᄯᅡ·히 ·다 :드·러·치·고 ·그 ·잣 ·안·햇 ·풍륫가·시 ·절·로 :소·리ᄒᆞ·며 一힗切쳉病뼝 ᄒᆞᆫ :사ᄅᆞ·미 :다 :됴·터·니 ·그 나·랏 十씹八밣億ᅙᅳᆨ :사ᄅᆞ·미 :그런 祥쌍瑞쓍·ᄅᆞᆯ 보ᅀᆞᆸ·고 모·다 ·오·나·ᄂᆞᆯ 부:톄

그지없으시더라. 世尊(세존)이 舍衛國(사위국)에 오시어 큰 光明(광명)을 펴시어 三千大千世界(삼천대천세계)를 다 비추시고, 발가락으로 땅을 누르시니 땅이 다 진동(震動)하고, 그 성(城) 안에 있는 풍물(風物)이 절로 소리하며 一切(일체)의 病(병)을 하는 사람이 다 좋아지더니, 그 나라의 十八億(십팔억)의 사람이 그런 祥瑞(상서)를 보고 모두 오거늘, 부처가

[39 앞]

그지업더시다[99] 世솅尊존이 舍샹衛윙國귁에 오샤 큰 光광明명을 펴샤 三삼千쳔大땡千쳔世솅界갱[100]를 다 비취시고[1] 밧가라ᄀᆞ로[2] ᄯᅡᄒᆞᆯ 누르시니 ᄯᅡ히 다 드러치고[3] 그 잣[4] 안햇[5] 풍륫가시[6] 절로[7] 소리ᄒᆞ며 一ᅙᅵᇙ切쳉 病뼝ᄒᆞᆫ 사ᄅᆞ미 다 됴터니[8] 그 나랏 十씹八밣億ᅙᅳᆨ 사ᄅᆞ미 그런 祥썅瑞쒱[9]를 보ᅀᆞᆸ고 모다[10] 오나ᄂᆞᆯ[11] 부톄[12]

---

99) 그지업더시다: 그지업[← 그지없다(그지없다, 無限): 그지(끝, 한도, 限: 명사) + 없(없다, 無: 형사)-]- + -더(회상)- + -시(주높)- + -다(평종)

100) 三千大千世界: 삼천대천세계. 불교사상에서 거대한 우주 공간을 나타내는 용어로 삼천세계라고도 한다. 수미산을 중심으로 하여, 지옥계나 도솔천(兜率天), 범천계 등을 포함하며, 한 개의 태양과 한 개의 달을 가진 공간을 일세계라고 한다.(현대의 태양계에 해당한다) 우주에는 이와 같은 세계가 무수히 존재하는데 그들이 1000개 합쳐진 공간을 소천(小千)세계라고 하며(현재의 은하계에 상당한다) 소천세계가 1000개 합쳐진 것을 중천(中千)세계라고 하고 중천세계가 1000개 합쳐진 것을 대천(大千)세계라고 한다. 대천세계는 소중대의 3종의 천이 겹쳐진 것이기 때문에 삼천대천세계라고 한다. 이만큼의 공간이 한 사람의 불의 교화 대상이 되는 범위이다.

1) 비취시고: 비취(비추다, 照: 타동)- + -시(주높)- + -고(연어, 나열, 계기)

2) 밧가라ᄀᆞ로: 밧가락[발가락, 足指: 바(← 발: 발, 足) + -ㅅ(관조, 사잇) + 가락(가락, 指)] + -ᄋᆞ로(부조, 방편)

3) 드러치고: 드러치(진동하다, 震動)- + -고(연어, 나열)

4) 잣: 성, 城.

5) 안햇: 안ㅎ(안, 內) + -애(-에: 부조, 위치) + -ㅅ(-의: 관조) ※ '안햇'은 '안에 있는'으로 의역하여 옮긴다.

6) 풍륫가시: 풍륫갓[악기, 伎樂: 풍류(풍류, 風流) + -ㅅ(관조, 사잇) + 갓(감, 것, 物] + -이(주조)

7) 절로: [절로, 저절로, 自(부사): 절(← 저: 己, 인대, 재귀칭) + -로(부조▷부접)]

8) 됴터니: 둏(좋아지다, 好: 동사) + 더(회상)- + -니(연어, 설명의 계속)

9) 祥瑞: 상서. 복되고 좋은 일이 일어날 조짐이다.

10) 모다: [모두, 皆(부사): 몯(모이다, 集)- + -아(연어▷부접)]

11) 오나ᄂᆞᆯ: 오(오다, 來) + -나ᄂᆞᆯ(← -거ᄂᆞᆯ: 연어, 상황)

12) 부톄: 부텨(부처, 佛) + -ㅣ(← -이: 주조)

[39 뒤]

妙法(묘법)을 施說(시설)하시니, 저마다의 因緣(인연)으로 須陀洹(수타환)도 得(득)하며, 斯陀含(사타함)도 得(득)하며, 阿那含(아나함)도 得(득)하며, 阿羅漢(아라한)도 得(득)하며, 辟支佛(벽지불)의 因緣(인연)도 지으며, 無上道理(무상도리)를 發心(발심)하는 이도 있더라. 부처가 後(후)에 阿難(아난)이더러 이르시되 "이 東山(동산)은

妙뮿法법[13]을 施싱說웛ᄒᆞ시니[14] 제여곲[15] 因인緣원으로 須슝陁땅洹환[16]도 得득ᄒᆞ며 斯ᄉᆞ陁땅含함[17]도 得득ᄒᆞ며 阿ᅙᅡᆼ那낭含함[18]도 得득ᄒᆞ며 阿ᅙᅡᆼ羅랑漢한[19]도 得득ᄒᆞ며 辟벽支징佛뿛[20] 因인緣원도 지ᅀᅳ며[21] 無뭉上썅道똫理링[22]를 發벓心심ᄒᆞ리도[23] 잇더라 부톄 後ᅘᅮᇢ에 阿ᅙᅡᆼ難난이ᄃᆞ려[24] 니ᄅᆞ샤ᄃᆡ 이 東동山산ᄋᆞᆫ

---

13) 妙法: 묘법. 불교의 신기하고 묘한 법문(法文)이다.

14) 施說ᄒᆞ시니: 施說ᄒᆞ[시설하다: 施說(시설) + -ᄒᆞ(동접)-]- + -시(주높)- + -니(연어, 설명의 계속) ※ '施說(시설)'은 말씀을 베푸는 것이다.

15) 제여곲: 제여곰(제가끔, 저마다, 各者: 부사) + -ㅅ(-의: 관조)

16) 須陁洹: 수타환. 설법을 듣고 사제(四諦)의 이치를 깨달아 아라한(阿羅漢)이 되고자 하는 불제자를 성문(聲聞)이라고 한다. 그리고 성문들이 얻는 네 단계의 깨달음을 '성문사과(聲聞四果)'라고 하는데, 그 첫째 단계가 수타환이다. 무루도(無漏道)에 처음 참례하여 들어간 증과(證果)이다.

17) 斯陁含: 사타함. 성문사과(聲聞四果)의 둘째이다. 욕계(欲界)의 수혹 구품(修惑九品) 중 위의 육품(六品)을 끊은 이가 얻는 증과(證果)이다.

18) 阿那含: 아나함. 성문사과(聲聞四果)의 셋째이다. 욕계(欲界)에서 죽어 색계(色界)·무색계(無色界)에 태어나고는 번뇌(煩惱)가 없어져서 욕계에는 다시 돌아오지 아니한다는 뜻이다.

19) 阿羅漢: 아라한. 성문사과(聲聞四果)의 넷째이다. 소승의 교법을 수행하는 성문사과(聲聞四果)의 최고 경지로 온갖 번뇌를 끊고 사제(四諦)의 이치를 밝혀 그 이상 더 배우고 닦을 것이 없는 경지요, 불제자들이 도달할 수 있는 최고의 경지를 말한다.

20) 辟支佛: 벽지불. 독각(獨覺)·연각(緣覺)이라 번역한다. 스승 없이 홀로 수행하여 깨달은 자이며, 가르침에 의하지 않고 독자적으로 깨달은 자이다. 홀로 연기(緣起)의 이치를 주시하여 깨달은 자이며, 홀로 자신의 깨달음만을 구하는 수행자이다.

21) 지ᅀᅳ며: 짓(←짓다, ㅅ불: 짓다, 만들다, 製)- + -으며(연어, 나열)

22) 無上道理: 무상도리. 그 이상의 위가 없는 불타(佛陀) 정각(正覺)의 지혜(智慧)이다.

23) 發心ᄒᆞ리도: 發心ᄒᆞ[발심하다: 發心(발심: 명사) + -ᄒᆞ(동접)-]- + -ㄹ(관전) # 이(이, 사람, 者: 의명) + -도(보조사, 첨가) ※ '發心(발심)'은 불도의 깨달음을 얻고 중생을 제도하려는 마음을 일으키는 일이다.

24) 阿難이ᄃᆞ려: 阿難이[아난이: 阿難(아난: 인명) + -이(접미, 어조 고름)] + -ᄃᆞ려(-더러, -에게: 부조, 상대)

[40 앞]

須達(수달)이 산 것이요 나무와 꽃과 果實(과실)은 祇陀(기타)가 둔 것이니, 두 사람이 어울러서 精舍(정사)를 지었으니 이름을 太子祇陁樹給孤獨園(태자기타수급고독원)이라 하라.【須達(수달)이 精舍(정사)를 지을 적이 부처의 나이가 서른넷이시더니, 穆王(목왕) 여덟째의 해인 丁亥(정해)이다.】波斯匿王(파사닉왕)과 末利夫人(말리부인)이 부처를 보고 칭찬하여 이르되 "나의

須슝達딿이[25] 산 거시오[26] 나모와 곳과 果광實씷와는[27] 祇낑陁땅[28]이 뒷논[29] 거시니 두 사ᄅᆞ미 어우러[30] 精졍舍샹 지ᅀᆞ란ᄃᆡ[31] 일후믈 太탱子중祇낑陁땅樹쓩給급孤공獨똑園원[32]이라 ᄒᆞ라【須슝達딿이 精졍舍샹 지ᅀᅳᆯ[33] 저기 부텻 나히[34] 셜흔네히러시니[35] 穆목王왕[36] 여듧찻[37] ᄒᆡ 丁뎡亥ᅘᆡᆼ라[38]】波방斯숭匿닉王왕[39]과 末맗利링夫붕人신[40]괘 부텨 보ᅀᆞᆸ고 과ᄒᆞᅀᆞ바[41] 닐오ᄃᆡ 내

25) 須達ᄋᆡ: 須達(수달: 인명) + -ᄋᆡ(관조, 의미상 주격)

26) 거시오: 것(것: 의명) + -이(서조)- + -오(← -고: 연어, 나열)

27) 果實와ᄂᆞᆫ: 果實(과실, 과일) + -와(접조) + -ᄂᆞᆫ(보조사, 주제, 대조)

28) 祇陁: 기타. 중인도(中印度) 사위국(舍衛國) 바사닉왕(波斯匿王)의 태자(太子) 이름이다. 자기 소유(所有)의 기타림(祇陁林)을 세존(世尊)에게 바쳤다.

29) 뒷논: 두(두다, 置)- + -Ø(← -어: 연어) + 잇(← 이시다: 보용, 완료 지속)- + -ㄴ(← -ᄂᆞ-: 현시)- + -오(대상)- + -ㄴ(관전) ※ '뒷논'는 '두어 잇논'이 축약된 형태이다.

30) 어우러: 어울(어울리다, 합하다, 倂)- + -어(연어)

31) 지ᅀᆞ란ᄃᆡ: 짓(← 짓다, ㅅ불: 짓다, 만들다, 作)- + -ᄋᆞ란ᄃᆡ(-으니, -을진대: 연어) ※ '-ᄋᆞ란ᄃᆡ'는 앞 절의 일을 인정하면서, 그것을 뒤 절 일의 조건이나 이유, 근거로 삼음을 나타낸다.

32) 太子祇陁樹給孤獨園: 태자기타수급고독원. '태자인 기타(祇陁)의 나무와 급고독(給孤獨= 수달)의 동산'이라는 뜻이다.

33) 지ᅀᅳᆯ: 짓(← 짓다, ㅅ불: 짓다, 만들다, 作)- + -ᅳᆯ(관전)

34) 나히: 나ㅎ(나이, 齡) + -이(주조)

35) 셜흔네히러시니: 셜흔네ㅎ(서른넷, 三十四: 수사, 양수) + -이(서조)- + -러(← -더-: 회상)- + -시(주높)- + -니(연어, 설명의 계속)

36) 穆王: 목왕. 중국 주(周)나라의 제5대 왕이다. 이름은 희만(姬滿)이고, 소왕(昭王)의 아들이다. 기원전 10세기경 사람이다.

37) 여듧찻: 여듧차[여덟째(수사, 서수): 여듧(여덟, 八: 수사, 양수) + -차(-째: 접미, 서수)] + -ㅅ(-의: 관조)

38) 丁亥라: 丁亥(정해) + -Ø(← -이-: 서조)- + -Ø(현시)- + -라(← -다: 평종) ※ '丁亥(정해)'는 육십갑자의 스물넷째이다.

39) 波斯匿王: 파사닉왕. '波斯匿'은 산스크리트어 prasenajit, 팔리어 pasenadi의 음사이다. 싯다르타가 살아 있을 때에 코살라국(kosala國) 사위성(舍衛城)을 다스렸던 왕이다.

40) 末利夫人: 말리부인. 중인도 사위국의 성주인 파사닉왕의 부인이며, 승만부인(勝鬘夫人)의 어머니이다.

41) 과ᄒᆞᅀᆞ바: 과ᄒᆞ(칭찬하다, 矜)- + -ᅀᆞᆸ(← -ᄉᆞᆸ-: 객높)- + -아(연어)

[40 뒤]

ᄯᆞᆯ勝싱鬘만·이聰총明명ᄒᆞ니·부텨옷
·보ᅀᆞᄫᆞ면·당다·이得득道똫·ᄅᆞᆯ·ᄲᆞᆯ·리ᄒᆞ
·리·니·사ᄅᆞᆷ·브·려닐·어·ᅀᆞᄒᆞ·리로·다勝싱
鬘만·이:부텨功공德득·ᄋᆞᆯ듣ᄌᆞᆸ·고·깃·거
偈꼥·ᄅᆞᆯ:지·ᅀᅥ부텨·ᄅᆞᆯ·기·리ᅀᆞᆸ·고願원ᄒᆞ
·ᄃᆡ·부텨:나·ᄅᆞᆯ·어엿·비너·기·샤·나·ᄅᆞᆯ·보ᅀᆞᆸ
·게ᄒᆞ쇼·셔·ᄀᆞᆺ·그·리念념ᄒᆞᆫ·저·긔如ᅀᅧᆼ
來ᄅᆡᆼ忽홇然ᅀᅧᆫ·히虛헝空콩·애·오·샤無

딸 僧鬘(승만)이 聰明(총명)하니 부처만 보면 마땅히 得道(득도)를 빨리 하겠으니, 사람을 시키어 (승만에게) 일러야 하겠구나. 僧鬘(승만)이 부처의 功德(공덕)을 듣고 기뻐하여 偈(게)를 지어 부처를 기리고, 願(원)하되 "부처가 나를 불쌍히 여기시어 나를 보게 하소서." 이제 막 그렇게 念(염)하는 적에 如來(여래)가 忽然(홀연)히 虛空(허공)에 오시어

ᄯᆞᆯ[42] 勝싱鬘만[43]이 聰총明명ᄒᆞ니 부텨옷[44] 보ᅀᆞᄫᆞ면[45] 당다이[46] 得득道또ᇢᄅᆞᆯ ᄲᆞᆯ리[47] ᄒᆞ리니 사ᄅᆞᆷ 브려[48] 닐어ᅀᅡ[49] ᄒᆞ리로다[50] 勝싱鬘만이 부텻 功공德득[51]을 듣ᄌᆞᆸ고 깃거 偈꼥[52]ᄅᆞᆯ 지ᅀᅥ 부텨ᄅᆞᆯ 기리ᅀᆞᆸ고[53] 願원호ᄃᆡ 부톄 나ᄅᆞᆯ 어엿비[54] 너기샤 나ᄅᆞᆯ 보ᅀᆞᆸ게 ᄒᆞ쇼셔[55] ᄀᆞᆺ[56] 그리 念념ᄒᆞᄂᆞᆫ 저긔 如ᅀᅧᆼ來ᄅᆡᆼ 忽호ᇙ然ᅀᅧᆫ히[57] 虛헝空콩애 오샤

---

42) ᄯᆞᆯ: 딸, 女息.

43) 勝鬘: 승만(Srimali). 중인도 사위국의 파사닉왕과 말리부인 사이에서 난 공주이다. 석가로부터 장차 연등불이 될 것이라는 수기(授記)를 받은 비구니이다. 이후 부인은 열 가지 서원을 하여 스스로 계율로 삼았다. 이어 세 가지 큰 서원을 세워, 중생을 안락하게 하고, 바른 법의 지혜를 얻어 이를 목숨이 다할 때까지 지키고자 하였다.

44) 부텨옷: 부텨(부처, 佛) + -옷(← -곳: 보조사, 한정 강조)

45) 보ᅀᆞᄫᆞ면: 보(보다, 見)- + -ᅀᆞᇦ(← -ᅀᆞᆸ-: 객높)- + -ᄋᆞ면(연어, 조건)

46) 당다이: 마땅히, 반드시, 必(부사)

47) ᄲᆞᆯ리: [빨리, 速(부사): ᄲᆞᆯᄅ(← ᄲᆞᄅᆞ다: 빠르다, 速, 형사)- + -이(부접)]

48) 브려: 브리(부리다, 시키다, 使)- + -어(연어)

49) 닐어ᅀᅡ: 닐(← 니ᄅᆞ다: 이르다, 말하다, 曰)- + -어ᅀᅡ(-어야: 연어, 필연적 조건)

50) ᄒᆞ리로다: ᄒᆞ(하다: 보용, 필연)- + -리(미시)- + -로(← -도-: 감동)- + -다(평종)

51) 功德: 공덕. 좋은 일을 행한 덕으로 훌륭한 결과를 가져오게 하는 능력이다. 종교적으로 순수한 것을 진실공덕(眞實功德)이라 이르고, 세속적인 것을 부실공덕(不實功德)이라 한다.

52) 偈: 게. 부처의 공덕이나 가르침을 찬탄하는 노래 글귀이다. 가타(伽陀)라고도 한다.

53) 기리ᅀᆞᆸ고: 기리(기리다, 讚)- + -ᅀᆞᆸ(객높)- + -고(연어, 나열, 계기)

54) 어엿비: [불쌍히, 憐(부사): 어엿ᄇ(← 어엿브다: 불쌍하다, 憐: 형사)- + -이(부접)]

55) ᄒᆞ쇼셔: ᄒᆞ(하다: 보용, 사동)- + -쇼셔(-소서: 명종, 아주 높임)

56) ᄀᆞᆺ: 이제 막, 今方(부사)

57) 忽然히: [홀연히(부사): 忽然(홀연: 부사) + -ᄒ(← -ᄒᆞ-: 형접)- + -이(부접)]

無比身(무비신)을 現(현)하시어【無比身(무비신)은 비교할 데가 없는 몸이니, 부처의 몸이 여러 가지의 相(상)이 갖추어져 있으시어 비교할 데가 없으신 것이다.】勝鬘經(승만경)을 이르셨니라. ◯ 世尊(세존)이 拘耶尼國(구야니국)에 婆陁和菩薩(파타화보살)을 위하여 苦行般若(고행반야)를 이르시며【苦行般若(고행반야)를 이르신 것이 부처의 나이가 서른다섯이시더니, 穆王(목왕) 아홉째의 해인 戊子(무자)이다.】, 柳山(유산)에 계셔도 說法(설법)하시며【柳山(유산)에서

無뭉比빙身신[58]ᄋᆞᆯ 現현ᄒᆞ샤【無뭉比빙身신ᄋᆞᆫ 가ᄌᆞᆯᄫᅩᆯ[59] ᄯᅵ[60] 업슨 모미니 부텻 모미 여러 가짓 相샹이 ᄀᆞᄌᆞ샤[61] 가ᄌᆞᆯ비ᅀᆞᄫᆞᆯ[62] ᄯᅵ 업스실 ᄊᆡ라[63]】 勝싱鬘만經경[64]을 니르시니라[65] ○ 世솅尊존이 拘궁耶양尼닝國귁[66]에 婆빵陁땅和횅菩뽕薩삻[67] 위ᄒᆞ야 苦콩行ᅘᆼ般반若샹[68]ᄅᆞᆯ 니르시며【苦콩行ᅘᆼ般반若샹 니ᄅᆞ샤미 부텻 나히 셜흔다ᄉᆞ시러시니[69] 穆목王왕 아홉찻 ᄒᆡ 戊뭏子ᄌᆞᆼ[70] ㅣ라】 柳륳山산[71]애 겨샤도 說쉃法법ᄒᆞ시며【柳륳山산애셔

---

58) 無比身: 무비신. 부처의 이칭(異稱)이다. '無比身(무비신)'은 비교할 데가 없는 몸이니, 세존(世尊)은 워낙 거룩하여 세간(世間)에 비교할 대상이 없다는 뜻에서 이르는 말이다.

59) 가ᄌᆞᆯᄫᅩᆯ: 가ᄌᆞᆯᄫᅵ(비교하다, 견주다, 比)- + -오(대상)- + -ㄹ(관전)

60) ᄯᅵ: ᄯᅵ(← ᄃᆡ: 데, 處, 의명) + -∅(← -이: 주조)

61) ᄀᆞᄌᆞ샤: ᄀᆞᆽ(갖추어져 있다, 備)- + -ᄋᆞ샤(← -ᄋᆞ시-: 주높)- + -∅(← -아: 연어)

62) 가ᄌᆞᆯ비ᅀᆞᄫᆞᆯ: 가ᄌᆞᆯ비(비교하다, 견주다, 比)- + -ᅀᆞᇦ(← -ᄉᆞᆸ-: 객높)- + -ᄋᆞᆯ(관전)

63) ᄊᆡ라: ᄊᆞ(← ᄉᆞ: 것, 의명) + -이(서조)- + -∅(현시)- + -라(← -다: 평종)

64) 勝鬘經: 승만경. 승만경(勝鬘經)의 원래 이름은 '승만사자후일승대방편방광경(勝鬘獅子吼一乘大方便方廣經)'이다. 이 경은 재가(在家)의 승만 부인이 부처님 앞에서 법을 말하고, 부처님이 이를 인가하는 방식으로 전개되고 있다. 또한 이 경은 유마경(維摩經)과 같이 출가 중심주의와 형식주의에 치우치는 불교에 반대하고, 재가의 수행을 강조하였다.

65) 니르시니라: 니르(이르다, 말하다, 說言)- + -시(주높)- + -∅(과시)- + -니(원칙)- + -라(← -다: 평종)

66) 拘耶尼國: 구야니국. 구야니는 수미산 서쪽에 있다는 큰 대륙의 이름이다.(= 구타니, 구다니)

67) 婆陁和菩薩: 파타화보살.

68) 苦行般若: 고행반야. 고행을 통하여 얻게 되는 반야의 경지이다. 반야(般若)는 범어로는 프라즈나(prajna)이며, 인간이 진실한 생명을 깨달았을 때에 나타나는 근원적인 지혜를 말한다.

69) 다ᄉᆞ시러시니: 다ᄉᆞᆺ(다섯, 五: 수사, 양수) + -이(서조)- + -러(← -더-: 회상)- + -시(주높)- + -니(연어, 설명의 계속)

70) 戊子: 무자. 육십갑자의 스물다섯째이다.

71) 柳山: 유산. 산의 이름이다.

[41 뒤]

說法(설법)하신 것이 부처의 나이가 서른여섯이시더니, 穆王(목왕) 열째의 해인 己丑(기축)이다. 】 穢澤(예택)에 계셔도 說法(설법)하시며 【 穢澤(예택)에서 說法(설법)하신 것이 부처의 나이 서른일곱이시더니, 穆王(목왕) 열한째 해인 庚寅(경인)이다. 】, 舍衛國(사위국)과 摩竭國(마갈국) 사이에 鸚鵡林(앵무림)이 있더니, 鸚鵡王(앵무왕)이 부처를 請(청)하거늘 부처가 比丘(비구)를 데리시고 들어서 앉으시니, 鸚鵡(앵무)들이 부처를

說ᄉᆑᇙ法법ᄒᆞ샤미[72] 부텻 나히 셜흔여스시러시니 穆목王왕 열찻 ᄒᆡ 己깅丑ᄐᆛᇢ[73] ㅣ라】 穢ᅙᅰᆼ澤띡[74]애 겨샤도 說ᄉᆑᇙ法법ᄒᆞ시며【穢ᅙᅰᆼ澤띡애셔 說ᄉᆑᇙ法법ᄒᆞ샤미 부텻 나히 셜흔닐구비러시니 穆목王왕 열ᄒᆞᆫ찻 ᄒᆡ 庚깅寅인[75]이라】 舍샹衛윙國귁[76]과 摩망竭ᄁᆑᇙ國귁[77] ᄉᆞᅀᅵ예[78] 鸚ᅙᅵᆼ鵡뭉林림[79]이 잇더니 鸚ᅙᅵᆼ鵡뭉王왕[80]이 부텨를 請쳥ᄒᆞᅀᆞᄫᆞᄂᆞᆯ[81] 부톄 比삥丘쿻[82] ᄃᆞ리시고[83] ᄃᆞ려 안ᄌᆞ신대[84] 鸚ᅙᅵᆼ鵡뭉ᄃᆞᆯ히[85] 부텨를

---

72) 說法ᄒᆞ샤미: 說法ᄒᆞ[설법하다: 說法(설법: 명사) + -ᄒᆞ(동접)-]- + -샤(← -시-: 주높)- + -ㅁ(← 옴: 명전) + -이(주조)

73) 己丑: 기축. 육십갑자의 스물여섯째이다.

74) 穢澤: 예택. 지명이다.

75) 庚寅: 경인. 육십갑자(六十甲子)의 스물일곱째이다.

76) 舍衛國: 사위국. 고대 인도의 도시이다. 쉬라바스티(śrāvasti)를 한역하여 사위성(舍衛城) 또는 사위국(舍衛國)이라고 한다. 석가(釋迦)시대 갠지스강 유역의 한 강국이었던 코살라국의 수도로서 북인도의 교통로가 모이는 장소로 상업상으로도 중요한 곳이었고, 성 밖에는 기원정사(祇園精舍)가 있다.

77) 摩竭國: 산스크리트어, 팔리어 magadha의 음사이다. 중인도의 동부, 지금의 비하르(Bihar)의 남쪽 지역에 있던 고대 국가로서 도읍지는 왕사성(王舍城)이다.

78) ᄉᆞᅀᅵ예: ᄉᆞᅀᅵ(사이, 間) + -예(← -에: 부조, 위치)

79) 鸚鵡林: 앵무림. 앵무새가 사는 숲이다.

80) 鸚鵡王: 앵무왕. 앵무새의 왕이다.

81) 請ᄒᆞᅀᆞᄫᆞᄂᆞᆯ: 請ᄒᆞ[청하다: 請(청: 명사) + -ᄒᆞ(동접)-]- + -ᅀᆞᇦ(← -ᄉᆞᆸ-: 객높)- + -아ᄂᆞᆯ(-거늘: 연어, 상황)

82) 比丘: 비구. 남자 중이다.

83) ᄃᆞ리시고: ᄃᆞ리(데리다, 伴)- + -시(주높)- + -고(연어, 나열, 계기)

84) 안ᄌᆞ신대: 앉(앉다, 坐)- + -ᄋᆞ시(주높)- + -ㄴ대(-는데, -니: 연어, 설명의 계속)

85) 鸚鵡ᄃᆞᆯ히: 鸚鵡ᄃᆞᆶ[앵무들: 鸚鵡(앵무) + -ᄃᆞᆶ(-들: 복접)] + -이(주조)

[42 앞]

보고 기쁜 마음을 내어 한 날에 命終(명종)하여 忉利天(도리천)에 났니라. 世尊(세존)이 摩竭國(마갈국)에 돌아오시어 弗沙王(불사왕)을 위하여 說法(설법)하시며 【 摩竭國(마갈국)에 도라오신 것이 부처의 나이가 서른여덟이시더니, 穆王(목왕) 열두째의 해인 辛卯(신묘)이다. 】, 鷲峯山(취봉산)에서 숨으시면 忉利宮(도리궁)에 나시고, 須彌山(수미산)에서 숨으시면 炎摩宮(염마궁)에 보숩고 깃븐[86] ᄆᆞᅀᆞᄆᆞᆯ 내야 ᄒᆞᆫ 날 命명終즁ᄒᆞ야[87] 忉돟利링天텬에 나니라[88] 世솅尊존이 摩망竭꿣國귁에 도라오샤 弗붏沙상王왕[89] 위ᄒᆞ야 說쉻法법ᄒᆞ시며【摩망竭꿣陁땅國귁에 도라오샤미[90] 부텻 나히 셜흔여듧비러시니 穆목王왕 열둘찻 ᄒᆡ 辛신卯묳[91] ㅣ라】鷲쯓峯퐁山산애셔[92] 수므시면[93] 忉돟利링宮궁[94]의 나시고 須슝彌밍山산[95]애셔 수므시면 炎염摩망宮궁[96]의

86) 깃븐: 깃브[기쁘다, 喜: 귉(기뻐하다, 歡: 동사)- + -브(형접)-]- + -Ø(현시)- + -ㄴ(관전)

87) 命終ᄒᆞ야: 命終ᄒᆞ[명종하다: 命終(명종: 명사) + -ᄒᆞ(동접)-]- + -야(← -아: 연어) ※ '命終(명종)'은 목숨을 마치는 것이다.

88) 나니라: 나(나다, 出)- + -Ø(과시)- + -니(원칙)- + -라(← -다: 평종)

89) 弗沙王: 불사왕. 왕의 이름이다.

90) 도라오샤미: 도라오[돌아오다, 歸: 돌(돌다, 回)- + -아(연어) + 오(오다, 來)]- + -샤(← -시-: 주높)- + -ㅁ(← -옴: 명전) + -이(주조)

91) 辛卯: 신묘. 육십갑자의 스물여덟째이다.

92) 鷲峯山애셔: 鷲峯山(취봉산) + -애(-에: 부조, 위치) + -셔(-서: 보조사, 위치 강조)

93) 수므시면: 숨(숨다, 隱)- + -으시(주높)- + -면(연어, 조건)

94) 忉利宮: 도리궁. 도리천(忉利天)에 있는 궁전이다.

95) 須彌山: 수미산. 불교의 우주관에서, 세계의 중앙에 있다는 산이다. 꼭대기에는 제석천이, 중턱에는 사천왕이 살고 있으며, 그 높이는 물 위로 팔만 유순이고 물속으로 팔만 유순이며, 가로의 길이도 이와 같다고 한다. 북쪽은 황금, 동쪽은 은, 남쪽은 유리, 서쪽은 파리(玻璃)로 되어 있고, 해와 달이 그 주위를 돌며 보광(寶光)을 반영하여 사방의 허공을 비추고 있다. 산 주위에 칠금산이 둘러섰고 수미산과 칠금산 사이에 칠해(七海)가 있으며 칠금산 밖에는 함해(鹹海)가 있고 함해 속에 사대주가 있으며 함해 건너에 철위산이 둘러 있다.

96) 炎摩宮: 염마국(炎摩國)에 있는 궁전이다. 염마국은 불교에서 '저승'을 달리 이르는 말로서, 염라대왕(閻羅大王)이 다스리는 나라라는 뜻이다.

[42 뒤]

나시어【炎摩宮(염마궁)은 夜摩宮(야마궁)이다.】華嚴(화엄) 等(등)의 經(경)을 이르시며, 恐懼樹(공구수) 아래에 계시어 彌勒(미륵)을 위하여 修行本起經(수행본기경)을 이르시며【本(본)은 根源(근원)이요 起(기)는 일어나는 것이니, 修行本起經(수행본기경)은 修行(수행)의 根源(근원)을 일으키신 가장 첫 根源(근원)을 이른 經(경)이다. 彌勒(미륵) 위하여 說法(설법)하신 것이 부처의 나이가 서른아홉이시더니, 穆王(목왕) 열세째의 해인 壬辰(임진)이다.】, 迦毗羅國(가비라국)에 돌아오시어 淨飯王(정반왕)

나샤【炎염摩망宮궁은 夜양摩망宮궁이라】華ᅘᅪᆼ嚴엄[97] 等등 經경을 니르시며 恐콩懼꿍樹쓩[98] 아래 겨샤 彌밍勒륵[99] 위ᄒᆞ야 修슣行ᅘᆡᆼ本본起킝經경[100]을 니르시며【本본ᄋᆞᆫ 根근源원이오 起킝ᄂᆞᆫ 닐[1] 씨니 修슣行ᅘᆡᆼ本본起킝經경은 修슣行ᅘᆡᆼㅅ 根근源원 니르와ᄃᆞ샨[2] ᄆᆞᆺ 첫 根근源원을 닐온[3] 經경이라 彌밍勒륵 위ᄒᆞ야 說ᄉᆐᇙ法법ᄒᆞ샤미 부텻 나히 셜흔아호비러시니 穆목王왕 열세찻 ᄒᆡ 壬심辰씬[4]이라】迦강毗삥羅랑國귁[5]에 도라오샤 淨쪙飯뻔王왕[6]

97) 華嚴: 화엄. 석가모니가 성도(成道)한 깨달음의 내용을 그대로 설법한 경문(經文)이다. 법계 평등(法界平等)의 진리를 증오(證悟)한 부처의 만행(萬行)과 만덕(萬德)을 칭양하고 있다. 정식 이름은 대방광불화엄경(大方廣佛華嚴經)이다.

98) 恐懼樹: 공구수. 나무의 이름이다.

99) 彌勒: 미륵. 석가모니불의 뒤를 이어 57억 년 후에 세상에 출현하여 석가모니불이 구제하지 못한 중생을 구제할 미래의 부처이다. 인도 파라나국의 브라만 집안에서 태어나 석가모니의 교화를 받고, 미래에 부처가 될 수기(受記)를 받은 후 도솔천에 올라갔다.

100) 修行本起經: 수행본기경. 석가모니 부처의 전생과, 현생에서 출가하여 깨달음을 이루고 나서 처음으로 두 상인(商人)으로부터 음식을 공양 받고, 그들에게 설법하여 교화하기까지의 행적을 설한 경이다. 전 2권. 중국의 후한(後漢) 시대에 축대력(竺大力)과 강맹상(康孟詳)이 한문으로 번역하였다.

1) 닐: 닐(일어나다, 起)-+-ㄹ(관전)

2) 니르와ᄃᆞ샨: 니르왇[일으키다, 起: 닐(일어나다, 起: 자동)-+-으(사접)-+-왇(강접)-]-+-ᄋᆞ샤(←-ᄋᆞ시-: 주높)-+-Ø(과시)-+-Ø(←-오-: 대상)-+-ㄴ(관전)

3) 닐온: 닐(←니ᄅᆞ다: 이르다, 말하다, 曰)-+-Ø(과시)-+-오(대상)-+-ㄴ(관전)

4) 壬辰: 임진. 육십갑자의 스물아홉째이다.

5) 迦毗羅國: 가비라국. 석가모니(釋迦牟尼)의 아버님인 정반왕(淨飯王)이 다스리던 나라로서, 싯타르타(悉達多) 태자(太子)가 태어난 곳이다. 머리 빛이 누른 선인(仙人)이 이 나라에서 도리(道理)를 닦았으므로 가비라국(迦毗羅國)이라고 함. 가비라위(迦毗羅衛)라고도 하고, 가유위(迦維衛)라고도 하며, 가이(迦夷)라고도 한다.

6) 淨飯王: 정반왕. 중인도 가비라위국의 왕이다. 구리성의 왕인 선각왕의 누이동생인 마야를 왕비로 맞았다. 왕비가 싯다르타(석가)를 낳고 죽자 그녀의 동생을 후계 왕비로 맞아들여 싯다르타를 기르게 하였으며, 그 후에 그녀에게서 난타(難陀)가 태어났다.

위하여 說法(설법)하시며【淨飯王(정반왕)을 위하여 說法(설법)하신 것이 부처의 나이가 마흔이더시니, 穆王(목왕) 열네째의 해인 癸巳(계사)이다.】, 難陀龍王(난타용왕) 宮(궁)의 寶樓(보루) 中(중)에 계시어 大雲輪請雨經(대운륜청우경)을 이르시며【大雲輪請雨經(대운륜청우경)은 부처가 優婆難陀龍王宮(우파난타용왕궁) 內(내)에 大雲輪殿寶樓閣(대운륜전보루각) 中(중)에 있으시거늘 三千大千世界(삼천대천세계)에 있는 龍王(용왕)의 中(중)에 가장 으뜸가는 無邊莊嚴海雲威德輪蓋龍王(무변장엄해운위덕윤개용왕)이 閻浮提(염부제)에

위ᄒᆞ야 說쉻法법ᄒᆞ시며【淨쪙飯뻔王왕 위ᄒᆞ야 說쉻法법ᄒᆞ샤미 부텻 나히 마ᅀᆞ니러시니 穆목王왕 열네찻 ᄒᆡ 癸귕巳ᄊᆞᆼ[7]ㅣ라】 難난陁땅龍룡王왕[8] 宮궁[9] 寶볼樓룰[10] 中듕에 겨샤 大땡雲운輪륜請쳥雨웅經경[11]을 니르시며【大땡雲운輪륜請쳥雨웅經경은 부톄 優훌婆빵難난陁땅龍룡王왕宮궁 內뇡예 大땡雲운輪륜殿뗜寶볼樓룰閣각 中듕에 잇거시ᄂᆞᆯ[12] 三삼千쳔大땡千쳔世솅界갱 龍룡王왕ㅅ 中듕에 ᄆᆞᆺ[13] 위두ᄒᆞᆫ[14] 無뭉邊변莊장嚴엄海ᄒᆡᆼ雲운威휭德득輪륜蓋갱龍룡王왕[15]이 閻염浮뿧提똉[16]예

7) 癸巳: 계사. 육십갑자의 서른째이다.

8) 難陀龍王: 난타용왕. 난타(難陀)는 산스크리트어 nanda의 음사인데, '환희(歡喜)'라고 번역한다. 난타용왕은 팔대용왕(八大龍王)의 하나인데, 팔대용왕 가운데 우두머리이다. 참고로 팔대 용왕은 불법을 옹호하는 선신(善神)으로 존경받는 여덟 용왕(龍王)인 '난타용왕(難陁龍王), 발난타용왕(跋難陁龍王), 사가라용왕(娑伽羅龍王), 화수길용왕(和修吉龍王), 덕차가용왕(德叉迦龍王), 아나바달다용왕(阿那婆達多龍王), 마나사용왕(摩那斯龍王), 우발라용왕(優鉢羅龍王)'을 말한다.

9) 宮: 궁. 궁전(宮殿)을 이른다.

10) 寶樓: 보루. '누(樓)'를 아름답게 이르는 말이다. '누(樓)'는 누각(樓閣)을 이르는 말로서, 사방을 바라볼 수 있도록 문과 벽이 없이 다락처럼 높이 지은 집이다.

11) 大雲輪請雨經: 대운윤청우경. 6세기 말 인도 출신의 학승 나련제야사가 번역하였다. 2권으로 된 이 경은 용(龍)들이 모든 고통을 없애고 소원대로 비를 오게 하려면 자비심을 가지고 부처들의 이름이나 진언을 외우면서 기도를 드려야 한다는 것을 설법하고 있다.

12) 잇거시ᄂᆞᆯ: 잇(← 이시다: 있다, 在)- + -시(주높)- + -거…ᄂᆞᆯ(-거늘: 연어, 상황)

13) ᄆᆞᆺ: 가장, 제일, 第一(부사)

14) 위두ᄒᆞᆫ: 위두ᄒᆞ[으뜸가다, 第一: 위두(으뜸: 명사) + -ᄒᆞ(동접)-]- + -Ø(과시)- + -ㄴ(관전)

15) 無邊莊嚴海雲威德輪蓋龍王: 무변장엄해운위덕윤개용왕. 용왕(龍王)의 이름이다.

16) 閻浮提: 염부제. 사주(四洲)의 하나이다. 수미산 남쪽에 있다는 대륙으로, 인간들이 사는 곳이며, 여러 부처가 나타나는 곳은 사주(四洲) 가운데 이곳뿐이라고 한다. 참고로 '사주(四洲)'는 수미산을 중심으로 한 사방의 세계이다. 남쪽의 '섬부주(贍部洲)', 동쪽의 '승신주(勝神洲)', 서쪽의 '우화주(牛貨洲)', 북쪽의 '구로주(俱盧洲)'가 있다.

[43 뒤]

비가 오게 하여 草木(초목)이며 곡식이며 자라게 하는 일을 請(청)하거늘, 부처가 이르신 經(경)이다.】, 楞伽頂(능가정)에 가시어【楞伽頂(능가정)은 楞伽山(능가산)의 꼭대기이다.】入楞伽山經(입능가산경)을 이르시며【入楞伽山經(입능가산경)은 楞伽山(능가산)에 들어가 이르신 經(경)이다. 楞伽山(능가산)이 南天竺(남천축)의 바닷가에 있나니, 神通(신통)이 있는 사람이라야 가느니라.】, 寶陀巖(보타암)에 가시어 十一面觀自在經(십일면관자재경)을 이르시더라.【補陀(보타)는 작은 흰 꽃이다 하는 말이니

비 오게 ᄒᆞ야 草촣木목이며 (나)디며[17] ᄌᆞ라게[18] 홀 이ᄅᆞᆯ 請청ᄒᆞᅀᆞ바ᄂᆞᆯ[19] 부텨 니ᄅᆞ샨[20] 經경이라 】 楞릉伽꺙頂뎡[21]에 가샤 【 楞릉伽꺙頂뎡은 楞릉伽꺙山산[22]ㅅ 뎡바기라[23] 】 入십楞릉伽꺙山산經경을 니르시며 【 入십楞릉伽꺙山산經경은 楞릉伽꺙山산애 드러가 니ᄅᆞ샨 經경이라 楞릉伽꺙山산이 南남天텬竺듁[24] 바ᄅᆞᆳᄀᆞ새[25] 잇ᄂᆞ니 神씬通통[26] 잇ᄂᆞᆫ 사ᄅᆞ미ᅀᅡ[27] 가ᄂᆞ니라[28] 】 補봉陁땅巖암애 가샤 十씹一ᅙᅵᇙ面면觀관自ᄍᆞᆼ在ᄍᆡᆼ經경[29]을 니르더시다 【 補봉陁땅ᄂᆞᆫ 혀근[30] 힌[31] 고지라[32] ᄒᆞ논 마리니

17) 나디며: 낟(곡식, 穀) + -이며(접조) ※ 원문에서 '□디며'와 같이 첫 음절의 글자를 판독할 수 없다. 여기서는 허웅(1991:31)의 추정에 따라서 '나디며'로 잡았다.

18) ᄌᆞ라게: ᄌᆞ라(자라다, 長)- + -게(연어, 사동)

19) 請ᄒᆞᅀᆞ바ᄂᆞᆯ: 請ᄒᆞ[청하다: 請(청: 명사) + -ᄒᆞ(동접)-]- + -ᅀᆞᇦ(← -ᅀᆞᆸ-: 객높)- + -아ᄂᆞᆯ(-거늘: 연어, 상황)

20) 니ᄅᆞ샨: 니ᄅᆞ(이르다, 말하다, 曰)- + -샤(← -시-: 주높)- + -Ø(과시)- + -Ø(← -오-: 대상)- + -ㄴ(관전)

21) 楞伽頂: 능가정. 능가산(楞伽山)의 정상이다. 능가산은 인도의 남해안에 있는 산 이름이다.

22) 楞伽山: 능가산. '楞伽(능가)'는 랑카의 음역이다. 인도의 남해안에 있는 산 이름이다. 혹은 현재의 스리랑카에 있는 아담스 피크 산을 가리킨다고 한다. 이 산은 능가경(楞伽經)이 설(說)해진 산인데, 산 정상에는 부처의 족적(足跡)이 남아 있다고 한다.

23) 뎡바기라: 뎡바기(정바기, 꼭대기, 頂) + -이(서조)- + -Ø(현시)- + -라(← -다: 평종)

24) 南天竺: 남천축. 인도의 남쪽 지방을 이른다.

25) 바ᄅᆞᆳᄀᆞ새: 바ᄅᆞᆳᄀᆞᇫ[← 바ᄅᆞᆳᄀᆞᆺ(바닷가, 海邊): 바ᄅᆞᆯ(바다, 海) + -ㅅ(관조, 사잇) + ᄀᆞᇫ(← ᄀᆞᆺ: 가, 邊)] + -애(-에: 부조, 위치)

26) 神通: 신통. 신통력. 무슨 일이든지 해낼 수 있는 영묘하고 불가사의한 힘이나 능력이다.

27) 사ᄅᆞ미ᅀᅡ: 사ᄅᆞᆷ(사람, 人) + -이(주조)- + -ᅀᅡ(-야: 보조사, 한정 강조)

28) 가ᄂᆞ니라: 가(가다, 去)- + -ᄂᆞ(현시)- + -니(원칙)- + -라(← -다: 평종)

29) 十一面觀自在經: 십일면관자재경. 십일면관음(十一面觀音)을 여러 형태로 공양하는 내용을 적은 경(經)이다. ※ '十一面觀音(십일면관음)'은 아수라도의 중생을 구제하는 보살로, 머리 위에 다양한 표정을 한 열한 개의 조그만 얼굴이 있다. 맨 위의 얼굴은 불과(佛果)를 나타내고, 전후 좌우에 있는 열 개의 얼굴은 보살이 수행하는 계위(階位)인 십지(十地)를 나타낸다.

30) 혀근: 혁(작다, 小)- + -Ø(현시)- + -ㄴ(관전)

31) 힌: 희(희다, 白)- + -Ø(현시)- + -ㄴ(관전)

32) 고지라: 곶(꽃, 花) + -이(서조)- + -Ø(현시)- + -라(← -다: 평종)

[44 앞]

이 山(산)에 이 꽃이 많이 있어 香(향)내가 멀리 나나니, 觀自在菩薩(관자재보살)이 계신 땅이다. 巖(암)은 바위이다. 十一(십일) 面(면)은 열한 낯이니 열한 낯이 있는 觀自在菩薩(관자재보살)의 相(상)을 만들어 供養(공양)하는 일을 이르신 經(경)이다. 】 懼師羅(구사라) 長者(장자)가 키가 석 자이더니 부처도 석 자의 몸이 되시어 敎化(교화)하시더라. 부처가 여러 나라에 두루 다니시어 舍衛國(사위국)에 오래 아니 와 있으시더니, 須達(수달)이 長常(장상) 그리워하여 이 山산애 이 고지 만히[33] 이셔[34] 香향내[35] 머리[36] 나ᄂᆞ니 觀관自ᄍᆞᆼ在ᄶᆡᆼ菩뽕薩삻[37] 겨신 ᄯᅡ히라[38] 巖암ᄋᆞᆫ 바회라[39] 十씹一ᅙᅵᇙ 面면은 열ᄒᆞᆫ ᄂᆞ치니[40] 열ᄒᆞᆫ ᄂᆞᆾ[41] 觀관自ᄍᆞᆼ在ᄶᆡᆼ菩뽕薩삻[42]ㅅ 相샹ᄋᆞᆯ ᄆᆡᇰᄀᆞ라[43] 供공養양ᄒᆞᅀᆞᄫᅩᆯ[44] 일 니ᄅᆞ샨 經경이라】

懼궁師ᄉᆞᆼ羅랑 長댱者쟝ㅣ 킈[45] 석 자히러니[46] 부텨도 석 잣 모미 ᄃᆞ외샤 敎ᄀᆞᇢ化황ᄒᆞ더시다 부톄 여러 나라해 두루 ᄃᆞᆮ니샤[47] 舍샹衛윙國귁에 오래[48] 아니 왯더시니[49] 須슝達�이 長땽常썅[50] 그리ᅀᆞᄫᅡ[51]

---

33) 만히: [많이, 多(부사): 많(← 만ᄒᆞ다: 많다, 多, 형사)- + -이(부접)]

34) 이셔: 이시(있다, 有)- + -어(연어)

35) 香내: 香내[향내: 香(향: 명사) + 내(냄새, 臭)] + -Ø(← -이: 주조)

36) 머리: [멀리, 遠(부사): 멀(멀다, 遠: 형사)- + -이(부접)]

37) 觀自在菩薩: 관자재보살. 아미타불(阿彌陀佛)의 왼편에서 중생 교화를 돕는 보살로서 사보살(四菩薩)의 하나이다. 세상의 소리를 들어 알 수 있는 보살이므로, 중생이 고통 가운데서 열심히 이 이름을 외면 도움을 받게 된다.

38) ᄯᅡ히라: ᄯᅡᇂ(땅, 地) + -이(서조)- + -Ø(현시)- + -라(← -다: 평종)

39) 바회라: 바회(바위, 巖) + -이(서조)- + -Ø(현시)- + -라(← -다: 평종)

40) ᄂᆞ치니: ᄂᆞᆾ(낯, 面) + -이(서조)- + -Ø(현시)- + -라(← -다: 평종)

41) ᄂᆞ칫: ᄂᆞᆾ(낯, 面) + -ᄋᆡ(-에: 부조) + -ㅅ(-의: 관조)

42) 十一面觀自在菩薩: 십일면관자재보살. 11개의 얼굴을 가지고 있는 관세음보살으로서, 정식 명칭은 '십일면 관세음보살'이다. 각각의 얼굴은 모두 관세음보살의 특성을 구체적으로 형상화시킨 것이며, 한국에서는 석굴암의 본존불(本尊佛) 뒤에 있는 관음보살상 부조(浮彫)가 유명하다.

43) ᄆᆡᇰᄀᆞ라: ᄆᆡᇰᄀᆞᆯ(만들다, 製)- + -아(연어)

44) 供養ᄒᆞᅀᆞᄫᅩᆯ: 供養ᄒᆞ[공양하다: 供養(공양: 명사) + -ᄒᆞ(동접)-]- + -ᅀᆞᇦ(← -ᄉᆞᆸ-: 객높)- + -오(대상)- + -ㄹ(관전)

45) 킈: 킈[키, 身長: 크(크다, 長: 형사) + -의(명접)] + -Ø(← -이: 주조)

46) 자히러니: 잫(자, 尺: 의명) + -이(서조)- + -러(← -더-: 회상)- + -니(연어, 설명의 계속)

47) ᄃᆞᆮ니샤: ᄃᆞᆮ니[다니다, 行: ᄃᆞᆮ(달리다, 走)- + 니(가다, 行)-]- + -샤(← -시-: 주높)- + -Ø(← -아: 연어)

48) 오래: [오래, 久(부사): 오라(오래다, 久: 형사)- + -ㅣ(← -이: 부접)]

49) 왯더시니: 오(오다, 來)- + -아(연어) + 잇(← 이시다: 있다, 보용, 완료 지속)- + -더(회상)- + -시(주높)- + -니(연어, 설명의 계속) ※ '왯더시니'는 '와 잇더시니'가 축약된 형태이다.

50) 長常: 장상, 항상, 常(부사)

51) 그리ᅀᆞᄫᅡ: 그리(그리다, 戀)- + -ᅀᆞᇦ(← -ᄉᆞᆸ-: 객높)- + -아(연어)

서러워하더니, 부처가 오시거늘 보고 사뢰되 "나에게 조그마한 것을 주시면 늘 供養(공양)하고 싶습니다." 부처가 머리와 손톱을 베어서 주시니, 須達(수달)이 塔(탑)을 세우고 堀(굴)을 만들고 種種(종종)으로 莊嚴(장엄)하고 供養(공양)하더라. 須達(수달)이 病(병)하여 있거늘 부처가 가서 보시고 "阿那含(아나함)을 得(득)하리라." 이르셨니라.

셜ᄫᅥᄒᆞ더니[52] 부톄 오나시ᄂᆞᆯ[53] 보ᅀᆞᄫᅡ ᄉᆞᆯᄫᅩᄃᆡ 나ᄅᆞᆯ[54] 죠고맛[55] 거슬 주어시든[56] 샹녜[57] 供공養양ᄒᆞᅀᆞᄫᅡ[58] 지이다[59] 부톄 마리와[60] 손톱과ᄅᆞᆯ[61] 바혀[62] 주신대 須슝達땅이 塔탑 셰오[63] 堀콣 짓고 種죵種죵 莊장嚴엄ᄒᆞ고[64] 供공養양ᄒᆞᅀᆞᆸ더라 須슝達땅이 病뼝ᄒᆞ얫거늘[65] 부톄 가아 보시고 阿항那낭含함[66]ᄋᆞᆯ 得득ᄒᆞ리라 니ᄅᆞ시니라[67]

---

52) 셜ᄫᅥᄒᆞ더니: 셜ᄫᅥᄒᆞ[설워하다, 悲: 셟(← 셟다, ㅂ불: 서럽다, 悲)- + -어(연어) + ᄒᆞ(하다, 爲]- + -더(회상)- + -니(연어, 설명의 계속)

53) 오나시ᄂᆞᆯ: 오(오다, 來)- + -시(주높)- + -나…ᄂᆞᆯ(-거늘: 연어, 상황)

54) 나ᄅᆞᆯ: 나(나, 我: 인대, 1인칭) + -ᄅᆞᆯ(목조, 보조사적 용법, 의미상 부사격) ※ 여기서 '나ᄅᆞᆯ'에 쓰인 '-ᄅᆞᆯ'은 보조사적인 용법(강조 용법)으로 쓰였다.

55) 죠고맛: 죠고마(조금, 小: 명사) + -ㅅ(-의: 관조) ※ '죠고맛'은 '조그마한'으로 의역하여 옮긴다.

56) 주어시든: 주(주다, 授)- + -시(주높)- + -어…든(-거든: 연어, 조건)

57) 샹녜: 늘, 항상, 常(부사)

58) 供養ᄒᆞᅀᆞᄫᅡ: 供養ᄒᆞ[공양하다: 供養(공양: 명사) + -ᄒᆞ(동접)-]- + -ᅀᆞᄫ(← -ᅀᆞᆸ-: 객높)- + -아(연어)

59) 지이다: 지(싶다: 보용, 희망)- + -이(상높, 아주 높임)- + -다(평종)

60) 마리와: 마리(머리, 머리털, 頭髮) + -와(← -과: 접조)

61) 손톱과ᄅᆞᆯ: 손톱[손톱, 爪: 손(손, 手) + 톱(톱, 爪)] + -과(접조) + -ᄅᆞᆯ(목조)

62) 바혀: 바히[베다, 割: 밯(베어지다, 割: 자동)- + -이(사접)-]- + -어(연어)

63) 셰오: 셰[세우다, 建立: 셔(서다, 立)- + -ㅣ(← -이-: 사접)-]- + -오(← -고: 연어, 나열, 계기)

64) 莊嚴ᄒᆞ고: 莊嚴ᄒᆞ[장엄하다: 莊嚴(장엄: 명사)- + -ᄒᆞ(동접)-]- + -고(연어, 계기) ※ '莊嚴(장엄)'은 향이나 꽃 따위를 부처에게 올려 장식하는 일이다.

65) 病ᄒᆞ얫거늘: 病ᄒᆞ[병하다: 病(병: 명사) + -ᄒᆞ(동접)-]- + -야(← -아: 연어) + 잇(← 이시다: 있다)- + -거늘(연어, 상황) ※ '病ᄒᆞ얫거늘'은 '病ᄒᆞ야 잇거늘'이 축약된 형태이다.

66) 阿那含: 아나함. 성문사과(聲聞四果)의 셋째이다. 욕계(欲界)에서 죽어 색계(色界)·무색계(無色界)에 태어나고는 번뇌(煩惱)가 없어져서 욕계에는 다시 돌아오지 아니한다는 뜻이다.

67) 니ᄅᆞ시니라: 니ᄅᆞ(이르다, 말하다, 曰)- + -시(주높)- + -Ø(과시)- + -니(원칙)- + -라(← -다: 평종)

[45앞]

·명終즁ᄒᆞ·야兜둫率솛天텬·에·가·아兜
둫率솛天텬子ᄌᆞᆼ ㅣ ᄃᆞ외·야世·솅尊존
:뵈ᅀᆞᆸ고·져너·겨·즉자·히ᄂᆞ·려·와世솅尊
존:ᄭᅴ:뵈ᅀᆞ·바머·리:조ᅀᆞᆸ·고ᄒᆞᆫ녀·긔안ᄌᆞ
·니·그:저·긔兜둫率솛天텬子ᄌᆞᆼ ㅣ 모·매
放·방光광ᄒᆞ·야祇낑樹쓩給급孤공獨
똑園원·ᄋᆞᆯ:다비·취·오偈·꼥지·ᅀᅥ讚·잔嘆
·탄ᄒᆞᅀᆞᆸ·고·즉자·히도로·수·므니·라 祇낑樹쓩

(수달이) 命終(명종)하여 兜率天(도솔천)에 가 兜率天子(도솔천자)가 되어, 世尊(세존)을 뵈옵고자 여겨 즉시 내려와 世尊(세존)께 뵈어 머리를 조아리고 한쪽에 앉으니, 그때에 兜率天子(도솔천자)가 몸에 放光(방광)하여 祇樹給孤獨園(기수급고독원)을 다 비추고, 偈(게)를 지어 讚嘆(찬탄)하고 즉시 도로 숨었니라. 【祇樹(기수)는

命명終즁ᄒᆞ야[68] 兜둫率솛天텬[69]에 가아 兜둫率솛天텬子ᄌᆞᆼ[70]ㅣ ᄃᆞ외야 世솅尊존 뵈ᅀᆸ고져[71] 너겨 즉자히[72] ᄂᆞ려와[73] 世솅尊존ᄭᅴ 뵈ᅀᆞᄫᅡ[74] 머리 조ᅀᆞᆸ고[75] ᄒᆞ녀긔[76] 안ᄌᆞ니 그 저긔 兜둫率솛天텬子ᄌᆞᆼㅣ 모매 放방光광[77]ᄒᆞ야 祇낑樹쓩給급孤공獨똑園원[78]을 다 비취오[79] 偈꼥 지ᅀᅥ[80] 讚잔嘆탄ᄒᆞᅀᆞᆸ고[81] 즉자히 도로[82] 수므니라[83]【祇낑樹쓩는

68) 命終ᄒᆞ야: 命終ᄒᆞ[명종하다: 命終(명종: 명사) + -ᄒᆞ(동접)-]- + -야(← -아: 연어) ※ '命終(명종)'은 목숨을 마치는 것(사망)이다.

69) 兜率天: 도솔천. 육욕천의 넷째 하늘이다. 수미산의 꼭대기에서 12만 유순(由旬) 되는 곳에 있는데, 현재는 미륵보살이 사는 곳이다. 도솔천에는 내외(內外) 두 원(院)이 있는데, 내원은 미륵보살의 정토이며, 외원은 천계 대중이 환락하는 장소라고 한다.

70) 兜率天子: 도솔천자. 도솔천을 주관하는 신(神)이다.

71) 뵈ᅀᆸ고져: 뵈[뵈다, 뵙다, 謁見: 보(보다, 見)- + -ㅣ(← -이-: 사접)-]- + -고져(-고자: 연어, 의도)

72) 즉자히: 즉시로, 卽(부사)

73) ᄂᆞ려와: ᄂᆞ리오[내려오다, 降: ᄂᆞ리(내리다, 降下)- + -어(연어) + 오(오다, 來)-]- + -아(연어)

74) 뵈ᅀᆞᄫᅡ: 뵈[뵈다, 뵙다, 謁見: 보(보다, 見)- + -ㅣ(← -이-: 사접)-]- + -ᅀᆞᇦ(← -ᅀᆸ-: 객높)- + -아(연어)

75) 조ᅀᆞᆸ고: 좃(조아리다, 稽)- + -ᅀᆸ(객높)- + -고(연어, 나열, 계기)

76) ᄒᆞ녀긔: ᄒᆞ녁[← ᄒᆞᆫ녁(한쪽, 一便): ᄒᆞ(← ᄒᆞᆫ: 한, 一, 관사, 양수) + 녁(녘, 便: 의명)] + -의(-에: 부조, 위치)

77) 放光: 방광. 부처가 광명을 내는 것이다.

78) 祇樹給孤獨園: 기수급고독원. 인도 슈라바스티 남쪽의 석가의 설법 유적지이다. 중인도 사위성 남쪽 기원정사(祇園精舍)가 있는 곳으로 석가모니불이 설법한 유적지이다. 석가모니불은 생애의 후반기 20여년간의 우기(雨期) 대부분을 이곳에서 지냈고, 현존하는 경전의 상당수를 이곳에서 설했다. 이곳은 원래 바사익왕의 태자인 기타(祇陀)가 소유한 원림(園林)이었는데, 급고독장자가 그 땅을 사서 기원정사를 지어 석가모니불께 바치고, 기타태자는 그 수풀을 바쳤으므로, 두 사람의 이름을 합하여 기수급고독원이라 하게 되었다고 한다. 석가모니불 재세시에 세워진 최대의 불교 사원이다.

79) 비취오: 비취(비추다, 照)- + -오(← -고: 연어, 나열)

80) 지ᅀᅥ: 지ᇫ(← 짓다, ㅅ불: 짓다, 作)- + -어(연어)

81) 讚嘆ᄒᆞᅀᆞᆸ고: 讚嘆ᄒᆞ[讚嘆ᄒᆞ(찬탄하다): 讚嘆(찬탄: 명사) + -ᄒᆞ(동접)-]- + -고(연어, 나열, 계기)

82) 도로: [도로, 逆(부사): 돌(돌다, 回: 동사)- + -오(부접)]

83) 수므니라: 숨(숨다, 隱)- + -Ø(과시)- + -으니(원칙)- + -라(← -다: 평종)

祇陀樹(기타수)이다.】 ○ 阿含經(아함경)을 열두 해 이르시고 다음으로 여덟 해의 사이에 方等(방등)을 이르셨니라.【 方(방)은 갖추 이르시는 것이요, 等(등)은 고루 이르시는 것이다. 方等(방등)을 처음 이르신 것이 부처의 나이가 마흔둘이시더니 穆王(목왕) 열여섯째의 해인 乙未(을미)이다.】 世尊(세존)이 聖衆(성중)들을 데리시고【 衆(중)은 많은 사람이니, 다 聖人(성인)에 속하는 사람이므로 聖衆(성중)이라 하였니라.】 欲界(욕계), 色界(색계) 두 하늘의 사이에 가시어 大集等經(대집등경)을 이르시더니

祇낑陁땅樹쓩ㅣ라】 ○ 阿항含함經경[84] 열두 히 니르시고 버거[85] 여듧 힛 ᄉᆞᅀᅵ예[86] 方방等등[87]을 니르시니라【方방ᄋᆞᆫ ᄀᆞ초[88] 니르실 씨오 等등은 골오[89] 니르실 씨라 方방等등 처ᅀᅥᆷ 니ᄅᆞ샤미 부텻 나히 마ᅀᆞᆫ둘히러시니 穆목王왕 열여슷찻 히 乙힗未밍[90]라】 世솅尊존이 聖셩衆즁ᄃᆞᆯ[91] ᄃᆞ리시고【衆즁은 한[92] 사ᄅᆞ미니 다 聖셩人신엣[93] 사ᄅᆞ밀씨[94] 聖셩衆즁이라 ᄒᆞ니라】欲욕界갱[95] 色식界갱[96] 두 하ᄂᆞᆳ ᄉᆞᅀᅵ예 가샤 大땡集찝等등經경[97]을 니르더시니

---

84) 阿含經: 아함경. 아함(阿含)은 산스크리트어, 팔리어 āgama의 음사로, '전해 온 가르침'이라는 뜻이다. 초기 불교시대에 성립된 수천의 경전들, 곧 소승 불교 경전을 통틀어 이르는 말이다. 팔리(pāli) 어로 된 니카야(nikāya)가 있고, 여기에 해당하는 산스크리트(sanskrit) 본(本)이 아가마(āgama)이다. 이 아가마를 한문으로 번역한 것이 아함경이다.

85) 버거: [다음으로, 그 다음에(부사): 벅(버금가다, 다음가다, 次: 동사) + -어(연어 ▷ 부접)]

86) ᄉᆞᅀᅵ예: ᄉᆞᅀᅵ(사이, 間) + -예(← -에: 부조, 위치)

87) 方等: 방등. 〈화엄경〉, 〈법화경〉 등의 대승경전을 총칭한 말이다. 방등(方等)이란 '방정(方正) 평등(平等)'의 뜻으로 가로로 시방(十方)에 뻗치는 것을 방(方)이라하고, 세로로 범부와 성인에 통한 것을 등(等)이라고 한다.

88) ᄀᆞ초: [갖추, 고루 있는 대로, 具(부사): ᄀᆞᆽ(갖추어져 있다, 備: 형사)- + -호(사접)- + -Ø(부접)]

89) 골오: [고루, 均(부사): 골(← 고ᄅᆞ다: 고르다, 均, 형사)- + -오(부접)]

90) 乙未: 을미. 육십갑자의 서른두째이다.

91) 聖衆ᄃᆞᆯ: [성중들: 聖衆(성중) + -ᄃᆞᆯ(← ᄃᆞᆯㅎ: 복접)] ※ '聖衆(성중)'은 불교에서 예배의 대상이 되는 '성문(聲聞), 연각(緣覺), 보살(菩薩), 불(佛)'의 집단을 가리킨다.

92) 한: 하(많다, 多)- + -Ø(현시)- + -ㄴ(관전)

93) 聖人엣: 聖人(성인) + -에(부조, 위치) + -ㅅ(-의: 관조) ※ '聖人엣'는 '성인에 속하는'으로 의역하여 옮긴다.

94) 사ᄅᆞ밀씨: 사ᄅᆞᆷ(사람, 人) + -이(서조)- + -ㄹ씨(-므로: 연어, 이유)

95) 欲界: 욕계. 삼계(三界)의 하나이다. 유정(有情)이 사는 세계로, 지옥·악귀·축생·아수라·인간·육욕천을 함께 이르는 말이다. 여기에 있는 유정에게는 식욕, 음욕, 수면욕이 있어 이렇게 이른다.

96) 色界: 색계. 삼계(三界)의 하나이다. 욕계에서 벗어난 깨끗한 물질의 세계를 이른다. 선정(禪定)을 닦는 사람이 가는 곳으로, 욕계와 무색계의 중간 세계이다.

97) 大集等經: 대집등경. 세존(世尊)이 성중(聖衆)들을 데리시고 욕계(欲界)와 색계(色界) 두 하늘 사이에 가시어 대도량(大道場)을 열고 시방(十方)의 불(佛), 보살(菩薩), 천룡(天龍), 귀신(鬼神)을 모으고 깊고 미묘한 대승(大乘) 법문(法文)을 설한 경(經)이다. 이 경은 대방등대집경(大方等大集經)이라고도 하는데, 줄여서 대집경(大集經)이라 한다.

[46 앞]

【 大集(대집)은 크게 모이는 것이니, 부처가 一切(일체) 大衆(대중)을 매우 많이 모아 이르신 經(경)이다. 】 出令(출령)하시되 "人間(인간)이며 天上(천상)이며 一切(일체)의 모진 귀신이 다 모여, 부처의 付囑(부촉)을 들어 正法(정법)을 護持(호지)하라. 【 付囑(부촉)은 말씀을 부쳐 '이러이러하게 하오.' 請(청)하는 것이다. 】 만일 아니 오는 이가 있거든 四天王(사천왕)이 더운 鐵輪(철륜)을 날려 보내어 바싹 좇아서 잡아 오라." 하시니,

【大땡集찝은 키[98] 모ᄃᆞᆯ 씨니 부톄 一ᅙᅵᇙ切쳉 大땡衆즁을 ᄀᆞ장[99] 모도아[100] 니ᄅᆞ샨[1] 經경이라】 出츓令령ᄒᆞ샤ᄃᆡ[2] 人신間간이며[3] 天텬上썅이며 一ᅙᅵᇙ切쳉 모딘[4] 귓거시[5] 다 모다 부텻 付붕囑죡[6]ᄋᆞᆯ 드러 正졍法법을 護홍持띵ᄒᆞ라[7]【付붕囑죡ᄋᆞᆫ 말ᄊᆞᆷ 브텨[8] 아ᄆᆞ례[9] ᄒᆞ고라[10] 請쳥ᄒᆞᆯ 씨라】 ᄒᆞ다가[11] 아니 오리[12] 잇거든 四ᄉᆞᆼ天텬王왕[13]이 더ᄫᅳᆫ[14] 鐵텷輪륜[15]을 ᄂᆞᆯ여[16] 보내야 다조차[17] 자바 오라 ᄒᆞ시니

---

98) 키: [크게, 大(부사): 크(크다, 大: 형사)- + -이(부접)]

99) ᄀᆞ장: 한껏, 매우 많이, 충분히, 大(부사)

100) 모도아: 모도[모으다, 集: 몯(모이다, 集: 자동)- + -오(사접)-]- + -아(연어)

1) 니ᄅᆞ샨: 니ᄅᆞ(이르다, 말하다, 曰)- + -샤(← -시-: 주높)- + -Ø(과시)- + -Ø(← -오-: 대상)- + -ㄴ(관전)

2) 出令ᄒᆞ샤ᄃᆡ: 出令ᄒᆞ[출령하다: 出令(출령: 명사) + -ᄒᆞ(동접)-]- + -샤(← -시-: 주높)- + -ᄃᆡ(← -오ᄃᆡ: 연어, 설명의 계속) ※ '出令(출령)'은 명령을 내리는 것이다.

3) 人間이며: 人間(인간) + -이며(접조) ※ '人間(인간)'은 사람이 사는 세상이다.

4) 모딘: 모디(← 모딜다: 모질다, 猛)- + -Ø(현시)- + -ㄴ(관전)

5) 귓거시: 귓것[귀신, 鬼: 귀(귀신, 鬼) + -ㅅ(관조, 사잇) + 것(것, 者: 의명)] + -이(주조)

6) 付囑: 부촉. 부탁하여 맡기는 것이다.

7) 護持ᄒᆞ라: 護持ᄒᆞ[호지하다: 護持(호지: 명사) + -ᄒᆞ(동접)-]- + -라(명종) ※ '護持(호지)'는 보호하여 지니는 것이다.

8) 브텨: 브티[부치다, 주다, 付: 븥(붙다, 着: 자동)- + -이(사접)-]- + -어(연어)

9) 아ᄆᆞ례: 이러이러하게, 아무렇게(부사)

10) ᄒᆞ고라: ᄒᆞ(하다, 爲)- + -고라(명종, 반말) ※ '-고라'는 높임과 낮춤이 중화된 등분의 명령형 종결 어미이다.

11) ᄒᆞ다가: 만일, 若(부사)

12) 오리: 오(오다, 來)- + -ㄹ(관전) # 이(이, 사람, 者: 의명) + -Ø(← -이: 주조)

13) 四天王: 사천왕. 사왕천(四王天)의 주신(主神)으로 사방을 진호(鎭護)하며 국가를 수호하는 네 신. 동쪽의 지국천왕, 남쪽의 증장천왕, 서쪽의 광목천왕, 북쪽의 다문천왕이다.

14) 더ᄫᅳᆫ: 덯(← 덥다, ㅂ불: 덥다, 暑)- + -Ø(현시)- + -은(관전)

15) 鐵輪: 철륜. 사륜(四輪) 가운데 하나이다. 철로 된 윤보(輪寶)를 이르는 말이다.

16) ᄂᆞᆯ여: ᄂᆞᆯ이[날리다, 飛: ᄂᆞᆯ(날다, 飛: 자동)- + -이(사접)-]- + -어(연어)

17) 다조차: 다좇[바싹 쫓다, 다급히 쫓다, 迫: 다(?) + 좇(쫓다, 從)-]- + -아(연어) ※ '다좇다'의 '다'는 그 형태를 확인할 수 없으나 '다ᄀᆞ다(다그다: 접근하다, 迫)'와 관련이 있는 형태로 보인다.

[46 뒤]

그렇게 다 모여 부처의 教授(교수)를 들어서【教授(교수)는 가르쳐 전하는 것이다.】各各(각각) 큰 盟誓(명서)하여 "正法(정법)을 護持(호지)하겠습니다." 하거늘, 오직 魔王(마왕)이 世尊(세존)께 사뢰되 "瞿曇(구담)아, 나는 一切(일체)의 衆生(중생)이 다 부처가 되어 衆生(중생)이 없어져야 菩提心(보리심)을 發(발)하리라." 하더라.【大集經(대집경)을 이르신 것이 부처의 나이가 마흔다섯이시더니 穆王(목왕)

그리[18] 다 모다 부텻 教_{공}授_{쓩} 듣ᄌᆞᄫᅡ[19]【教_{공}授_{쓩}는 ᄀᆞᄅᆞ쳐 심길[20] 씨라】各_{각}各_{각} 큰 盟_{명}誓_{쎙}ᄒᆞ야 正_{졍}法_{법}을 護_{ᅘᅩᆼ}持_{띵}호리이다[21] ᄒᆞ거늘 오직 魔_{망}王_{왕}[22]이 世_{솅}尊_{존}ᄭᅴ ᄉᆞᆯᄫᅩᄃᆡ 瞿_{꿍}曇_{땀}아[23] 나ᄂᆞᆫ 一_{ᅙᅵᇙ}切_{쳉} 衆_{즁}生_{ᄉᆡᆼ}이 다 부톄[24] ᄃᆞ외야 衆_{즁}生_{ᄉᆡᆼ}이 업거ᅀᅡ[25] 菩_{뽕}提_{똉}心_{심}[26]을 發_{벓}호리라[27] ᄒᆞ더라【大_{땡}集_{찝}經_{경} 니ᄅᆞ샤미[28] 부텻 나히 마ᅀᆞᆫ다ᄉᆞᆺ시러니[29] 穆_{목}王_{왕}

18) 그리: [그리, 그렇게(부사): 그(그, 彼: 지대, 정칭) + -리(부접)]

19) 듣ᄌᆞᄫᅡ: 듣(듣다, 聞)- + -ᄌᆞᇦ(← -줍-: 객높)- + -아(연어)

20) 심길: 심기(전하다, 傳)- + -ㄹ(관전)

21) 護持호리이다: 護持ㅎ[← 護持ᄒᆞ다(호지하다): 護持(호지: 명사) + -ᄒᆞ(동접)-]- + -오(화자)- + -리(미시)- + -이(상높, 아주 높임)- + -다(평종)

22) 魔王: 마왕. 천마(天魔)의 왕이다. '魔王(마왕)'은 정법(正法)을 해치고 중생이 불도에 들어가는 것을 방해하는 귀신이다.

23) 瞿曇아: 瞿曇(구담) + -아(호조, 아주 낮춤) ※ '瞿曇(구담)'은 석가모니 종족(구담씨)의 성씨인데, 여기서는 석가모니를 부르는 말로 쓰였다.

24) 부톄: 부텨(부처, 佛) + -ㅣ(← -이: 보조)

25) 업거ᅀᅡ: 업(← 없다: 없어지다, 滅, 동사)- + -거(확인)- + -어(연어) + -ᅀᅡ(보조사, 한정 강조)

26) 菩提心: 보리심. 불도의 깨달음을 얻고 그 깨달음으로써 널리 중생을 교화하려는 마음이다.

27) 發호리라: 發ㅎ[← 發ᄒᆞ다(발하다, 피우다, 내다): 發(발: 불어) + -ᄒᆞ(동접)-]- + -오(화자)- + -리(미시)- + -라(← -다: 평종)

28) 니ᄅᆞ샤미: 니ᄅᆞ(이르다, 말하다, 曰)- + -샤(← -시-: 주높)- + -ㅁ(← -옴: 명전) + -이(주조)

29) 마ᅀᆞᆫ다ᄉᆞᆺ시러니: 마ᅀᆞᆫ다ᄉᆞᆺ[마흔다섯, 四十六(수사, 양수): 마ᅀᆞᆫ(마흔, 四十: 수사, 양수) + 다ᄉᆞᆺ(다섯, 五: 수사, 양수)] + -이(서조)- + -러(← -더-: 회상)- + -니(연어, 설명의 계속)

[47 앞]

열아홉찻·ᄒᆡ 戊뭏戌숧·이·라 ○ 方방等등 여·듧·ᄒᆡ·니르·시·고 버·거 스·믈ᄒᆞᆫ ·ᄒᆡ ᄉᆞ·ᅀᅵ·예 般반若:샹·ᄅᆞᆯ 니르·시·니·라 【般반若:샹 ·처ᅀᅥᆷ 니ᄅᆞ·샤·미 부텻 ·나·히 :쉬·니러·시·니 穆목王왕ㄱ 스·믈 :네·찻·ᄒᆡ 癸궝卯뭏ㅣ·라】

釋셕譜봉詳썅節졇第뗑六륙

열아홉째의 해인 戊戌(무술)이다.】 ○ 方等(방등)을 여덟 해 이르시고 다음으로 스물한 해의 사이에 般若(반야)를 이르셨니라.【般若(반야)를 처음 이르신 것이 부처의 나이가 쉰이시더니, 穆王(목왕)의 스물넷째의 해인 癸卯(계묘)이다.】

釋譜詳節(석보상절) 第六(제육)

열아홉찻 ᄒᆡ 戊뭏戌슗[30]이라】 方방等등 여듧 ᄒᆡ 니ᄅᆞ시고 버거[31] 스믈 ᄒᆞᆫ ᄒᆡᆺ[32] ᄉᆞᅀᅵ예 般반若샹[33]ᄅᆞᆯ 니ᄅᆞ시니라【般반若샹 처ᅀᅥᆷ 니ᄅᆞ샤미 부텻 나히 쉬니러시니[34] 穆목王왕ㄱ 스믈네찻 ᄒᆡ 癸귕卯뫃[35]ㅣ라】

釋셕譜봉詳썅節졇第똉六륙

---

30) 戊戌: 무술. 육십갑자의 서른다섯째이다.

31) 버거: [그 다음으로, 이어서, 次(부사): 벅(버금가다, 다음가다: 동사)- + -어(연어▹부접)]

32) ᄒᆡᆺ: ᄒᆡ(해, 年) + -ㅅ(-의: 관조)

33) 般若: 반야. 대승 불교에서, 만물의 참다운 실상을 깨닫고 불법을 꿰뚫는 지혜이다. 온갖 분별과 망상에서 벗어나 존재의 참모습을 앎으로써 성불에 이르게 되는 마음의 작용을 이른다.

34) 쉬니러시니: 쉰(쉰, 五十: 수사, 양수) + -이(서조)- + -러(← -더-: 회상)- + -시(주높)- + -니(연어, 설명의 계속)

35) 癸卯: 계묘. 육십갑자의 마흔째이다.

부록

'원문과 번역문의 벼리' 및 '문법 용어의 풀이'

부록 1. 원문과 번역문의 벼리

『석보상절 제육』의 원문 벼리

『석보상절 제육』의 번역문 벼리

부록 2. 문법 용어의 풀이

1. 품사
2. 불규칙 활용
3. 어근
4. 파생 접사
5. 조사
6. 어말 어미
7. 선어말 어미

부록 1. 원문과 번역문의 벼리

『석보상절 제육』의 원문 벼리

[1앞 釋셕譜봉詳썅節졇第뗑六륙

世솅尊존이 象썅頭뚷山산애 가샤 龍룡과 鬼귕神씬과 위ᄒᆞ야 說셣法법ᄒᆞ더시다

○ 부텨 目목連련이ᄃᆞ려 니ᄅᆞ샤ᄃᆡ 네 迦강毗삥羅랑國귁에 가아 아바닚긔와 아ᄌᆞ마닚긔와 [1뒤 아자바님내ᄭᅴ 다 安한否붛ᄒᆞᅀᆞᆸ고 ᄯᅩ 耶양輸슝陁땅羅랑ᄅᆞᆯ 달애야 恩ᅙᅳᆫ愛ᅙᆡᆼᄅᆞᆯ 그쳐 羅랑睺ᅘᅮᇢ羅랑ᄅᆞᆯ 노하 보내야 상재 ᄃᆞ외에 ᄒᆞ라 羅랑睺ᅘᅮᇢ羅랑ㅣ 得득道또ᇢᄒᆞ야 도라가ᅀᅡ 어미ᄅᆞᆯ 濟졩渡똥ᄒᆞ야 涅녏槃빤 得득호ᄆᆞᆯ 나 ᄀᆞᆮ게 ᄒᆞ리라

目목連련이 그 말 [2앞 듣ᄌᆞᆸ고 즉자히 入십定뗭ᄒᆞ야 펴엣던 ᄇᆞᆯᄒᆞᆯ 구필 ᄊᆞᅀᅵ예 迦강毗삥羅랑國귁에 가아 淨쪙飯뻔王왕ᄭᅴ 安한否붛 ᄉᆞᆲ더니 耶양輸슝ㅣ 부텻 使ᄉᆞᆼ者쟝 왯다 드르시고 靑쳥衣ᅙᅴᆼᄅᆞᆯ 브려 긔별 아라 오라 ᄒᆞ시니 羅랑睺ᅘᅮᇢ羅랑 ᄃᆞ려다가 沙상彌밍 사모려 ᄒᆞᄂᆞ다 ᄒᆞᆯᄊᆡ [2뒤 耶양輸슝ㅣ 그 긔별 드르시고 羅랑睺ᅘᅮᇢ羅랑 더브러 노ᄑᆞᆫ 樓릏 우희 오ᄅᆞ시고 門몬ᄃᆞᆯᄒᆞᆯ 다 구디 ᄌᆞᆷ겨 뒷더시니 目목連련이 耶양輸슝ㅅ 宮궁의 가 보니 門몬ᄋᆞᆯ 다 ᄌᆞᄆᆞ고 유무 드륧 사ᄅᆞᆷ도 업거늘 즉자히 [3앞 神씬通통力륵으로 樓릏 우희 ᄂᆞ라 올아 耶양輸슝ㅅ 알ᄑᆡ 가 셔니 耶양輸슝ㅣ 보시고 ᄒᆞᆫ녀ᄀᆞ론 분별ᄒᆞ시고 ᄒᆞᆫ녀ᄀᆞ론 깃거 구쳐 니러 절ᄒᆞ시고 안ᄌᆞ쇼셔 ᄒᆞ시고 世솅尊존ㅅ 安한否붛 묻ᄌᆞᆸ고 니ᄅᆞ샤ᄃᆡ ᄆᆞᅀᆞ므라 오시니잇고

目목連련이 ᄉᆞᆯ보ᄃᆡ 太탱子ᄌᆞᆼ 羅랑睺ᅘᅮᇢ羅랑ㅣ 나히 ᄒᆞ마 아호빌ᄊᆡ 出츓家강ᄒᆡ여

[3뒤 聖셩人ᅀᅵᆫᄉ 道똫理링 ᄇᆡ화ᅀᅡ ᄒᆞ리니 어버ᅀᅵ 子ᄌᆞᆼ息식 ᄉᆞ랑호ᄆᆞᆫ 아니한 ᄉᆞᅀᅵ어니와 ᄒᆞᄅᆞᆺ아ᄎᆞᄆᆡ 命명終즁ᄒᆞ야 모딘 길헤 ᄠᅥ러디면 恩ᅙᅳᆫ愛ᅙᆡᆼᄅᆞᆯ 머리 여희여 어즐코 아ᄃᆞᆨᄒᆞ야 어미도 아ᄃᆞᄅᆞᆯ 모ᄅᆞ며 아ᄃᆞᆯ도 어미ᄅᆞᆯ 모ᄅᆞ리니 羅랑睺ᅘᇢᇢ羅랑ㅣ 道똫理링ᄅᆞᆯ 得득ᄒᆞ야ᅀᅡ 도라와 어마니ᄆᆞᆯ [4앞 濟졩渡똥ᄒᆞ야 네 가짓 受쓯苦콩ᄅᆞᆯ 여희여 涅녏槃빤 得득호ᄆᆞᆯ 부텨 ᄀᆞᄐᆞ시긔 ᄒᆞ리이다

耶양輸슝ㅣ 니ᄅᆞ샤ᄃᆡ 如ᅀᅧᆼ來ᄅᆡᆼ 太탱子ᄌᆞᆼᄉ 時씽節졇에 나ᄅᆞᆯ 겨집 사ᄆᆞ시니 내 太탱子ᄌᆞᆼᄅᆞᆯ 셤기ᅀᆞᄫᅩᄃᆡ 하ᄂᆞᆯ 셤기ᅀᆞᆸ듯 ᄒᆞ야 ᄒᆞᆫ 번도 디만ᄒᆞᆫ 일 업수니 妻쳉眷권 ᄃᆞ외얀 디 三삼年년이 [4뒤 몯 차 이셔 世솅間간 ᄇᆞ리시고 城쎵 나마 逃똫亡망ᄒᆞ샤 車챵匿닉이 돌아보내샤 盟명誓쏑ᄒᆞ샤ᄃᆡ 道똫理링 일워ᅀᅡ 도라오리라 ᄒᆞ시고 鹿록皮빙 옷 니브샤 미친 사ᄅᆞᆷ ᄀᆞ티 묏고래 수머 겨샤 여슷 ᄒᆡᄅᆞᆯ 苦콩行ᅘᆡᆼᄒᆞ샤 부텨 ᄃᆞ외야 나라해 도라오샤도 ᄌᆞ올아ᄫᅵ 아니 ᄒᆞ샤 아랫 恩ᅙᅳᆫ惠ᅘᆌᆼᄅᆞᆯ 니저ᄇᆞ리샤 길 녏 [5앞 사ᄅᆞᆷ과 ᄀᆞ티 너기시니 나ᄂᆞᆫ 어버ᅀᅵ 여희오 ᄂᆞᄆᆡ 그에 브터사로ᄃᆡ 우리 어ᅀᅵ 아ᄃᆞ리 외ᄅᆞᆸ고 입게 ᄃᆞ외야 人ᅀᅵᆫ生ᄉᆡᆼ 즐거ᄫᅳᆫ ᄠᅳ디 업고 주구믈 기드리노니 목수미 므거ᄫᅳᆫ 거실ᄊᆡ 손소 죽디 몯ᄒᆞ야 셟고 애왇ᄇᆞᆫ ᄠᅳ들 머거 ᄀᆞᆺ가ᄉᆞ로 사니노니 비록 사ᄅᆞᄆᆡ 무레 사니고도 즁ᄉᆡᆼ 마도 몯호이다 셜ᄫᅳᆫ 人ᅀᅵᆫ生ᄉᆡᆼ이 [5뒤 어듸던 이 ᄀᆞᄐᆞ니 이시리잇고 이제 ᄯᅩ 내 아ᄃᆞᄅᆞᆯ ᄃᆞ려가려 ᄒᆞ시ᄂᆞ니 眷권屬쑉 ᄃᆞ외ᅀᆞᄫᅡ셔 셜ᄫᅳᆫ 일도 이러ᄒᆞᆯ쎠 太탱子ᄌᆞᆼㅣ 道똫理링 일우샤 ᄌᆞ개 慈ᄍᆞᆼ悲빙호라 ᄒᆞ시ᄂᆞ니 慈ᄍᆞᆼ悲빙ᄂᆞᆫ 衆즁生ᄉᆡᆼᄋᆞᆯ 便뼌安안케 ᄒᆞ시ᄂᆞᆫ 거시어늘 이제 도ᄅᆞᅘᅧ ᄂᆞᄆᆡ 어ᅀᅵ아ᄃᆞᄅᆞᆯ 여희에 [6앞 ᄒᆞ시ᄂᆞ니 셜ᄫᅳᆫ 잀 中듕에도 離링別볋 ᄀᆞᄐᆞ니 업스니 일로 혜여 보건덴 므ᄉᆞᆷ 慈ᄍᆞᆼ悲빙 겨시거뇨 ᄒᆞ고 目목連련이ᄃᆞ려 니ᄅᆞ샤ᄃᆡ 도라가 世솅尊존ᄭᅴ 내 ᄠᅳ들 펴아 ᄉᆞᆯᄫᆞ쇼셔

그 ᄢᅴ 目목連련이 種죵種죵 方방便뼌으로 다시곰 ᄉᆞᆯᄫᅡ도 耶양輸슝ㅣ 잠ᄭᅡᆫ도 듣

디 아니ᄒᆞ실ᄊᆡ 目목連련이 淨쪙飯뻔王왕ᄭᅴ [6뒤 도라가 이 辭쑹緣원을 ᄉᆞᆯᄫᆞᆫ대 王왕이 大땡愛ᅙᅵᆼ道또ᇢ를 블러 니ᄅᆞ샤ᄃᆡ 耶양輸슝는 겨지비라 法법을 모ᄅᆞᆯᄊᆡ 즐굽드리워 ᄃᆞᆺ온 ᄠᅳ들 몯 ᄠᅳ러 ᄇᆞ리ᄂᆞ니 그듸 가아 아라듣게 니르라 大땡愛ᅙᅵᆼ道또ᇢㅣ 五옹百ᄇᆡᆨ 靑쳥衣ᅙᅴᆼ 더브르시고 耶양輸슝ᄭᅴ 가아 種죵種죵 方방便뼌으로 두서 번 니르시니 [7앞 耶양輸슝ㅣ ᄉᆞᆫ직 듣디 아니ᄒᆞ시고 大땡愛ᅙᅵᆼ道또ᇢᄭᅴ ᄉᆞᆯᄫᆞ샤ᄃᆡ 내 지븨 이싫 저긔 여듧 나랏 王왕이 난겻기로 ᄃᆞ토거늘 우리 父뿡母뭏ㅣ 듣디 아니ᄒᆞ샨 고ᄃᆞᆫ 釋셕迦 太탱子ᄌᆞᆼㅣ 지죄 奇끵特ᄯᅳᆨᄒᆞ실ᄊᆡ 우리 父뿡母뭏ㅣ 太탱子ᄌᆞᆼᄭᅴ 드리ᅀᆞᄫᆞ시니 夫붕人ᅀᅵᆫ이 며느리 어드샤ᄆᆞᆫ [7뒤 溫ᅙᅩᆫ和ᅘᅪᆼ히 사라 千쳔萬먼 뉘예 子ᄌᆞᆼ孫손이 니ᅀᅥ 가ᄆᆞᆯ 위ᄒᆞ시니 太탱子ᄌᆞᆼㅣ ᄒᆞ마 나가시고 ᄯᅩ 羅랑睺ᅘᅮᇢ羅랑를 出츓家강히샤 나라 니ᅀᅳ리를 긋게 ᄒᆞ시ᄂᆞ니 엇더ᄒᆞ니잇고

大땡愛ᅙᅵᆼ道또ᇢㅣ 드르시고 ᄒᆞᆫ 말도 몯ᄒᆞ야 잇더시니 그 ᄢᅴ 世솅尊존이 즉자히 化ᅘᅪᆼ人ᅀᅵᆫ을 보내샤 [8앞 虛헝空콩애셔 耶양輸슝ᄭᅴ 니ᄅᆞ샤ᄃᆡ 네 디나건 녜 뉫 時씽節졇에 盟명誓쎙 發벓願원ᄒᆞᆫ 이를 혜ᄂᆞᆫ다 모ᄅᆞᄂᆞᆫ다 釋셕迦강 如ᅀᅧᆼ來ᄅᆡᆼ 그 ᄢᅴ 菩뽕薩삻ㅅ 道또ᇢ理링 ᄒᆞ노라 ᄒᆞ야 네 손ᄃᆡ 五옹百ᄇᆡᆨ 銀ᅌᅳᆫ 도ᄂᆞ로 다ᄉᆞᆺ 줄깃 蓮련花ᅘᅪᆼ를 사아 錠뎡光광佛뿚ᄭᅴ 받ᄌᆞᄫᆞᆯ 쩌긔 네 發벓願원을 호ᄃᆡ 世솅世솅예 妻쳉眷권이 [8뒤 ᄃᆞ외져 ᄒᆞ거늘 내 닐오ᄃᆡ 菩뽕薩삻이 ᄃᆞ외야 劫겁劫겁에 發벓願원 行ᅘᆡᆼᄒᆞ노라 ᄒᆞ야 一ᅙᅵᇙ切쳉 布봉施싱를 ᄂᆞᄆᆡ ᄠᅳᆮ 거스디 아니ᄒᆞ거든 네 내 마를 다 드를따 ᄒᆞ야ᄂᆞᆯ 네 盟명誓쎙를 호ᄃᆡ 世솅世솅예 난 ᄯᅡ마다 나라히며 자시며 子ᄌᆞᆼ息식이며 내 몸 니르리 布봉施싱ᄒᆞ야도 그딋 ᄒᆞᆫ 조초 ᄒᆞ야 뉘읏븐 [9앞 ᄆᆞᅀᆞᆯ 아니 호리라 ᄒᆞ더니 이제 엇뎨 羅랑睺ᅘᅮᇢ羅랑를 앗기ᄂᆞᆫ다

耶양輸슝ㅣ 이 말 드르시고 ᄆᆞᅀᆞ미 훤ᄒᆞ샤 前쪈生ᄉᆡᆼ앳 이리 어제 본 ᄃᆞᆺ ᄒᆞ야 즐굽ᄃᆞᄫᆞᆫ ᄆᆞᅀᆞ미 다 스러디거늘 目목連련이를 블러 懺참悔ᅙᅬᆼᄒᆞ시고 羅랑睺ᅘᅮᇢ羅랑이

소ᄂᆞᆯ 자바 目목連련일 [9뒤 맛디시고 울며 여희시니라

淨쪙飯뻔王왕이 耶양輸슝의 ᄠᅳ들 누규리라 ᄒᆞ샤 즉자히 나랏 어비ᄆᆞ내ᄅᆞᆯ 모도아 니ᄅᆞ샤ᄃᆡ 金금輪륜王왕 아ᄃᆞ리 出츌家강ᄒᆞ라 가ᄂᆞ니 그듸내 各각各각 ᄒᆞᆫ 아ᄃᆞᆯ옴 내야 내 孫손子ᄌᆞᆼ 조차 가게 ᄒᆞ라 ᄒᆞ시니 즉자히 쉰 아ᄒᆡ 몯거늘 羅랑睺흫羅랑 조차 부텨ᄭᅴ 가아 禮롕數숭ᄒᆞᅀᆞᄫᆞᆫ대 [10앞 부텨 阿항難난일 시기샤 羅랑睺흫羅랑ᄋᆡ 머리 갓기시니 녀느 쉰 아ᄒᆡ도 다 出츌家강ᄒᆞ니라

부텨 命명ᄒᆞ샤 舍샹利링弗붏을 和황尙썅이 ᄃᆞ외오 目목連련이 闍썅梨롕 ᄃᆞ외야 열 가짓 戒갱ᄅᆞᆯ [10뒤 ᄀᆞᄅᆞ치라 ᄒᆞ시니 羅랑雲운이 져머 노ᄅᆞᄉᆞᆯ 즐겨 法법 드로ᄆᆞᆯ 슬히 너겨 ᄒᆞ거든 부텨 ᄌᆞ로 니ᄅᆞ샤도 從쭁ᄒᆞᅀᆞᆸ디 아니ᄒᆞ더니 後흫에 부텨 羅랑雲운이ᄃᆞ려 니ᄅᆞ샤ᄃᆡ 부텨 [11앞 맛나미 어려ᄫᅳ며 法법 드로미 어려ᄫᅳ니 네 이제 사ᄅᆞᄆᆡ 모ᄆᆞᆯ 得득ᄒᆞ고 부텨를 맛나 잇ᄂᆞ니 엇뎨 게을어 法법을 아니 듣ᄂᆞᆫ다 羅라雲운이 ᄉᆞᆯᄫᅩᄃᆡ 부텻 法법이 精졍微밍ᄒᆞ야 져믄 아ᄒᆡ 어느 듣ᄌᆞᄫᆞ리잇고 아래 ᄌᆞ조 듣ᄌᆞᄫᆞᆫ마ᄅᆞᆫ 즉자히 도로 니저 ᄀᆞᆺ블 ᄡᅳ니니 이제 져믄 저그란 안즉 ᄆᆞᅀᆞᆷᄭᆞ장 노다가 ᄌᆞ라면 [11뒤 어루 法법을 ᄇᆡ호ᅀᆞᄫᆞ리이다 부텨 니ᄅᆞ샤ᄃᆡ 자ᄫᆞᆫ 이리 無뭉常썅ᄒᆞ야 므ᄆᆞᆯ 몯 미듫 거시니 네 목수믈 미더 ᄌᆞ랋 時씽節졇을 기드리ᄂᆞᆫ다 ᄒᆞ시고 다시 說쉃法법ᄒᆞ시니 羅랑雲운의 ᄆᆞᅀᆞ미 여러 아니라

○ 偸틓羅랑國귁 婆빵羅랑門몬 迦강葉셥이 三삼十씹二싱相샹이 [12앞 ᄀᆞᆽ고 글도 만히 알며 가ᅀᆞ며러 布봉施싱도 만히 ᄒᆞ더니 제 겨집도 됴ᄒᆞᆫ 相샹이 ᄀᆞᆽ고 世솅間간앳 情쪙欲욕이 업더라 迦강葉셥이 世솅間간 ᄇᆞ리고 뫼해 드러 닐오ᄃᆡ 諸졍佛뿛도 出츌家강ᄒᆞ샤ᅀᅡ 道똫理링ᄅᆞᆯ 닷ᄀᆞ시ᄂᆞ니 나도 그리 호리라 ᄒᆞ고 손소 머리 갓고 뫼ᄭᅩ래 이셔 道똫理링 ᄉᆞ랑ᄒᆞ더니 [12뒤 虛헝空콩애셔 닐오ᄃᆡ 이제 부텨 나아 겨시

니라 ᄒᆞ야ᄂᆞᆯ 즉자히 니러 竹듁園원으로 오더니 부톄 마조 나아 마ᄌᆞ샤 서르 고마ᄒᆞ야 드르샤 說쉻法법ᄒᆞ시니 곧 阿항羅랑漢한ᄋᆞᆯ 아니라 威휭嚴엄과 德득괘 커 天텬人신이 重뜡히 너길ᄊᆡ 大땡迦강葉셥이라 ᄒᆞ더니 부텨 업스신 後ᅘᅮᇢ에 法법 디녀 後ᅘᅮᇢ世솅예 [13앞 펴디게 호미 이 大땡迦강葉셥의 히미라

舍샹衛윙國귁 大땡臣씬 須슝達땛이 가ᄉᆞ며러 쳔랴ᇰ이 그지업고 布봉施싱ᄒᆞ기ᄅᆞᆯ 즐겨 艱간難난ᄒᆞ며 어엿븐 사ᄅᆞᄆᆞᆯ 쥐주어 거리칠ᄊᆡ 號ᅘᅩᇢᄅᆞᆯ 給급孤공獨똑이라 ᄒᆞ더라 [13뒤 給급孤공獨똑 長댱者쟝ㅣ 닐굽 아ᄃᆞ리러니 여ᄉᆞᆺ 아ᄃᆞᆯ란 ᄒᆞ마 갓얼이고 아기아ᄃᆞ리 양ᄌᆡ 곱거늘 各각別볋히 ᄉᆞ랑ᄒᆞ야 아ᄆᆞ례나 ᄆᆞᆺ됴ᄒᆞᆫ 며느리ᄅᆞᆯ 어두리라 ᄒᆞ야 婆빵羅랑門몬ᄋᆞᆯ ᄃᆞ려 닐오ᄃᆡ 어듸ᅀᅡ 됴ᄒᆞᆫ ᄯᆞ리 양ᄌᆞ ᄀᆞᄌᆞ니 잇거뇨 내 아기 위ᄒᆞ야 어더 보고려

婆빵羅랑門몬이 그 말 듣고 고ᄫᆞᆫ ᄯᆞᆯ 얻니노라 [14앞 ᄒᆞ야 빌머거 摩망竭꼃陁땅國귁 王왕舍샹城쎵의 가니 그 城쎵 안해 ᄒᆞᆫ 大땡臣씬 護ᅘᅩᆼ彌밍라 호리 가ᄉᆞ멸오 發벓心심ᄒᆞ더니 婆빵羅랑門몬이 그 지븨 가 糧량食씩 빈대 그 나랏 法법에 布봉施싱호ᄃᆡ 모로매 童똥女녕로 내야 주더니 그 짓 ᄯᆞ리 ᄡᆞᆯ 가져 나오나ᄂᆞᆯ 婆빵羅랑門몬이 보고 깃거 이 각시ᅀᅡ 내 [14뒤 얻니논 ᄆᆞᅀᆞ매 맛도다 ᄒᆞ야 그 ᄯᆞᆯᄃᆞ려 무로ᄃᆡ 그딋 아바니미 잇ᄂᆞ닛가 對됭答답호ᄃᆡ 잇ᄂᆞ니이다 婆빵羅랑門몬이 닐오ᄃᆡ 내 보아져 ᄒᆞᄂᆞ다 ᄉᆞᆯ바ᄡᅧ 그 ᄯᆞ리 드러 니ᄅᆞᆫ대 護ᅘᅩᆼ彌밍 長댱者쟝ㅣ 나아오나ᄂᆞᆯ 婆빵羅랑門몬이 安한否붛 묻고 닐오ᄃᆡ 舍샹衛윙國귁에 ᄒᆞᆫ 大땡臣씬 須슝達땛이라 호리 잇ᄂᆞ니 [15앞 아ᄅᆞ시ᄂᆞ니잇가 護ᅘᅩᆼ彌밍 닐오ᄃᆡ 소리 ᄲᅮᆫ 듣노라 婆빵羅랑門몬이 닐오ᄃᆡ 舍샹衛윙國귁 中듕에 ᄆᆞᆺ 벼슬 놉고 가ᄉᆞ며루미 이 나라해 그듸 ᄀᆞᄐᆞ니 ᄒᆞᆫ ᄉᆞ랑ᄒᆞᄂᆞᆫ 아기아ᄃᆞ리 양ᄌᆞ며 ᄌᆡ죄 ᄒᆞᆫ 그티니 그딋 ᄯᆞᄅᆞᆯ 맛고져 ᄒᆞ더이다

護ᅘᅩᆼ彌밍 닐오ᄃᆡ 그리 호리라 ᄒᆞ야ᄂᆞᆯ 마초아 흥졍바지 舍샹衛윙國귁으로 가리 [15뒤 잇더니 婆빵羅랑門몬이 글왈 ᄒᆞ야 須슝達땷ᄋᆡ 손ᄃᆡ 보내야ᄂᆞᆯ 須슝達땷이 깃거 波방斯승匿닉王왕ᄭᅴ 가아 말ᄆᆡ 엳ᄌᆞᆸ고 천량 만히 시러 王왕舍샹城쎵으로 가며 길헤 艱간難난ᄒᆞᆫ 사ᄅᆞᆷ 보아ᄃᆞᆫ 다 布봉施싱ᄒᆞ더라

須슝達땷이 護ᅘᅩᆼ彌밍 지븨 니거늘 護ᅘᅩᆼ彌밍 깃거 나아 迎ᅌᅧᆼ逢뽕ᄒᆞ야 [16앞 지븨 드려 재더니 그 지븨셔 차반 ᄆᆡᇰᄀᆞᆯ 쏘리 워즈런ᄒᆞ거늘 須슝達땷이 護ᅘᅩᆼ彌밍ᄃᆞ려 무로ᄃᆡ 主즁人신이 므슴 차바ᄂᆞᆯ 손소 ᄃᆞᆫ녀 ᄆᆡᇰᄀᆞ노닛가 太탱子ᄌᆞᆼ를 請쳥ᄒᆞᅀᆞᄫᅡ 이받ᄌᆞᄫᅩ려 ᄒᆞ노닛가 大땡臣씬ᄋᆞᆯ 請쳥ᄒᆞ야 이바도려 ᄒᆞ노닛가 護ᅘᅩᆼ彌밍 닐오ᄃᆡ 그리 아닝다 須슝達땷이 ᄯᅩ 무로ᄃᆡ 婚혼姻힌 위ᄒᆞ야 [16뒤 아ᅀᆞ미 오나ᄃᆞᆫ 이바도려 ᄒᆞ노닛가 護ᅘᅩᆼ彌밍 닐오ᄃᆡ 그리 아니라 부텨와 즁과ᄅᆞᆯ 請쳥ᄒᆞᅀᆞᄫᅩ려 ᄒᆞᄂᆞᆼ다

須슝達땷이 부텨와 즁괏 마ᄅᆞᆯ 듣고 소홈 도텨 自ᄍᆞᆼ然션히 ᄆᆞᅀᆞ매 깃븐 ᄠᅳ디 이실ᄊᆡ 다시 무로ᄃᆡ 엇뎨 부톄라 ᄒᆞᄂᆞ닛가 그 ᄠᅳ들 [17앞 닐어쎠 對됭答답호ᄃᆡ 그ᄃᆡᄂᆞᆫ 아니 듣ᄌᆞᄫᆞᆺ더시닛가 淨쪙飯뻔王왕 아ᄃᆞ님 悉싫達땷이라 ᄒᆞ샤리 나실 나래 하ᄂᆞᆯ로셔 셜흔두 가짓 祥썅瑞쒱 ᄂᆞ리며 一ᅙᅵᇙ萬먼 神씬靈령이 侍씽衛윙ᄒᆞᅀᆞᄫᆞ며 자ᄇᆞ리 업시 닐굽 거르믈 거르샤 니ᄅᆞ샤ᄃᆡ 하ᄂᆞᆯ 우 하ᄂᆞᆯ 아래 나 ᄲᅮᆫ 尊존호라 ᄒᆞ시며 모미 金금ㅅ비치시며 [17뒤 三삼十씹二ᅀᅵᆼ相샹 八밣十씹種죵好홓ㅣ ᄀᆞᆽ더시니 金금輪륜王왕이 ᄃᆞ외샤 四ᄉᆞᆼ天텬下ᅘᅡᆼᄅᆞᆯ ᄀᆞᅀᆞᆷ아ᄅᆞ시련마ᄅᆞᆫ 늘그니 病뼝ᄒᆞ니 주근 사ᄅᆞᆷ 보시고 世솅間간 슬히 너기샤 出츓家강ᄒᆞ샤 道똫理링 닷ᄀᆞ샤 六륙年년 苦콩行ᅘᆡᆼᄒᆞ샤 正졍覺각ᄋᆞᆯ 일우샤 魔망王왕ㅅ 兵병馬망 十씹八밣億ᅙᅳᆨ萬먼ᄋᆞᆯ 降ᅘᅡᆼ服뽁히오샤 [18앞 光광明명이 世솅界갱ᄅᆞᆯ ᄉᆞᄆᆞᆺ 비취샤 三삼世솅옛 이ᄅᆞᆯ 아ᄅᆞ실ᄊᆡ 부톄시다 ᄒᆞᄂᆞᆼ다

須슝達땅이 또 무로ᄃᆡ 엇뎨 쥬이라 ᄒᆞᄂᆞ닛가 對됭答답호ᄃᆡ 부톄 成쎵道똥ᄒᆞ야시ᄂᆞᆯ 梵뻠天텬이 轉뒨法법ᄒᆞ쇼셔 請청ᄒᆞᅀᆞ바ᄂᆞᆯ 波방羅랑棕냉國귁 [18뒤 鹿록野양苑훤에 가샤 僑꿀陳띤如셩 ᄃᆞᆯ 다ᄉᆞᆺ 사ᄅᆞᄆᆞᆯ 濟졩渡똥ᄒᆞ시며 버거 鬱훓卑빙迦강葉셥 三삼兄훵弟뗑의 물 一힗千쳔 사ᄅᆞᄆᆞᆯ 濟졩渡똥ᄒᆞ시며 버거 舍샹利링弗붏 目목揵껀連련의 물 五옹百빅ᄋᆞᆯ 濟졩渡똥ᄒᆞ시니 이 사ᄅᆞᆷᄃᆞᆯ히 다 神씬足쪽이 自쫑在찡ᄒᆞ야 衆즁生싱이 福복田뗜이 [19앞 ᄃᆞ욀ᄊᆡ 쥬이라 ᄒᆞᄂᆞᅌᅵ다

須슝達땅이 이 말 듣고 부텻긔 發벓心심ᄋᆞᆯ 니ᄅᆞ와다 언제 새어든 부텨를 가 보ᅀᆞᄫᆞ려뇨 ᄒᆞ더니 精졍誠쎵이 고죽ᄒᆞ니 밤누니 번ᄒᆞ거늘 길홀 ᄎᆞ자 부텻긔로 가ᄂᆞᆫ 저긔 城쎵門몬애 내ᄃᆞ라 하ᄂᆞᆯ 祭졩ᄒᆞ던 ᄯᅡ홀 보고 절ᄒᆞ다가 [19뒤 忽홇然션히 부텨 向향ᄒᆞᆫ ᄆᆞᅀᆞᄆᆞᆯ 니즈니 누니 도로 어듭거늘 제 너교ᄃᆡ 바ᄆᆡ 가다가 귓것과 모딘 즁ᄉᆡᆼ이 므ᅀᅴ엽도소니 므스므라 바ᄆᆡ 나오나뇨 ᄒᆞ야 뉘으처 도로 오려 ᄒᆞ더니 아래 제 버디 주거 하ᄂᆞᆯ해 갯다가 ᄂᆞ려와 須슝達땅일 ᄃᆞ려 닐오ᄃᆡ 須슝達땅이 뉘읏디 말라 내 아랫 네 버디라니 부텻 法법 듣ᄌᆞᄫᆞᆫ [20앞 德득으로 하ᄂᆞᆯ해 나아 門몬神씬이 ᄃᆞ외야 잇노니 네 부텨를 가 보ᅀᆞᄫᆞ면 됴ᄒᆞᆫ 이리 그지업스리라 四ᄉᆞᆼ天텬下ᅘᅡᆼ애 ᄀᆞ독ᄒᆞᆫ 보ᄇᆡ를 어더도 부텨 向향ᄒᆞᅀᆞ바 ᄒᆞᆫ 거름 나소 거룸 만 몯ᄒᆞ니라 須슝達땅이 그 말 듣고 더욱 깃거 다시 ᄡᅵᄃᆞ라 世솅尊존ᄋᆞᆯ 念념ᄒᆞᅀᆞᄫᆞ니 누니 도로 ᄇᆞᆰ거늘 길홀 [20뒤 ᄎᆞ자 世솅尊존ᄭᅴ 가니라

世솅尊존이 須슝達땅이 올 ᄄᆞᆯ 아ᄅᆞ시고 밧긔 나아 걷니더시니 須슝達땅이 ᄇᆞ라ᅀᆞᆸ고 몯내 과ᄒᆞᅀᆞ바 호ᄃᆡ 부텨 뵈ᅀᆞᆸᄂᆞᆫ 禮롕數숭를 몰라 바ᄅᆞ 드러 묻ᄌᆞ보ᄃᆡ 瞿꿍曇땀 安한否붛ㅣ 便뼌安한ᄒᆞ시니잇가 ᄒᆞ더니 世솅尊존이 방석 주어 안치시니라 그ᄢᅴ 首슐陁땅會횅天텬이 [21앞 須슝達땅ᄋᆡ 버릇업순 주를 보고 네 사ᄅᆞ미 ᄃᆞ외야 와

世솅尊존ᄭᅴ 禮롕數숭ᄒᆞᅀᆞᆸ고 ᄭᅮ러 安한否부ᇢ 묻ᄌᆞᆸ고 올ᄒᆞᆫ녀그로 세 ᄇᆞᆯ 값도ᅀᆞᆸ고 ᄒᆞᆫ녀긔 앉거늘 그제ᅀᅡ 須슝達ᄠᆞᇙ이 설우ᅀᆞᄫᅡ 恭공敬경ᄒᆞᅀᆞᆸᄂᆞᆫ 法법이 이러ᄒᆞᆫ 거시로다 ᄒᆞ야 즉자히 다시 니러 네 사ᄅᆞᆷ ᄒᆞ논 야ᇰᄋᆞ로 禮롕數숭ᄒᆞᅀᆞᆸ고 ᄒᆞᆫ녀긔 [21뒤 안ᄌᆞ니라 그 ᄢᅴ 世솅尊존이 須슝達ᄠᆞᇙ이 위ᄒᆞ야 四ᄉᆞᆼ諦뎽法법을 니르시니 듣ᄌᆞᆸ고 깃ᄉᆞᄫᅡ 須슝陁땅洹ᅘᅪᆫᄋᆞᆯ 일우니라

그 저긔 舍샹衛윙國귁엣 사ᄅᆞ미 邪쌍曲콕ᄒᆞᆫ 道똫理링ᄅᆞᆯ 信신ᄒᆞ야 正졍ᄒᆞᆫ 法법 ᄀᆞᄅᆞ쵸미 어렵더니 須슝達ᄠᆞᇙ이 부텨ᄭᅴ ᄉᆞᆯᄫᅩᄃᆡ 如ᅀᅧᆼ來ᄅᆡᆼ하 우리 나라해 오샤 衆즁生ᄉᆡᆼ이 邪쌍曲콕ᄋᆞᆯ [22앞 덜에 ᄒᆞ쇼셔 世솅尊존이 니ᄅᆞ샤ᄃᆡ 出ᄎᆑᆶ家강ᄒᆞᆫ 사ᄅᆞᄆᆞᆫ 쇼히 ᄀᆞᆮ디 아니ᄒᆞ니 그에 精졍舍샹ㅣ 업거니 어드리 가료 須슝達ᄠᆞᇙ이 ᄉᆞᆯᄫᅩᄃᆡ 내 어루 이ᄅᆞᅀᆞᄫᅩ리이다 須슝達ᄠᆞᇙ이 辭쌍ᄒᆞᅀᆞᆸ고 가 제 아기아ᄃᆞᆯ 댱가드리고 제 나라ᄒᆞ로 갈 ᄧᅥ긔 부텨ᄭᅴ 와 ᄉᆞᆯᄫᅩᄃᆡ 舍샹衛윙國귁에 도라가 精졍舍샹 [22뒤 이ᄅᆞᅀᆞᄫᅩ리니 弟똉子ᄌᆞᆼ ᄒᆞ나ᄒᆞᆯ 주어시든 말 드러 이ᄅᆞᅀᆞᄫᅡ 지이다 世솅尊존이 너기샤ᄃᆡ 舍샹衛윙國귁 婆빵羅랑門몬이 모디러 년기 가면 몯 이긔리니 舍샹利링弗붏옷 聰총明명ᄒᆞ고 神씬足죡이 ᄀᆞᄌᆞ니 舍샹利링弗붏이 가ᅀᅡ 일우리라 ᄒᆞ샤 舍샹利링弗붏을 須슝達ᄠᆞᇙ이 조차가라 ᄒᆞ시다 길헤 가며 [23앞 須슝達ᄠᆞᇙ이 舍샹利링弗붏 더브러 무로ᄃᆡ 世솅尊존이 ᄒᆞᄅᆞ 몃 里링ᄅᆞᆯ 녀시ᄂᆞ니잇고 對됭答답호ᄃᆡ ᄒᆞᄅᆞ 二ᅀᅵᆼ十씹 里링ᄅᆞᆯ 녀시ᄂᆞ니 轉둰輪륜王왕ᄋᆡ 녀샤미 ᄀᆞᄐᆞ시니라

須슝達ᄠᆞᇙ이 王왕舍샹城쎵으로셔 舍샹衛윙國귁에 올 ᄊᆞᅀᅵᆺ 길헤 二ᅀᅵᆼ十씹 里링예 ᄒᆞᆫ 亭뗭舍샹옴 짓게 ᄒᆞ야 사ᄅᆞᄆᆞᆯ 긔걸ᄒᆞ야 두고 [23뒤 舍샹衛윙國귁애 도라와 精졍舍샹 지ᅀᅮᇙ 터흘 어드니 맛당ᄒᆞᆫ ᄃᆡ 업고 오직 太탱子ᄌᆞᆼ 祇낑陁땅ᄋᆡ 東동山산이 ᄊᆞ토 平뼝ᄒᆞ며 나모도 盛쎵ᄒᆞ더니 舍샹利링弗붏이 닐오ᄃᆡ ᄆᆞᅀᆞᆯ히 멀면 乞킁食씩ᄒᆞ디

어렵고 하 갓가ᄫᆞ면 조티 몯ᄒᆞ리니 이 東동山산이 甚씸히 [24앞 맛갑다 須슝達땷이 깃거 太탱子ᄌᆞᆼ긔 가 ᄉᆞᆯᄫᆞᄃᆡ 이 東동山산ᄋᆞᆯ 사아 如ᅀᅧᆼ來ᄅᆡᆼ 위ᄒᆞᅀᆞᄫᅡ 精졍舍샹ᄅᆞᆯ 이ᄅᆞᅀᆞᄫᅡ 지이다

太탱子ᄌᆞᆼㅣ 우ᅀᅳ며 닐오ᄃᆡ 내 ᄆᆞᅀᆞᄆᆞ로 不붏足죡ᄒᆞ료 젼혀 이 東동山산ᄋᆞᆫ 남기 됴ᄒᆞᆯᄊᆡ 노니논 ᄯᅡ히라 須슝達땷이 다시곰 請쳥ᄒᆞᆫ대 太탱子ᄌᆞᆼㅣ 앗겨 ᄆᆞᅀᆞ매 너교ᄃᆡ 비디 만히 니르면 [24뒤 몯 사가 ᄒᆞ야 닐오ᄃᆡ 金금으로 ᄯᅡ해 ᄭᆞ로ᄆᆞᆯ ᄠᅳᆷ 업게 ᄒᆞ면 이 東동山산ᄋᆞᆯ ᄑᆞ로리라 須슝達땷이 닐오ᄃᆡ 니ᄅᆞ샨 양ᄋᆞ로 호리이다 太탱子ᄌᆞᆼㅣ 닐오ᄃᆡ 내 롱담ᄒᆞ다라 須슝達땷이 닐오ᄃᆡ 太탱子ᄌᆞᆼㅅ 法법은 거즛마ᄅᆞᆯ 아니 ᄒᆞ시ᄂᆞᆫ 거시니 구쳐 ᄑᆞᄅᆞ시리이다 ᄒᆞ고 太탱子ᄌᆞᆼ와 ᄒᆞ야 그위예 決겷ᄒᆞ라 가려 ᄒᆞ더니 [25앞 그 ᄢᅴ 首슣陁땅會횡天텬이 너교ᄃᆡ 나랏 臣씬下항ㅣ 太탱子ᄌᆞᆼㅅ 녀글 들면 須슝達땷이 願원을 몯 일울까 ᄒᆞ야 ᄒᆞᆫ 사ᄅᆞ미 ᄃᆞ외야 ᄂᆞ려와 分분揀간ᄒᆞ야 太탱子ᄌᆞᆼ긔 닐오ᄃᆡ 太탱子ᄌᆞᆼᄂᆞᆫ 거즛말 몯 ᄒᆞ시ᄂᆞᆫ 거시니 뉘으처 마ᄅᆞ쇼셔

太탱子ᄌᆞᆼㅣ 구쳐 ᄑᆞ라ᄂᆞᆯ 須슝達땷이 깃거 象썅애 金금을 시러 여든 頃큥 [25뒤 ᄯᅡ해 즉자히 다 ᄭᆞᆯ오 아니ᄒᆞᆫ ᄃᆡ 몯다 ᄭᆞᆯ랫거늘 須슝達땷이 잠ᄭᅡᆫ ᄉᆞ랑ᄒᆞ더니 太탱子ᄌᆞᆼㅣ 무로ᄃᆡ 앗가ᄫᆞᆫ ᄠᅳ디 잇ᄂᆞ니여 對됭答답호ᄃᆡ 그리 아니라 내 ᄉᆞ랑호ᄃᆡ 어누 藏짱ㅅ 金금이ᅀᅡ 마치 ᄭᆞᆯ이려뇨 ᄒᆞ노이다 太탱子ᄌᆞᆼㅣ 너교ᄃᆡ 부텻 德득이 至징極끅ᄒᆞ샤ᅀᅡ 이 사ᄅᆞ미 보ᄇᆡᄅᆞᆯ [26앞 뎌리도록 아니 앗기놋다 ᄒᆞ야 須슝達땷이ᄃᆞ려 닐오ᄃᆡ 金금을 더 내디 말라 ᄯᅡᄒᆞᆫ 그딋 모기 두고 남ᄀᆞ란 내 모기 두어 둘히 어우러 精졍舍샹 ᄆᆡᇰᄀᆞ라 부텻긔 받ᄌᆞᄫᅩ리라

須슝達땷이 깃거 지븨 도라가 精졍舍샹 지ᅀᅮᇙ 이ᄅᆞᆯ 磨망鍊련ᄒᆞ더니 그 나랏 六륙師ᄉᆞᆼㅣ 듣고 王왕ᄭᅴ ᄉᆞᆯᄫᆞᄃᆡ 長댱者쟝 [26뒤 須슝達땷이 祇낑陁땅 太탱子ᄌᆞᆼㅅ 東동山

산ᄋᆞᆯ 사아 瞿꿍曇땀 沙상門몬 위ᄒᆞ야 精졍舍샹ᄅᆞᆯ 지수려 ᄒᆞᄂᆞ니 우리 모다 ᄌᆡ조ᄅᆞᆯ 겻고아 뎌옷 이긔면 짓게 ᄒᆞ고 몯 이긔면 몯 짓게 ᄒᆞ야 지이다 王왕이 須슝達땷이 블러 닐오ᄃᆡ 六륙師ᄉᆞᆼㅣ 이리 니ᄅᆞᄂᆞ니 그듸 沙상門몬 弟똉子ᄌᆞᆼᄃᆞ려 어루 겻굴따 무러 보라

[27앞 須슝達땷이 지븨 도라와 ᄢᅵ 무든 옷 닙고 시름ᄒᆞ야 잇더니 이틋나래 舍샹利링弗붏이 보고 무른대 須슝達땷이 그 ᄠᅳ들 닐어늘 舍샹利링弗붏이 닐오ᄃᆡ 분별 말라 六륙師ᄉᆞᆼᄋᆡ 무리 閻염浮뿧提똉예 ᄀᆞᄃᆞᆨᄒᆞ야도 내 바랫 ᄒᆞᆫ 터리ᄅᆞᆯ 몯 무으리니 므슷 이ᄅᆞᆯ 겻고오려 ᄒᆞᄂᆞᆫ고 제 홀 양ᄋᆞ로 ᄒᆞ게 ᄒᆞ라 須슝達땷이 [27뒤 깃거 香향湯탕애 沐목浴욕ᄒᆞ고 새 옷 ᄀᆞ라닙고 즉자히 王왕ᄭᅴ 가 ᄉᆞᆯ보ᄃᆡ 六륙師ᄉᆞᆼㅣ 겻구오려 ᄒᆞ거든 제 홀 양ᄋᆞ로 ᄒᆞ라 ᄒᆞ더이다

그 저긔 六륙師ᄉᆞᆼㅣ 나라해 出츓令령호ᄃᆡ 이 後ᅘᅮᇢ 닐웨예 城쎵 밧 훤ᄒᆞᆫ ᄯᅡ해 가 沙상門몬과 ᄒᆞ야 ᄌᆡ조 겻구오리라 그 날 다ᄃᆞ라 金금 부플 티니 나랏 사ᄅᆞᆷ 十씹八밣億흑이 [28앞 다 모ᄃᆞ니 六륙師ᄉᆞᆼᄋᆡ 무리 三삼億흑萬먼이러라 그 저긔 나랏 사ᄅᆞ미 모다 王왕과 六륙師ᄉᆞᆼ와 위ᄒᆞ야 노ᄑᆞᆫ 座쫭 ᄆᆡᆼᄀᆞᆯ오 須슝達땷인 舍샹利링弗붏 위ᄒᆞ야 노ᄑᆞᆫ 座쫭 ᄆᆡᆼᄀᆞ니 그 ᄢᅴ 舍샹利링弗붏이 [28뒤 ᄒᆞᆫ 나모 미틔 안자 入십定뗭ᄒᆞ야 諸졍根근이 괴외ᄒᆞ야 너교ᄃᆡ 오ᄂᆞᆯ 모댓ᄂᆞᆫ 한 사ᄅᆞ미 邪썅曲콕ᄒᆞᆫ 道똫理링 비환 디 오라아 제 노포라 ᄒᆞ야 衆즁生ᄉᆡᆼᄋᆞᆯ 프ᅀᅥᆼ귀 만 너기ᄂᆞ니 엇던 德득으로 降ᅘᅡᆼ服뽁ᄒᆡ려뇨 세 德득으로 [29앞 호리라 ᄒᆞ고 盟명誓쎙ᄅᆞᆯ 호ᄃᆡ 나옷 無뭉數숭ᄒᆞᆫ 劫겁에 父뿡母뭏 孝ᅘᅭᇢ道똫ᄒᆞ고 沙상門몬과 婆빵羅랑門몬과ᄅᆞᆯ 恭공敬경혼 디면 내 처ᅀᅥᆷ 모ᄃᆞᆫ ᄃᆡ 드러 니거든 한 사ᄅᆞ미 날 위ᄒᆞ야 禮롕數숭ᄒᆞ리라 ᄒᆞ더라

그 ᄢᅴ [29뒤 六륙師ᄉᆞᆼᄋᆡ 무른 다 모댓고 舍샹利링弗붏이 ᄒᆞ오ᅀᅡ 아니 왯더니 六륙師ᄉᆞᆼㅣ 王왕ᄭᅴ ᄉᆞᆯ보ᄃᆡ 瞿꿍曇땀ᄋᆡ 弟똉子ᄌᆞᆼㅣ 두리여 몯 오ᄂᆞ이다 王왕이 須슝達

ᄄᆞᇙ이ᄃᆞ려 닐오ᄃᆡ 네 스스의 弟뗑子ᄌᆼ ㅣ 엇뎨 아니 오ᄂᆞ뇨 須슝達ᄄᆞᇙ이 舍샹利링弗붏ᄭᅴ 가 ᄉᆞ러 닐오ᄃᆡ 大땡德득하 사ᄅᆞ미 다 모다 잇ᄂᆞ니 오쇼셔 [30앞 舍샹利링弗붏이 入십定뗭으로셔 니러 옷 고티고 尼닝師ᄉᆼ檀딴ᄋᆞᆯ 왼녁 엇게예 엿고 ᄌᆞᄂᆞᆨᄌᆞᄂᆞ기 거러 모ᄃᆞᆫ ᄃᆡ 니거늘 모ᄃᆞᆫ 사ᄅᆞᆷ과 六륙師ᄉᆼ왜 보고 ᄀᆞ마니 몯 이셔 自ᄍᆞᆼ然션히 니러 禮롕數ᄉᆞᆼᄒᆞ더라

舍샹利링弗붏이 須슝達ᄄᆞᇙ의 ᄆᆡᆼᄀᆞ론 座쫭애 올아 앉거늘 六륙師ᄉᆼ의 [30뒤 弟뗑子ᄌᆼ 勞롷度똥差창ㅣ 幻환術쓣을 잘ᄒᆞ더니 한 사ᄅᆞᆷ 알ᄑᆡ 나아 呪즇ᄒᆞ야 ᄒᆞᆫ 남ᄀᆞᆯ 지ᅀᅳ니 즉자히 가지 펴디여 모ᄃᆞᆫ 사ᄅᆞᄆᆞᆯ ᄀᆞ리두프니 곶과 여름괘 가지마다 다ᄅᆞ더니 舍샹利링弗붏이 神씬力륵으로 旋쒼嵐람風봉ᄋᆞᆯ 내니 그 나못 불휘ᄅᆞᆯ ᄲᅢ혀 그우리 부러 가지 것비쳐 드트리 [31앞 ᄃᆞ외이 ᄇᆞᆺ아디거늘 모다 닐오ᄃᆡ 舍샹利링弗붏이 이긔여다

勞롷度똥差창ㅣ ᄯᅩ 呪즇ᄒᆞ야 ᄒᆞᆫ 모ᄉᆞᆯ 지ᅀᅳ니 四ᄉᆞᆼ面면이 다 七칧寶봏ㅣ오 가온ᄃᆡ 種죵種죵 고지 펫더니 舍샹利링弗붏이 큰 六륙牙앙 白ᄈᆡᆨ象썅ᄋᆞᆯ 지ᅀᅥ 내니 엄마다 닐굽 蓮련花황ㅣ오 곶 우마다 닐굽 玉옥女녕ㅣ러니 그 못 므를 [31뒤 다 마시니 그 모시 다 스러디거늘 모다 닐오ᄃᆡ 舍샹利링弗붏이 이긔여다

勞롷度똥差창ㅣ ᄯᅩ ᄒᆞᆫ 뫼ᄒᆞᆯ 지ᅀᅳ니 七칧寶봏로 莊장嚴엄ᄒᆞ고 못과 곶과 果광實씷왜 다 ᄀᆞ초 잇더니 舍샹利링弗붏이 金금剛강力륵士ᄊᆞᆼᄅᆞᆯ 지ᅀᅥ 내야 金금剛강杵청로 머리셔 견지니 그 뫼히 ᄒᆞᆫ 것도 업시 [32앞 믈어디거늘 모다 닐오ᄃᆡ 舍샹利링弗붏이 이긔여다

勞롷度똥差창ㅣ ᄯᅩ ᄒᆞᆫ 龍룡ᄋᆞᆯ 지ᅀᅳ니 머리 열히러니 虛헝空콩애셔 비 오ᄃᆡ 고ᄅᆞᆫ 種죵種죵 보ᄇᆡ 듣고 울에 번게 ᄒᆞ니 사ᄅᆞ미 다 놀라더니 舍샹利링弗붏이 ᄒᆞᆫ 金금翅싱鳥됼ᄅᆞᆯ 지ᅀᅥ 내니 그 龍룡ᄋᆞᆯ 자바 ᄡᅳ저 머거늘 모다 닐오ᄃᆡ 舍샹利링弗붏이

[32뒤 이긔여다

勞롤度똥差창ㅣ 또 흔 쇼를 지석 내니 모미 ㄱ장 크고 다리 굵고 쓰리 놀캅더니 짜 허위며 소리흐고 드라오거늘 舍샹利링弗붏이 흔 獅승子중ㅣ를 지석 내니 그 쇼를 자바머그니 모다 닐오딕 舍샹利링弗붏이 이긔여다 勞롤度똥差창ㅣ 흐다가 몯흐야 제 모미 夜양叉창ㅣ 드외야 모미 [33앞 길오 머리 우희 블 븓고 누니 핏무적 곧고 톱과 엄괘 놀캅고 이베 블 吐통흐며 드라오거늘 舍샹利링弗붏도 자내 毗삥沙상門몬王왕이 드외니 夜양叉창ㅣ 두리여 믈러 드로려 흐다가 四숭面면에 브리 니러셜씩 갈 띠 업서 오직 舍샹利링弗붏ㅅ 알픠옷 브리 업슬씩 즉자히 降행服뽁흐야 업더디여 사르쇼셔 [33뒤 비니 그리 降행服뽁흐야사 브리 즉자히 꺼거늘 모다 닐오딕 舍샹利링弗붏이 이긔여다

그제사 舍샹利링弗붏이 虛헝空콩애 올아 거르며 셔며 안즈며 누브며 흐고 몸 우희 믈 내오 몸 아래 블 내오 東동녀긔셔 수므면 西솅ㅅ녀긔 내둗고 西솅ㅅ녀긔셔 수므면 東동녀긔 내둗고 北븍녀긔셔 수므면 [34앞 南남녀긔 내둗고 南남녀긔셔 수므면 北븍녀긔 내둗고 모미 크긔 드외야 虛헝空콩애 ㄱ득흐야 잇다가 쏘 젹긔 드외며 쏘 흔 모미 萬먼億흑身신이 드외야 잇다가 도로 흐나히 드외며 쏘 虛헝空콩애 짜히 드외야 싸홀 볼보딕 믈 붋듯 흐고 므를 볼보딕 짜 붋듯 흐더니 이런 變변化황를 뵈오사 神씬足쭉을 가다 [34뒤 도로 本본座쫭애 드러 안즈니라

그 쁴 모댓는 사르미 다 降행服뽁흐야 깃거흐더니 舍샹利링弗붏이 그제사 說쉂法법흐니 제여곰 前쪈生싱애 닷곤 因힌緣원으로 須슝陁땅洹횐을 得득흐리도 이시며 斯승陁땅含함을 得득흐리도 이시며 阿항那낭含함을 得득흐리도 이시며 阿항羅랑漢한을 [35앞 得득흐리도 잇더라 六륙師승이 弟똉子중돌토 다 舍샹利링弗붏씌 와 出츓家강흐니라

지조 겻구고4 須슝達땋이와 舍샹利링弗붏왜 精졍舍샹를 짓더니 둘히 손소 줄마조 자바 터 되더니 舍샹利링弗붏이 젼ᄎ 업시 우ᅀᅥ늘 須슝達땋이 무른대 對됭答답호ᄃᆡ 그듸 精졍舍샹 지수려 터흘 ᄀᆞᆺ [35뒤 始싱作작ᄒᆞ야 되어늘 여슷 하ᄂᆞ래 그듸가 들 찌비 불써 이도다 ᄒᆞ고 道똫眼안ᄋᆞᆯ 빌여늘 須슝達땋이 보니 여슷 하ᄂᆞ래 宮궁殿뗜이 싁싁ᄒᆞ더라

須슝達땋이 무로ᄃᆡ 여슷 하ᄂᆞ리 어늬사 ᄆᆞᆺ 됴ᄒᆞ니잇가 舍샹利링弗붏이 닐오ᄃᆡ 아랫 세 하ᄂᆞᄅᆞᆫ 煩뻔惱놓ㅣ 만ᄒᆞ고 ᄆᆞᆺ 우흿 두 [36앞 하ᄂᆞᄅᆞᆫ 너무 게을이 便뼌安한ᄒᆞ고 가온ᄃᆡ 네찻 하ᄂᆞ리사 샹녜 一힗生싱補봉處쳥菩뽕薩삻이 그에 와 나샤 法법訓훈이 긋디 아니ᄒᆞᄂᆞ니라 須슝達땋이 [36뒤 닐오ᄃᆡ 내 正졍히 그 하ᄂᆞ래 나리라 ᄒᆞᆫ 그 말 다 ᄒᆞ니 녀느 하ᄂᆞ랫 지븐 업고 네찻 하ᄂᆞ랫 지비 잇더라

주를 다른 ᄃᆡ 옮겨 터 되더니 舍샹利링弗붏이 측ᄒᆞᆫ ᄂᆞᆺ고지 잇거늘 須슝達땋이 무른대 對됭答답호ᄃᆡ 그듸 이 굼긧 개야미 보라 그듸 아래 디나건 毗삥婆빵尸싱佛뿛 위ᄒᆞᅀᆞ바 이 ᄯᅡ해 精졍舍샹 이르ᅀᆞᄫᆞᆯ [37앞 쩨도 이 개야미 이에셔 살며 尸싱棄킹佛뿛 위ᄒᆞᅀᆞ바 이 ᄯᅡ해 精졍舍샹 이르ᅀᆞᄫᆞᆯ 쩨도 이 개야미 이에셔 살며 毗삥舍샹佛뿛 위ᄒᆞᅀᆞ바 이 ᄯᅡ해 精졍舍샹 이르ᅀᆞᄫᆞᆯ 쩨도 이 개야미 이에셔 살며 拘궁留륳孫손佛뿛 위ᄒᆞᅀᆞ바 이 ᄯᅡ해 精졍舍샹 이르ᅀᆞᄫᆞᆯ 쩨도 이 개야미 이에셔 살며 迦강那낭含함牟뭏尼닝佛뿛 [37뒤 위ᄒᆞᅀᆞ바 이 ᄯᅡ해 精졍舍샹 이르ᅀᆞᄫᆞᆯ 쩨도 이 개야미 이에셔 살며 迦강葉셥佛뿛 위ᄒᆞᅀᆞ바 이 ᄯᅡ해 精졍舍샹 이르ᅀᆞᄫᆞᆯ 쩨도 이 개야미 이에셔 사더니 처ᅀᅥᆷ 이에셔 사던 저그로 오ᄂᆞᆳ날 ᄀᆞ장 혜면 아ᄒᆞᆫ훈 劫겁이로소니 제 ᄒᆞᆫ 가짓 모ᄆᆞᆯ 몯 여희여 죽사리도 오랄쎠 ᄒᆞ노라 아마도 福복이 조ᅀᆞᄅᆞᄫᆡ니 아니 심거 [38앞 몯ᄒᆞᆯ 꺼시라 須슝達땋이도 그 말 듣고 슬허ᄒᆞ더라

須숭達땅이 精졍舍샹 이르ᅀᆞᆸ고 窟굻 ᄆᆡᇰᄀᆞᆯ오 栴젼檀딴香향ㄱ ᄀᆞᄅᆞ로 ᄇᆞᄅᆞ고 別볋室싫이ᅀᅡ 一읋千쳔二ᅀᅵᆼ百ᄇᆡᆨ이오 쇠붑 ᄃᆞᆫ 지비ᅀᅡ 一읋百ᄇᆡᆨ ᄉᆞ믈 고디러라 須숭達땅이 精졍舍샹 다 짓고 王왕ᄭᅴ 가 ᄉᆞᆯ보ᄃᆡ 내 世셍尊존 위ᄒᆞᅀᆞ바 精졍舍샹ᄅᆞᆯ ᄒᆞ마 [38뒤 짓ᄉᆞ보니 王왕이 부텨를 請쳥ᄒᆞᅀᆞᄫᆞ쇼셔 王왕이 使ᄉᆞᆼ者쟝 브리샤 王왕舍샹城쎵의 가 부텨를 請쳥ᄒᆞᅀᆞᄫᆞ니 그 ᄢᅴ 世셍尊존ᄭᅴ 四ᄉᆞᆼ衆즁이 圍윙繞ᅀᅳᇴᄒᆞᅀᆞᆸ고 큰 光광明명을 펴시고 天텬地띵 드러치더니 舍샹衛윙國귁에 오실 쩌긔 須숭達땅이 지ᅀᅮᆫ 亭뗭舍샹마다 드르시며 길헤 사ᄅᆞᆷ 濟졩渡똥ᄒᆞ샤미 [39앞 그지업더시다

世셍尊존이 舍샹衛윙國귁에 오샤 큰 光광明명을 펴샤 三삼千쳔大땡千쳔世셍界갱ᄅᆞᆯ 다 비취시고 밧가라ᄀᆞ로 ᄯᅡ홀 누르시니 ᄯᅡ히 다 드러치고 그 잣 안햇 풍륫가시 절로 소리ᄒᆞ며 一읋切쳉 病뼝ᄒᆞᆫ 사ᄅᆞ미 다 됴ᄒᆞ니 그 나랏 十씹八밣億ᅙᅳᆨ 사ᄅᆞ미 그런 祥쌍瑞쒱ᄅᆞᆯ 보ᅀᆞᆸ고 모다 오나ᄂᆞᆯ 부톄 [39뒤 妙묠法법을 施ᄉᆡᆼ說쉻ᄒᆞ시니 제 여ᇫ 因인緣원으로 須숭陁땅洹훤도 得득ᄒᆞ며 斯ᄉᆞᆼ陁땅含ᅘᅡᆷ도 得득ᄒᆞ며 阿앙那낭含ᅘᅡᆷ도 得득ᄒᆞ며 阿앙羅랑漢한도 得득ᄒᆞ며 辟벽支징佛뿛 因인緣원도 지ᅀᅳ며 無뭉上썅道똫理링ᄅᆞᆯ 發벓心심ᄒᆞ리도 잇더라

부톄 後ᅘᅮᇢ에 阿앙難난이ᄃᆞ려 니ᄅᆞ샤ᄃᆡ 이 東동山산ᄋᆞᆫ [40앞 須숭達땅ᄋᆡ 산 거시오 나모와 곳과 果광實씷와ᄂᆞᆫ 祇낑陁땅ᄋᆡ 뒷논 거시니 두 사ᄅᆞ미 어우러 精졍舍샹 지ᅀᅳ란ᄃᆡ 일후믈 太탱子ᄌᆞᆼ祇낑陁땅樹쓩給급孤공獨똑園원이라 ᄒᆞ라

波방斯ᄉᆞᆼ匿닉王왕과 末맗利링夫붕人ᅀᅵᆫ괘 부텨 보ᅀᆞᆸ고 과ᄒᆞᅀᆞ바 닐오ᄃᆡ 내 [40뒤 ᄯᆞᆯ 勝싱鬘만이 聰총明명ᄒᆞ니 부텨옷 보ᅀᆞᄫᆞ면 당다이 得득道똫ᄅᆞᆯ ᄲᆞᆯ리 ᄒᆞ리니 사ᄅᆞᆷ 브려 닐어ᅀᅡ ᄒᆞ리로다 勝싱鬘만이 부텻 功공德득을 듣ᄌᆞᆸ고 깃거 偈꼥ᄅᆞᆯ 지ᅀᅥ 부텨를 기리ᅀᆞᆸ고 願원호ᄃᆡ 부톄 나ᄅᆞᆯ 어엿비 너기샤 나ᄅᆞᆯ 보ᅀᆞᆸ게 ᄒᆞ쇼셔 ᄀᆞᆺ 그리 念

념ᄒᆞᄂᆞᆫ 저긔 如셩來링 忽훓然션히 虛헝空콩애 오샤 [41앞 無뭉比빙身신ᄋᆞᆯ 現현ᄒᆞ샤 勝싱鬘만經경을 니르시니라

○ 世솅尊존이 拘궁耶양尼닝國귁에 婆빵陁땅和황菩뽕薩삻 위ᄒᆞ야 苦콩行ᅘᆡᆼ般반若샹ᄅᆞᆯ 니르시며 柳륳山산애 겨샤도 說쉃法법ᄒᆞ시며 [41뒤 檅훼澤떡애 겨샤도 說쉃法법ᄒᆞ시며 舍샹衛윙國귁과 摩망竭꼃國귁 ᄉᆞᅀᅵ예 鸚힝鵡뭉林림이 잇더니 鸚힝鵡뭉王왕이 부텨를 請청ᄒᆞᅀᆞ바ᄂᆞᆯ 부톄 比삥丘쿻 ᄃᆞ리시고 드러 안ᄌᆞ신대 鸚힝鵡뭉ᄃᆞᆯ히 부텨를 [42앞 보ᅀᆞᆸ고 깃븐 ᄆᆞᅀᆞ믈 내야 ᄒᆞᆫ 날 命명終즁ᄒᆞ야 忉돌利링天텬에 나니라

世솅尊존이 摩망竭꼃國귁에 도라오샤 弗붏沙상王왕 위ᄒᆞ야 說쉃法법ᄒᆞ시며 鷲쯓峯퐁山산애셔 수므시면 忉돌利링宮궁의 나시고 須슝彌밍山산애셔 수므시면 炎염摩망宮궁의 [42뒤 나샤 華ᅘᅪᆼ嚴엄 等등 經경을 니르시며 恐콩懼꿍樹쓩 아래 겨샤 彌밍勒륵 위ᄒᆞ야 修슝行ᅘᆡᆼ本본起킝經경을 니르시며 迦강毗삥羅랑國귁에 도라오샤 淨쪙飯뻔王왕 [43앞 위ᄒᆞ야 說쉃法법ᄒᆞ시며 難난陁땅龍룡王왕宮궁寶볼樓릏 中듕에 겨샤 大땡雲운輪륜請청雨웅經경을 니르시며 [43뒤 楞릉伽깡頂뎡에 가샤 入십楞릉伽깡山산經경을 니르시며 補봉陁땅巖암애 가샤 十씹一힗面면觀관自쫑在찡經경을 니르더시다 [44앞 懼꿍師승羅랑 長댱者쟝ㅣ 킈 석 자히러니 부텨도 석 잣 모미 ᄃᆞ외샤 教굥化황ᄒᆞ더시다

부톄 여러 나라해 두루 ᄃᆞᆫ니샤 舍샹衛윙國귁에 오래 아니 왯더시니 須슝達땷이 長땽常썅 그리ᅀᆞ바 [44뒤 셜버ᄒᆞ더니 부톄 오나시ᄂᆞᆯ 보ᅀᆞ바 ᄉᆞᆯ보ᄃᆡ 나ᄅᆞᆯ 죠고맛 거슬 주어시든 상녜 供공養양ᄒᆞᅀᆞ바 지이다 부톄 마리와 손톱과ᄅᆞᆯ 바혀 주신대 須슝達땷이 塔탑 세오 堀쿯 짓고 種종種종 莊장嚴엄ᄒᆞ고 供공養양ᄒᆞᅀᆞᆸ더라 須슝達땷이 病뼝ᄒᆞ얫거늘 부톄 가아 보시고 阿항那낭含함ᄋᆞᆯ 得득ᄒᆞ리라 니르시니라

[45앞 命명終즁ᄒᆞ야 兜둫率ᄉᆞᆶ天텬에 가아 兜둫率ᄉᆞᆶ天텬子ᄌᆞᆼ ㅣ ᄃᆞ외야 世솅尊존 뵈ᅀᆞᆸ고져 너겨 즉자히 ᄂᆞ려와 世솅尊존ᄭᅴ 뵈ᅀᆞᄫᅡ 머리 조ᅀᆞᆸ고 ᄒᆞᆫ녀긔 안ᄌᆞ니 그 저긔 兜둫率ᄉᆞᆶ天텬子ᄌᆞᆼ ㅣ 모매 放방光광ᄒᆞ야 祇낑樹쓩給급孤공獨똑園원을 다 비취오 偈꼥 지ᅀᅥ 讚잔嘆탄ᄒᆞᅀᆞᆸ고 즉자히 도로 수므니라

[45뒤 ○ 阿항含ᅘᅡᆷ經경 열두 ᄒᆡ 니ᄅᆞ시고 버거 여듧 ᄒᆡᆺ ᄉᆞᅀᅵ예 方방等둥을 니ᄅᆞ시니라 世솅尊존이 聖셩衆즁ᄃᆞᆯ ᄃᆞ리시고 欲욕界갱 色식界갱 두 하ᄂᆞᆳ ᄉᆞᅀᅵ예 가샤 大땡集찝等등經경을 니ᄅᆞ더시니 [46앞 出츓令령ᄒᆞ샤ᄃᆡ 人신間간이며 天텬上썅이며 一힗切쳉 모딘 귓거시 다 모다 부텻 付붕囑쭉ᄋᆞᆯ 드러 正졍法법을 護ᅘᅩᆼ持띵ᄒᆞ라 ᄒᆞ다가 아니 오리 잇거든 四ᄉᆞᆼ天텬王왕이 더븐 鐵텷輪륜을 ᄂᆞᆯ여 보내야 다조차 자바 오라 ᄒᆞ시니 [46뒤 그리 다 모다 부텻 敎ᄀᆞᇢ授쓜 듣ᄌᆞᄫᅡ 各각各각 큰 盟명誓쏑ᄒᆞ야 正졍法법을 護ᅘᅩᆼ持띵호리이다 ᄒᆞ거늘 오직 魔망王왕이 世솅尊존ᄭᅴ ᄉᆞᆯᄫᅩᄃᆡ 瞿꿍曇땀아 나ᄂᆞᆫ 一힗切쳉 衆즁生ᄉᆡᆼ이 다 부톄 ᄃᆞ외야 衆즁生ᄉᆡᆼ이 업거ᅀᅡ 菩뽕提똉心심ᄋᆞᆯ 發벓호리라 ᄒᆞ더라

[47앞 ○ 方방等둥 여듧 ᄒᆡ 니ᄅᆞ시고 버거 스믈ᄒᆞᆫ ᄒᆡᆺ ᄉᆞᅀᅵ예 般반若ᅀᅣᆼ를 니ᄅᆞ시니라

釋셕譜봉詳썅節졇第똉六륙

『석보상절 제육』의 번역문 벼리

[1앞 석보상절(釋譜詳節) 제육(第六)

세존(世尊)이 상두산(象頭山)[1]에 가시어 용(龍)과 귀신(鬼神)을 위하여 설법(說法)하시더라.

○ 부처가 목련(目蓮)[2]이에게 이르시되, "네가 가비라국(迦毗羅國)[3]에 가서 아버님께와 아주머님께와 [1뒤 아주버님네께 다 안부(安否)하고, 또 야수다라(耶輸陁羅)[4]를 달래어 은애(恩愛)[5]를 끊어서, 나후라(羅睺羅)[6]를 놓아 보내어 상좌(上佐)[7]가 되게 하라. 나후라(羅睺羅)가 득도(得道)하여 돌아가야, 어머니를 제도(濟渡)하여 열반(涅槃)[8]을 득(得)하는 것을 나와 같게 하리라."

목련(目連)이 그 말을 듣고 [2앞 듣고 즉시로 입정(入定)[9]하여, 펴어 있던 팔을 굽힐 사이에 가비라국(迦毗羅國)에 가서 정반왕(淨飯王)[10]께 안부(安否)를 사뢰더니, 야수(耶輸)가 "부처의 사자(使者)[11]가 와 있다." 들으시고 청의(靑衣)[12]를 시켜서

---

1) 상두산: 象頭山. 인도 중부에 있는 석가모니가 수행하던 산인데, 산의 모양이 코끼리 머리와 닮았다고 해서 붙여진 이름이다.

2) 목련: 目連. '目連(목련)'의 본명은 '마우드갈리아야나(Maudgalyayana)'로서, 석가모니의 십대 제자 가운데 한 사람이다. 마가다의 브라만 출신으로, 부처의 교화를 펼치고 신통(神通) 제일의 성예(聲譽)를 얻었다. '大目健連(대목건련)'이라고도 한다.

3) 가비라국: 迦毗羅國. 고대 인도(지금의 네팔)에 있었던 국가이다. 석가모니(釋迦牟尼)의 아버님인 정반왕(淨飯王)이 다스리던 나라이며, 훗날 석가모니 부처가 된 싯다르타(悉達多) 태자(太子)가 태어난 곳이다.

4) 야수타라: 耶輸陁羅. 석가모니가 출가하기 전의 부인이다.

5) 은애: 恩愛. 어버이와 자식, 또는 부부의 은정(恩情)에 집착하여 떨어지기 어려운 일이다.

6) 나후라: 羅睺羅. '라훌라'의 음차. 석가모니의 아들로서, 아버지의 권유로 출가하여 계율을 엄격히 지켜 밀행(密行)의 일인자로 불리었다.

7) 상좌: 上佐. 승려가 되기 위하여 출가한 사람으로서 아직 계(誡)를 받지 못한 사람이다.

8) 열반: 涅槃. 불교에서 수행에 의해 진리를 체득하여 미혹(迷惑)과 집착(執着)을 끊고 일체의 속박에서 해탈(解脫)한 최고의 경지이다.

9) 입정: 入定. 수행하기 위하여 방 안에 들어앉는 것이다.

10) 정반왕: 淨飯王. 중인도 가비라위국의 왕으로서 마야부인과 결혼하여 싯다르타 태자를 낳았다.

11) 사자: 使者. 명령이나 부탁을 받고 심부름하는 사람이다.

"기별(奇別)을 알아 오라." 하시니, "나후라(羅睺羅)를 데려다가 사미(沙彌)[13]를 삼으려고 한다." 하므로 [2뒤 야수(耶輸)가 그 기별(奇別)을 들으시고, 나후라(羅睺羅)와 더불어 높은 누(樓) 위에 오르시고 문(門)들을 모두 다 굳게 잠그게 하여 두고 있으셨더니, 목련(目連)이 야수(耶輸)의 궁(宮)에 가 보니 문(門)을 다 잠그고 소식을 드릴 사람도 없거늘, 즉시 [3앞 신통력(神通力)으로 누(樓) 위로 날아 올라 야수(耶輸)의 앞에 가서 서니, 야수(耶輸)가 보시고 한편으로는 염려하시고 한편으로는 기뻐 억지로 일어나 절하시고 "앉으소서." 하시고, 세존(世尊)의 안부를 묻고 말씀하시되, "무슨 까닭으로 오셨습니까?"

목련(目連)이 사뢰되 "태자(太子) 나후라(羅睺羅)가 나이가 벌써 아홉이므로, 출가(出家)하게 하여 [3뒤 성인(聖人)의 도리(道理)를 배워야 하겠으니, 어버이가 자식(子息)을 사랑하는 것은 길지 않은 사이이지만, 하루 아침에 명종(命終)[14]하여 모진 길에 떨어지면, 은애(恩愛)를 멀리 떠나 어지럽고 아득하여, 어머니도 아들을 모르며 아들도 어머니를 모르겠으니, 나후라(羅睺羅)가 도리(道理)를 득(得)하여야 돌아와 어머님을 [4앞 제도(濟渡)하여, 네 가지의 수고(受苦)[15]를 떠나서 열반(涅槃)을 득(得)하는 것을 부처와 같으시게 하겠습니다."

야수(耶輸)가 이르시되 "여래(如來)[16]가 태자(太子)의 시절(時節)에 나를 아내로 삼으시니, 내가 태자(太子)를 섬기되 하늘을 섬기듯 하여 한 번도 태만한 일이 없으니, 처권(妻眷)[17]이 된 지가 三年(삼년)이 [4뒤 못 차 있어 세간(世間)[18]을 버리시고 성(城)을 넘어 도망(逃亡)하시어, 차닉(車匿)[19]이를 돌려보내시어 맹서(盟誓)하시되, "도리(道理)를 이루어야 돌아오리라." 하시고, 녹피(鹿皮)[20] 옷을 입으시어 미친 사

12) 청의: 靑衣. 천한 사람을 이르는 말이다.

13) 사미: 沙彌. 출가하여 십계(十戒)를 받은 남자로서 비구(比丘)가 되기 전의 수행자이다.

14) 명종: 命終. 목숨을 마치는 것이다.

15) 네 가지의 受苦: 生(생)과 老(노)와 病(병)과 死(사)이다.

16) 여래: 如來. 부처의 공덕을 기리는 열 가지 칭호의 하나이다. 진리로부터 나서 진리를 따라서 온 사람이라는 뜻으로 '부처'의 딴 이름이다.

17) 처권: 妻眷. 아내와 친족을 통틀어 이르는 말인데, 여기서는 '아내'의 뜻으로 쓰였다.

18) 세간: 世間. 세상 일반을 이른다.

19) 차닉: 車匿. 샷다르타 태자(太子)가 출가(出家)할 때에, 흰 말인 '건특(蹇特)'을 끌고 간 마부(馬夫)의 이름이다.

람같이 산골에 숨어 계시어 여섯 해를 고행(苦行)하시어, 부처가 되어 나라에 돌아오셔도 친밀하게 아니 하시어, 예전의 은혜(恩惠)를 잊어버리시어 나를 길 가는 [5앞 사람과 같이 여기시니 나는 어버이를 여의고 남에게 붙어살되, 우리 모자가 외롭고 괴롭게 되어 인생(人生)에 즐거운 뜻이 없고 죽는 것을 기다리니, 목숨이 무거운 것이므로 스스로 죽지 못하여 서럽고 애달픈 뜻을 먹어 가까스로 살고 있으니, 비록 사람의 무리에 살고도 짐승 만도 못합니다. 서러운 인생(人生)이 [5뒤 어찌 이 같은 일이 있겠습니까? 이제 또 내 아들을 데려가려 하시니 권속(眷屬)[21]이 되어서 서러운 일도 이러하구나. 태자(太子)가 도리(道理)를 이루시어 자기가 자비(慈悲)[22]하다 하시나니, 자비(慈悲)는 중생(衆生)을 편안(便安)하게 하시는 것이거늘, 태자가 이제 도리어 남의 모자(母子)를 이별하게 [6앞 하시니, 서러운 일의 중(中)에도 이별(離別) 같은 것이 없으니, 이것으로 헤아려 보건대 태자에게 무슨(어찌) 자비(慈悲)가 있으시냐." 하고, 목련(目連)이에게 이르시되 "돌아가 세존(世尊)께 나의 뜻을 펴서 사뢰소서."

그때에 목련(目連)이 종종(種種)[23] 방편(方便)으로 다시금 사뢰어도 야수(耶輸)가 잠깐도 듣지 아니하시므로, 목련(目連)이 정반왕(淨飯王)께 [6뒤 돌아가 이 사연(辭緣)을 사뢰는데, 왕(王)이 대애도(大愛道)[24]를 불러 이르시되, "야수(耶輸)는 여자라서 法(법)을 모르므로 애착하여 애틋하게 사랑하는 뜻을 못 쓸어 버리니, 그대가 가서 알아듣게 이르라." 대애도(大愛道)가 오백(五百) 청의(靑衣)를 데리고 야수(耶輸)께 가서 종종(種種)의 방편(方便)으로 두어 번 이르시니 [7앞 야수(耶輸)가 오히려 듣지 아니하시고 대애도(大愛道)께 사뢰시되, "내가 집에 있을 적에 여덟 나라의 왕(王)이 경쟁하여 다투거늘, 우리 부모(父母)가 듣지 아니하신 것은 석가(釋迦) 태자(太子)가 재주가 기특(奇特)[25]하시므로, 우리 父母(부모)가 나를 태자(太子)께 드

20) 녹피: 鹿皮. 사슴 가죽이다.

21) 권속: 眷屬. 한집에 거느리고 사는 식구이다.

22) 자비: 慈悲. 중생에게 즐거움을 주고 괴로움을 없게 하는 것이다.

23) 종종: 種種. 여러 가지(명사)

24) 대애도: 大愛道. 본명은 마하프라자파티(Mahaprajapati)이며 석가세존(釋迦世尊)의 이모(姨母)이다. 석가모니의 어머니인 마하마야(摩訶摩耶, 마야부인)가 죽은 뒤 석가모니를 양육하였고, 뒤에 맨 처음으로 비구니(比丘尼)가 되었다.

리시니, 부인(夫人)이 며느리 얻으시는 것은 [7뒤 온화(溫和)하게 살아서 천만(千萬) 누리에 자손(子孫)이 이어감을 위하시니, 태자(太子)가 이미 나가시고 또 나후라(羅睺羅)를 출가(出家)하게 하시어 나라를 이을 사람을 끊어지게 하시는 것이 과연 어떠합니까?"

대애도(大愛道)가 들으시고 한 말도 못하고 있으시더니, 그때에 세존(世尊)이 즉시 화인(化人)[26]을 보내시어 [8앞 허공(虛空)에서 야수(耶輸)께 이르시되 "네가 지난 옛날 세상의 시절(時節)에 맹서(盟誓)하고 발원(發願)[27]한 일을 헤아리는가, 모르는가? 석가(釋迦) 여래(如來)가 그때 보살(菩薩)[28]의 도리(道理)를 한다 하여, 너에게 오백(五百) 은(銀)돈으로 다섯 줄기의 연화(蓮花)[29]를 사서 정광불(錠光佛)[30]께 바칠 적에, 네가 발원(發願)을 하되 '세세(世世)[31]에 처권(妻眷)[32]이 [8뒤 되자.' 하거늘, 내가 이르되 "보살(菩薩)이 되어 겁겁(劫劫)[33]에 발원(發願)을 행(行)한다 하여서, 일체(一切)의 보시(布施)[34]를 남의 뜻을 거스르지 아니하거든, 네가 나의 말을 다 듣겠는가?" 하거늘, 네가 맹서(盟誓)를 하되 '세세(世世)에 난 땅마다 나라며 성(城)이며 자식(子息)이며 나의 몸에 이르도록 보시(布施)하여도, 그대가 한 바를 따라 하여 뉘우쁜 [9앞 마음을 아니 하리라.' 하더니, 이제 어찌 나후라(羅睺羅)를 아끼는가?"

야수(耶輸)가 이 말을 들으시고, 마음이 훤하시어 전생(前生)에 있은 일이 어제

---

25) 기특: 奇特. 말하는 것이나 행동하는 것이 신통하고 남과 다른 것이다.

26) 화인: 化人. 불보살이 중생을 교화하기 위하여 사람의 몸으로 나타남. 또는 그런 사람이다.

27) 발원: 發願. 신이나 부처에게 소원을 비는 것이나, 또는 그 소원을 이른다.

28) 보살: 菩薩. 부처가 전생에서 수행하던 시절, 수기를 받은 이후의 몸이다. 혹은 위로 보리를 구하고 아래로 중생을 제도하는, 대승 불교의 이상적 수행자상이다.

29) 연화: 蓮花. 연꽃이다.

30) 정광불: 錠光佛. 불교에서 과거불로, 석가모니의 전생에 수기를 준 부처이다. 산스크리트로는 연등불(燃燈佛)이라 한다.

31) 세세: 世世. 태어나는 각각의 세상이다.

32) 처권: 妻眷. 아내와 친족을 통틀어 이르는 말이다.

33) 겁겁: 劫劫. 劫(겁)은 어떤 시간의 단위로도 계산할 수 없는 무한히 긴 시간이다. 곧, 하늘과 땅이 한 번 개벽한 때에서부터 다음 개벽할 때까지의 동안이라는 뜻이다. 따라서 劫劫(겁겁)은 끝없는 세월을 말한다.

34) 보시: 布施. 자비심으로 남에게 재물이나 불법을 베푸는 것이다.

본 듯하여 애착스러운 마음이 다 없어지거늘, 목련(目連)이를 불러 참회(懺悔)[35]하시고, 나후라(羅睺羅)의 손을 잡아 목련(目連)이에게 [9뒤 맡기시고 울며 이별(離別)하셨느니라.

정반왕(淨飯王)이 야수(耶輸)의 뜻을 누그러뜨리리라 하시어, 즉시 나라의 귀족들을 모아 이르시되 "금륜왕(金輪王)[36]의 아들이 출가(出家)하러 가니, 그대들이 각각(各各) 한 아들씩 내어 내 孫子(손자)를 좇아가게 하라." 하시니, 즉시 쉰 명의 아이가 모이거늘 나후라(羅睺羅)를 좇아 부처께 가서 예수(禮數)[37]하는데, [10앞 부처가 아난(阿難)[38]이를 시키시어 나후라(羅睺羅)의 머리를 깎이시니, 다른 쉰 명의 아이도 다 출가(出家)하였니라.

부처가 명(命)하시어 "사리불(舍利弗)[39]이 화상(和尙)[40]이 되고, 목련(目連)이 도리(闍梨)[41]가 되어, 열 가지의 계(戒)[42]를 [10뒤 가르치라." 하시니 나운(羅雲)이 어려서 놀이를 즐겨 법(法)을 듣는 것을 싫게 여기니, 부처가 자주 이르셔도 종(從)[43]하지 아니하더니, 후(後)에 부처가 나운(羅雲)이더러 이르시되 "부처를 [11앞 만나는 것이 어려우며 법(法)을 듣는 것이 어려우니, 네가 이제 사람의 몸을 득(得)하고 부처를 만나 있으니, 어찌 게을러 법(法)을 아니 듣는가?" 나운(羅雲)이 사뢰되 "부처의

35) 참회: 懺悔. 과거의 죄를 뉘우치고 부처, 보살, 사장(師長), 대중 앞에 고백하여 용서를 구하는 것이다.

36) 금륜왕: 金輪王. 사륜왕(四輪王) 중의 하나이다. 사륜왕에는 金輪王(금륜왕), 동륜왕(銅輪王), 은륜왕(銀輪王), 철륜왕(鐵輪王) 등이 있다. 이 중에서 금륜왕(金輪王)은 금륜(金輪)을 굴리면서 네 주(洲)를 다스리는 왕인데, 여기서는 석가 세존을 이른다.

37) 예수: 禮數. 주인과 손님이 서로 만나 인사하는 것이다.

38) 아난: 阿難. 석가모니의 십대 제자 가운데 한 사람(?~?)이다. 십육 나한의 한 사람으로, 석가모니 열반 후에 경전 결집에 중심이 되었으며, 여인 출가의 길을 열었다.

39) 사리불: 舍利弗. 석가모니의 십대 제자 가운데 한 사람(?~B.C.486)이다. 십육 나한의 하나로 석가모니의 아들 라훌라의 수계사(授戒師)로 유명하다.

40) 화상: 和尙. 수행을 많이 한 승려라는 뜻인데, 여기서는 '스승(師)'의 뜻으로 쓰였다.

41) 사리(도리): 闍梨. 제자를 가르치고 제자의 행위를 바르게 지도하여 그 모범이 될 수 있는 승려를 이르는 말이다.

42) 열 가지의 계: 십계(十戒). 사미(沙彌)와 사미니(沙彌尼)가 지켜야 할 열 가지 계율이다. 곧, '살생하지 말 것, 훔치지 말 것, 음행(淫行)하지 말 것, 거짓말하지 말 것, 술 마시지 말 것, 꽃다발을 쓰거나 향을 바르지 말 것, 노래하고 춤추고 풍류를 즐기지 말 것, 높고 큰 평상에 앉지 말 것, 제때가 아니면 먹지 말 것, 재물을 모으지 말 것'이다.

43) 종: 從. 따르는 것이다.

법(法)이 정미(精微)[44)]하여 어린 아이가 어찌 듣겠습니까? 예전에 자주 들었건마는 즉시 도로 잊어 힘들 뿐이니, 이제 어린 적에는 아직 마음껏 놀다가 자라면 [11뒤 가히 법(法)을 배우겠습니다." 부처께서 이르시되 "잡은 일이 무상(無常)하여 몸을 못 믿을 것이니, 너의 목숨을 믿어 자랄 시절(時節)을 기다리는가?" 하시고 다시 설법(說法)하시니, 나운(羅雲)의 마음이 열리어 알았니라.

○ 유라국(揄羅國)의 바라문(婆羅門)[45)]인 가섭(迦葉)[46)]이 삼십이상(三十二相)[47)]이 [12앞 갖추어져 있고 글도 많이 알며 부유하여 보시(布施)도 많이 하더니, 자기의 아내도 좋은 상(相)이 갖추어져 있고 세간(世間)에 있는 정욕(情欲)이 없더라. 가섭(迦葉)이 세간(世間)을 버리고 산에 들어 이르되, "제불(諸佛)도 출가(出家)하셔야 도리(道理)를 닦으시나니, 나도 그리 하리라." 하고 손수 머리를 깎고 산골에 있어서 도리(道理)를 생각하더니, [12뒤 허공(虛空)에서 이르되 "이제 부처가 나 계시니라." 하거늘 즉시 일어나 죽원(竹園)[48)]으로 오더니, 부처가 마주 나와서 가섭을 맞으시어 서로 공손히 받들어 모시어 부처가 죽원(竹園)의 안으로 드시어 설법(說法)하시니, 가섭(迦葉)이 곧 아라한(阿羅漢)[49)]을 알았니라. 위엄(威嚴)과 덕(德)이 커서 천인(天人)[50)]이 중(重)히 여기시므로, 대가섭(大迦葉)이라 하더니, 부처가 없어지신 후(後)에 법(法)을 지녀 후세(後世)에 [13앞 퍼지게 한 것이 이 대가섭(大迦葉)의 힘이다.

---

44) 정미: 精微. 정밀하고 자세한 것이다.

45) 바라문: 婆羅門. '브라만(Brahman)'의 음역어이다. 인도 카스트 제도에서 가장 높은 지위인 승려 계급을 이른다.

46) 가섭: 迦葉. 마하카시아파(Mahā Kāsyapa)이다. 마하가섭(摩訶迦葉)이라고도 하며 석가모니의 십대 제자 중 한 사람이다. 석가가 죽은 뒤 제자들의 집단을 이끌어 가는 영도자 역할을 해냄으로써 '두타제일(頭陀第一)'이라 불린다.

47) 삼십이상: 三十二相. 부처의 몸에 갖춘 서른두 가지의 독특한 모양이다.

48) 죽원: 竹園. 중인도(中印度) 마갈타국(摩竭陀國)의 왕사성(王舍城) 북쪽에 있으며, 세존(世尊)이 설법(說法)하던 곳이다. '죽림원(竹林園)'이라고도 한다.

49) 아라한: 阿羅漢. '나한(羅漢)'이라고도 한다. 아라한은 본래 부처를 가리키는 명칭이었는데, 후에 불제자들이 도달하는 최고의 계위(階位)로 바뀌었다. 수행 결과에 따라서 범부(凡夫)·현인(賢人)·성인(聖人)의 구별이 있다. 아라한과(果)는 더 이상 배우고 닦을 만한 것이 없으므로 무학(無學)이라고 하며, 그 이전의 계위는 아직도 배우고 닦을 필요가 있는 단계이므로 유학(有學)의 종류로 불린다.

50) 천인: 天人. 하늘과 사람을 아울러 이르는 말이다.

○ 사위국(舍衛國)[1]의 대신(大臣)인 수달(須達)[2]이 부유하여 재물이 그지없고, 보시(布施)하기를 즐겨 간난(艱難)하며 불쌍한 사람을 쥐여 주어 구제하므로, 호(號)[3]를 급고독(給孤獨)[4]이라 하더라. [13뒤 급고독(給孤獨) 장자(長者)[5]가 일곱 아들이더니, 여섯 아들은 이미 장가들이고 막내아들이 모습이 곱거늘, 각별(各別)히 사랑하여 어떻게 해서든지 마뜩한 며느리를 얻으리라 하여, 바라문(婆羅門)[6]을 데려서 이르되 "어디야말로 좋은 딸이 좋은 모습을 갖춘 이가 있느냐? 나의 아기를 위하여 그런 사람을 얻어 보구려."

바라문(婆羅門)이 그 말을 듣고 "고운 딸을 얻으러 다닌다." [14앞 하여, 빌어먹어 마갈타국(摩竭陁國)[7]의 왕사성(王舍城)[8]에 가니 그 성(城) 안에 한 대신(大臣)인 호미(護彌)라 하는 사람이 부유하고 발심(發心)[9]하더니, 바라문(婆羅門)이 그 집에 가 양식(糧食)을 비는데, 그 나라의 법(法)에 보시(布施)하되 모름지기 동녀(童女)[10]로 양식을 내어 주더니, 그 집의 딸이 쌀을 가져 오거늘 바라문(婆羅門)이 보고 기뻐서 "이 각시야말로 내가 [14뒤 얻으러 다니는 마음에 맞구나." 하여, 그 딸에게 묻되 "그대의 아버님이 있소?" 딸이 대답(對答)하되 "있습니다." 바라문(婆羅門)이 이르되 "내가 보자 한다고 사뢰오." 그 딸이 들어가 이르니 호미(護彌) 장자(長者)

---

1) 사위국: 舍衛國. 원 지명은 슈라바스티(Śrāvastī)로서, 북인도의 교통로가 모이는 장소이며 상업상으로도 중요한 곳이었다. 성 밖에는 석가가 오래 지냈다는 기원정사(祇園精舍)가 있다.

2) 수달: 須達. 산스크리트어, 팔리어 sudatta의 음사인데, '선시(善施)'라고 번역한다. 사위성(舍衛城)의 부호이며, 파사닉왕(波斯匿王)의 신하이다. 기타(祇陀) 태자에게 황금을 주고 구입한 동산에 기원정사(祇園精舍)를 지어 붓다에게 바쳤다.

3) 호: 號. 남들이 허물없이 쓰게 하기 위하여 본명이나 자(子) 이외에 따로 지은 이름이다.

4) 급고독: 給孤獨. 給(급)은 주는 것이요, 孤(고)는 젊어서 어버이가 없는 사람이요, 獨(독)은 늙되 子息(자식)이 없어 홑몸인 사람이다.

5) 장자: 長者. ① 덕망이 뛰어나고 경험이 많아 세상일에 익숙한 어른이다. ② 큰 부자를 점잖게 이르는 말이다.

6) 바라문: 婆羅門. 인도 카스트 제도에서 가장 높은 지위인 승려 계급(브라만)이다.

7) 마갈타국: 摩竭陁國. 기원전 6세기에서 기원전 1세기에 인도의 갠지스 강 중류에 있었던 고대 왕국, 또는 그 지역의 옛 이름이다. '마가다국'이라고도 한다.

8) 왕사성: 王舍城. 석가모니가 살던 시대의 강국인 마가다의 수도이다. 석가모니가 중생을 제도한 중심지로서, 불교에 관한 유적이 많다. '라자그리하'라고도 한다.

9) 발심: 發心. '발보리심(發菩提心)'의 준말로서, 불도의 깨달음을 얻고 중생을 제도하려는 마음을 일으키는 일이다.

10) 동녀: 童女. 여자 아이이다.

가 나오거늘, 바라문(婆羅門)이 안부(安否)를 묻고 이르되 "사위국(舍衛國)에 한 대신(大臣)인 수달(須達)이라 하는 이가 있으니 [15앞 그를 아십니까?" 호미(護彌)가 이르되 "소리(소문)만 듣는다." 바라문(婆羅門)이 이르되 "사위국(舍衛國) 중(中)에 제일 벼슬이 높고 부유함이 이 나라에 그대와 같은 이가, 자기가 사랑하는 한 막내아들이 모습이며 재주가 한 끝이니, 그대의 딸을 며느리로 맞이하고자 하더이다." 호미(護彌)가 이르되, "그렇게 하리라." 하거늘, 때마침 상인이 사위국(舍衛國)으로 갈 이가 [15뒤 있더니 바라문(婆羅門)이 글월을 지어 수달(須達)에게 보내거늘, 수달(須達)이 기뻐하여 파사닉왕(波斯匿王)[11]께 가 말미를 여쭙고, 재물을 많이 실어 왕사성(王舍城)으로 가며 길에 간난(艱難)한 사람을 보면 다 보시(布施)하더라.

수달(須達)이 호미(護彌) 집에 가거늘, 호미(護彌)가 기뻐하여 나와 수달(須達)을 영봉(迎逢)[12]하여 [16앞 집에 들여 재우더니, 그 집에서 음식을 만드는 소리가 어수선하거늘 수달(須達)이 호미(護彌)에게 묻되 "주인(主人)이 무슨(어찌) 음식을 손수 다녀 만드오? 태자(太子)를 청(請)하여 대접하려 하오? 대신(大臣)을 청(請)하여 대접하려 하오?" 호미(護彌)가 이르되 "그런 것이 아니오." 수달(須達)이 또 묻되 "혼인(婚姻)을 위하여 [16뒤 친척이 오거든 대접하려 하오?" 호미(護彌)가 이르되 "그런 것이 아니라 부처와 중을 청(請)하려 하오."

수달(須達)이 부처와 중의 말을 듣고 소름이 돋혀 자연(自然)히 마음에 기쁜 뜻이 있으므로, 다시 묻되 "어찌 부처라 하오? 그 뜻을 [17앞 이르오." 호미(護彌)가 대답(對答)하되 "그대는 아니 들으셨소? 정반왕(淨飯王)의 아드님인 실달(悉達)[13]이라 하시는 이가 나신 날에, 하늘로부터서 서른두 가지의 상서(祥瑞)[14]가 내리며, 일만(一萬) 신령(神靈)이 시위(侍衛)[15]하며, 잡는 이가 없이 일곱 걸음을 걸으시어 이르시되, "하늘 위 하늘 아래 나만이 존(尊)하다." 하시며, 몸이 금(金)빛이시며,

---

11) 파사닉왕: 波斯匿王. 산스크리트어 prasenajit, 팔리어 pasenadi의 음사이다. 붓다가 살아 있을 때, 코살라국(kosala國) 사위성(舍衛城)의 왕이다. '波斯匿(파사닉)'은 나라의 이름이다.

12) 영봉: 迎逢. 손님을 만나서 대접하는 것이다.

13) 실달: 悉達. 석가모니 부처가 출가(出家)하기 전에 정반왕(淨飯王) 태자(太子) 때의 이름이다. 석가모니의 성은 고타마(Gautama:瞿曇)요 이름은 싯다르타(Siddhārtha:悉達多)이다. '悉達(실달)'은 '싯다르타'를 음역하여 한자로 표기한 것이다.

14) 상서: 祥瑞. 복되고 길한 일이 일어날 조짐이다.

15) 시위: 侍衛. 임금이나 우두머리를 모시어 호위하는 것이다.

[17뒤 삼십이상(三十二相)[16]과 팔십종호(八十種好)[17]가 갖추어져 있으시더니, 금륜왕(金輪王)[18]이 되시어 사천하(四天下)[19]를 주관하시건마는, 늙은이, 병(病)든 이, 죽은 사람을 보시고, 세간(世間)을 싫게 여기시어 출가(出家)하시어 도리(道理)를 닦으시어, 육년(六年) 동안 고행(苦行)하시어 정각(正覺)을 이루시어, 마왕(魔王)[20]의 병마(兵馬) 십팔억만(十八億萬)을 항복(降服)시키시어, [18앞 광명(光明)이 세계(世界)를 꿰뚫어 비추시어, 삼세(三世)[21]에 있는 일을 아시므로 '부처이시다' 하오."

수달(須達)이 또 묻되 "어찌하여 중이라 하오?" 호미가 대답(對答)하되 "부처가 성도(成道)[22]하시거늘 범천(梵天)[23]이 '전법(轉法)[24]하소서.' 하고 청(請)하거늘, 바라내국(波羅㮈國)[25]의 [18뒤 녹야원(鹿野苑)[26]에 가시어, 교진여(憍陳如)[27] 등 다섯 사람

---

16) 삼십이상: 三十二相. 부처의 몸에 갖춘 서른두 가지의 독특한 모양이다. 발바닥이나 손바닥에 수레바퀴 같은 무늬가 있는 것, 손가락이나 발가락이 가늘고 긴 것, 정수리에 살이 상투처럼 불룩 나와 있는 것, 미간에 흰 털이 나와서 오른쪽으로 돌아 뻗은 것 등이 있다.

17) 팔십종호: 八十種好. 부처의 몸에 갖추어진 훌륭한 용모와 형상이다. 부처의 화신에는 뚜렷해서 보기 쉬운 32가지의 상과 미세해서 보기 어려운 80가지의 호가 있다.

18) 금륜왕: 金輪王. 사천하(四天下)를 다스리는 사륜왕(四輪王) 가운데의 하나이다. 금륜왕(金輪王)은 수미(須彌) 사주(四洲)인 네 천하, 곧 동녘의 불바제(弗婆提), 서녘의 구타니(瞿陁尼), 남녘의 염부제(閻浮提), 북녘의 울단월(鬱單越)을 다 다스리었다. 전륜왕(轉輪王) 가운데에서 가장 수승한 윤왕(輪王)이다. 금륜(金輪)은 '금수레'이다.

19) 사천하: 四天下. 수미산을 중심으로 한 사방의 세계이다. 남쪽의 섬부주(贍部洲), 동쪽의 승신주(勝神洲), 서쪽의 우화주(牛貨洲), 북쪽의 구로주(俱盧洲)이다.

20) 마왕: 魔王. 천마(天魔)의 왕으로서, 정법(正法)을 해치고 중생이 불도에 들어가는 것을 방해하는 귀신이다.

21) 삼세: 三世. 과거(전세), 현재(현세), 미래(내세)를 이르는 말이다.

22) 성도: 成道. 도(道)를 이루는 것이다.

23) 범천: 梵天. 색계(色界) 초선천(初禪天)의 우두머리이다. 제석천(帝釋天)과 함께 부처를 좌우에서 모시는 불법 수호의 신이다.

24) 전법: 轉法. 부처님이 설법하여 중생을 널리 구제하는 것이다.

25) 바라내국: 波羅㮈國. 바라나시(Varanasi)이다. 중인도 마가다국의 서북쪽에 있는 나라. 지금의 베나레스시에 해당한다. 부처님께서 성도한 21일 후, 이 나라의 녹야원(綠野園)에서 처음으로 설법하여 '교진여(憍陳如)' 등 다섯 비구를 제도한 것으로 유명하다.

26) 녹야원: 鹿野苑. 사르나트(Sarnath)이다. 인도 북부 우타르프라데시 주(州)의 남동쪽에 바라나시가 있는데, 바라나시의 북쪽에 있는 사르나트의 불교 유적이다. 석가모니가 교진여 등 다섯 비구를 위하여 처음으로 설법한 곳이다.

27) 교진여: 憍陳如. '憍陳如(교진여)'의 본 이름은 안나콘단냐(阿若驕陳如)이다. 그는 녹야원(鹿野苑)에서 석가의 초전법륜을 듣고 가장 먼저 깨달음을 얻어서 그 자리에서 아라한(阿羅漢)이 되었다.

을 제도(濟渡)하시며, 다음으로 울비가섭(鬱卑迦葉)[28] 삼형제(三兄弟)의 무리 일천(一千) 사람을 제도(濟渡)하시며, 다음으로 사리불(舍利弗)[29]과 목건련(目揵連)[30]의 무리 오백(五百)을 제도(濟渡)하시니, 이 사람들이 다 신족(神足)[31]이 자재(自在)[32]하여 중생(衆生)의 복전(福田)[33]이 [19앞 되므로 중이라고 하오."

수달(須達)이 이 말 듣고 부처께 발심(發心)을 일으켜 "언제쯤 날이 새거든 부처를 가서 보겠느냐?" 하더니, 정성(精誠)이 올곧으니 밤눈이 번하거늘 길을 찾아 부처께로 가는 때에, 성문(城門)에 내달아 하늘에 제(祭)하던 땅을 보고 절하다가 [19뒤 홀연(忽然)히 부처를 향(向)한 마음을 잊으니 눈이 도로 어둡거늘, 자기(= 수달)가 여기되 "밤에 가다가 귀신과 모진 짐승이 무서우니, 내가 무엇 때문에 밤에 나왔느냐?" 하여, 후회하여서 도로 오려 하더니, 예전에 자기(= 수달)의 벗이 죽어 하늘에 가 있다가 내려와 수달(須達)이에게 이르되 "수달(須達)이 후회하지 마라. 내가 예전의 너의 벗이더니, 부처의 법(法)을 들은 [20앞 덕(德)으로 하늘에 나서 문신(門神)[34]이 되어 있으니, 네가 부처께 가 보면 좋은 일이 그지없으리라. 사천하(四天下)[35]에 가득한 보배를 얻어도 부처를 향하여 한 걸음을 나아가 걷는 것만 못하니라. 수달(須達)이 그 말을 듣고 더욱 기뻐하여, 다시 깨달아 세존(世尊)을 염(念)하니 눈이 도로 밝아지거늘, 길을 [20뒤 찾아 세존(世尊)께 갔니라.

---

28) 울비가섭: 鬱卑迦葉. 마하카시아파(Mahā Kāsyapa)이다. 마하가섭(摩訶迦葉)이라고도 하며 석가모니의 십대 제자 중 한 사람이다. 석가가 죽은 뒤 제자들의 집단을 이끌어 가는 영도자 역할을 해냄으로써 '두타제일(頭陀第一)'이라 불린다.

29) 사리불: 舍利弗. 사리푸트라(Sāriputra)이다. 석가모니의 십대 제자 가운데 한 사람(?~BC 486)이다. 십육 나한의 하나로 석가모니의 아들 라훌라의 수계사(授戒師)로 유명하다.

30) 목건련: 目揵連. 마우드갈리아야나(Maudgalyayana)이다. 석가모니의 십대 제자 가운데 한 사람이다. 마가다의 브라만 출신으로 부처의 교화를 펼치고 신통(神通) 제일의 성예(聲譽)를 얻었다.

31) 신족: 神足. 신족통(神足通)을 뜻하는데, 자기의 마음대로 날아다닐 수 있는 신통한 힘이다.

32) 자재: 自在. 저절로 갖추어 있는 것이다.

33) 복전: 福田. 복을 거두는 밭이라는 뜻으로, 삼보(三寶)와 부모와 가난한 사람을 비유적으로 이르는 말이다. 삼보를 공양하고 부모의 은혜에 보답하며 가난한 사람에게 베풀면 복이 생긴다고 한다.

34) 문신: 門神. 문을 지켜는 귀신이다.

35) 사천하: 四天下. 수미산을 중심으로 한 사방의 세계이다. 남쪽의 섬부주(贍部洲), 동쪽의 승신주(勝神洲), 서쪽의 우화주(牛貨洲), 북쪽의 구로주(俱盧洲)이다.

세존(世尊)이 수달(須達)이 올 것을 아시고 밖에 나와 거니시더니, 수달(須達)이를 바라보고 못내 칭찬하여 하되, 부처를 뵙는 예수(禮數)를 몰라서 바로 들어가서 묻되, "구담(瞿曇)[36]이 안부(安否)가 편안(便安)하십니까?" 하더니, 세존(世尊)이 방석을 주어 앉히셨니라. 그때에 수타회천(首陁會天)[37]이 [21앞 수달(須達)이 버릇없는 것을 보고 네 사람이 되어 와서, 세존(世尊)께 예수(禮數)하고 무릎을 꿇어 안부(安否)를 묻고 오른쪽으로 세 번 감돌고 한쪽에 앉거늘, 그제야 수달(須達)이 부끄러워하여 "공경(恭敬)하는 법(法)이 이러한 것이구나." 하여, 즉시 다시 일어나 네 사람이 하는 양으로 예수(禮數)하고 한쪽에 [21뒤 앉았니라. 그때에 세존(世尊)이 수달(須達)이를 위하여 사제법(四諦法)[38]을 이르시니, 수달(須達)이 듣고 기뻐하여 수타환(須陁洹)[39]을 이루었니라.

그때에 사위국(舍衛國)에 있는 사람이 사곡(邪曲)[40]한 도리(道理)를 신(信)하여 정(正)한 법(法)을 가르치는 것이 어렵더니, 수달(須達)이 부처께 사뢰되 "여래(如來)[41]시여, 우리나라에 오시어 중생(衆生)의 사곡(邪曲)을 [22앞 덜게 하소서." 세존(世尊)이 이르시되 "출가(出家)한 사람은 속인(俗人)과 같지 아니하니 거기에 정사(精舍)[42]가 없으니 어찌 가랴?" 수달(須達)이 사뢰되 "내가 가히 정사(精舍)를 세우겠습니다." 수달(須達)이 사(辭)[43]하고 가서 자기의 막내아들을 장가들이고 제 나

---

36) 구담: 瞿曇. 인도의 석가(釋迦) 종족의 성(姓)인 '고타마(Gautama)'를 한자로 음역한 것이다. 여기서는 석가모니 부처(고타마 싯다르타)를 이른다.

37) 수타회천: 首陁會天. 색계(色界)의 제사(第四) 선천(禪天)에 구천(九天)이 있는데, 이 구천 중에서 불환과(不還果)를 증득(證得)한 성인(聖人)이 나는 하늘이다. 무번천(無煩天), 무열천(無熱天), 선현천(善現天), 선견천(善見天), 색구경천(色究竟天)의 다섯 하늘, 곧 오정거천(五淨居天)이라고도 한다. 여기서는 수타회천(首陁會天)을 주관하는 천신을 이른다.

38) 사제법: 四諦法. 부처님께서 녹야원에서 처음 설법하실 때 하신 가르침으로서, 영원히 변하지 않는 네 가지 성스러운 진리이다. 네 가지 진리는 '고제(苦諦), 집제(集諦), 멸제(滅諦), 도제(道諦)'를 이른다.

39) 수타환: 須陁洹. 성문 사과(聲聞四果)의 첫째로서, 무루도(無漏道)에 처음 참례하여 들어간 증과(證果)이다. 곧 사제(四諦)를 깨달아 욕계(欲界)의 '탐(貪), 진(瞋), 치(癡)'의 삼독(三毒)을 버리고 성자(聖者)의 무리에 들어가는 성문(聲聞)의 지위이다.

40) 사곡: 邪曲. 요사스럽고 교활한 것이다.

41) 여래: 如來. 진리로부터 진리를 따라서 온 사람이라는 뜻으로 '부처'를 달리 이르는 말이다.

42) 정사: 精舍. 절(寺). 승려가 불상을 모시고 불도(佛道)를 닦으며 교법을 펴는 집이다.

43) 사: 辭. 하직(下直). 먼 길을 떠날 때 웃어른께 작별을 고하는 것이다.

라로 갈 적에 부처께 와 사뢰되 "사위국(舍衛國)에 돌아가 정사(精舍)를 [22뒤 세우겠으니 제자(弟子) 하나를 주시거든 그의 말을 들어서 정사(精舍)를 세우고 싶습니다. 세존(世尊)이 여기시되 "사위국(舍衛國)의 바라문(婆羅門)이 모질어서 다른 사람이 가면 바라문(婆羅門)을 못 이기겠으니, 사리불(舍利弗)이야말로 총명(聰明)하고 신족(神足)이 갖추어져 있으니 사리불(舍利弗)이 가야 정사(精舍)를 세우는 것을 이루리라." 하시어, 사리불(舍利弗)에게 수달(須達)이를 좇아가라 하셨다. 길에 가며 [23앞 수달(須達)이 사리불(舍利弗)을 더불어서 묻되 "세존(世尊)이 하루에 몇 리(里)를 가십니까?" 사리불(舍利弗)이 대답하되 "하루에 이십(二十) 리(里)를 가시나니 전륜왕(轉輪王)[44]이 가시는 것과 같으시니라."

수달(須達)이 왕사성(王舍城)으로부터서 사위국(舍衛國)에 오는 사이에 있는 길에 이십(二十) 리(里)에 한 정사(亭舍)[45]씩 짓게 하여, 사람에게 그 일을 분부하여 두고 [23뒤 사위국(舍衛國)에 돌아와 정사(精舍)를 지을 터를 얻으니, 마땅한 데가 없고 오직 태자(太子)인 기타(祇陀)[46]의 동산(東山)이 땅도 평(平)하며 나무도 성(盛)하더니, 사리불(舍利弗)이 이르되 "마을이 멀면 걸식(乞食)하기가 어렵고 너무 가까우면 깨끗하지 못하겠으니, 이 동산(東山)이 심(甚)히 [24앞 알맞다." 수달(須達)이 기뻐하여 태자(太子)께 가 사뢰되 "이 동산(東山)을 사서 여래(如來)를 위하여 정사(精舍)를 세우고 싶습니다."

태자(太子)가 웃으며 이르되 "내가 무엇이 부족(不足)하리오? 오로지 이 동산(東山)은 나무가 좋으므로 내가 노니는 데이다." 수달(須達)이 다시금 청(請)하니 태자(太子)가 동산을 아껴서 마음에 여기되 "값을 많이 부르면 [24뒤 수달이 동산을 못 살까 하여 이르되 "금(金)으로 땅에 까는 것을 틈이 없게 하면 이 동산(東山)을 팔리라." 수달(須達)이 이르되 "이르신 양으로 하겠습니다." 태자가 이르되 "내가 농담하였다." 수달(須達)이 이르되 "태자(太子)의 법(法)은 거짓말을 아니 하시는 것이

44) 전륜왕: 轉輪王. 인도 신화 속의 임금이다. 정법(正法)으로 온 세계를 통솔한다고 한다. 여래의 32상(相)을 갖추고 칠보(七寶)를 가지고 있으며 하늘로부터 금, 은, 동, 철의 네 윤보(輪寶)를 얻어서, 이를 굴리면서 사방을 위엄으로 굴복시킨다.

45) 정사: 亭舍. 경치 좋은 곳에 정자 모양으로 지어 한가히 거처하는 집이다.

46) 기타: 祇陁. 중인도(中印度) 사위성(舍衛城) 바사닉왕(波斯匿王)의 태자 이름이다. 祇陁(기타)는 기타림(祇陁林)을 석존(釋尊)에게 바친 사실로 유명하다.

니, 어쩔 수 없이 동산을 파시겠습니다." 하고, 태자(太子)와 함께하여 관청에 결(決)하러 가려 하더니 [25앞 그때에 수타회천(首陁會天)[47]이 여기되 나라의 신하(臣下)가 태자(太子)의 편(便)을 들면 수달(須達)의 원(願)을 못 이룰까 하여, 한 사람이 되어서 하늘에서 내려와, 시비(是非)를 분간(分揀)하여 태자(太子)께 이르되 "태자(太子)는 거짓말을 못 하시는 것이니 땅을 팔아야 하는 것을 후회하지 마소서."

태자(太子)가 하는 수 없이 땅을 팔거늘, 수달(須達)이 기뻐하여 코끼리에 금(金)을 실어 여든 경(頃)[48]의 [25뒤 땅에 즉시로 다 깔고 많지 않은 데에 못다 깔아 있거늘 수달(須達)이 잠자코 생각하더니, 태자(太子)가 묻되 "아까운 뜻이 있느냐?" 수달(須達)이 대답(對答)하되 "그런 것이 아니라, 내가 생각하되 '어느 장(藏)[49]의 금(金)이야말로 이 땅에 알맞게 깔리겠느냐?' 합니다." 태자(太子)가 여기되 "부처의 덕(德)이 지극(地極)하셔야만 이 사람이 보배를 [26앞 저토록 아니 아끼는구나." 하여, 수달(須達)이더러 이르되 "금(金)을 더 내지 말라. 땅은 그대의 몫에 두고 나무는 내 몫에 두어서 둘이 어울러서 정사(精舍)를 만들어 부처께 바치리라."

수달(須達)이 기뻐하여 집에 돌아가 정사(精舍)를 지을 일을 마련(磨鍊)하더니, 그 나라의 육사(六師)가 듣고 왕(王)께 사뢰되 "장자(長者) [26뒤 수달(須達)이 기타(祇陁) 태자(太子)의 동산(東山)을 사서 구담(瞿曇) 사문(沙門)[50]을 위하여 정사(精舍)를 지으려 하나니, 우리가 모여서 재주를 겨루어서 저(= 구담 사문)가 이기면 정사(精舍)를 짓게 하고 저가 못 이기면 정사(精舍)를 못 짓게 하고 싶습니다." 왕(王)이 수달이를 불러 이르되 "육사(六師)가 이렇게 이르나니, 그대가 사문(沙門)의 제자에게 가히 겨루겠는가 물어 보라."

[27앞 수달(須達)이 집에 돌아와 때가 묻은 옷을 입고 시름하여 있더니, 이튿날에 사리불(舍利弗)이 보고 물으니 수달(須達)이 그 뜻을 이르거늘, 사리불(舍利弗)이

---

47) 수타회천: 首陁會天. 색계(色界)의 제사(第四) 선천禪天)에 구천(九天)이 있는데, 그 중에서 불환과(不還果)를 증득(證得)한 성인(聖人)이 나는 하늘이다. 여기서는 수타회천(首陁會天)을 주관하는 천신을 이른다. '정거천(淨居天)'이라고도 한다.

48) 경: 頃. 예전에, 중국에서 쓰던 논밭 넓이의 단위. 1경은 100묘(畝)이고 1묘는 240평이다. 따라서 1경은 2,400평에 해당한다. 다만, 실제의 넓이는 시대마다 다 달랐다.

49) 장: 藏. 창고.

50) 사문: 沙門. 부지런히 모든 좋은 일을 닦고 나쁜 일을 일으키지 않는다는 뜻으로, 불문에 들어가서 도를 닦는 사람을 이르는 말이다.

이르되 "염려 말라. 육사(六師)의 무리가 염부제(閻浮提)[51]에 가득하여도 나의 발에 있는 한 털(毛)도 못 움직이리니, 무슨 일을 겨루려 하는가? 자기(= 六師)가 할 양으로 하게 하라." 수달(須達)이 [27뒤 기뻐하여 향탕(香湯)[52]에 목욕(沐浴)하고 새 옷을 갈아입고, 즉시로 왕(王)께 가 사뢰되 "육사(六師)가 겨루려 하거든 자기(= 六師)가 할 양으로 하라. 하더이다."

그때에 육사(六師)가 나라에 출령(出令)[53]하되 "이 후(後)로 이레에 성(成) 밖의 훤한 데에 가 사문(沙門)과 함께하여 재주를 겨루리라." 그 날에 다달아 금(金) 북을 치니 나라의 사람 십팔억(十八億)이 [28앞 다 모이니 육사(六師)의 무리가 삼억만(三億萬)이더라. 그때에 나라의 사람이 모여서 왕(王)과 육사(六師)를 위하여 높은 좌(座)[54]를 만들고 수달(須達)이는 사리불(舍利弗)을 위하여 높은 좌(座)를 만드니, 그때에 사리불(舍利弗)이 [28뒤 한 나무 밑에 앉아 입정(入定)[55]하여 제근(諸根)[56]이 고요하여 사리불(舍利弗)이 여기되 "오늘 모여 있는 많은 사람이 사곡(邪曲)한 도리(道里)를 배운 지가 오래어 '자기가 높다.' 하여 중생(衆生)을 푸성귀만큼 여기나니, 어떤 덕(德)으로 항복(降服)시키리오? 세 덕(德)[57]으로 [29앞하리라." 하고 맹서(盟誓)를 하되, "나야말로 무수(無數)한 겁(劫)[58]에 부모(父母)께 효도(孝道)하고 사문(沙門)과 바라문(婆羅門)을 공경(恭敬)한 것이면, 내가 처음에 사람들이 모인 데에 들어 가거든 많은 사람이 날 위하여 예수(禮數)하리라." 하더라.

그때에 [29뒤 육사(六師)의 무리는 다 모여 있고 사리불(舍利弗)이 혼자 아니 와 있더니, 육사(六師)가 왕(王)께 사뢰되 "구담(瞿曇)의 제자(弟子)가 두려워하여 못

---

51) 염부제: 閻浮提. 염부나무가 무성한 땅이라는 뜻으로, 수미사주(須彌四洲)의 하나이다. 수미산(須彌山)의 남쪽 칠금산과 대철위산 중간 바다 가운데에 있다는 섬으로 삼각형을 이루고, 가로 넓이 칠천 유순(七千由旬)이라 한다. 후(後)에 인간세계(人間世界)나 현세(現世)의 의미로 쓰인다.

52) 향탕: 香湯. 향을 넣어 달인 물이다.

53) 출령: 出令. 명령을 내리는 것이다.

54) 좌: 座. 부처, 보살, 제천(諸天)의 상(像)을 모시는 상좌(床座)나 승려들이 앉는 자리이다.

55) 입정: 入定. 수행하기 위하여 방 안에 들어앉는 것이다.

56) 제근: 諸根. '안근(眼根), 이근(耳根), 비근(鼻根), 설근(舌根), 신근(身根)'의 감각 기관이다.

57) 세 德: 세 가지 덕은 法身(법신)과 般若(반야)와 解脫(해탈)이다.

58) 겁: 劫. 어떤 시간의 단위로도 계산할 수 없는 무한히 긴 시간이다. 하늘과 땅이 한 번 개벽한 때에서부터 다음 개벽할 때까지의 동안이라는 뜻이다.

옵니다." 왕(王)이 수달(須達)이더러 이르되 "네 스승의 제자(弟子)가 어찌 아니 오느냐?" 수달(須達)이 사리불(舍利弗)께 가 무릎을 꿇어 이르되 "대덕(大德)[59]이시여, 사람이 다 모여 있나니 오소서." [30앞 사리불(舍利弗)이 입정(入定)으로부터서 일어나 옷을 고치고 이사단(尼師檀)[60]을 왼녘 어깨에 얹고 자늑자늑하게 걸어 사람들이 모인 데에 가거늘, 모인 사람과 육사(六師)가 보고 가만히 못 있어 자연(自然)히 일어나 예수(禮數)하더라.

사리불(舍利弗)이 수달(須達)이 만든 좌(座)에 올라 앉거늘, 육사(六師)의 [30뒤 제자(弟子)인 노도차(勞度差)[61]가 환술(幻術)[62]을 잘하더니, 많은 사람 앞에 나아가 주(呪)[63]하여 한 나무를 만드니, 즉시로 가지가 퍼지어 모인 사람을 가리어 덮으니 꽃과 열매가 가지마다 다르더니, 사리불(舍利弗)이 신력(神力)[64]으로 선람풍(旋嵐風)[65]을 내니 선람풍이 그 나무의 뿌리를 빼어 구르게 불어 가지가 꺾여 비치적거려 티끌이 [31앞 되게 부서지거늘, 모두 이르되 "사리불(舍利弗)이 이겼다."

노도차(勞度差)가 또 주(呪)하여 한 못(淵)을 지으니 사면(四面)이 다 칠보(七寶)[66]이고 가운데에 종종(種種) 꽃이 피어 있더니, 사리불(舍利弗)이 큰 육아(六牙)[67]의 백상(白象)[68]을 지어 내니 어금니마다 일곱 연화(蓮花)이고 꽃 위마다 옥녀(玉女)[69]이더니, 그 못의 물을 [31뒤 다 마시니 그 못이 다 스러지거늘, 모두 이르되 "사리

---

59) 대덕: 大德. 비구(比丘) 중에서 '장로, 부처, 보살, 고승' 등을 높여 이르는 말이다. 여기서는 사리불을 가리키는 존칭이다.

60) 이사단: 尼師檀. 비구니가 어깨에 걸치고 있다가 앉을 때는 자리로 쓰는 천이다.

61) 노도차: 勞度差. 외도인(外道人)으로 환술(幻術)에 매우 능했다는 사람이다. 부처 제자 가운데 지혜(智慧) 제일인 사리불(舍利弗)과 재주를 겨루다가 진 다음에 사라불의 제자가 되었다.

62) 환술: 幻術. 남의 눈을 속이는 기술이다.

63) 주: 呪. 주술(呪術)을 부리는 것이다.

64) 신력: 神力. 신묘한 도력(道力)이나 그런 힘의 작용이다.

65) 선람풍: 旋嵐風. 회오리바람. 매우 사나운 바람이다.

66) 칠보: 七寶. 일곱 가지 주요 보배이다. 무량수경에서는 금·은·유리·파리·마노·거거·산호를 이르며, 법화경에서는 금·은·마노·유리·거거·진주·매괴를 이른다.

67) 육아: 六牙. 여섯 개의 어금니이다.

68) 백상: 白象. 흰 코끼리이다.

69) 옥녀: 玉女. 마음과 몸이 깨끗한 여자를 옥에 비유하여 이르는 말인데, 여기서는 선녀(仙女)의 뜻으로 쓰였다.

불(舍利弗)이 이겼다.”

노도차(勞度差)가 또 한 산(山)을 만드니 칠보(七寶)로 장엄(莊嚴)[70]하고 못과 꽃과 과실(果實)이 다 갖추 있더니, 사리불(舍利弗)이 금강역사(金剛力士)[71]를 만들어 내어 금강저(金剛杵)[72]로 멀리서 겨누니 그 산이 하나도 없이 [32앞 무너지거늘 모두 이르되 “사리불(舍利弗)이 이겼다.”

노도차(勞度差)가 또 한 용(龍)을 만드니 머리가 열이더니, 허공(虛空)에서 비가 오되 순수한 종종(種種)의 보배가 떨어지고 우레와 번개가 치니 사람이 다 놀라더니, 사리불(舍利弗)이 한 금시조(金翅鳥)[73]를 만들어 내니 그 용(龍)을 잡아 찢어 먹거늘 모두 이르되 “사리불(舍利弗)이 [32뒤 이겼다.”

노도차(勞度差)가 또 한 소를 만들어 내니, 그 소가 몸이 매우 크고 다리가 굵고 뿔이 날카롭더니 땅을 허비며 소리치고 달려오거늘, 사리불(舍利弗)이 한 사자(獅子)를 만들어 내니 그 사자가 소를 잡아먹으니, 모두 이르되 “사리불(舍利弗)이 이겼다.”

노도차(勞度差)가 하다가 못하여 제 몸이 야차(夜叉)[74]가 되어, 몸이 [33앞 길고 머리 위에 불 붙고 눈이 핏덩어리와 같고 손발톱과 어금니가 날카롭고 입에 물을 토(吐)하며 달려오거늘, 사리불(舍利弗)도 몸소 비사문왕(毗沙門王)[75]이 되니 야차

70) 장엄: 莊嚴. 좋고 아름다운 것으로 주변을 꾸미고, 훌륭한 공덕을 쌓아 몸을 장식하고, 향이나 꽃 따위를 부처에게 올려 장식하는 일이다.

71) 금강역사: 金剛力士. 금강신(金剛神)이다. 석가여래의 비밀 사적을 알아서 오백 야차신을 부려 현겁(賢劫) 천불의 법을 지킨다는 두 신이다.

72) 금강저: 金剛杵. 승려가 불도를 닦을 때 쓰는 법구(法具)의 하나이다. 번뇌를 깨뜨리는 보리심을 상징하는데, 독고(獨鈷), 삼고(三鈷), 오고(五鈷) 따위가 있다.

73) 금시조: 金翅鳥. 가루라(迦樓羅)이다. 팔부중의 하나이다. 불경에 나오는 상상의 큰 새로, 매와 비슷한 머리에는 여의주가 박혀 있으며 금빛 날개가 있는 몸은 사람을 닮고 불을 뿜는 입으로 용을 잡아먹는다고 한다.

74) 야차: 夜叉. 불교의 범어(梵語) 'Yakşa'를 음역한 것으로 약차(藥叉), 열차(閱叉), 야을차(夜乙叉)라고도 하며, 그 의미는 '아주 날쌔고 힘센 귀신' 내지 '깨물 줄 아는 귀신'에 해당한다. 불교에서 야차는 생김새가 추악하고 포악하게 힘을 쓰며 사람을 잡아먹기도 하다가 나중에 부처의 감화를 받아 불법(佛法)을 수호하는 신이 되어 천룡팔부(天龍八部)의 성원 중 하나가 되었다고 한다.

75) 비사문왕: 毗沙門王. 수미산(須彌山) 중턱 제4층의 수정타(水精埵)에 있는 사천왕(四天王)의 하나이다. 늘 야차를 거느리고 부처의 도량을 수호(守護)하면서 불법(佛法)을 들었으므로, 다문천(多聞天)이라고도 한다.

(夜叉)가 두려워하여 물러나서 달리려 하다가, 사면(四面)에 불이 일어나므로 갈 데가 없어, 오직 사리불(舍利弗)의 앞에만 불이 없으므로 즉시로 항복(降服)하여 엎어져서 "나를 살리소서." [33뒤 비니, 그리 항복(降服)하여야 불이 즉시 꺼지거늘 모두 이르되 "사리불(舍利弗)이 이겼다."

그제야 사리불(舍利弗)이 허공(虛空)에 올라 걸으며 서며 앉으며 누우며 하고, 몸 위에 물을 내고 몸 아래 불을 내고, 동(東)녘에서 숨으면 서(西)녘에 내닫고, 서(西)녘에서 숨으면 동(東)녘에 내닫고, 북(北)녘에서 숨으면 [34앞 남(南)녘에 내닫고 남(南)녘에서 숨으면 북(北)녘에 내닫고, 몸이 크게 되어 허공(虛空)에 가득하여 있다가 또 적게 되며, 또 한 몸이 만억신(萬億身)[76]이 되어 있다가 도로 하나가 되며, 또 허공(虛空)에 땅이 되어 있다가 땅을 밟되 물을 밟듯 하고 물을 밟되 땅을 밟듯 하더니, 이런 변화(變化)를 보이고서야 신족(神足)[77]을 거두어 [34뒤 도로 본좌(本座)[78]에 들어서 앉았니라.

그때에 모여 있는 사람이 다 항복(降服)하여 기뻐하더니, 사리불(舍利弗)이 그제야 설법(說法)하니, 제각기 전생(前生)에 닦은 인연(因緣)[79]으로 수타환(須陀洹)[80]을 득(得)할 이도 있으며, 사타함(斯陀含)[81]을 득(得)할 이도 있으며, 아나함(阿那含)[82]을 득(得)할 이도 있으며, 아라한(阿羅漢)을 [35앞 득(得)할 이도 있더라. 육사(六師)의 제자(弟子)들도 다 사리불(舍利弗)께 와서 출가(出家)하였니라.

재주를 겨루고야 수달(須達)이와 사리불(舍利弗)이 정사(精舍)[83]를 짓더니, 둘이

---

76) 만억신: 萬億身. 만억 가지의 수없이 많은 몸이다.

77) 신족: 神足. 때에 따라 크고 작은 몸을 나타내어, 자기의 생각대로 날아다니는 신통력이다.

78) 본좌: 本座. 본래의 자리이다.

79) 인연: 因緣. 불교의 입장에서는 일체 만물은 모두 상대적 의존관계에 의해서 형성된다고 한다. 동시적 의존관계(주관과 객관)와 이시적(異時的) 의존관계(원인과 결과)로 나누어진다. 어떤 결과를 만들어 내는 직접적인 원인을 인(因)이라 하고, 인과 협동하여 결과를 만드는 간접적인 원인을 연(緣)이라 한다.

80) 수타환: 須陁洹(= 수다함). 성문 사과(聲聞四果)의 첫째이다. 무루도(無漏道)에 처음 참례하여 들어간 증과(證果)이다. 곧 사체(四諦)를 깨달아 욕계(欲界)의 탐(貪)·진(瞋)·치(癡)의 삼독(三毒)을 버리고 성자(聖者)의 무리에 들어가는 성문(聲聞)의 지위이다.

81) 사타함: 斯陁含(= 사다함). 성문 사과(聲聞四果)의 둘째이다. 욕계(欲界)의 수혹 구품(修惑九品) 중 위의 육품(六品)을 끊은 이가 얻는 증과(證果)이다.

82) 아나함: 阿那含. 성문 사과(聲聞四果)의 셋째이다. 욕계(欲界)에서 죽어 색계(色界)·무색계(無色界)에 태어나고는 번뇌(煩惱)가 없어져서 욕계에는 다시 돌아오지 아니한다는 뜻이다.

손수 줄을 마주 잡아 터를 재더니 사리불(舍利弗)이 까닭 없이 웃거늘 수달(須達)이 물으니 사리불(舍利弗)이 대답(對答)하되 "그대가 정사(精舍)를 지으려고 터를 갓 [35뒤 시작(始作)하여 재거늘 여섯 하늘[84]에 그대가 가서 들어갈 집이 벌써 이루어졌구나." 하고 도안(道眼)[85]을 빌리거늘, 수달(須達)이 보니 여섯 하늘에 궁전(宮殿)이 장엄(莊嚴)하더라.

수달(須達)이 묻되 "여섯 하늘이 어느 것이야말로 가장 좋습니까?" 사리불(舍利弗)이 이르되 "아래의 세 하늘은 번뇌(煩惱)[86]가 많고, 가장 위에 있는 두 [36앞 하늘은 너무 게을리 편안(便安)하고, 가운데의 넷째의 하늘이야말로 항상 일생보처보살(一生補處菩薩)[87]이 거기에 와 나시어 법훈(法訓)[88]이 끊어지지 아니하느니라. 수달(須達)이 [36뒤 이르되 "내가 정(正)히 그 하늘에 나리라." 이제 막 그 말을 다 하니, 다른 하늘에 있는 집은 없어지고 네째의 하늘에 있는 집이 있더라.

줄을 다른 데에 옮겨 터를 재더니, 사리불(舍利弗)이 슬픈 낯빛이 있거늘 수달(須達)이 물으니, 사리불(舍利弗)이 대답하되 "그대가 이 구멍에 있는 개미를 보라. 그대가 옛날에 지난 비파시불(毗婆尸佛)[89]을 위하여 이 땅에 정사(精舍)를 세울 [37앞 적에도 이 개미가 여기서 살며, 시기불(尸棄佛)[90]을 위하여 이 땅에 정사(精舍)

---

83) 정사: 精舍. 절(寺). 승려가 불상을 모시고 불도(佛道)를 닦으며 교법을 펴는 집이다.

84) 여섯 하늘: 여섯 하늘은 욕계육천(欲界六天)이다. 욕계는 삼계(三界)의 하나이다. 유정(有情)이 사는 세계로서, 여기에는 지옥·악귀·축생·아수라·인간·육욕천의 여섯 하늘이 있다. 욕계에 있는 유정에게는 식욕, 음욕, 수면욕이 있어 이렇게 이른다.

85) 도안: 道眼. 진리를 분명히 가려내는 눈이나, 수행하여 얻은 안식(眼識)이다. 여기서 '안식(眼識)'은 물체의 모양이나 빛깔 따위를 분별하는 작용을 이른다.

86) 번뇌: 煩惱. 중생은 사물을 대할 때에 그것을 욕심내어 소유하려 하고, 본능으로 그 욕망을 충족시키기 위해 마음을 애태우게 되며, 경쟁하고 싸움하고 심지어는 살생까지 하게 된다. 이와 같은 복잡한 과정 속에서 마음의 평온을 얻지 못하여 생겨나는 정신적인 모순 모두를 번뇌라고 한다.

87) 일생보처보살: 一生補處菩薩. 오직 한 번만 생사(生死)에 관련되고, 일생을 마치면 다음에는 부처가 될 수 있는 가장 높은 지위에 있는 보살이다. 석가모니도 태어나기 전에 호명(護明) 보살이라는 이름으로 이 보살의 위치에 올라서 도솔천 내원궁에 머무르고 있었다.

88) 법훈: 法訓. 부처님의 가르침이다.

89) 비파시불: 毗婆尸佛. 산스크리트어 vipaśyin-buddha의 음사이다. 과거칠불(過去七佛) 중에서 둘째 부처이다. 장엄겁(莊嚴劫) 중에 출현하여 파파라수(波波羅樹) 아래에서 성불하였다고 한다. ※ '과거칠불(過去七佛)'은 석가모니불과 그 이전에 출현하였다는 여섯 부처이다. '비파시불(毘婆尸佛), 시기불(尸棄佛), 비사부불(毘舍浮佛), 구루손불(拘樓孫佛), 구나함불(拘那含佛), 가섭불(迦葉佛), 석가모니불(釋迦牟尼佛)'이 있다.

를 세울 적에도 이 개미가 여기서 살며, 비사불(毗舍佛)[91]을 위하여 이 땅에 정사(精舍)를 세울 적에도 이 개미가 여기서 살며, 구류손불(拘留孫佛)[92]을 위하여 이 땅에 정사(精舍)를 세울 적에도 이 개미가 여기서 살며, 가나함모니불(迦那含牟尼佛)[93] [37뒤 위하여 이 땅에 정사(精舍)를 세울 때에도 이 개미가 여기서 살며, 가섭불(迦葉佛)[94]을 위하여 이 땅에 정사(精舍)를 세울 때에도 이 개미가 여기서 살더니, 처음 여기서 살던 적으로부터 오늘날까지 헤아리면 아흔한 겁(劫)이니, 자기의 한 가지의 몸을 못 떠나서 죽고 사는 것도 오래이구나라고 생각한다. 아마도 복(福)이 종요로우니 심지 아니하지 [38앞 못할 것이다." 수달(須達)이도 그 말을 듣고 슬퍼하더라.

수달(須達)이 정사(精舍)를 세우고 굴(窟)을 만들고 전단향(栴檀香)[95]의 가루로 바르고, 별실(別室)[96]이야말로 일천이백(一千二百)이요, 쇠북을 단 집이야말로 일백(一百) 스무 곳이더라. 수달(須達)이 정사(精舍)를 다 짓고 왕(王)께 가 사뢰되 "내가 세존(世尊)을 위하여 정사(精舍)를 이미 [38뒤 지었으니 왕(王)이 부처를 청(請)하소서." 왕(王)이 사자(使者)를 부리시어 王舍城(왕사성)에 가 부처를 청(請)하니, 그때에 세존(世尊)께 사중(四衆)이 위요(圍繞)[97]하고 큰 광명(光明)을 펴시고 천지(天地)가 진동하더니, 사위국(舍衛國)에 오실 적에 수달(須達)이 지은 정사(亭舍)마다 드시며 길에서 사람을 제도(濟渡)하시는 것이 [39앞 그지없으시더라.

---

90) 시기불: 尸棄佛. 과거칠불의 둘째 부처이다. 인간의 수명이 7만 살 때 난 부처로, 분타리나무 아래에서 깨달음을 얻고 세 차례 설법하여 25만의 제자를 제도하였다.

91) 비사불: 毗舍佛. 비사부불(毘舍浮佛)이라고도 하는데, 과거칠불의 셋째 부처이다. 인간의 수명이 6만 살 때 난 부처이다. 바라(婆羅)나무 아래에서 깨달음을 얻고 두 차례 설법하여 13만의 제자를 제도하였다.

92) 구류손불: 拘留孫佛. 과거칠불의 넷째 부처이다. 인간의 수명이 4만 살 때 난 부처로, 안화성에서 태어났으며 시리수 아래에서 깨달음을 얻고 한 차례 설법하여 4만의 제자를 제도하였다.

93) 구나함모니불: 迦那含牟尼佛. 과거 칠불의 다섯째 부처이다. 오잠바라(烏暫婆羅) 나무 아래에서 깨달음을 얻고, 한 차례 설법하여 3만의 제자를 제도하였다.

94) 가섭불: 迦葉佛. 과거칠불(過去七佛) 중의 여섯째 부처로서 인간의 평균 수명이 2만 세일 때 출현하였다. 현겁(賢劫) 중에 출현하여 이구류수(尼拘類樹) 아래에서 성불하였다고 한다.

95) 전단향: 栴檀香. 인도에서 나는 향나무의 일종이다.

96) 별실: 別室. 특별히 따로 마련된 방이다.

97) 위요: 圍繞. 부처의 둘레를 돌아다니는 것이다.

세존(世尊)이 사위국(舍衛國)에 오시어 큰 광명(光明)을 펴시어 삼천대천세계(三千大千世界)[98]를 다 비추시고, 발가락으로 땅을 누르시니 땅이 다 진동(震動)하고, 그 城(성) 안에 있는 풍물(風物)이 절로 소리하며 일체(一切)의 병(病)을 하는 사람이 다 좋아지더니, 그 나라의 십팔억(十八億)의 사람이 그런 상서(祥瑞)[99]를 보고 모두 오거늘, 부처가 [39뒤 묘법(妙法)[100]을 시설(施說)[1]하시니, 저마다의 인연(因緣)으로 수타환(須陀洹)도 득(得)하며, 사타함(斯陀含)도 득(得)하며, 아나함(阿那含)도 득(得)하며, 아라한(阿羅漢)도 득(得)하며, 벽지불(辟支佛)[2]의 인연(因緣)도 지으며, 무상도리(無上道理)[3]를 발심(發心)[4]하는 이도 있더라. 부처가 후(後)에 아난(阿難)[5]이더러 이르시되 "이 동산(東山)은 [40앞 수달(須達)이 산 것이요 나무와 꽃과 과실(果實)은 기타(祇陀)[6]가 둔 것이니, 두 사람이 어울러서 정사(精舍)를 지었으니 이름을 태자기타수급고독원(太子祇陁樹給孤獨園)[7]이라 하라.

---

98) 삼천대천세계: 三千大千世界. 불교사상에서 거대한 우주 공간을 나타내는 용어로 삼천세계라고도 한다. 수미산을 중심으로 하여, 지옥계나 도솔천(兜率天), 범천계 등을 포함하며, 한 개의 태양과 한 개의 달을 가진 공간을 일세계라고 한다.(현대의 태양계에 해당한다) 우주에는 이와 같은 세계가 무수히 존재하는데 그들이 1000개 합쳐진 공간을 소천(小千)세계라고 하며(현재의 은하계에 상당한다) 소천세계가 1000개 합쳐진 것을 중천(中千)세계라고 하고 중천세계가 1000개 합쳐진 것을 대천(大千)세계라고 한다. 대천세계는 소중대의 3종의 천이 겹쳐진 것이기 때문에 삼천대천세계라고 한다. 이만큼의 공간이 한 사람의 불의 교화 대상이 되는 범위이다.

99) 상서: 祥瑞. 복되고 좋은 일이 일어날 조짐이다.

100) 묘법: 妙法. 불교의 신기하고 묘한 법문(法文)이다.

1) 시설: 施說. 말씀을 베푸는 것이다.

2) 벽지불: 辟支佛. 독각(獨覺)·연각(緣覺)이라 번역한다. 스승 없이 홀로 수행하여 깨달은 자이며, 가르침에 의하지 않고 독자적으로 깨달은 자이다. 홀로 연기(緣起)의 이치를 주시하여 깨달은 자이며, 홀로 자신의 깨달음만을 구하는 수행자이다.

3) 무상도리: 無上道理. 그 이상의 위가 없는 불타(佛陀) 정각(正覺)의 지혜(智慧)이다.

4) 발심: 發心. 불도의 깨달음을 얻고 중생을 제도하려는 마음을 일으키는 일이다.

5) 아난: 阿難. 석가모니의 종제(從弟)로서 십대제자(十大弟子)의 한 사람이며, 십육나한(十六羅漢)의 한 사람. 석가의 상시자(常侍者)로서 견문(見聞)이 많고 기억력이 좋아 불멸(佛滅) 후에 경권(經卷)의 대부분은 이 사람의 기억에 의하여 결집(結集)되었다고 한다.

6) 기타: 祇陁. 중인도(中印度) 사위국(舍衛國) 바사닉왕(波斯匿王)의 태자(太子) 이름이다. 자기 소유(所有)의 기타림(祇陁林)을 세존(世尊)에게 바쳤다.

7) 기수급고독원: 祇樹給孤獨園. 인도 슈라바스티 남쪽의 석가의 설법 유적지이다. 중인도 사위성 남쪽 기원정사(祇園精舍)가 있는 곳으로 석가모니불이 설법한 유적지이다. 석가모니불은 생애의 후반기 20여년간의 우기(雨期) 대부분을 이곳에서 지냈고, 현존하는 경전의 상당수를 이곳에서 설했다. 이곳은 원래 바사익왕의 태자인 기타(祇陀)가 소유한 원림(園林)이었는데, 급고독장자가 그 땅을 사서 기원정사를 지어 석가모니불께 바치고, 기타태자는 그 수풀을 바쳤으

파사닉왕(波斯匿王)[8]과 말리부인(末利夫人)[9]이 부처를 보고 칭찬하여 이르되 "나의 [40뒤 딸 승만(僧鬘)[10]이 총명(聰明)하니 부처만 보면 마땅히 득도(得道)를 빨리 하겠으니, 사람을 시키어 승만(僧鬘)에게 일러야 하겠구나. 승만(僧鬘)이 부처의 공덕(功德)을 듣고 기뻐하여 게(偈)[11]를 지어 부처를 기리고, 원(願)하되 "부처가 나를 불쌍히 여기시어 나를 보게 하소서." 이제 막 그렇게 염(念)하는 적에 여래(如來)가 홀연(忽然)히 허공(虛空)에 오시어 [41앞 무비신(無比身)[12]을 현(現)하시어 승만경(勝鬘經)[13]을 이르셨니라.

◯ 세존(世尊)이 구야니국(拘耶尼國)[14]에 파타화보살(婆陁和菩薩)[15]을 위하여 고행반야(苦行般若)[16]를 이르시며 유산(柳山)[17]에 계셔도 설법(說法)하시며 [41뒤 예택(穢澤)[18]에 계셔도 설법(說法)하시며 사위국(舍衛國)[19]과 마갈국(摩竭國)[20] 사이에 앵무

므로, 두 사람의 이름을 합하여 기수급고독원이라 하게 되었다고 한다. 석가모니불 재세시에 세워진 최대의 불교 사원이다.

8) 파사닉왕: 波斯匿王. '波斯匿'은 산스크리트어 prasenajit, 팔리어 pasenadi의 음사이다. 싯다르타가 살아 있을 때에 코살라국(kosala國) 사위성(舍衛城)을 다스렸던 왕이다.

9) 말리부인: 末利夫人. 중인도 사위국의 성주인 파사닉왕의 부인이며, 승만부인(勝鬘夫人)의 어머니이다.

10) 승만: 勝鬘(Srimali). 중인도 사위국의 파사닉왕과 말리부인 사이에서 난 공주이다. 석가로부터 장차 연등불이 될 것이라는 수기(授記)를 받은 비구니이다. 이후 부인은 열 가지 서원을 하여 스스로 계율로 삼았다. 이어 세 가지 큰 서원을 세워, 중생을 안락하게 하고, 바른 법의 지혜를 얻어 이를 목숨이 다할 때까지 지키고자 하였다.

11) 게: 偈. 부처의 공덕이나 가르침을 찬탄하는 노래 글귀이다. 가타(伽陀)라고도 한다.

12) 무비신: 無比身. 부처의 이칭(異稱)이다. 무비신은 비교할 데가 없는 몸이니, 세존(世尊)은 워낙 거룩하여 세간(世間)에 비교할 대상이 없다는 뜻에서 이르는 말이다.

13) 승만경: 勝鬘經. 승만경(勝鬘經)의 원래 이름은 '승만사자후일승대방편방광경(勝鬘獅子吼一乘大方便方廣經)'이다. 이 경은 재가(在家)의 승만 부인이 부처님 앞에서 법을 말하고, 부처님이 이를 인가하는 방식으로 전개되고 있다. 또한 이 경은 유마경(維摩經)과 같이 출가 중심주의와 형식주의에 치우치는 불교에 반대하고, 재가의 수행을 강조하였다.

14) 구야니국: 拘耶尼國. 구야니는 수미산 서쪽에 있다는 큰 대륙의 이름이다.(= 구타니, 구다니)

15) 파타화보살: 婆陁和菩薩.

16) 고행반야: 苦行般若. 고행을 통하여 얻게 되는 반야의 경지이다. 반야(般若)는 범어로는 프라즈나(prajna)이며, 인간이 진실한 생명을 깨달았을 때에 나타나는 근원적인 지혜를 말한다.

17) 유산: 柳山. 산의 이름이다.

18) 예택: 穢澤. 지명이다.

19) 사위국: 舍衛國. 고대 인도의 도시이다. 쉬라바스티(śrāvasti)를 한역하여 사위성(舍衛城) 또는 사위국(舍衛國)이라고 한다. 석가(釋迦)시대 갠지스강 유역의 한 강국이었던 코살라국의 수도로서 북인도의 교통로가 모이는 장소로 상업상으로도 중요한 곳이었고, 성 밖에는 기원정사

림(鸚鵡林)[21]이 있더니, 앵무왕(鸚鵡王)[22]이 부처를 청(請)하거늘 부처가 비구(比丘)[23]를 데리시고 들어서 앉으시니, 앵무(鸚鵡)들이 부처를 [42앞 보고 기쁜 마음을 내어 한 날에 명종(命終)하여 도리천(忉利天)에 났니라.

세존(世尊)이 마갈국(摩竭國)에 돌아오시어 불사왕(弗沙王)[24]을 위하여 설법(說法)하시며, 취봉산(鷲峯山)에서 숨으시면 도리궁(忉利宮)[25]에 나시고 수미산(須彌山)[26]에서 숨으시면 염마궁(炎摩宮)[27]에 [42뒤 나시어, 화엄(華嚴)[28] 등(等)의 경(經)을 이르시며, 공구수(恐懼樹)[29] 아래에 계시어 미륵(彌勒)[30]을 위하여 수행본기경(修行本起經)[31]을 이르시며, 가비라국(迦毗羅國)[32]에 돌아오시어 정반왕(淨飯王)[33] [43앞 위하여

(祇園精舍)가 있다.

20) 마갈국: 摩竭國. 산스크리트어, 팔리어 magadha의 음사이다. 중인도의 동부, 지금의 비하르(Bihar)의 남쪽 지역에 있던 고대 국가로서 도읍지는 왕사성(王舍城)이다.

21) 앵무림: 鸚鵡林. 앵무새가 사는 숲이다.

22) 앵무왕: 鸚鵡王. 앵무새의 왕이다.

23) 비구: 比丘. 남자 중이다.

24) 불사왕: 弗沙王. 왕의 이름이다.

25) 도리궁: 忉利宮. 도리천(忉利天)에 있는 궁전이다.

26) 수미산: 須彌山. 불교의 우주관에서, 세계의 중앙에 있다는 산이다. 꼭대기에는 제석천이, 중턱에는 사천왕이 살고 있으며, 그 높이는 물 위로 팔만 유순이고 물속으로 팔만 유순이며, 가로의 길이도 이와 같다고 한다. 북쪽은 황금, 동쪽은 은, 남쪽은 유리, 서쪽은 파리(玻璃)로 되어 있고, 해와 달이 그 주위를 돌며 보광(寶光)을 반영하여 사방의 허공을 비추고 있다. 산 주위에 칠금산이 둘러섰고 수미산과 칠금산 사이에 칠해(七海)가 있으며 칠금산 밖에는 함해(鹹海)가 있고 함해 속에 사대주가 있으며 함해 건너에 철위산이 둘러 있다.

27) 염마궁: 炎摩宮. 염마국(炎摩國)에 있는 궁전이다. 염마국은 불교에서 '저승'을 달리 이르는 말로서, 염라대왕(閻羅大王)이 다스리는 나라라는 뜻이다.

28) 화엄: 華嚴. 석가모니가 성도(成道)한 깨달음의 내용을 그대로 설법한 경문(經文)이다. 법계 평등(法界平等)의 진리를 증오(證悟)한 부처의 만행(萬行)과 만덕(萬德)을 칭양하고 있다. 정식 이름은 대방광불화엄경(大方廣佛華嚴經)이다.

29) 공구수: 恐懼樹. 나무의 이름이다.

30) 미륵: 彌勒. 석가모니불의 뒤를 이어 57억 년 후에 세상에 출현하여 석가모니불이 구제하지 못한 중생을 구제할 미래의 부처이다. 인도 파라나국의 브라만 집안에서 태어나 석가모니의 교화를 받고, 미래에 부처가 될 수기(受記)를 받은 후 도솔천에 올라갔다.

31) 수행본기경: 修行本起經. 석가모니 부처의 전생과, 현생에서 출가하여 깨달음을 이루고 나서 처음으로 두 상인(商人)으로부터 음식을 공양 받고, 그들에게 설법하여 교화하기까지의 행적을 설한 경이다. 전 2권. 중국의 후한(後漢) 시대에 축대력(竺大力)과 강맹상(康孟詳)이 한문으로 번역하였다.

32) 가비라국: 迦毗羅國. 석가모니(釋迦牟尼)의 아버님인 정반왕(淨飯王)이 다스리던 나라로서, 싯타르타(悉達多) 태자(太子)가 태어난 곳이다. 머리 빛이 누른 선인(仙人)이 이 나라에서 도리

설법(說法)하시며, 난타용왕(難陀龍王)[34] 궁(宮)[35]의 보루(寶樓)[36] 중(中)에 계시어 대운륜청우경(大雲輪請雨經)[37]을 이르시며, [43뒤 능가정(楞伽頂)[38]에 가시어 입능가산경(入楞伽山經)[39]을 이르시며, 보타암(寶陀巖)[40]에 가시어 십일면관자재경(十一面觀自在經)[41]을 이르시더라. [44앞 구사라(懼師羅) 장자(長者)가 키가 석 자이더니 부처도 석 자의 몸이 되시어 교화(敎化)하시더라.

부처가 여러 나라에 두루 다니시어 사위국(舍衛國)에 오래 아니 와 있으시더니, 수달(須達)이 장상(長常)[42] 그리워하여 [44뒤 서러워하더니, 부처가 오시거늘 보고 사뢰되 "나에게 조그마한 것을 주시면 늘 공양(供養)하고 싶습니다." 부처가 머리

(道理)를 닦았으므로 가비라국(迦毗羅國)이라고 함. 가비라위(迦毗羅衛)라고도 하고, 가유위(迦維衛)라고도 하며, 가이(迦夷)라고도 한다.

33) 정반왕: 淨飯王. 중인도 가비라위국의 왕이다. 구리성의 왕인 선각왕의 누이동생인 마야를 왕비로 맞았다. 왕비가 싯다르타(석가)를 낳고 죽자 그녀의 동생을 후계 왕비로 맞아들여 싯다르타를 기르게 하였으며, 그 후에 그녀에게서 난타(難陀)가 태어났다.

34) 난타용왕: 難陀龍王. 난타(難陀)는 산스크리트어 nanda의 음사인데, '환희(歡喜)'라고 번역한다. 난타용왕은 팔대용왕(八大龍王)의 하나인데, 팔대용왕 가운데 우두머리이다. 참고로 팔대 용왕은 불법을 옹호하는 선신(善神)으로 존경받는 여덟 용왕(龍王)인 '난타용왕(難陁龍王), 발난타용왕(跋難陁龍王), 사가라용왕(娑伽羅龍王), 화수길용왕(和修吉龍王), 덕차가용왕(德叉迦龍王), 아나바달다용왕(阿那婆達多龍王), 마나사용왕(摩那斯龍王), 우발라용왕(優鉢羅龍王)'을 말한다.

35) 궁: 宮. 궁전(宮殿)을 이른다.

36) 보루: 寶樓. '누(樓)'를 아름답게 이르는 말이다. 그리고 '누(樓)'는 누각(樓閣)을 이르는 말로서, 사방을 바라볼 수 있도록 문과 벽이 없이 다락처럼 높이 지은 집이다.

37) 대운윤청우경: 大雲輪請雨經. 6세기 말 인도 출신의 학승 나련제야사가 번역하였다. 2권으로 된 이 경은 용들이 모든 고통을 없애고 소원대로 비를 오게 하려면 자비심을 가지고 부처들의 이름이나 진언을 외우면서 기도를 드려야 한다는 것을 설법하고 있다.

38) 능가정: 楞伽頂. 楞伽山(능가산)의 꼭대기이다. '楞伽(능가)'는 랑카의 음역인데, 이는. 인도의 남해안에 있는 산 이름이다. 또는 현재의 스리랑카에 있는 아담스 피크 산을 가리킨다고 한다. 능가경(楞伽經)이 설(說)해진 산인데, 산 정상에는 부처의 족적(足跡)이 남아 있다고 한다.

39) 입능가산경: 入楞伽山經. 부처가 능가산(楞伽山)에 들어가 말하신 경(經)이다. 楞伽山(능가산)은 인도의 남쪽 지방(남천축국)의 바닷가에 있으니, 神通(신통)이 있는 사람이라야 능가산에 간다고 하다.

40) 보타암: 寶陀巖. 寶陀(보타)는 작은 흰 꽃이라고 하는 말이고 巖(암)은 바위이다. 이 山(산)에 이 꽃이 많이 있어 香(향)내가 멀리 나니, 보타암은 觀自在菩薩(관자재보살)이 계신 땅이다.

41) 십일면관자재경: 十一面觀自在經. 십일면관음(十一面觀音)을 여러 형태로 공양하는 내용을 적은 경(經)이다. ※ '十一面觀音(십일면관음)'은 아수라도의 중생을 구제하는 보살로, 머리 위에 다양한 표정을 한 열한 개의 조그만 얼굴이 있다. 맨 위의 얼굴은 불과(佛果)를 나타내고, 전후 좌우에 있는 열 개의 얼굴은 보살이 수행하는 계위(階位)인 십지(十地)를 나타낸다.

42) 장상: 長常, 항상, 常(부사)

와 손톱을 베어서 주시니, 수달(須達)이 탑(塔)을 세우고 굴(堀)을 만들고 종종(種種)으로 장엄(莊嚴)[43]하고 공양(供養)하더라. 수달(須達)이 병(病)하여 있거늘 부처가 가서 보시고 "아나함(阿那含)[44]을 득(得)하리라." 이르셨니라.

[45앞 須達(수달)이 명종(命終)하여 도솔천(兜率天)[45]에 가 도솔천자(兜率天子)[46]가 되어, 세존(世尊)을 뵈옵고자 여겨 즉시 내려와 세존(世尊)께 뵈어 머리를 조아리고 한쪽에 앉으니, 그때에 도솔천자(兜率天子)가 몸에 방광(放光)[47]하여 기수급고독원(祇樹給孤獨園)[48]을 다 비추고, 게(偈)를 지어 찬탄(讚嘆)하고 즉시 도로 숨었니라.

[45뒤 ○ 아함경(阿含經)[49]을 열두 해 이르시고 다음으로 여덟 해의 사이에 방등(方等)[50]을 이르셨니라. 세존(世尊)이 성중(聖衆)[51]들을 데리시고 욕계(欲界)[52], 색계(色界)[53] 두 하늘의 사이에 가시어 대집등경(大集等經)[54]을 이르시더니 [46앞 출령(出

---

43) 장엄: 莊嚴. 향이나 꽃 따위를 부처에게 올려 장식하는 일이다.

44) 아나함: 阿那含. 성문사과(聲聞四果)의 셋째이다. 욕계(欲界)에서 죽어 색계(色界)·무색계(無色界)에 태어나고는 번뇌(煩惱)가 없어져서 욕계에는 다시 돌아오지 아니한다는 뜻이다.

45) 도솔천: 兜率天. 육욕천의 넷째 하늘이다. 수미산의 꼭대기에서 12만 유순(由旬) 되는 곳에 있는데, 현재는 미륵보살이 사는 곳이다. 도솔천에는 내외(內外) 두 원(院)이 있는데, 내원은 미륵보살의 정토이며, 외원은 천계 대중이 환락하는 장소라고 한다.

46) 도솔천자: 兜率天子. 도솔천을 주관하는 신(神)이다.

47) 방광: 放光. 부처가 광명을 내는 것이다.

48) 태자기타수급고독원: 太子祇陁樹給孤獨園. '태자인 기타(祇陁)의 나무와 급고독(給孤獨= 수달)의 동산'이라는 뜻이다.

49) 아함경: 阿含經. 아함(阿含)은 산스크리트어, 팔리어 āgama의 음사로, 전해 온 가르침이라는 뜻이다. 초기 불교시대에 성립된 수천의 경전들, 곧 소승 불교 경전을 통틀어 이르는 말이다. 팔리(pāli) 어로 된 니카야(nikāya)가 있고, 여기에 해당하는 산스크리트(sanskrit) 본(本)이 아가마(āgama)이다. 이 아가마를 한문으로 번역한 것이 아함경이다.

50) 방등: 方等. 〈화엄경〉, 〈법화경〉 등의 대승경전을 총칭한 말이다. 방등(方等)이란 방정(方正) 평등의 뜻으로 가로로 시방(十方)에 뻗치는 것을 방(方)이라하고, 세로로 범부와 성인에 통한 것을 등(等)이라고 한다.

51) 성중: 聖衆. 불교에서 예배의 대상이 되는 '성문(聲聞), 연각(緣覺), 보살(菩薩), 불(佛)'의 집단을 가리킨다.

52) 욕계: 欲界. 삼계(三界)의 하나이다. 유정(有情)이 사는 세계로, 지옥·악귀·축생·아수라·인간·육욕천을 함께 이르는 말이다. 여기에 있는 유정에게는 식욕, 음욕, 수면욕이 있어 이렇게 이른다.

53) 색계: 色界. 삼계(三界)의 하나이다. 욕계에서 벗어난 깨끗한 물질의 세계를 이른다. 선정(禪定)을 닦는 사람이 가는 곳으로, 욕계와 무색계의 중간 세계이다.

54) 대집등경: 大集等經. 세존(世尊)이 성중(聖衆)들을 데리시고 욕계(欲界)와 색계(色界) 두 하늘 사이에 가시어 대도량(大道場)을 열고 시방(十方)의 불(佛), 보살(菩薩), 천룡(天龍), 귀신(鬼神)

令)하시되 "인간(人間)이며 천상(天上)이며 일체(一切)의 모진 귀신이 다 모여, 부처의 부촉(付囑)[55]을 들어 정법(正法)을 호지(護持)[56]하라. 만일 아니 오는 이가 있거든 사천왕(四天王)[57]이 더운 철륜(鐵輪)[58]을 날려 보내어 바싹 좇아서 잡아 오라." 하시니, [46뒤 그렇게 다 모여 부처의 교수(敎授)[59]를 들어서 각각(各各) 큰 명서(盟誓)하여 "정법(正法)을 호지(護持)하겠습니다." 하거늘, 오직 마왕(魔王)[60]이 세존(世尊)께 사뢰되 "구담(瞿曇)아, 나는 일체(一切)의 중생(衆生)이 다 부처가 되어 중생(衆生)이 없어져야 보리심(菩提心)[61]을 발(發)하리라." 하더라.

[47앞 ○ 방등(方等)을 여덟 해 이르시고 다음으로 스물한 해의 사이에 반야(般若)[62]를 이르셨니라.

석보상절(釋譜詳節) 제육(第六)

을 모으고 깊고 미묘한 대승(大乘) 법문(法文)을 설한 경(經)이다. 이 경은 대방등대집경(大方等大集經)이라고도 하는데, 줄여서 대집경(大集經)이라 한다.

55) 부촉: 付囑. 부탁하여 맡기는 것이다.

56) 호지: 護持. 보호하여 지니는 것이다.

57) 사천왕: 四天王. 사왕천(四王天)의 주신(主神)으로 사방을 진호(鎭護)하며 국가를 수호하는 네 신. 동쪽의 지국천왕, 남쪽의 증장천왕, 서쪽의 광목천왕, 북쪽의 다문천왕이다.

58) 철륜: 鐵輪. 사륜(四輪) 가운데 하나이다. 철로 된 윤보(輪寶)를 이르는 말이다.

59) 교수: 敎授. 가르쳐서 전하는 것이다.

60) 마왕: 魔王. 천마(天魔)의 왕이다. '魔王(마왕)'은 정법(正法)을 해치고 중생이 불도에 들어가는 것을 방해하는 귀신이다.

61) 보리심: 菩提心. 불도의 깨달음을 얻고 그 깨달음으로써 널리 중생을 교화하려는 마음이다.

62) 반야: 般若. 대승 불교에서, 만물의 참다운 실상을 깨닫고 불법을 꿰뚫는 지혜이다. 온갖 분별과 망상에서 벗어나 존재의 참모습을 앎으로써 성불에 이르게 되는 마음의 작용을 이른다.

부록 2. 문법 용어의 풀이*

1. 품사

품사는 한 언어에 속하는 수많은 단어를 문법적인 특징에 따라서 갈래지어서 그 범주를 정한 것이다.

가. 체언

'체언(體言, 임자씨)'은 어떠한 대상의 이름이나 수량(순서)을 나타내거나 명사를 대신하는 단어들의 부류들이다. 이러한 체언에는 '명사', '대명사', '수사'가 있다.

① 명사(명사): 어떠한 '대상, 일, 상황' 등의 이름을 나타내는 단어이다.

- 자립 명사: 문장 내에서 관형어의 도움 없이 홀로 쓰일 수 있는 명사이다.

(1) ㄱ. 國ᄋᆞᆫ <u>나라히</u>라 (<u>나라ㅎ</u>+-이-+-다) [훈언 2]

ㄴ. 國(국)은 나라이다.

- 의존 명사(의명): 홀로 쓰일 수 없어서 반드시 관형어와 함께 쓰이는 명사이다.

(2) ㄱ. 어린 百姓이 니르고져 ᄒᆞᇙ <u>배</u> 이셔도 (<u>바</u>+-이) [훈언 2]

ㄴ. 어리석은 百姓(백성)이 이르고자 할 바가 있어도…

② 인칭 대명사(인대): 사람을 직시하거나 대용하는 대명사이다.

(3) ㄱ. <u>내</u> 太子ᄅᆞᆯ 셤기ᅀᆞᄫᅩᄃᆡ (<u>나</u>+-이) [석상 6:4]

ㄴ. 내가 太子(태자)를 섬기되…

③ 지시 대명사(지대): 명사를 직접 가리키거나 대용하는 말이다.

---

* 이 책에서 사용된 문법 용어와 약어에 대하여는 '도서출판 경진'에서 간행한 『학교 문법의 이해 2(2015)』와 '교학연구사'에서 간행한 『중세 국어 문법의 이해: 이론편, 주해편, 강독편(2015)』의 내용을 참조하기 바란다.

(4) ㄱ. 내 이ᄅᆞᆯ 爲ᄒᆞ야 어엿비 너겨 (이 + -ᄅᆞᆯ) [훈언 2]

ㄴ. 내가 이를 위하여 불쌍히 여겨…

④ 수사(수사): 사람이나 사물의 수량이나 차례를 나타내는 체언이다.

(5) ㄱ. 點이 둘히면 上聲이오 (둘ㅎ + -이- + -면) [훈언 14]

ㄴ. 點(점)이 둘이면 上聲(상성)이고…

나. 용언

'용언(用言, 풀이씨)'은 문장 속에서 서술어로 쓰여서 주어로 표현되는 대상(주체)의 움직임이나 상태, 혹은 존재의 유무(有無)를 풀이한다. 이러한 용언에는 문법적 특징에 따라서 '동사'와 '형용사', '보조 용언' 등으로 분류한다.

① 동사(동사): 주어로 쓰인 대상의 움직임을 표현하는 용언이다. 동사에는 목적어를 취하는 타동사(= 타동)와 목적어를 취하지 않는 자동사(= 자동)가 있다.

(6) ㄱ. 衆生이 福이 다ᄋᆞ거다 (다ᄋᆞ- + -거- + -다) [석상 23:28]

ㄴ. 衆生(중생)이 福(복)이 다했다.

(7) ㄱ. 어마님이 毘藍園을 보라 가시니 (보- + -라) [월천 기17]

ㄴ. 어머님이 毘藍園(비람원)을 보러 가셨으니.

② 형용사(형사): 주어로 표현되는 대상의 성질이나 상태를 풀이하는 용언이다.

(8) ㄱ. 이 東山ᄋᆞᆫ 남기 됴ᄒᆞᆯᄊᆡ (둏- + -ᄋᆞᆯᄊᆡ) [석상 6:24]

ㄴ. 이 東山(동산)은 나무가 좋으므로…

③ 보조 용언(보용): 문장 안에서 홀로 설 수 없어서 반드시 그 앞의 다른 용언에 붙어서 문법적인 뜻을 더해 주는 기능을 하는 용언이다.

(9) ㄱ. 勞度差ㅣ ᄯᅩ ᄒᆞᆫ 쇼ᄅᆞᆯ 지ᅀᅥ 내니 (내- + -니) [석상 6:32]

ㄴ. 勞度差(노도차)가 또 한 소(牛)를 지어 내니…

다. 수식언

'수식언(修飾言, 꾸밈씨)'은 체언이나 용언 등을 수식(修飾)하면서 그 의미를 한정(限定)한다. 이러한 수식언으로는 '관형사'와 '부사'가 있다.

① 관형사(관사): 체언을 수식하면서 체언의 의미를 제한(한정)하는 단어이다.

(10) ㄱ. 녯 대예 새 竹筍이 나며 [금삼 3:23]
ㄴ. 옛날의 대(竹)에 새 竹筍(죽순)이 나며…

② 부사(부사): 특정한 용언이나 부사, 관형사, 체언, 절, 문장 등 여러 가지 문법적인 단위를 수식하여, 그들 문법적 단위의 의미를 한정하거나 특정한 말을 다른 말에 이어 준다.

(11) ㄱ. 이거시 더듸 ᄠᅥ러딜ᄊᆡ [두언 18:10]
ㄴ. 이것이 더디게 떨어지므로

(12) ㄱ. 반ᄃᆞ기 甘雨ㅣ ᄂᆞ리리라 [월석 10:122]
ㄴ. 반드시 甘雨(감우)가 내리리라.

(13) ㄱ. ᄒᆞ다가 술옷 몯 먹거든 너덧 번에 ᄂᆞᆫ화 머기라 [구언 1:4]
ㄴ. 만일 술을 못 먹거든 너덧 번에 나누어 먹이라.

(14) ㄱ. 道國王과 밋 舒國王은 實로 親ᄒᆞᆫ 兄弟니라 [두언 8:5]
ㄴ. 道國王(도국왕) 및 舒國王(서국왕)은 實(실로)로 親(친)한 兄弟(형제)이니라.

라. 독립언

감탄사(감탄사): 문장 속의 다른 말과 문법적인 관계를 맺지 않고 독립적으로 쓰인다.

(15) ㄱ. ᄋᆡ 丈夫ㅣ여 엇뎨 衣食 爲ᄒᆞ야 이 ᄀᆞᆮ호매 니르뇨 [법언 4:39]
ㄴ. 아아, 丈夫여, 어찌 衣食(의식)을 爲(위)하여 이와 같음에 이르렀느냐?

(16) ㄱ. 舍利佛이 ᄉᆞᆯᄫᆞᄃᆡ 엥 올ᄒᆞ시이다 [석상 13:47]
ㄴ. 舍利佛(사리불)이 사뢰되, "예, 옳으십니다."

2. 불규칙 용언

용언의 활용에는 어간이나 어미가 불규칙적으로 바뀌어서(개별적으로 교체되어) 일반적인 변동 규칙으로는 설명할 수 없는 것이 있다. 이처럼 불규칙하게 활용하는 용언을 '불규칙 용언'이라고 한다. 여기서는 'ㄷ 불규칙 용언, ㅂ 불규칙 용언, ㅅ 불규칙 용언'만 별도로 밝힌다.

① 'ㄷ' 불규칙 용언(ㄷ불): 어간이 /ㄷ/으로 끝나는 용언 중에는, 어간에 모음으로 시작하는 어미가 붙어서 활용할 때에, 어간의 끝 소리 /ㄷ/이 /ㄹ/로 바뀌는 용언이다.

(1) ㄱ. 瓶의 므를 기러 두고ᅀᅡ 가리라 (긷- + -어) [월석 7:9]
ㄴ. 瓶(병)에 물을 길어 두고야 가겠다.

② 'ㅂ' 불규칙 용언(ㅂ불): 어간이 /ㅂ/으로 끝나는 용언 중에는, 어간에 모음으로 시작하는 어미가 붙어서 활용할 때에, 어간의 끝 소리 /ㅂ/이 /ㅸ/으로 바뀌는 용언이다.

(2) ㄱ. 太子ㅣ 性 고ᄫᆞ샤 (곱- + -ᄋᆞ시- + -아) [월석 21:211]
ㄴ. 太子(태자)가 性(성)이 고우시어…

(3) ㄱ. 벼개 노피 벼여 누우니 (눕- + -으니) [두언 15:11]
ㄴ. 베개를 높이 베어 누우니…

③ 'ㅅ' 불규칙 용언(ㅅ불): 어간이 /ㅅ/으로 끝나는 용언 중에는, 어간에 모음으로 시작하는 어미가 붙어서 활용할 때에, 어간의 끝 소리인 /ㅅ/이 /ㅿ/으로 바뀌는 용언이다.

(4) ㄱ. (道士ᄃᆞᆯ히) … 表 지ᅀᅥ 엳ᄌᆞᄫᆞ니 (짓- + -어) [월석 2:69]
ㄴ. 道士(도사)들이 … 表(표)를 지어 여쭈니…

3. 어근

어근은 단어 속에서 중심적이면서 실질적인 의미를 나타내는 실질 형태소이다.

(1) ㄱ. ᄀᆞᆯ가마괴 (ᄀᆞᆯ- + ᄀᆞ마괴), 싀어미 (싀- + 어미)

ㄴ. 무덤 (묻- + -엄), ᄂᆞᆯ개 (ᄂᆞᆯ- + -개)

(2) ㄱ. 밤낮 (밤 + 낮), ᄡᆞᆯ밥 (ᄡᆞᆯ + 밥), 불뭇골 (불무 + -ㅅ + 골)

ㄴ. 검븕다 (검- + 븕-), 오ᄅᆞᄂᆞ리다 (오ᄂᆞ- + ᄂᆞ리-), 도라오다 (돌- + -아 + 오-)

- 불완전 어근(불어): 품사가 불분명하며 단독으로 쓰이는 일이 없고, 다른 말과의 통합에 제약이 많은 특수한 어근이다(= 특수 어근, 불규칙 어근).

(3) ㄱ. 功德이 이러 당다이 부톄 ᄃᆞ외리러라 (당당 + -이) [석상 19:34]
ㄴ. 功德(공덕)이 이루어져 마땅히 부처가 되겠더라.

(4) ㄱ. 그 부텨 住ᄒᆞ신 ᄯᅡ히…常寂光이라 (住 + -ᄒᆞ- + -시- + -ㄴ) [월석 서:5]

ㄴ. 그 부처가 住(주)하신 땅이 이름이 常寂光(상적광)이다.

4. 파생 접사

접사 중에서 어근에 새로운 의미를 더하거나 단어의 품사를 바꿈으로써, 새로운 단어를 만들어 주는 것을 '파생 접사'라고 한다.

가. 접두사(접두)

접두사는 어근의 앞에 붙어서 새로운 단어를 형성하는 파생 접사이다.

(1) ㄱ. 아ᅀᆞ와 아ᄎᆞᆫ아ᄃᆞᆯ왜 비록 이시나 (아ᄎᆞᆫ- + 아ᄃᆞᆯ) [두언 11:13]
ㄴ. 아우와 조카가 비록 있으나…

나. 접미사(접미)

접미사는 어근의 뒤에 붙어서 새로운 단어를 형성하는 파생 접사이다.

① 명사 파생 접미사(명접): 어근에 뒤에 붙어서 명사를 파생하는 접미사이다.

(2) ㄱ. ᄇᆞᄅᆞᆷ가비(ᄇᆞᄅᆞᆷ + -가비), 무덤(묻- + -음), 노ᄑᆡ(높- + -ᄋᆡ)

ㄴ. 바람개비, 무덤, 높이

② 동사 파생 접미사(동접): 어근의 뒤에 붙어서 동사를 파생하는 접미사이다.

(3) ㄱ. 풍류ᄒᆞ다(풍류 + -ᄒᆞ- + -다), 그르ᄒᆞ다(그르 + -ᄒᆞ- + -다), ᄀᆞᄆᆞᆯ다(ᄀᆞᄆᆞᆯ + -∅- + -다)

ㄴ. 열치다, 벗기다, 넓히다, 풍류하다, 잘못하다, 가물다

③ 형용사 파생 접미사(형접): 어근의 뒤에 붙어서 형용사를 파생하는 접미사이다.

(4) ㄱ. 녇갑다(녙- + -갑- + -다), 골ᄇᆞ다(곯- + -ᄇᆞ- + -다), 受苦ᄅᆞᆸ다(受苦 + -ᄅᆞᆸ- + -다), 외ᄅᆞᆸ다(외 + -ᄅᆞᆸ- + -다), 이러ᄒᆞ다(이러 + -ᄒᆞ- + -다)

ㄴ. 얕다, 고프다, 수고롭다, 외롭다

④ 사동사 파생 접미사(사접): 어근의 뒤에 붙어서 사동사를 파생하는 접미사이다.

(5) ㄱ. 밧기다(밧- + -기- + -다), 너피다(넙- + -히- + -다)

ㄴ. 벗기다, 넓히다

⑤ 피동사 파생 접미사(피접): 어근의 뒤에 붙어서 피동사를 파생하는 접미사이다.

(6) ㄱ. 두피다(둪- + -이- + -다), 다티다(닫- + -히- + -다), 담기다(담- + -기- + -다), ᄌᆞᆷ기다(ᄌᆞᆷ- + -기- + -다)

ㄴ. 덮이다, 닫히다, 담기다, 잠기다

⑥ 관형사 파생 접미사(관접): 어근의 뒤에 붙어서 부사를 파생하는 접미사이다.

(7) ㄱ. 모ᄃᆞᆫ(몯- + -ᄋᆞᆫ), 오ᄋᆞᆫ(오ᄋᆞᆯ- + -ㄴ), 이런(이러- + -ㄴ)

ㄴ. 모든, 온, 이런

⑦ 부사 파생 접미사(부접): 어근의 뒤에 붙어서 부사를 파생하는 접미사이다.

(8) ㄱ. 몯내(몯 + -내), 비르서(비릇- + -어), 기리(길- + -이), 그르(그르- + -Ø)
ㄴ. 못내, 비로소, 길이, 그릇

⑧ 조사 파생 접미사(조접): 어근의 뒤에 붙어서 조사를 파생하는 접미사이다.

(9) ㄱ. 阿鼻地獄브터 有頂天에 니르시니 (븥- + -어) [석상 13:16]
ㄴ. 阿鼻地獄(아비지옥)부터 有頂天(유정천)에 이르시니…

⑨ 강조 접미사(강접): 어근의 뒤에 붙어서 강조의 뜻을 더하면서 새로운 단어를 파생하는 접미사이다.

(10) ㄱ. 니르왇다(니르- + -왇- + -다), 열티다(열- + -티- + -다), 니ᄅᆞ혀다(니ᄅᆞ- + -혀- + -다)
ㄴ. 받아일으키다, 열치다, 일으키다

⑩ 높임 접미사(높접): 어근의 뒤에 붙어서 높임의 뜻을 더하면서 새로운 단어를 파생하는 접미사이다.

(11) ㄱ. 아바님(아비 + -님), 어마님(어미 + -님), 그듸(그+ -듸), 어마님내(어미 + -님 + -내), 아기씨(아기 + -씨)
ㄴ. 아버님, 어머님, 그대, 어머님들, 아기씨

5. 조사

'조사(助詞, 관계언)'는 주로 체언에 결합하여, 그 체언이 문장 속의 다른 단어와 맺는 관계를 나타내거나 특별한 뜻을 더해 주는 단어이다.

가. 격조사

그 앞에 오는 말이 문장 안에서 일정한 문장 성분으로서의 기능함을 나타내는 조사이다.

① 주격 조사(주조): 주어로서 기능하는 것을 나타내는 격조사이다.

(1) ㄱ. 부텻 모미 여러 가짓 相이 ᄀᆞᄌᆞ샤 (몸 + -이) [석상 6:41]
ㄴ. 부처의 몸이 여러 가지의 相(상)이 갖추어져 있으시어…

② 서술격 조사(서조): 서술어로서 기능하는 것을 나타내는 격조사이다.

(2) ㄱ. 國ᄋᆞᆫ 나라히라 (나라ㅎ + -이- + -다) [훈언 1]
ㄴ. 國(국)은 나라이다.

③ 목적격 조사(목조): 목적어로서 기능하는 것을 나타내는 격조사이다.

(3) ㄱ. 太子ᄅᆞᆯ 하ᄂᆞᆯ히 ᄀᆞᆯᄒᆡ샤 (太子 + -ᄅᆞᆯ) [용가 8장]
ㄴ. 太子(태자)를 하늘이 가리시어…

④ 보격 조사(보조): 보어로서 기능하는 것을 나타내는 격조사이다.

(4) ㄱ. 色界 諸天도 ᄂᆞ려 仙人이 ᄃᆞ외더라 (仙人 + -이) [월석 2:24]
ㄴ. 色界(색계) 諸天(제천)도 내려 仙人(선인)이 되더라.

⑤ 관형격 조사(관조): 관형어로서 기능하는 것을 나타내는 격조사이다.

(5) ㄱ. 네 性이 … 죵ᄋᆡ 서리예 淸淨ᄒᆞ도다 (죵 + -ᄋᆡ) [두언 25:7]
ㄴ. 네 性(성: 성품)이 … 종(從僕) 중에서 淸淨(청정)하구나.

(6) ㄱ. 나랏 말ᄊᆞ미 中國에 달아 (나라 + -ㅅ) [훈언 1]
ㄴ. 나라의 말이 中國과 달라…

⑥ 부사격 조사(부조): 부사어로서 기능하는 것을 나타내는 격조사이다.

(7) ㄱ. 世尊이 象頭山애 가샤 (象頭山 + -애) [석상 6:1]
ㄴ. 世尊(세존)이 象頭山(상두산)에 가시어…

⑦ 호격 조사(호조): 독립어로서 기능하는 것을 나타내는 격조사이다.

(8) ㄱ. 彌勒아 아라라 (彌勒 + -아) [석상 13:26]
ㄴ. 彌勒(미륵)아 알아라.

나. 접속 조사(접조)

체언과 체언을 이어서 명사구를 형성하는 조사이다.

(9) ㄱ. 입시울와 혀와 엄과 니왜 다 됴ᄒᆞ며 (혀 + -와) [석상 19:7]
ㄴ. 입술과 혀와 어금니와 이가 다 좋으며…

다. 보조사(보조사)

체언에 화용론적인 특별한 뜻을 덧보태는 조사이다.

(10) ㄱ. 나ᄂᆞᆫ 어버ᅀᅵ 여희오 (나 + -ᄂᆞᆫ) [석상 6:5]
ㄴ. 나는 어버이를 여의고…

(11) ㄱ. 어미도 아ᄃᆞᄅᆞᆯ 모ᄅᆞ며 (어미 + -도) [석상 6:3]
ㄴ. 어머니도 아들을 모르며…

6. 어말 어미

'어말 어미(語末語尾, 맺음씨끝)'는 용언의 끝자리에 실현되는 어미인데, 그 기능에 따라서 '종결 어미, 연결 어미, 전성 어미'로 나누어진다.

가. 종결 어미

① 평서형 종결 어미(평종): 말하는 이가 자신의 생각을 듣는 이에게 단순하게 진술하는 평서문에 실현된다.

(1) ㄱ. 네 아비 ᄒᆞ마 주그니라 (죽- + -Ø(과시)- + -으니- + -다) [월석 17:21]
ㄴ. 너의 아버지가 이미 죽었느니라.

② 의문형 종결 어미(의종): 말하는 이가 듣는 이에게 대답을 요구하는 의문문에 실현된다.

(2) ㄱ. 엇뎨 겨르리 업스리오 (없- + -으리- + -고) [월석 서:17]
ㄴ. 어찌 겨를이 없겠느냐?

③ 명령형 종결 어미(명종): 말하는 이가 듣는 이에게 어떠한 행동을 하도록 요구하는 명령문에 실현된다.

(3) ㄱ. 너희ᄃᆞᆯ히 … 부텻 마ᄅᆞᆯ 바다 디니라 (디니- + -라) [석상 13:62]
ㄴ. 너희들이 … 부처의 말을 받아 지녀라.

④ 청유형 종결 어미(청종): 말하는 이가 듣는 이에게 어떠한 행동을 함께 하도록 요구하는 청유문에 실현된다.

(4) ㄱ. 世世예 妻眷이 ᄃᆞ외져 (ᄃᆞ외- + -져) [석상 6:8]
ㄴ. 世世(세세)에 妻眷(처권)이 되자.

⑤ 감탄형 종결 어미(감종): 말하는 이가 듣는 이를 의식하지 않고 자신의 감정을 표출하는 감탄문에 실현된다.

(5) ㄱ. 義ᄂᆞᆫ 그 큰뎌 (크- + -Ø(현시)- + -ㄴ뎌) [내훈 3:54]
ㄴ. 義(의)는 그것이 크구나.

나. 전성 어미

용언이 본래의 서술 기능을 유지하면서도 다른 품사처럼 쓰이도록 문법적인 기능을 바꾸는 어미이다.

① 명사형 전성 어미(명전): 특정한 절 속의 서술어에 실현되어서, 그 절을 명사처럼 쓰이게 하는 어미이다.

(6) ㄱ. 됴ᄒᆞᆫ 法 닷고ᄆᆞᆯ 몯ᄒᆞ야 (닭- + -옴 + -ᄋᆞᆯ) [석상 9:14]
ㄴ. 좋은 法(법)을 닦는 것을 못하여…

② 관형사형 전성 어미(관전): 특정한 절 속의 용언에 실현되어서, 그 절을 관형사처럼 쓰이게 하는 어미이다.

(7) ㄱ. 어미 주근 後에 부텨ᄭᅴ 와 묻ᄌᆞᄫᆞ면(죽- + -Ø- + -ㄴ) [월석 21:21]
ㄴ. 어미 죽은 後(후)에 부처께 와 물으면…

다. 연결 어미(연어)

이어진 문장의 앞절과 뒷절을 잇거나, 본용언과 보조 용언을 잇는 어미이다. 연결 어미에는 '대등적 연결 어미, 종속적 연결 어미, 보조적 연결 어미'가 있다.

① 대등적 연결 어미: 앞절과 뒷절을 대등한 관계로 잇는 연결 어미이다.

(8) ㄱ. 子ᄂᆞᆫ 아ᄃᆞ리오 孫ᄋᆞᆫ 孫子ㅣ니 (아ᄃᆞᆯ + -이- + -고) [월석 1:7]
ㄴ. 子(자)는 아들이고 孫(손)은 孫子(손자)이니…

② 종속적 연결 어미: 앞절을 뒷절에 이끌리는 관계로 잇는 연결 어미이다.

(9) ㄱ. 모딘 길헤 ᄠᅥ러디면 恩愛ᄅᆞᆯ 머리 여희여 (ᄠᅥ러디- + -면) [석상 6:3]
ㄴ. 모진 길에 떨어지면 恩愛(은애)를 멀리 떠나…

③ 보조적 연결 어미: 본용언과 보조 용언을 잇는 연결 어미이다.

(10) ㄱ. 赤眞珠ㅣ ᄃᆞ외야 잇ᄂᆞ니라 (ᄃᆞ외야: ᄃᆞ외- + -아) [월석 1:23]
ㄴ. 赤眞珠(적진주)가 되어 있느니라.

7. 선어말 어미

'선어말 어미(先語末語尾, 안맺음 씨끝)'는 용언의 끝에 실현되지 못하고, 어간과 어말 어미 사이에 실현되어서 문법적인 기능을 나타내는 어미이다.

① 상대 높임의 선어말 어미(상높): 말을 듣는 '상대(相對)'를 높여서 표현하는 선어말 어미이다.

(1) ㄱ. 이런 고디 업스이다 (없- + -Ø(현시)- + -으이- + -다) [능언 1:50]
ㄴ. 이런 곳이 없습니다.

② 주체 높임의 선어말 어미(주높): 문장에서 주어로 실현되는 대상인 '주체(主體)'를 높여서 표현하는 선어말 어미이다.

(2) ㄱ. 王이 그 蓮花ᄅᆞᆯ ᄇᆞ리라 ᄒᆞ시다 [석상 11:31]
(ᄒᆞ-+-시-+-Ø(과시)-+-다)

ㄴ. 王(왕)이 "그 蓮花(연화)를 버리라." 하셨다.

③ 객체 높임의 선어말 어미(객높): 문장에서 목적어나 부사어로 표현되는 대상인 '객체(客體)'를 높여서 표현하는 선어말 어미이다.

(3) ㄱ. 벼슬 노ᄑᆞᆫ 臣下ㅣ 님그믈 돕ᄉᆞᄫᅡ (돕-+-ᄉᆞᇦ-+-아) [석상 9:34]
ㄴ. 벼슬 높은 臣下(신하)가 임금을 도와…

④ 과거 시제의 선어말 어미(과시): 동사에 실현되어서 발화시 이전에 어떠한 일이 일어났음을 무형의 선어말 어미인 '-Ø-'이다.

(4) ㄱ. 이 ᄢᅴ 아ᄃᆞᆯᄃᆞᆯ히 아비 죽다 듣고(죽-+-Ø(과시)-+-다) [월석 17:21]
ㄴ. 이때에 아들들이 "아버지가 죽었다." 듣고…

⑤ 현재 시제의 선어말 어미(현시): 발화시에 어떠한 일이 일어나고 있음을 나타내는 선어말 어미이다. 동사에는 선어말 어미인 '-ᄂᆞ-'가 실현되어서, 형용사에는 무형의 선어말 어미인 '-Ø-'가 현재 시제를 나타낸다.

(5) ㄱ. 네 이제 ᄯᅩ 묻ᄂᆞ다 (묻-+-ᄂᆞ-+-다) [월석 23:97]
ㄴ. 네 이제 또 묻는다.

(6) ㄱ. 이런 고디 업스이다 (없-+-Ø(현시)-+-으이-+-다) [능언 1:50]
ㄴ. 이런 곳이 없습니다.

⑥ 미래 시제의 선어말 어미(미시): 발화시 이후에 어떠한 일이 일어날 것임을 나타내는 선어말 어미이다.

(7) ㄱ. 아ᄃᆞᆯᄯᆞᄅᆞᆯ 求ᄒᆞ면 아ᄃᆞᆯᄯᆞᄅᆞᆯ 得ᄒᆞ리라 (得ᄒᆞ-+-리-+-다) [석상 9:23]
ㄴ. 아들딸을 求(구)하면 아들딸을 得(득)하리라.

⑦ 회상 표현의 선어말 어미(회상): 말하는 이가 발화시 이전에 직접 경험한 어떤 때(경험시)로 자신의 생각을 돌이켜서, 그때를 기준으로 해서 일이 일어난 시간을 나타내는 선어말 어미이다.

(8) ㄱ. ᄠᅳ데 몯 마ᄌᆞᆫ 이리 다 願 ᄀᆞ티 ᄃᆞ외더라 [월석 10:30]

(ᄃᆞ외- + -더- + -다)

ㄴ. 뜻에 못 맞은 일이 다 願(원)같이 되더라.

⑧ 확인 표현의 선어말 어미(확인): 심증(心證)과 같은 말하는 이의 주관적인 믿음에 근거하여, 어떤 일을 확정된 것으로 표현하는 선어말 어미이다.

(9) ㄱ. 安樂國이ᄂᆞᆫ 시르미 더욱 깁거다 [월석 8:101]

(깊- + -Ø(현시)- + -거- + -다)

ㄴ. 安樂國(안락국)이는… 시름이 더욱 깊다.

⑨ 원칙 표현의 선어말 어미(원칙): 말하는 이가 객관적인 믿음에 근거하여, 어떤 일을 확정된 것으로 표현하는 선어말 어미이다.

(10) ㄱ. 사ᄅᆞ미 살면… 모로매 늙ᄂᆞ니라 [석상 11:36]

(늙- + -ᄂᆞ- + -니- + -다)

ㄴ. 사람이 살면… 반드시 늙느니라.

⑩ 감동 표현의 선어말 어미(감동): 말하는 이의 '느낌(감동, 영탄)'의 뜻을 나타내는 태도 표현의 선어말 어미이다.

(11) ㄱ. 그듸내 貪心이 하도다 [석상 23:46]

(하- + -Ø(현시)- + -도- + -다)

ㄴ. 그대들이 貪心(탐심)이 크구나.

⑪ 화자 표현의 선어말 어미(화자): 주로 종결형이나 연결형에서 실현되어서, 문장의 주어가 말하는 사람(화자, 話者)임을 나타내는 선어말 어미이다.

(12) ㄱ. ᄒᆞ오ᅀᅡ 내 尊호라 (尊ᄒᆞ- + -Ø(현시)- + -오- + -다) [월석 2:34]

ㄴ. 오직(혼자) 내가 존귀하다.

⑫ 대상 표현의 선어말 어미(대상): 관형절이 수식하는 체언(피한정 체언)이, 관형절에서 서술어로 표현되는 용언에 대하여 의미상으로 객체(목적어나 부사어로 쓰인

대상)일 때에 실현되는 선어말 어미이다.

(13) ㄱ. 須達이 지순 精舍마다 드르시며 [석상 6:38]

(짓- + -Ø(과시)- + -오- + -ㄴ)

ㄴ. 須達(수달)이 지은 精舍(정사)마다 드시며…

(14) ㄱ. 王이 … 누븐 자리예 겨샤 (눕- + -Ø(과시)- + -우- + -은) [월석 10:9]

ㄴ. 王(왕)이 … 누운 자리에 계시어…

〈인용된 '약어'의 문헌 정보〉

약어	문헌 이름		발간 연대	
	한자 이름	한글 이름		
용가	龍飛御天歌	용비어천가	1445년	세종
석상	釋譜詳節	석보상절	1447년	세종
월천	月印千江之曲	월인천강지곡	1448년	세종
훈언	訓民正音諺解(世宗御製訓民正音)	훈민정음 언해본(세종 어제 훈민정음)	1450년경	세종
월석	月印釋譜	월인석보	1459년	세조
능언	愣嚴經諺解	능엄경 언해	1462년	세조
법언	妙法蓮華經諺解(法華經諺解)	묘법연화경 언해(법화경 언해)	1463년	세조
구언	救急方諺解	구급방 언해	1466년	세조
내훈	內訓(일본 蓬左文庫 판)	내훈(일본 봉좌문고 판)	1475년	성종
두언	分類杜工部詩諺解 初刊本	분류두공부시 언해 초간본	1481년	성종
금삼	金剛經三家解	금강경 삼가해	1482년	성종

❙ 참고 문헌

〈중세 국어의 참고 문헌〉

강성일(1972), 「중세국어 조어론 연구」, 『동아논총』 9, 동아대학교.

강신항(1990), 『훈민정음연구』(증보판), 성균관대학교 출판부.

강인선(1977), 「15세기 국어의 인용구조 연구」, 석사학위 논문, 서울대학교.

고성환(1993), 「중세국어 의문사의 의미와 용법」, 『국어학논집』 1, 태학사.

고영근(1981), 『중세국어의 시상과 서법』, 탑출판사.

고영근(1995), 「중세어의 동사형태부에 나타나는 모음동화」, 『국어사와 차자표기-소곡 남풍현 선생 화갑 기념 논총』, 태학사.

고영근(2010), 『제3판 표준 중세국어 문법론』, 집문당.

곽용주(1986), 「동사 어간-다' 부정법의 역사적 고찰」, 『국어연구』 138, 국어연구회.

교육인적자원부(2010), 『고등학교 교사용 지도서 문법』, (주)두산동아.

교육인적자원부(2010), 『고등학교 문법』, (주)두산동아.

구본관(1996), 「15세기 국어 파생법에 대한 연구」, 박사학위 논문, 서울대학교.

국립국어원, 『표준 국어 대사전』, 인터넷판.

권용경(1990), 「15세기 국어 서법의 선어말어미에 대한 연구」, 『국어연구』 101, 국어연구회.

김문기(1999), 「중세국어 매인풀이씨 연구」, 석사학위 논문, 부산대학교.

김소희(1996), 「16세기 국어의 '거/어'의 교체에 대한 연구」, 『국어연구』 142, 국어연구회.

김송원(1988), 「15세기 중기 국어의 접속월 연구」, 박사학위 논문, 건국대학교.

김영욱(1990), 「중세국어 관형격조사 'ᄋᆡ/의, ㅅ'의 기술과 관련된 문제 해결을 위하여」, 『주시경학보』 8, 탑출판사.

김영욱(1995), 『문법형태의 역사적 연구』, 박이정.

김정아(1985), 「15세기 국어의 '-ㄴ가' 의문문에 대하여」, 『국어국문학』 94.

김정아(1993), 「15세기 국어의 비교구문 연구」, 박사학위 논문, 서울대학교.

김진형(1995), 「중세국어 보조사에 대한 연구」, 『국어연구』 136, 국어연구회.

김차균(1986), 「월인천강지곡에 나타나는 표기체계와 음운」, 『한글』 182, 한글학회.

김충회(1972), 「15세기 국어의 서법체계 시론」, 『국어학논총』 5, 6, 단국대학교.
나진석(1971), 『우리말 때매김 연구』, 과학사.
나찬연(2011), 『수정판 옛글 읽기』, 도서출판 월인.
나찬연(2013ㄴ), 제2판 『언어·국어·문화』, 도서출판 월인.
나찬연(2013ㄷ), 제2판 『훈민정음의 이해』, 도서출판 월인.
나찬연(2013ㄹ), 『국어 어문 규범의 이해』, 도서출판 월인.
나찬연(2014ㄱ), 제5판 『중세 국어 문법의 이해－주해편』, 교학연구사.
나찬연(2014ㄴ), 제5판 『중세 국어 문법의 이해－강독편』, 교학연구사.
나찬연(2014ㄷ), 제5판 『중세 국어 문법의 이해－서답형 문제편』, 교학연구사.
나찬연(2015ㄱ), 제4판 『현대 국어 문법의 이해』, 도서출판 월인.
나찬연(2015ㄴ), 『학교 문법의 이해』 1, 도서출판 경진.
나찬연(2015ㄷ), 『학교 문법의 이해』 2, 도서출판 경진.
남광우(2009), 『교학 고어사전』, (주)교학사.
남윤진(1989), 「15세기 국어의 접속어미에 대한 연구」, 『국어연구』 93. 국어연구회.
노동헌(1993), 「선어말어미 '－오－'의 분포와 기능 연구」, 『국어연구』 114, 국어연구회.
류광식(1990), 「15세기 국어 부정법의 연구」, 박사학위 논문, 건국대학교.
리의도(1989), 「15세기 우리말의 이음씨끝」, 『한글』 206, 한글학회
민현식(1988), 「중세국어 어간형 부사에 대하여」, 『선청어문』 16, 17집, 서울대학교 국어교육과.
박태영(1993), 「15세기 국어의 사동법 연구」, 석사학위 논문, 단국대학교.
박희식(1984), 「중세국어의 부사에 대한 연구」, 『국어연구』 63, 국어연구회
배석범(1994), 「용비어천가의 문제에 대한 일고찰」, 『국어학』 24, 국어학회.
성기철(1979), 「15세기 국어의 화계 문제」, 『논문집』 13, 서울산업대학교.
손세모돌(1992), 「중세국어의 'ㅂ리다'와 '디다'에 대한 연구」, 『주시경학보』 9, 탑출판사.
안병희·이광호(1993), 『중세국어문법론』, 학연사.
양정호(1991), 「중세국어의 파생접미사 연구」, 『국어연구』 105, 국어연구회.
유동석(1987), 「15세기 국어 계사의 형태 교체에 대하여」, 『우해 이병선 박사 회갑 기념 논총』.
이광정(1983), 「15세기 국어의 부사형어미」, 『국어교육』 44, 45.
이광호(1972), 「중세국어 '사이시옷' 문제와 그 해석 방안」, 『국어사 연구와 국어학 연구－안병희 선생 회갑 기념 논총』, 문학과 지성사.
이광호(1972), 「중세국어의 대격 연구」, 『국어연구』 29. 국어연구회.
이광호(1995), 「후음 'ㅇ'과 중세국어 분철표기의 신해석」, 『국어사와 차자표기－남풍현 선생 회갑기념』, 태학사.

이기문(1963), 『국어표기법의 역사적 연구－신정판』, 한국연구원.
이기문(1998), 『국어사개설 - 신정판』, 태학사.
이숭녕(1981), 『중세국어문법 - 개정 증보판』, 을유문화사.
이승희(1996), 「중세국어 감동법 연구」, 『국어연구』 139, 국어연구회.
이정택(1994), 「15세기 국어의 입음법과 하임법」, 『한글』 223, 한글학회.
이주행(1993), 「후기 중세국어의 사동법」, 『국어학』 23, 국어학회.
이태욱(1995), 「중세국어의 부정법 연구」, 박사학위 논문, 성균관대학교.
이현규(1984), 「명사형어미 '-기'의 변화」, 『목천 유창돈 박사 회갑 기념 논문집』, 계명대학교 출판부.
이홍식(1993), 「'-오-'의 기능 구명을 위한 서설」, 『국어학논집』 1. 태학사.
임동훈(1996), 「어미 '시'의 문법」, 박사학위 논문, 서울대학교.
전정례(995), 「새로운 '-오-' 연구」, 한국문화사.
정 철(1954), 「원본 훈민정음의 보존 경위에 대하여」, 『국어국문학』 제9호, 국어국문학회.
정재영(1996), 「중세국어 의존명사 'ᄃᆞ'에 대한 연구」, 『국어학총서』 23, 태학사.
최동주(1995), 「국어 시상체계의 통시적 변화에 관한 연구」, 박사학위 논문, 서울대학교.
최현배(1961), 『고친 한글갈』, 정음사.
최현배(1980=1937), 『우리말본』, 정음사.
한글학회(1985), 『訓民正音』, 영인본.
한재영(1984), 「중세국어 피동구문의 특성에 대한 연구」, 『국어연구』 61, 국어연구회.
한재영(1986), 「중세국어 시제체계에 관한 관견」, 『언어』 11-2, 한국언어학회.
한재영(1990), 「선어말어미 '-오/우-'」, 『국어 연구 어디까지 왔나』, 동아출판사.
한재영(1992), 「중세국어의 대우체계 연구」, 『울산어문논집』 8, 울산대학교 국어국문학과.
허웅(1975=1981), 『우리 옛말본』, 샘문화사.
허웅(1981), 『언어학』, 샘문화사.
허웅(1986), 『국어 음운학』, 샘문화사.
허웅(1989), 『16세기 우리 옛말본』, 샘문화사.
허웅(1992), 『15·16세기 우리 옛말본의 역사』, 탑출판사.
허웅(1999), 『20세기 우리말의 통어론』, 샘문화사.
허웅(2000), 『20세기 우리말의 형태론(고침판)』, 샘문화사.
허웅·이강로(1999), 『주해 월인천강지곡』, 신구문화사.
홍윤표(1969), 「15세기 국어의 격연구」, 『국어연구』 21, 국어연구회.
홍윤표(1994), 「중세국어의 수사에 대하여」, 『국문학논집』, 단국대학교 국어국문학과.

홍종선(1983), 「명사화어미의 변천」, 『국어국문학』 89, 국어국문학회.
황선엽(1995), 「15세기 국어의 '-(으)니'의 용법과 기원」, 『국어연구』 135, 국어연구회.

〈불교 용어의 참고문헌〉

곽철환(2003), 『시공불교사전』, 시공사.
국립국어원(2016), 인터넷판 『표준국어대사전』, (http://stdweb2.korean.go.kr/main.jsp)
두산동아(2016), 인터넷판 『두산백과사전』, (http://www.doopedia.co.kr/)
송성수(1999), 『석가보 외(釋迦譜 外)』, 동국대학교 부설 동국역경원.
운허·용하(2008), 『불교사전』, 불천.
원광대학교 종교문제연구소((1974), 인터넷판 『원불교사전』, 원광대학교 출판부.
한국불교대사전 편찬위원회(1982), 『한국불교대사전』, 보련각.
한국학중앙연구원(2016), 인터넷판 『한국민족문화대백과』, (http://encykorea.aks.ac.kr/)
홍사성(1993), 『불교상식백과』, 불교시대사.